Karen Inge Nielsen

Niemand sieht dich

KAREN INGE
NIELSEN

NIEMAND SIEHT DICH

Grenzland 2

Thriller

Aus dem Dänischen
von Günther Frauenlob

PIPER

Mehr über unsere Autorinnen, Autoren und Bücher:
www.piper.de

Wenn Ihnen dieser Thriller gefallen hat, schreiben Sie uns unter Nennung des Titels »Niemand sieht dich – Grenzland 2« an *empfehlungen@piper.de*, und wir empfehlen Ihnen gerne vergleichbare Bücher.

Von Karen Inge Nielsen liegen im Piper Verlag vor:
Niemand hört dich – Grenzland 1
Niemand sieht dich – Grenzland 2

MIX
Papier | Fördert gute Waldnutzung
FSC® C083411

VERANTWORTUNG • PRODUZIERT MIT

Deutsche Erstausgabe
ISBN 978-3-492-06712-6

Titel der dänischen Originalausgabe:
»Dødedansen«, Dreamlitt, Dänemark, 2023

Piper Verlag GmbH, Georgenstraße 4, 80799 München, *www.piper.de*
Für einen direkten Kontakt und Fragen zum Produkt
wenden Sie sich bitte an: *info@piper.de*
Vermittelt durch die agentur literatur Gudrun Hebel, Berlin
Lektorat: Annika Krummacher
Satz: psb, Berlin
Gesetzt aus der Sabon
Druck und Bindung: CPI books GmbH, Leck
Printed in the EU

Für Karina Rye Pedersen

Zu spät erkennen wir,
dass wir am Rande des Abgrunds stehen

NOVEMBER

28. November

Karl Uwe Kleibner sah vom Bildschirm auf. Das gelbliche Licht der Schreibtischlampe fiel auf die rotbraune Tischplatte. Er schob den Stuhl nach hinten und stand auf, während das Läuten der Türklingel langsam im Wohnzimmer verhallte. Dann leerte er das Cognacglas, stellte es auf ein Tablett, das im Regal stand, und ging in den Flur. Für einen Moment ließ er den Blick über die großen Wohnzimmerfenster schweifen. Die Lichter von Schleswig schimmerten über die Schlei zu ihm herüber und spiegelten sich im nachtschwarzen Wasser. Er schaltete das Licht im Flur ein, als es erneut klingelte.

»Ja?« Karl Uwe Kleibner öffnete die Tür und sah nach draußen. Das Licht der Hoflampen fiel auf die dünnen Zweige der Trauerweide. Unter dem Vordach des weißen Gebäudes hatte eine Spinne ihr Netz gewebt. Er holte tief Luft. Als Erstes bemerkte er das parkende Auto an der Baumreihe, dann erst sah er die dunkel gekleidete Gestalt, die ihm den Rücken zudrehte, als betrachtete sie die Landschaft. Karl Uwe atmete noch einmal tief durch und trat einen Schritt nach draußen. Die Luft roch nach Salzwasser, prickelnd und kalt.

»Sie können hier nicht parken, das ist Privatgrund.« Er blieb stehen und betrachtete die Gestalt, die sich langsam umdrehte. Weißer Atem stand vor ihrem Gesicht, und für einen Moment erstarrte Karl Uwe, ehe die Wut in ihm hochkochte. »Was wollen Sie hier?« Seine Stimme war hart, sein Blick bohrend. In seinen Adern mischte sich das Adrenalin mit dem Alkohol und brachte seine Haut zum Glühen. »Verschwinden Sie!« Er trat einen weiteren Schritt vor, schlug zu und traf die Schulter. Sein Gegner wich zurück. »Verschwinden Sie, oder ich rufe die Polizei!«

Er wartete einen Augenblick und holte zum nächsten Schlag aus, der aber ins Leere ging. Dann drehte er sich schnaubend um und ging zurück zum Haus. Er zog das Handy aus der Hosentasche und erweckte das Display zum Leben, als ein stechender Schmerz seinen Körper durchbohrte. Hektisch schnappte er nach Luft, während die Beine unter ihm nachgaben. Er griff nach der Mauer neben den Stufen, doch er fand keinen Halt und ging zu Boden.

»Du hast doch nicht etwa geglaubt, dass es vorbei ist?«, zischte die Person durch die zusammengebissenen Zähne und legte die Hand auf seinen Mund und seine Nase.

Das Messer bohrte sich tiefer zwischen die Rückenwirbel, und Karl Uwe schlug nach hinten, um seinen Gegner zu treffen, aber die Kräfte verließen ihn. Der Knorpel knirschte, als die Klinge gedreht und die Knochen weiter auseinandergedrückt wurden. Er öffnete den Mund, es kam aber kein Laut über seine Lippen. Ein Inferno aus Nervenimpulsen breitete sich entlang seiner Wirbelsäule aus und ließ seinen ganzen Körper zittern. Der Platz vor ihm geriet in Bewegung, und die Sterne über ihm zuckten wie Feuerwerkskörper über den schwarzen Himmel. Im Blick seines Gegners stand der pure Irrsinn.

»Warum?« Seine Stimme erstickte unter der Hand, die sich mit immer mehr Kraft auf seinen Mund drückte. Die flammende Hölle in seinem Inneren drohte ihm die Besinnung zu rauben, trotzdem entging ihm nicht, dass das Gesicht über ihm lachte.

»Warum?«, wiederholte sein Gegner. Ein höhnisches Schnauben trat an die Stelle des Lachens, und mit einem Mal war der Blick wieder eiskalt. »Du hast mir das Letzte genommen, was ich noch hatte. Meine Identität, mein Leben. Es ist an der Zeit, dass du denselben Albtraum durchmachst wie ich. Das, was du bist, bin ich gewesen. Und das, was ich bin, sollst du werden.«

Eine neue Welle aus Schmerz schoss durch seinen Schädel. Er schmeckte Blut auf der Zunge, und die Lunge brannte. Lichtpunkte tanzten vor seinem inneren Auge, als sich die Muskeln ein letztes Mal anspannten, bevor sein Körper schlaff auf die Granitplatten des Hofs fiel. Sein Blick starrte leer auf die hell erleuchteten, schwach im Wind wehenden Zweige, als wollten sie seiner Seele den Weg weisen.

Mit einem verächtlichen Blick auf den leblosen Körper richtete die Gestalt sich auf und ging zum Wagen. Ein Klicken durchbrach die Stille, als sie den Kofferraum öffnete und nach dem Beutel mit dem Blut griff.

FEBRUAR

18. Februar

Toftlund

Mads blieb stehen, während das Adrenalin durch seinen Körper pumpte. Er sah über die Felder, auf die sich eine dünne Schicht Raureif gelegt hatte, und atmete tief durch. Die klare, kalte Luft füllte seine Lunge mit befreiender Leichtigkeit. Er beugte sich vor und stemmte die Hände auf die Knie. Sein Herz hämmerte und trieb das Blut durch seinen Körper, während eine Atemwolke vor seinem Mund tanzte. Er sah auf seine Armbanduhr. Eine Stunde und achtunddreißig Minuten. Über eine Minute schneller als sonst. Er drehte den Kopf und sah zu dem roten Backsteinhaus. Die braunen Blätter der Buchenhecke rahmten den großen Vorgarten mit dem halbhohen, welken Gras und dem alten, knorrigen Apfelbaum ein, der dicht am Haus wuchs. Für einen Moment blieb sein Blick am Wintergarten hängen. Die Schmutzschicht an den Scheiben verwehrte den Blick auf die dahinter gestapelten Pappkartons. Er richtete sich auf. Kälte drang durch die klamme Sportkleidung, und seine Muskeln zitterten leicht. Er drückte die Hände an die Wangen, legte den Kopf in den Nacken und atmete aus, als es an seinem Oberschenkel sanft zu vibrieren begann.

»Mads Lindstrøm«, antwortete er und drückte sich das Handy ans kalte Ohr.

»Per Teglgård hier. Wo warst du?«

»Draußen«, antwortete Mads und ging über die Einfahrt zum Haus. Der Kies knirschte unter seinen Schritten. »Was ist denn los?«

»Du weißt schon, dass wir gestern eine Verabredung hatten?«

»War das gestern?«, antwortete Mads und atmete schwer aus.

»Verdammt, Mads. So läuft das nicht. Du verbaust dir deine Zukunft.«

»Ich soll mir meine Zukunft verbauen?«, schnaubte Mads. »Wenn meine Zukunft dich auch nur ein bisschen interessieren würde, hättest du dich doch wohl für mich einsetzen können.« Er steckte den Schlüssel ins Türschloss und öffnete.

»Hör auf, Mads.«

»Womit?«, fragte Mads. Im Flur schlug ihm warme, abgestandene Luft entgegen, und für einen Moment erwog er, wieder nach draußen zu gehen und einfach weiterzulaufen.

»Du musst dich der Sache stellen. Du hast gegen meine Anweisung gehandelt«, antwortete Per Teglgård. »Drei Menschen sind gestorben, aber wir müssen es trotzdem irgendwie hinter uns lassen.«

»Hinter uns lassen?«, wiederholte Mads, streifte sich im Flur die Schuhe ab und schloss die Tür hinter sich. »Du gibst mir die Schuld, sagst aber gleichzeitig, dass wir das Ganze hinter uns lassen müssen?« Er zögerte ein paar Sekunden, atmete langsam ein und wieder aus, konnte aber nicht verhindern, dass die Wut in ihm weiterglühte. »Du weißt doch gar nicht, ob das nicht so oder so passiert wäre.«

»Nein, das wissen wir nicht«, räumte Per ein. »Der Punkt ist aber, dass wir das nicht beweisen können. Unsere Position ist ziemlich schwach.«

»Und mit uns meinst du vermutlich mich«, sagte Mads. »Du sitzt fest im Sattel, dabei hast du den Fall gar nicht aufgeklärt.«

»Verdammt noch mal! Wir sitzen beide im selben Boot«, schnitt Per Teglgård ihm das Wort ab. »Der Fall betrifft uns alle. Es geht dabei nicht nur um dich.«

»Aber nur ich bin suspendiert worden.«

»Du bist nicht suspendiert worden«, antwortete Per.

»Aber freigestellt.« Mads ging ins Wohnzimmer. »Und das kommt ja wohl auf dasselbe raus.«

»Es ging nicht anders.«

»Nicht? Du hättest die internen Ermittler davon abbringen können, eine Klage einzureichen. Du hättest ihnen sagen können, dass ihr den Durchbruch, der zur Festnahme von Charon geführt hat, nur mir zu verdanken hattet.«

»Du weißt genau, dass ich da nichts machen konnte«, antwortete Per Teglgård. »Du hast dich über einen Befehl hinweggesetzt, und dafür musst du nun die Verantwortung übernehmen.«

»Und wer hat die Festnahme zu verantworten? Und wer wird dafür gefeiert?«, fragte Mads und warf sich aufs Sofa. »Was ich getan habe, war das einzig Richtige.«

»Das kann keiner von uns wissen«, antwortete Per. »Aber auch wenn du es nicht glaubst: Ich bin auf deiner Seite.«

»Ach, wirklich?« Mads legte die Füße aufs Sofa und griff mit der freien Hand nach der Zeitung. »Du hast mich nicht mal über die weitere Entwicklung in diesem Fall auf dem Laufenden gehalten. Das habe ich alles erst aus der Zeitung erfahren.«

»Du kennst doch das System«, antwortete Per mit einem Seufzen. »Solange die interne Ermittlung tätig ist, muss ich dich aus dem Fall heraushalten.«

»Wärst du wirklich auf meiner Seite, hättest du es gar nicht erst so weit kommen lassen.«

»Ich halte mich lediglich an die Vorschriften«, antwortete Per Teglgård. »Und die besagen, dass wir regelmäßig miteinander reden müssen. Deshalb erwarte ich, dass du morgen in meinem Büro erscheinst. Verstanden? Oder ist das wieder ein Befehl, den du zu missachten gedenkst?«

19. Februar

Haderslev

Mads zog die Handbremse an und schaltete den Motor aus. Er lehnte sich zurück und sah hinüber zum Polizeirevier. Die weißen Ornamente an der Mauer waren in dem grauen Straßenbild ein echter Lichtblick. Er öffnete die Autotür und stieg aus, den Blick noch immer auf das alte Gebäude gerichtet. Einige Fenster waren gekippt. Er schob die Hände in die Taschen und ging über den Platz. Auf dem Parkplatz vor dem Haus standen nur wenige Autos. Eine altvertraute Wut stieg in ihm auf, als er auf dem Parkplatz, den er selbst immer benutzt hatte, Laugesens Schrottkarre stehen sah. Er ballte die Hände zu Fäusten und drückte die Tür des Gebäudes mit der Schulter auf. Nachdem er dem Polizeiassistenten am Empfang zur Begrüßung kurz zugenickt hatte, ging er die Treppe hoch. Vor der Glastür des Dezernats für Gewaltverbrechen zögerte er kurz, dann öffnete er sie und ging über den Flur zu Teglgårds Büro. Der vertraute Geruch nach Druckertoner und Kaffee zog ihn an, auch wenn er dagegen ankämpfte.

»Ah, da bist du ja«, sagte Per, der im selben Moment den Kopf aus der Tür steckte. »Setz dich schon mal rein. Ich komme sofort.« Er öffnete die Tür. Auf dem Schreibtisch standen eine Kaffeekanne und zwei Becher. »Bedien dich«, fuhr er fort und verschwand über den Flur.

Mads öffnete die Jacke. Sein Blick wanderte durch das Fenster zu einer Kindergartengruppe, die am Polizeirevier vorbeiging. Die hellen Stimmen mischten sich mit dem Rauschen des Verkehrs, das durch das Fenster nach innen drang. Er zog die Jacke aus und warf sie auf die Lehne des kleinen Sofas, über dem die Porträts der früheren Dezernatsleiter hingen. Dann ging er zum Schreibtisch und setzte sich.

»Hast du dir Kaffee genommen?«, fragte Per Teglgård, schloss die Tür hinter sich und ging um den Schreibtisch herum. Er musterte Mads ein paar Sekunden, dann zog er den Stuhl zurück und setzte sich.

»Danke, ich brauche nichts«, antwortete Mads und hob ablehnend die Hand, als sein Chef die Kanne anhob und sich selbst nachschenkte.

»Sicher?« Per stellte die Kanne zurück auf den Tisch und ließ die Hand auf dem Henkel ruhen.

»Ja.«

»Dann legen wir los«, sagte Per und griff zu einer Plastikmappe, die vor ihm auf dem Tisch lag. Für einen Moment erstarrte er, dann verzog er sein Gesicht zu einer etwas gequälten Grimasse, bevor er wieder zu Mads hinübersah. »Wie geht es dir eigentlich?«

»Okay, denke ich.« Mads zuckte mit den Schultern.

»Ich meine das ernst, Mads. Wir müssen darüber reden können, wie es dir geht. Was machst du zurzeit?«

»Nicht so viel.«

Per Teglgård seufzte. Er griff nach seinem Becher und trank einen Schluck. »Denkst du an deine Zukunft bei der Polizei?«

»Was soll ich denn sonst tun? Schließlich bin ich von einem Tag auf den anderen vor die Tür gesetzt worden.«

»Du bist nicht vor die Tür gesetzt worden«, antwortete Per. »Ich verstehe ja gut, dass sich das so anfühlt, aber so solltest du es nicht sehen.«

»Dann erklär mir bitte, wie ich das sehen sollte, denn aus meiner Perspektive sieht es so aus, als hättest du mich geopfert.«

»Ich habe dich nicht geopfert. Du hast gegen meinen Befehl gehandelt, und du weißt ganz genau, dass ich auf so etwas reagieren muss«, antwortete Per Teglgård und nahm die Papiere aus der Mappe. »Außerdem hat Steen Hvidtfeldts Anwalt Beschwerde eingelegt gegen die Art, wie sein Mandant vernommen worden ist.«

Mads schüttelte den Kopf. »Beschwerde eingelegt? Gregers Tornborg hätte seinen Mandanten bitten können, die Karten auf den Tisch zu legen und uns die Wahrheit zu sagen. Dann wäre Hvidtfeldt früher aus der Haft entlassen worden, was im Übrigen auch für die Ermittlungen gut gewesen wäre.«

»Das ist deine Sicht der Dinge. Ich gehe davon aus, dass du eine Stellungnahme geschrieben hast?«

Mads biss die Zähne zusammen und nickte.

»Ich weiß nicht, wie dein Fall ausgehen wird«, fuhr Per fort. »Ich habe von der Staatsanwaltschaft noch nichts gehört, es ist also alles möglich.« Er zögerte und trank einen Schluck Kaffee. »Da ist aber noch ein ganz anderes Problem. Mir ist zu Ohren gekommen, dass du nicht zu den Sitzungen bei dem Psychologen gegangen bist, wie wir es eigentlich vereinbart hatten.«

Er stellte seinen Kaffeebecher ab, schob den Stuhl nach hinten und griff nach einem Dokument, das auf dem niedrigen Regal hinter ihm lag. »Laut Troels Halland hast du dich weder abgemeldet noch sonst irgendwie auf die Nachrichten reagiert, die er dir auf der Mailbox hinterlassen hat.« Er legte das Dokument auf den Schreibtisch und sah Mads eindringlich an.

»Für so was habe ich keine Zeit«, antwortete Mads und lehnte sich zurück. Er verschränkte die Arme vor der Brust und streckte die Beine aus.

»Es geht nicht darum, ob du Zeit hast oder nicht, das ist eine Auflage«, sagte Per.

»Soweit ich weiß, bin ich freigestellt, und in dem Bescheid steht nicht, dass du auch über meine Freizeit verfügen kannst.«

»Das ist nicht nur eine Auflage, damit du wieder zurück in den Polizeidienst kommen kannst, Mads. Ich mache mir ehrlich Sorgen um dich.« Per Teglgård beugte sich vor. »Verstehst du das? Um dich als Menschen. Du bist einer der besten Ermittler des Dezernats, aber du vergräbst dich in einem Loch, das immer tiefer wird.«

»Was weißt du denn schon darüber?«

»Mehr, als du denkst«, antwortete Per und legte die gefalteten Hände vor sich auf den Tisch. »Der Weg, auf dem du da gerade bist, ist verdammt gefährlich.«

»Und was soll das für ein Weg sein?«

»Du lässt die Sachen zu nah an dich ran, als wärst nur du dafür verantwortlich. Wir sind ein Team. Niemand hier funktioniert ohne die anderen. Auch du nicht.«

»Es fühlt sich aber gerade nicht so an, als wäre ich Teil eines Teams.«

»Das bist du aber«, beteuerte Per. »Ich habe gesehen, wie die Leute an ihrer Arbeit zerbrechen.«

»Jetzt fang nicht wieder damit an«, fiel Mads ihm ins Wort. »Mein Vater ist nicht an seiner Arbeit gestorben.«

»Das wollte ich auch gar nicht sagen«, erwiderte Per Teglgård und lehnte sich mit einem Seufzen zurück. »Aber vielleicht ist das auch eine Sache, über die du mit Troels Halland reden könntest. Er hat auf meine Bitte hin ein paar Termine verlegt und hätte heute Nachmittag eine Stunde Zeit für dich.«

»Das geht nicht.«

»Das steht nicht zur Diskussion«, antwortete Per. Im selben Moment wurde die Tür geöffnet. Er hob den Blick und sah zu Torben Laugesen hinüber, der in der Türöffnung stand, dann wanderte sein Blick zurück zu Mads, bevor er mit dem Finger auf das Dokument zwischen ihnen tippte. »Die Adresse steht hier. Das ist bei ihm zu Hause.«

»Wir haben einen Einsatz«, sagte Torben Laugesen zu seinem Chef, ohne Mads auch nur eines Blickes zu würdigen.

»Ein Mord?«, fragte Mads. »Wo denn?«

»Das geht dich doch nichts an«, antwortete Torben Laugesen. »Sarah Jonsen ist mit ihrem Team schon unterwegs zur Kirche in Bylderup.«

»Verdammt«, antwortete Per Teglgård und stand auf. »Ich komme.« Er sah kurz zu Mads. Rote Flecken zeichneten sich auf seiner Haut ab, während er das Dokument über den Tisch schob. »Du bewegst dich da auf einem schmalen Grat.« Er nahm seine Jacke vom Garderobenständer hinter der Tür und sah Mads noch einmal eindringlich an. »Das ist deine letzte Chance.«

Mads folgte seinem Chef mit dem Blick, als dieser eilig nach draußen verschwand. Vom Flur drangen hektische Stimmen zu ihm herein, doch nur kurze Zeit später war es wieder still. Er stand auf, nahm seine Jacke von der Sofalehne und überflog die Adresse, dann knüllte er das Dokument zusammen. Im Gehen warf er es in den Papierkorb.

19. Februar

Bylderup

Mads sah auf die Uhr. In etwas weniger als anderthalb Stunden hatte er den Termin bei Halland. Im Rückspiegel verschwand Haderslev aus seinem Blick. Er nahm die Hand vom Steuer und gab statt der Adresse des Psychologen in Vojens den Ort Bylderup ins Navi ein. Im nächsten Moment zeichnete sich die Route als rote Linie auf dem Bildschirm ab. Vielleicht war das zu schaffen. Er gab Gas und sah zu, wie die Tachonadel die Hundertvierzig passierte, dann tippte er auf »Route starten«. Er würde sich von Per Teglgård doch nicht sein Leben diktieren lassen.

*

Eine Reihe kahler Bäume flankierte den Kirchenweg in Bylderup. Mads ging vom Gas und hielt am Straßenrand. Ein Stück vor ihm wurde das Blaulicht an der weißen Kirchenmauer reflektiert. Einige Beamte standen mit dem Rücken zu ihm da, die Hände tief in den Hosentaschen vergraben. Ihre Aufmerksamkeit galt den weiß gekleideten Gestalten, die hinter dem flatternden Absperrband in der Kirche ein und aus gingen. Mads legte den Kopf an die Nackenstütze. Sarah Jonsens weißer Kastenwagen stand mit offener Heckklappe vor Per Teglgårds Auto. Mads sah sich um und beobachtete ein paar Pressefotografen, die ihre Teleobjektive justierten und die Qualität der Fotos prüften.

»Hallo, Mads«, sagte jemand, gefolgt von einem leisen Klopfen an die Seitenscheibe.

»Ach, hallo«, sagte er und lächelte Berit Langer an.

Sie öffnete die Beifahrertür seines Wagens. »Ich wusste gar nicht, dass du schon wieder zurück bist. Willst du mit rein?«

»Ich war bloß in der Gegend«, antwortete Mads und richtete seinen Blick wieder auf die vor der Kirche geparkten Autos. Sarah Jonsen redete mit Per Teglgård. Ihre roten Locken waren unter der Kapuze des weißen Overalls nur zu erahnen. Die kalte Luft färbte ihre Wangen. »Weißt du schon Genaueres über die Leiche?«

»Es ist eine Frau«, antwortete Berit Langer und setzte sich auf den Beifahrersitz.

»Identifiziert?«

Berit Langer nickte. »Der Totengräber hat sie gefunden. Die Kirchentür stand offen. Charlotte Weidemann. Pastorin der örtlichen Gemeinde.«

»Wie ist sie getötet worden?«

»Das weiß ich noch nicht«, antwortete Berit. »Nach allem, was ich gehört habe, hat man sie an die Altarschranke gebunden. Quasi gekreuzigt, nur eben vornübergebeugt.«

»Ein Ritual?«

Berit Langer zuckte mit den Schultern. »Es ist zu früh, um so etwas sagen zu können. Du weißt ja, dass Sarah und ihr Team erst fertig sein müssen, bevor ich den Fundort unter die Lupe nehmen kann.«

»Natürlich«, antwortete Mads und nickte. »War nur so ein Gedanke.«

»Weiß ich doch.« Sie lächelte mitfühlend. »Wie lautet die Prognose?«

»Wie meinst du das?«, fragte Mads, ohne den Blick von Sarah Jonsen zu nehmen, die gerade wieder in der Kirche verschwand.

»Wann du zurückkommst?«

»Das weiß ich nicht«, antwortete Mads. Er zögerte, und mit einem Mal war die Stille zwischen ihnen beklemmend. »Ich weiß nicht einmal, *ob* ich zurückkomme.«

»Natürlich kommst du zurück«, sagte Berit. Sie drehte den Kopf und betrachtete ihn von der Seite, ehe sie die Tür öffnete. Die Kälte drang zu ihnen herein. »Ich gehe mal besser zu den anderen rüber«, sagte sie. »War aber nett, mit dir zu reden.«

»Ja«, antwortete Mads. Er hob die Hand und lächelte ihr etwas mutlos zu, als sie die Tür hinter sich schloss. Während sie die Straße überquerte, wirbelte der Wind ihr Haar durcheinander, und sie schob es sich aus dem Gesicht. Sie duckte sich unter dem Absperrband hindurch und ging über den weißen Kiesweg zur Kirche.

Mads ließ den Motor an. Das Brummen erfüllte den Wagen, während Berit Langer einen Overall überstreifte und in der Kirche verschwand. Er legte den Gang ein. Die Luft säuselte im Gebläse, als er losfuhr und in der nächsten Einfahrt wendete. Einen Augenblick später vibrierte das Handy in seiner Tasche. Der Name des Dezernatsleiters stand auf dem Display.

»Ja?«

»Was, zum Henker, machst du hier? Du hast einen Termin in Vojens!« Per Teglgårds Stimme donnerte durch die Lautsprecher des Wagens. »Wenn du nicht rechtzeitig bei Halland bist, muss ich das melden!«

»Ich bin doch unterwegs«, antwortete Mads und biss die Zähne zusammen. Er bog nach rechts ab, und im Rückspiegel verschwand das blaue Blinken. Die Bebauung wurde lichter, und als er das Ortsschild hinter sich hatte, öffnete die Landschaft sich zu einer weiten Fläche.

»In einer Stunde ist dein Termin!«, meinte Per Teglgård bitter, dann legte er auf.

19. Februar

Vojens

Mads zog die Handbremse an und warf einen Blick auf das große Haus hinter der hohen Hecke. Widerstrebend löste er den Sicherheitsgurt und stieg aus. Sein Blick klebte für einen Moment an den graubraunen Wänden und den schwarz glasierten Dachziegeln, dann kniff er die Lippen zusammen und ging zum Haus.

»Ich dachte schon, Sie würden gar nicht mehr kommen«, sagte Troels Halland, als er die Tür öffnete und einen Schritt zur Seite trat, um Mads hereinzulassen. »Wir können uns da reinsetzen.« Halland nickte in Richtung einer halb offen stehenden Tür und schob diskret den Ärmel des Strickpullovers hoch, um einen Blick auf seine Uhr werfen zu können. »Ich sage eben Ulla Bescheid, dass Sie gekommen sind.«

Mads drückte die Tür des Büros auf. Aus dem Augenwinkel sah er den Psychologen im Wohnzimmer verschwinden. Dann trat er einen Schritt vor und ließ seinen Blick so aufmerksam durch den Raum schweifen, als wäre es ein Tatort. Erst danach öffnete er seine Jacke. Die klare Wintersonne fiel durch das Fenster auf den großen Schreibtisch.

»Nehmen Sie doch Platz«, sagte Halland hinter ihm und zeigte auf zwei Sessel. »Ich habe hier zu Hause nur selten

Therapiesitzungen, Per Teglgård hat mir aber zu verstehen gegeben, dass es wichtig ist. Kaffee?«

»Nein danke«, antwortete Mads. »Aber wenn Sie ein Glas Wasser hätten?«

»Ein Kommissar, der keinen Kaffee trinkt?«, antwortete Halland und rieb sich den Bart. »Das erlebt man nicht oft.«

»Das mit dem Kaffee habe ich hinter mir. Unnötiger Gebrauch von Stimulanzien ist nicht gut für den Körper«, sagte Mads und legte seine Jacke auf die Armlehne. Er betrachtete das Bild hinter Troels Halland, fragte sich für ein paar Sekunden, was es darstellte, gab den Gedanken dann aber wieder auf und setzte sich.

»Vernünftig«, antwortete Halland und nickte, während er ein Glas nahm und Mads aus einer Karaffe Wasser einschenkte. »So standhaft bin ich leider nicht.« Er nahm Mads gegenüber Platz. »Erzählen Sie mir, warum Sie hier sind.«

»Das weiß ich eigentlich auch nicht so genau«, sagte Mads. »Vielleicht wäre es einfacher, wenn Sie mir das erklären würden.«

»Tja, so einfach ist das nicht«, brummte Halland. Er setzte seine Lesebrille auf und öffnete eine Mappe. »Vielleicht fangen Sie einfach damit an, ein bisschen über sich selbst zu erzählen?«

»Da gibt es nicht so viel zu erzählen«, antwortete Mads. Er griff nach dem Glas und trank einen Schluck Wasser. »Ich bin achtunddreißig und arbeite im Dezernat für Gewaltverbrechen bei der Polizei in Haderslev.«

»Ja, das weiß ich«, sagte Halland und warf einen kurzen Blick auf die Papiere. »Wenn ich es richtig verstanden habe, geht es um Ihren letzten Fall?« Er hob seinen Blick und sah Mads über das markante Brillengestell hinweg an. »Teglgård hat mich informiert, dass es ein sehr unangenehmer Fall war?«

»Die meisten Mordfälle sind unangenehm«, entgegnete Mads und rutschte im Sessel etwas nach vorn, bevor er sich anlehnte.

»Ja, das ist mir klar«, sagte Halland mit einem Nicken. »Ich weiß nichts Konkretes über den Fall, aber nach allem, was ich aus den Medien erfahren habe, war das Beweismaterial mehr als erschütternd. Es muss schlimm gewesen sein, sich das anzuschauen. Wie geht es Ihnen damit?«

»Das ist ein Teil meines Jobs«, erwiderte Mads und verschränkte die Arme vor der Brust.

»Auch das ist mir bewusst, trotzdem hinterlässt so etwas doch Spuren«, fuhr Halland fort und legte die Papiere weg.

»Es nützt nichts, das mit nach Hause zu nehmen«, antwortete Mads.

»Dann sind Sie also dazu in der Lage, in Ihrer Freizeit alles auszuklammern, was mit der Arbeit zu tun hat?«

»Ja, ich denke schon«, antwortete Mads mit einem Schulterzucken, ohne seine Arme zu lockern.

»Interessant«, erwiderte Halland und nahm die Brille ab. Er hielt sie für einen Moment in der Hand und legte sie dann auf den Tisch. »Die meisten Ermittler sind so in ihrer Arbeit gefangen, dass ihre Gedanken fast immer darum kreisen. Die Zeit läuft ihnen davon, denn nicht selten geht es ja um Leben oder Tod, solange der Täter noch nicht gefasst ist.« Eine Wolke schob sich vor die Sonne, wodurch sich das Licht auf dem Tisch vor ihnen veränderte. Halland musterte Mads, der reglos dasaß. »Per Teglgård hat mir gesagt, dass Sie im Moment freigestellt sind?«

»Ja, das ist korrekt.«

»Krankgeschrieben?«

»Nein«, antwortete Mads.

»Wie dann?«

»Gegen meinen Willen freigestellt.«

»Ach so.« Halland nickte. »Was denken Sie darüber?«

»Ist es nicht egal, was ich darüber denke?«, konterte Mads. »Man ermittelt intern gegen mich wegen meiner Vorgehensweise im letzten Fall, und das muss ich ja wohl akzeptieren.«

»Hm«, wiederholte Halland und machte sich eine Notiz. »Theoretisch kann Sie das den Job kosten, oder? Machen Sie sich Gedanken darüber?«

»Im Grunde spielt es doch keine Rolle, was ich darüber denke.« Mads ließ seine Arme sinken und griff nach dem Wasserglas.

»Vielleicht ja doch«, sagte Halland und kreiste etwas auf seinem Block ein. »Wir können später darüber reden.« Er machte eine Pause, lehnte sich zurück und sah aus dem Fenster. »Womit verbringen Sie Ihre Zeit?«

»Dies und das«, antwortete Mads und folgte Hallands Blick in den Garten. Ein Spatz landete auf einem Meisenknödel, der unter einem Vogelhaus hing. Er krallte sich in dem dünnen Nylonnetz fest, während er die Futterkugel und den Garten in Augenschein nahm. Dann hackte er seinen Schnabel ein paarmal in das Fett. »Ich gehe joggen.« Mads richtete den Blick wieder auf den Psychologen.

Halland nickte anerkennend. »Allein oder zusammen mit jemandem?«

»Allein.«

»Warum allein?«, fragte Halland und schlug die Beine übereinander.

»Das ist mir lieber so«, antwortete Mads. »Ich kann in

meinem eigenen Tempo meine Strecke laufen, und zwar, wann immer ich will.«

»Interessant«, sagte Halland und machte sich wieder eine Notiz. »Sind Sie denn immer schon gelaufen?«

»Nein.« Mads verschränkte die Arme erneut vor der Brust.

»Erzählen Sie mir von der Zeit, in der Sie nicht gelaufen sind«, forderte Halland ihn auf und ließ den Kugelschreiber in den Fingern kreisen.

»Äh, wie meinen Sie das?«, fragte Mads und zog die Stirn in Falten.

»Was haben Sie gemacht, als Sie noch nicht joggen gegangen sind?«, konkretisierte der Therapeut. »Womit haben Sie da Ihre Zeit gefüllt?«

»Ich habe gearbeitet«, antwortete Mads.

»Aha«, murmelte Halland und machte sich eine weitere Notiz. »Und warum sind Sie damals noch nicht gelaufen?«

»Das weiß ich nicht. Vermutlich hatte ich keine Zeit dafür.«

»Wenn Sie keine Probleme damit haben, Ihre Arbeit nach Feierabend liegen zu lassen, sollten Sie doch eigentlich Zeit genug gehabt haben.«

Mads spürte, wie sein Augenlid zu zittern begann. »Tja, dann weiß ich es auch nicht«, antwortete er und griff nach seinem Glas, während er den Psychologen anstarrte.

»Lindstrøm?« Halland beugte sich vor und stellte die Ellenbogen auf den Tisch. Einen Augenblick schwieg auch er, legte das Kinn auf die Hände und betrachtete Mads. »Ich gehe davon aus, dass Sie mit Jørgen Lindstrøm verwandt sind?«

»Ja«, antwortete Mads mit einem kurzen Nicken. »Das ist mein Vater.«

»Das dachte ich mir schon, als Per Teglgård Ihren Namen erwähnte. Ich hatte das Vergnügen, Ihren Vater kennengelernt zu haben. Er war ein sehr guter Ermittler und ein verantwortungsvoller Dezernatsleiter.« Er machte eine Pause und musterte Mads, der seine Finger so fest um das Glas gelegt hatte, dass seine Muskeln zitterten. »Wie geht es Ihnen damit, in seine Fußstapfen zu treten?«

»Dass mein Vater Dezernatsleiter war, hat nichts damit zu tun, dass ich im selben Dezernat arbeite«, antwortete Mads und stellte das Glas etwas zu hart auf den Tisch. »Ich weiß ganz genau, dass mein Chef der Meinung ist, dass ich wie mein Vater bin, aber das stimmt nicht.«

»Aha«, murmelte Halland. »Wäre es denn so schlecht, ihm zu ähneln?«

20. Februar

Toftlund

Mads zog die Mütze über die Ohren und schaltete die Stirnlampe ein. Das scharfe Licht wischte über den Hof, als er den Kopf drehte und langsam durch die Einfahrt in Richtung Straße trabte. Auf dem Asphalt glitzerte Raureif. Nur das Knirschen unter seinen Schuhen war zu hören. Mads beschleunigte seine Schritte. Der kalte Wind stach ihm in die Wangen und ließ seine Nase kribbeln, während sein Blick über die Felder ging. Das Licht der Straßenlaternen von Toftlund leuchtete wie die entfernte Glut eines Feuers und verschwand immer wieder hinter den Bäumen, die die Grenze des Orts markierten. Mads atmete tief durch und tauchte in sich selbst ab, während er nach links in den Bevtoftvej lief und seine Füße ihren eigenen Rhythmus fanden.

In beiden Richtungen erstreckte sich die flache, offene Landschaft. Windkraftwerke wuchsen wie majestätische, schlanke Gestalten aus dem Boden, und das Knistern der Hochspannungsleitungen lag in der eisig klaren Morgenluft. Mads achtete auf seinen Atem. Er spürte, wie der Puls in den Adern pochte, und in ihm breitete sich Ruhe aus. In den Häusern um ihn herum erwachte langsam das Leben. Aus den Fenstern fiel warmes Licht nach draußen. Hinter ihm näherte sich ein Auto, und er warf einen Blick über die Schulter, während er sich dem Kreisverkehr am Rand von Bevtoft näherte. Die Scheinwerfer wirkten im Dunkel wie die Augen eines Raubtiers. Mads blieb stehen und lief auf der Stelle, während er ungeduldig darauf wartete, dass der Wagen vorbeifuhr, damit er die Straße überqueren konnte.

Das Licht der Straßenbeleuchtung fiel auf das Gesicht der Fahrerin, die das Tempo ihres Wagens gedrosselt hatte. Für einen Moment begegneten sich ihre Blicke.

»Mads?« Berit Langer kurbelte die Scheibe herunter.

»Hej.« Er winkte und lächelte sie an, während er auf der Stelle trabte.

»Du bist aber früh unterwegs«, sagte sie. Der Wind wehte ihr eine ihrer blonden Locken ins Gesicht, die sie sich hinters Ohr schob.

»Ich konnte nicht schlafen«, erklärte Mads und schlug die Arme um sich. Die Kälte drang durch seine verschwitzte Kleidung, und er bekam Gänsehaut. »Und du?«

»Ich bin auf dem Weg nach Odense«, antwortete Berit. »Ich muss im Institut für eine Kollegin einspringen und die Frühschicht übernehmen. Eigentlich habe ich Urlaub.« Sie zog die Schultern resigniert hoch. »Hast du schon was von Teglgård gehört?«

»Ich war am Freitag bei ihm. Seitdem habe ich nichts mehr gehört, nein«, antwortete Mads und ließ den Blick über die Felder schweifen.

»Dann weißt du noch immer nicht, wann du wieder zurückkommst?«

»Nein«, antwortete Mads, ohne sie anzusehen.

»Blöd«, sagte Berit und sah auf die Uhr am Armaturenbrett. »Ich muss leider weiter. Vielleicht hast du im Laufe der Woche mal Zeit für einen Kaffee?«

»Das wäre nett.« Sein Blick richtete sich wieder auf sie. Die Wärme in ihren Augen war genau so, wie er sie in Erinnerung hatte, und für einen Moment zog sein Herz sich zusammen. Dann hob er die Hand. »Fahr vorsichtig.«

»Das werde ich«, antwortete Berit und winkte durchs Fenster, als sie losfuhr.

Mads sah dem Wagen hinterher, ehe er die Straße überquerte und über die schmalen Sträßchen in Richtung Over Jerstal lief.

20. Februar

Toftlund

Mads atmete aus und schob die Finger etwas auseinander, dann biss er die Zähne zusammen und stemmte die Gewichte hoch. Die Muskeln zitterten unter der Belastung, und er wartete einen Augenblick, bevor er die Stange wieder zurück in die Halterung sinken ließ und die Finger ausstreckte. Er legte den Kopf nach hinten auf die Hantelbank und spürte das Herz in seiner Brust hämmern. Aus den Lautsprechern dröhnte Musik, die aber nicht laut genug war, um das Rauschen des Blutes in seinem Körper zu übertönen. Er richtete sich auf, als das Lied stoppte und stattdessen der Klingelton seines Handys zu hören war. Auf dem Display erschien der Name seiner Schwester.

»Mads«, meldete er sich und griff nach dem kleinen Handtuch, das auf dem Boden neben der Hantelbank lag.

»Hallo, ich bin's, Lisa.« Mads schwieg, während er sich den Schweiß von der Stirn wischte. »Was machst du gerade? Ich versuche schon seit Tagen, dich zu erreichen.«

»Ich trainiere«, antwortete Mads, stand auf und ging ins Wohnzimmer. Durch die Fenster sah er die Lichter von Toftlund auf der anderen Seite der Felder.

»Trainieren? Weißt du eigentlich, wie spät es ist?«

»Ja, kurz vor elf«, antwortete Mads. Er schaltete das

Licht ein und warf das Handtuch auf den Esstisch. Das regelmäßige Ticken der alten Uhr durchbrach die Stille, und er ging schweigend in die Küche.

»Wie lange bist du schon dabei?«

»Keine Ahnung«, antwortete Mads und öffnete den Kühlschrank. Er starrte kurz hinein, dann klemmte er das Handy zwischen Schulter und Ohr, nahm sich einen Proteindrink und schloss den Kühlschrank wieder. »So drei oder vier Stunden, glaube ich.«

»Seltsamer Zeitpunkt zum Trainieren, findest du nicht auch?«, fragte Lisa.

»Es kann dir doch wohl egal sein, wann ich trainiere, oder?«, konterte Mads und trank einen Schluck.

»Klar, so war das nicht gemeint.«

»Und wie war es dann gemeint?« Mads leerte die Plastikflasche, drückte sie zusammen und warf sie ins Spülbecken. »Es fühlt sich echt so an, als würdet ihr mich alle überwachen. Ob ich nachts um drei trainiere oder am helllichten Tag, ist doch wohl meine Sache.«

»Ja, natürlich«, antwortete Lisa. Einen Augenblick blieb es still, dann sagte sie: »Ich will einfach nur wissen, wie es dir geht. Ich habe im Netz gelesen, dass im Fährmann-Prozess bald das Urteil fällt.«

Mads öffnete den Mund. Er fuhr sich mit der Zunge über die Lippen, aber all das, was er sagen wollte, blieb in seinen Gedanken.

»Alles okay bei dir?«, erkundigte sie sich.

Er drehte den Wasserhahn auf und ließ ein Glas volllaufen, während er auf die dunklen Felder starrte.

»Mads, bist du noch da?«

»Ja, ich bin da«, antwortete er und atmete schwer aus.

»Kommst du klar?«

»Ja, ich komme klar«, antwortete er und drehte den Hahn wieder zu. Er trank in großen Schlucken und spülte mit dem Wasser den klebrigen Geschmack des Vanilledrinks hinunter, ehe er zurück ins Wohnzimmer ging und sich auf das abgewetzte Ledersofa fallen ließ.

»Hast du Kontakt mit Teglgård?«

»Hm«, antwortete Mads und lehnte sich zurück. Im Spalt zwischen den Polstern kamen Staub und Krümel zum Vorschein.

»Du, ich meine das ernst«, fuhr Lisa fort, als er nicht weiter darauf einging. »Nach allem, was ich im Netz gelesen habe, kann ich nur erahnen, was du damals gesehen haben musst. Du weißt, wie sehr so was Papa zugesetzt hat.«

»Ich bin nicht Papa«, fiel Mads ihr ins Wort. »Ich verstehe nicht, warum alle immer glauben, dass ich wie er bin. Als würdet ihr förmlich erwarten, dass ich mich am nächsten Balken aufhänge.«

»Ihr?«

»Du und Teglgård«, schimpfte Mads. »Und dieser Psychotherapeut.«

»Was für ein Psychotherapeut?«

»Per Teglgård verlangt von mir, dass ich zu einem Psychologen gehe«, erklärte Mads und verdrehte die Augen. »Troels Halland. Er hat Papa gekannt und glaubte natürlich gleich zu wissen, wie ich ticke.«

»Vielleicht ist es keine schlechte Idee, mit einem Psychologen zu reden«, sagte Lisa. Ein scharfes Klicken war durch das Handy zu hören, dann hörte er, wie sie tief einatmete.

»Es ist wirklich unglaublich, wer alles zu wissen glaubt, was gut für mich ist«, antwortete Mads.

»Ich sage doch gar nicht, dass du das brauchst. Ich dachte nur, dass es dir vielleicht guttut, mit jemandem über das alles zu reden«, wandte Lisa ein.

»Gut tut?«, wiederholte Mads und schüttelte den Kopf. »Danke für deine Fürsorge, aber ich komme wirklich allein klar.«

»Ja, natürlich«, sagte Lisa. »Ich wollte mich nicht einmischen.«

»Das macht Teglgård schon mehr als genug.«

»Hast du was von der internen Ermittlung gehört?«

»Nee, noch nicht«, antwortete Mads.

»Du weißt also noch nicht, wann du wieder arbeiten kannst?«

Mads legte den Kopf zurück und atmete aus. »Nein.«

»Und Teglgård weiß das auch nicht?«

»Woher soll ich das denn wissen?«, brummte Mads.

»Ja, klar«, antwortete Lisa und nahm einen weiteren Zug von ihrer Zigarette. »Ich dachte nur, dass du vielleicht irgendetwas gehört hast.«

»Du solltest dir darüber nicht so viele Gedanken machen«, sagte Mads. »Ich weiß nicht einmal, ob ich zurückwill.«

»Wie meinst du das denn?« Er konnte förmlich hören, wie sie ihre Stirn in Falten zog.

»Genau so, wie ich es gesagt habe«, antwortete Mads. »Ich weiß nicht, ob ich zurück ins Dezernat für Gewaltverbrechen will. Per Teglgård ist sehr bewusst, dass ich den Fall aufgeklärt habe, trotzdem hat er den Vorgang an die interne Ermittlung weitergegeben. Er hat mich hintergangen.«

»War er denn nicht gezwungen, sich an den Dienstweg zu halten?«, fragte Lisa.

»Du glaubst also auch, dass ich schuld am Tod dieser Mädchen bin?«

»Lass das, Mads. Du weißt ganz genau, was ich glaube. Ich werde immer auf deiner Seite sein.«

»Danke«, murmelte Mads.

»Hast du heute die Nachrichten gesehen? Da kommt immer wieder dieselbe Meldung.«

»Nein.«

»Dann tu das mal«, antwortete Lisa. »Das ist sogar hier in England ein Thema, vermutlich gibt es da irgendwelche Verbindungen.«

Mads beugte sich vor, griff nach der Fernbedienung und schaltete TV2 ein. Gleich darauf sah er einen Journalisten, der sich vor dem Gerichtsgebäude aufgestellt hatte.

»*Obwohl der Fall, der im letzten Herbst das ganze Land erschüttert hat, aus Rücksicht auf die Hinterbliebenen und die Schwere der Verbrechen hinter geschlossenen Türen verhandelt wird, ist durchgesickert, dass die psychologische Kommission des Gerichts eine einstimmige Beurteilung abgegeben hat. Infolge der Informationen, die wir erhalten haben, wird der Täter als eine Person mit extrem abweichenden sexuellen Präferenzen und psychopathischen Zügen beschrieben. Inoffiziellen Quellen zufolge ist die Anklage im Besitz von mehr als dreitausend Dateien mit pornografischem Material unterschiedlichen Charakters, was deutlich mehr ist, als der Öffentlichkeit bisher bekannt war. Laut unabhängigen Quellen sollen die Übergriffe und Morde nur über einen begrenzten Zeitraum hinweg stattgefunden haben. Das National Cyber Crime Center NC3 hat seine Ermittlungen aber noch nicht abgeschlossen. Womöglich gibt es noch weitere Opfer. Der mutmaßliche Täter ist über die erwähnten*

Punkte hinaus angeklagt worden, Kopf eines internationalen Netzwerks zu sein, das sich über ganz Europa verzweigt. Ich habe gerade erst mit Staatsanwältin Nina Krabbe gesprochen, die klar zum Ausdruck gebracht hat, dass sie ein Urteil mit anschließender Sicherungsverwahrung fordern wird, da sie den Täter als äußerst gefährlich einschätzt. Die psychologische Kommission scheint ihr in diesem Punkt zu folgen.«

Der nächste Beitrag begann, und Mads schaltete den Fernseher aus. »Das Ganze steckt noch immer irgendwie in mir.«

»Die Festnahme?«, fragte Lisa.

»Nein, die Videos.« Er schwieg. Das Ticken der Uhr füllte die Stille um ihn herum, und er ließ die Hand mit der Fernbedienung auf die Knie sinken. »Sobald ich die Augen schließe, sehe ich das alles wieder vor mir.«

»Hast du mit dem Psychotherapeuten darüber gesprochen?«

»Nein«, antwortete Mads und schüttelte den Kopf, obwohl sie das nicht sehen konnte. »Ich wusste doch die ganze Zeit, dass ein Job im Dezernat für Gewaltverbrechen so was mit sich bringen kann.«

»Man ist nicht schwach, nur weil so etwas einen berührt«, sagte Lisa. »Ich wünschte mir, Papa hätte mehr über das geredet, was er erlebt hat. Vielleicht wäre alles anders gekommen, wenn er sich geöffnet hätte, als Mama ihn gefragt hat.«

»Du weißt so gut wie ich, dass er das nicht konnte«, antwortete Mads, bevor sie weiterreden konnte. »Es gibt da so etwas wie Schweigepflicht.«

»Ja, aber … all das allein mit sich herumzutragen ist einfach zu viel verlangt. Wenn er ihr davon erzählt hätte, wäre es vielleicht nicht so weit gekommen.«

»Ich weiß ja, was du über Vaters Tod denkst, aber ich glaube nicht daran«, antwortete Mads.

»Das hast du nie getan«, sagte Lisa und lachte leise. »Fakt ist aber doch, dass auch der Obduktionsbericht zu dem Schluss gekommen ist, dass er Selbstmord begangen hat.« Sie schien zu warten, dass er etwas sagte, doch er schwieg. »Vielleicht wäre es wirklich eine gute Idee, wenn du dich dem Psychologen gegenüber öffnen würdest.«

»Du klingst schon wie Teglgård«, sagte Mads und legte die Fernbedienung auf den Couchtisch, ehe er sich wieder zurücklehnte. »Worüber soll ich denn mit ihm reden? Wenn man den Job nicht aushält, ist man bei der Polizei falsch.«

»Das weißt du ganz genau«, antwortete Lisa. »Außerdem ist das, was du da erlebt hast, weiß Gott nichts Alltägliches. Vielleicht würde es helfen, über das zu reden, was du gesehen hast.«

»Ich habe kein Problem mit dem, was ich gesehen habe«, sagte Mads. »Ich habe auch dem Psychologen erklärt, dass das zu meinem Job gehört.«

»Dann meinst du also, dass du bereit bist, wieder zu arbeiten?«

Mads schnaubte. »Die können mich mal. Wenn das der Dank dafür ist, so einen Drecksack geschnappt zu haben!« Er stand auf und gestikulierte wild. Sein Spiegelbild in den Fenstern des Wintergartens schimmerte blass.

»Es ist eine Formalität, dass sie dich freigestellt haben«, sagte Lisa. »Du bist wie Papa. Es liegt in deiner DNA, Verbrechen aufzuklären. Du darfst das nicht einfach wegschmeißen, nur weil es jetzt gerade kompliziert ist.«

»Nichts ist kompliziert«, schimpfte Mads. »Der Täter wurde gefasst. Wenn das Teglgårds Art ist, die Dinge zu regeln, soll er das ohne mich machen.«

»Hör auf, Mads. Wir wissen doch beide, wie wichtig dir

deine Arbeit ist. Teglgård hat das nicht gemacht, um dich zu demütigen oder damit du zu Kreuze kriechst. Er muss sich einfach an die Regeln halten.«

»Die kann man aber so oder so auslegen. Er hätte mich nicht opfern müssen.«

»Ich sehe das ein bisschen anders, kann dich aber verstehen«, sagte Lisa. »Was hältst du davon, wenn ich für ein paar Tage nach Hause komme?«

»Nein, ich bin nicht in der Stimmung für Besuch«, antwortete Mads und ließ sich wieder aufs Sofa fallen.

»Umso wichtiger, dass ich komme«, sagte Lisa. »Es tut dir nicht gut, allein zu sein. Wir könnten dann auch schauen, was wir mit dem Haus machen. Und Mamas und Papas Sachen wegräumen.«

»Das schaffe ich im Moment nicht«, antwortete Mads und fuhr sich mit der Hand über das Gesicht. »Können wir das nicht machen, wenn du im Sommer nach Hause kommst?«

»Wir schieben das schon ein ganzes Jahr vor uns her. Das macht es nicht leichter«, wandte Lisa ein. »Vielleicht würde es dir guttun, mal auf andere Gedanken zu kommen.«

22. Februar

Toftlund

Mads streckte sich nach dem Teller mit dem proteinreichen Falafel-Bohnen-Salat aus. Die exakt abgemessenen Kalorien waren exakt nach den Anweisungen der Ernährungs-Webseite, auf die er schwor, über den Tag verteilt. Keine Zusatzstoffe. Ein Minimum an Salz, Fett und einfachen Kohlenhydraten. Er nahm die Gabel, zögerte dann aber und sah stattdessen noch einmal auf den Obduktionsbericht, den er bereits auswendig kannte. Die harten Fakten widersprachen definitiv seinem Bauchgefühl. Seufzend schob er die Papiere zur Seite und lehnte sich auf dem Sofa zurück, als mit einem Mal die Türklingel zu hören war. Er stand auf. Sein Blick huschte über das nur halb gegessene Abendessen, dann ging er in den Flur. Er öffnete die Haustür und sah seinen Gast verwundert an.

»Sie sind es?«, fragte Mads auf Deutsch.

»Guten Abend«, sagte Werner Still lächelnd. »Störe ich?«

»Nein, überhaupt nicht. Kommen Sie rein.« Er trat zur Seite, damit der Rechtsmediziner aus Kiel eintreten konnte. »Kann ich Ihnen was anbieten?«

»Ja, gerne. Ein Kaffee wäre toll«, sagte Werner Still. Er nahm den Hut ab, strich sich mit der Hand über die schütteren Haare und folgte Mads ins Wohnzimmer. Die Lampe über dem Couchtisch warf einen gelben Lichtkegel nach unten, ansonsten lag der Raum im Dunkeln.

»Nehmen Sie doch Platz«, sagte Mads und verschwand in der Küche. Er öffnete den Schrank und nahm die Kaffeedose heraus, doch sie war bis auf ein paar Krümel leer. »Kaffee wird leider schwierig«, sagte er in Richtung Wohnzimmer und stellte die Dose zurück in den Schrank. »Tut es auch ein Glas Wasser?«

»Machen Sie sich keine Gedanken«, antwortete Werner Still. »Außerdem habe ich heute schon genug Kaffee gehabt, eigentlich sollte das reichen.«

»Erzählen Sie, wie läuft es in Kiel?«, fragte Mads, nahm ein Laufshirt von der Lehne des Sofas und legte es weg, bevor er gegenüber von Werner Still Platz nahm.

»Alles beim Alten, denke ich«, antwortete Werner Still und warf einen Blick auf die Papiere, die neben dem Salat lagen. »Meine Klientel ist in der Regel tot.« Er lächelte Mads zu. »Wie ist es mit Ihnen? Wie ich sehe, haben Sie zu tun.« Er nickte in Richtung Tisch. »Ein Obduktionsbericht? Geht es um den Mord in Bylderup?«

»Nein, das ist nur ein alter Fall, den ich mir noch einmal angeschaut habe«, antwortete Mads und schob die Papiere zusammen.

»Ach so.« Werner Still sah ihn über die Brillenfassung aus Edelstahl hinweg an. »Thomas Beckmann hat erwähnt, dass Sie suspendiert worden sind?«

»Freigestellt«, korrigierte Mads ihn. »Woher weiß er davon?«

»Die internen Ermittler der dänischen Polizei haben sich eine Zeugenaussage von ihm geholt«, antwortete Werner Still. »Ich habe mir Sorgen um Sie gemacht, und da ich ohnehin in der Gegend war, dachte ich, dass ich auf einen Sprung vorbeikommen könnte. Kommen Sie klar?«

»Das weiß ich, ehrlich gesagt, nicht«, antwortete Mads mit einem Schulterzucken. »Die Polizei und das Dezernat für Gewaltverbrechen waren mein Leben, doch im Moment bin ich mir nicht sicher, ob ich dieses Leben fortsetzen kann oder will.«

»Ich weiß, dass Ihr Vater im selben Dezernat war«, sagte Werner Still und nickte in Richtung der Papiere. »Sie sollen ihm ziemlich ähnlich sein, habe ich gehört.«

Mads schüttelte den Kopf. »Nein, er hätte sich niemals in eine solche Situation hineinmanövriert, in der ich gerade stecke.«

»Vielleicht nicht, vielleicht aber doch«, antwortete Werner Still lächelnd. »Das kann doch niemand von uns wissen. Womit verbringen Sie Ihre Zeit? Sie sind schlanker geworden.«

»Ich mache viel Sport«, sagte Mads und versuchte sich an einem Lächeln. »Nur so gelingt es mir, die Gedanken auf Abstand halten.«

»Auf Abstand, wovon?«

»Von dem Ganzen«, antwortete Mads. »Von diesem Fall. Und seinen Konsequenzen.«

Werner Still nickte. »Das verstehe ich gut. Ist das einer Ihrer Fälle?«

»Nein«, antwortete Mads und griff nach den Papieren. »Das ist der Obduktionsbericht meines Vaters.« Er beugte sich vor und sah kurz hinaus in den Wintergarten, bevor er sich wieder auf die Unterlagen konzentrierte. »Selbstmord«, sagte er schließlich. »Zu dem Schluss kommt auf jeden Fall der Bericht, nur dass ich nicht daran glauben kann.«

»Warum nicht?«, fragte Werner Still und zog die Stirn in Falten.

»Mein Vater hätte das niemals getan. Es gibt keine Erklärung dafür, warum er sich hätte erhängen sollen.«

»Manchmal gibt es für Selbstmord keine Erklärung.«

»Das weiß ich«, antwortete Mads. »Aber irgendetwas stimmt da nicht.«

»Was genau?« Werner Still sah ihn über den Rand der Brille hinweg an.

»Das hier«, sagte Mads und griff nach dem Polizeibericht. Er blätterte durch die zusammengehefteten Papiere, vorbei an den Fotos vom Leichnam seines Vaters, der leer in die Kameralinse des Kriminaltechnikers starrte, und den Beschreibungen des Seils, das um den Dachbalken des Wintergartens gewickelt worden war und sich in Jørgen Lindstrøms Hals geschnitten hatte. Er hielt inne und betrachtete den Brief, der für den Bericht eingescannt worden war. Die Schrift mit dem blauen Kugelschreiber war schräg, und einige Buchstaben wirkten unvollständig, als hätte er den Brief in aller Eile verfasst. Mads presste die Lippen zusammen, als er Werner Still den Bericht reichte. Seine Hand zitterte leicht, und er hielt die Luft für einen Moment an, ehe er schließlich ausatmete und die Schultern sinken ließ. »Das da hätte er niemals geschrieben«, sagte Mads und nickte in Richtung Brief.

»Was in Abschiedsbriefen steht, ist nicht immer rational«, erwiderte Werner Still und hob den Blick.

»Das weiß ich«, antwortete Mads. »Es ist auch nicht der Brief als Ganzes, sondern das hier.« Er tippte mit dem Finger auf die Unterschrift. »Mein Vater hätte niemals mit Eskild unterschrieben.«

»Jørgen Eskild Lindstrøm?«

»Ja«, antwortete Mads. »Er hat diesen Namen verabscheut.«

»Warum hat er ihn dann hier hingeschrieben?«, fragte Werner Still und zog die weißen Augenbrauen zusammen.

»Ich glaube, er wollte uns damit sagen, dass er das nicht aus freien Stücken getan hat. Dass er nicht vorhatte, uns zu verlassen.«

»Aha, und das haben Sie damals auch der Polizei zu erklären versucht?«

»Ja«, antwortete Mads und saß für einen Moment still da. Sein Blick huschte über den Tisch, bis er am Obduktionsbericht hängen blieb. »Dieser Aspekt wurde nie berücksichtigt. Obwohl ich mehrfach darauf hingewiesen habe, taucht meine Aussage nicht mal im Polizeibericht auf. Der Fall wurde zu den Akten gelegt, es gab nie irgendwelche Ermittlungen. Selbstmord. Mehr hatten sie dazu nicht zu sagen.«

»Irgendeine Art von Ermittlung muss es aber doch gegeben haben?«, fragte Werner Still und legte den Bericht auf den Couchtisch.

»Nein«, antwortete Mads. »Es gab keine Ermittlung, jedenfalls keine richtige. Torben Laugesen war als Erster am Tatort und hat den Fall als Selbstmord eingestuft, noch ehe die Techniker hier waren. Per Teglgård ist erst später aufgetaucht. Er hat das Geschehen bedauert und von einem Fall gesprochen, der meinem Vater sehr zugesetzt habe, und dass es ihm leidtue, nicht bemerkt zu haben, wie es um ihn stand. Der Fall wurde endgültig geschlossen, als auch der Obduktionsbericht zu dem Ergebnis kam, dass es sich um Selbstmord handelte.«

»Sie glauben aber nicht, dass es einer war?«

»Mein Vater hat sein ganzes Leben seiner Arbeit gewidmet«,

antwortete Mads. »Er hat aber nie zugelassen, dass ein Fall ihm so zusetzt.«

»Und da sind Sie sich sicher?«

»So sicher, wie man sich nur sein kann. Er hätte meine Mutter niemals im Stich gelassen und ihr nicht noch mehr Schmerzen hinzugefügt. Sie hat so schon genug gelitten.« Er schüttelte den Kopf. »Niemals.«

»Sind Sie schon mal auf den Gedanken gekommen, dass er sich das Leben genommen haben könnte, um sie vor noch größeren Schmerzen zu schützen?«, fragte Werner Still und musterte Mads, ehe er die Hände auf die Oberschenkel legte und aufstand. Er sah sich kurz in dem dunklen Wohnzimmer um und richtete seinen Blick dann wieder auf Mads. »Ich sollte sehen, dass ich nach Hause komme. Vera wartet.« Er ging in Richtung Flur.

»Kommen Sie gut nach Hause«, sagte Mads und streckte ihm die Hand hin. »Es tut mir leid, dass ich Ihnen nicht mal eine Tasse Kaffee anbieten konnte.«

Werner Still lachte. »Das macht doch nichts. Ich denke, meine Frau hat längst den Kaffee parat, wenn ich in die Einfahrt fahre.« Er nahm seinen Hut und nickte Mads zu. »Übrigens, ein schönes Haus, das Sie hier haben.«

Er öffnete die Haustür und trat auf den Treppenabsatz. »Sie mögen es vielleicht nicht glauben«, sagte er und drehte sich zu Mads um. »Aber Thomas Beckmann stärkt Ihnen den Rücken.«

»Thomas Beckmann?« Mads zog die Stirn in Falten.

»Ja«, antwortete Werner Still und ging zu seinem Auto. »Thomas Beckmann hat den dänischen Polizeibehörden erklärt, dass er voll und ganz Ihrer Meinung war.« Er öffnete die Autotür. »Soweit ich weiß, hat er gesagt, dass das, was Sie getan haben, das einzig Richtige war, um den Täter zu fassen. Ein gemeinsamer Entschluss, bei dem auch er sich vollkommen der Tatsache bewusst war, dass er im Widerspruch zu dem Befehl stand, den Sie erhalten hatten.«

»Aber das stimmt doch gar nicht«, wandte Mads ein.

»Davon weiß ich nichts«, antwortete Werner Still mit einem verschmitzten Lächeln.

23. Februar

Vojens

Die klare Wintersonne wurde von den schwarz glasierten Dachziegeln reflektiert, weshalb Mads sich blinzelnd die Hand über die Augen hielt, während er vor dem großen Haus stand und wartete, dass jemand ihm öffnete.

»Kommen Sie rein«, sagte Ulla Halland und trat zur Seite. Ihre warme, freundliche Stimme bildete ein wohliges Gegengewicht zu dem kalten Wind, der die dünnen Wolken über das Haus trieb. »Troels telefoniert noch, aber nehmen Sie ruhig schon mal im Büro Platz. Er ist sicher gleich fertig. Kaffee?«

»Nur ein Glas Wasser, bitte«, antwortete Mads und öffnete seine Jacke, während die Frau des Therapeuten die Tür hinter ihm schloss. Durch die großen Panoramafenster des Wohnzimmers fiel das Licht bis in den Eingangsbereich. Irgendwo im Hintergrund hörte er Troels Hallands tiefe Stimme.

»Das bringe ich Ihnen gerne«, sagte Ulla Halland und verschwand in Richtung Küche.

Mads öffnete die Bürotür und trat ein. Die Schuhe versanken in dem weichen Teppich wie in Treibsand, und er ballte unbewusst die Hände, als er zum Schreibtisch trat. Seine Augen glitten über das Plakat hinter Hallands Platz, während er seine Jacke auf die Armlehne des Stuhles legte.

»Ein unglaubliches Bild, nicht wahr? Troels hat sich in seinem Studium intensiv mit den Theorien von Hermann Rorschach befasst. Ich selbst habe nie verstanden, warum ein Tintenklecks etwas über die unterbewussten Gedanken eines Menschen aussagen soll«, meinte Ulla Halland und stellte das Tablett mit dem Glas und der Wasserkaraffe ab.

»Und was soll das sein?«, fragte Mads.

»Keine Ahnung«, antwortete sie und lachte. »Ich versuche gar nicht erst, darin irgendetwas zu sehen.«

»Ja, ja, für so etwas hat Ulla kein Verständnis«, sagte Troels Halland, der in sein Büro gekommen war. »Nehmen Sie Platz.« Er deutete auf den Stuhl, während seine Frau lächelnd den Raum verließ. »Tut mir leid, dass ich aufgehalten wurde.«

»Kein Problem«, antwortete Mads und setzte sich. Sein Blick klebte für den Bruchteil einer Sekunde an dem Plakat, eher er ihn auf Halland richtete, der ihm Wasser einschenkte.

»Bei unserem letzten Gespräch ist mir etwas aufgefallen«, sagte Halland und reichte Mads das Glas. »Sie haben relativ stark auf meine Frage reagiert, was Sie davon halten, in die Fußstapfen Ihres Vaters zu treten.« Er lehnte sich zurück, ohne Mads aus seinem Blick zu entlassen. Dann schlug er die Beine übereinander und legte die Hände auf die Knie.

»Ich bin nicht in die Fußstapfen meines Vaters getreten«, antwortete Mads und verschränkte die Arme vor der Brust.

»Nicht?« Halland sah auf seinen Notizblock. »Die Entscheidungen in unserem Leben haben häufig mit etwas zu tun, was wir in unserer Kindheit gesehen haben. Oder was uns da präsentiert wurde. Wir nehmen das Erbe an oder entscheiden uns für einen ganz anderen Weg.« Er sah Mads über den Rand seiner Brille hinweg an. »Was denken Sie über den Tod Ihres Vaters?«

»Ich bin nicht hier, um über den Tod meines Vaters zu reden«, antwortete Mads und spannte die Arme an. »Mein Besuch hier ist eine Formalität in Zusammenhang mit dem Fährmann-Fall.«

»Ja, das weiß ich«, sagte Halland und machte sich ein paar Notizen. »Was denken Sie über den Fährmann-Fall?«

»Sonderlich viele Gedanken habe ich mir nicht gemacht«, antwortete Mads mit einem Achselzucken.

»Dann hat der Fall keinen Eindruck bei Ihnen hinterlassen?«

»Natürlich hat er das«, sagte Mads. »Ich meine nur, dass es wenig Sinn hat, zu viel darüber nachzudenken.«

»Da haben Sie sicher recht«, brummte Troels Halland. »Es ist also nie vorgekommen, dass ein Fall Sie nicht mehr losgelassen hat oder dass Sie sich Vorwürfe gemacht haben, den Täter nicht schneller geschnappt zu haben?«

Mads senkte den Blick. Einen Moment schwieg er, dann holte er tief Luft. »Natürlich kommt es vor, dass ich mir selbst Vorwürfe mache«, antwortete er schließlich.

»Und was denken Sie dann?«

»Keine Ahnung«, antwortete Mads und zuckte wieder mit den Achseln. »Ich fühle mich … vermutlich habe ich das Gefühl, nicht gut genug zu sein.«

Halland nickte und notierte sich etwas. »Inwiefern nicht gut genug?«

»Das ist schwer zu beschreiben«, antwortete Mads und griff nach dem Glas.

»Bitte versuchen Sie es trotzdem«, forderte Halland ihn auf.

»Ich bin wütend auf mich«, antwortete Mads und sah aus dem Fenster. Draußen jagten die Wolken in hohem Tempo über den blauen Himmel. »Ich ärgere mich, weil ich überzeugt davon bin, dass ich Dinge hätte erkennen müssen, die ich aber nicht erkannt habe.«

»Aha«, brummte Halland. »Was denken Sie über die Ermittlungen im Fährmann-Fall?«

»Was ich darüber denke?« Die Haut am Hals begann unangenehm zu brennen, und Mads spürte geradezu, wie sich rote Flecken bildeten, die bis zu seinem Kinn hochkrochen. Dann richtete er seine Aufmerksamkeit wieder auf den Psychologen. »Ich denke, das Ganze ist ziemlich ungerecht abgelaufen.«

»Inwiefern ungerecht?«

»Letztendlich habe ich den Fährmann zu Fall gebracht, und trotzdem muss ich als Sündenbock herhalten.«

»Als Sündenbock?«, fragte Halland und zog die Stirn in Falten.

»Ja, als Sündenbock«, antwortete Mads und beugte sich vor. »Mir wird vorgeworfen, ich trage die Schuld an nicht weniger als drei Morden. Verstehen Sie das? Per Teglgård glaubt, ich sei schuld an dem Tod von drei unschuldigen Menschen, weil ich alles getan habe, um den Täter zu schnappen, während er selbst bloß gezögert hat.«

»Und was glauben Sie?«, fragte Halland und legte die Hände vor sich auf den Tisch.

Mads atmete stöhnend aus. »Was ich getan habe, war notwendig.«

»Ja, das verstehe ich«, antwortete Halland und spitzte die Lippen hinter dem Vollbart. »Aber davon mal abgesehen – trifft Sie eine Schuld an dem Tod dieser drei Menschen?«

»Wie soll ich das denn wissen?« Mads legte den Kopf in den Nacken und starrte an die Decke.

»Diese Frage können nur Sie beantworten«, sagte Halland, als Mads den Kopf wieder nach vorn nahm. »Fühlen Sie sich schuldig?«

»Ein bisschen, vielleicht«, antwortete Mads. »Per Teglgård hatte mich zwar auf das Risiko hingewiesen, aber für mich sah es so aus, als wäre das die einzige Möglichkeit.«

»Was denken Sie über Ihre mögliche Rückkehr?«

»Ich weiß nicht, ob ich das will«, antwortete Mads und wandte den Blick ab. »Es sieht so aus, als kämen sie ganz gut ohne mich zurecht.«

Halland nickte. »Welche Gefühle weckt das bei Ihnen?«

»Dass ich überflüssig bin«, antwortete Mads, ohne den Blick des Psychologen zu erwidern. »Vielleicht ist das Dezernat für Gewaltverbrechen ohne mich besser dran.«

»Sie haben aber auch schon mal gesagt, dass alles, was Sie wollen, die Arbeit in diesem Dezernat ist«, sagte Halland und nahm das Bein herunter.

»Möglich, aber dass ich das Dezernat brauche, heißt ja nicht, dass das Dezernat auch mich braucht.«

»Bleiben wir mal ein bisschen bei dieser Äußerung«, sagte Halland und notierte sich etwas.

»Welche Äußerung?«

»Dass Sie das Dezernat brauchen«, erwiderte Halland und neigte den Kopf zur Seite. »Können Sie das vertiefen?«

»Das habe ich doch schon gesagt. Die Arbeit dort ist alles, was ich kann«, antwortete Mads. »Das Dezernat für Gewaltverbrechen war immer mein Leben, was aber, wenn die da ohne mich besser zurechtkommen? Was bin ich dann?« Er schluckte, als sein Hals sich zusammenschnürte. Für einen Augenblick drohte die Stimme zu versagen, doch dann spülte er das bedrückende Gefühl mit einem Schluck Wasser hinunter.

»Ja, was sind Sie dann?«, fragte Halland.

»Genau das weiß ich nicht«, antwortete Mads. »Für mich war immer klar, dass ich zum Dezernat für Gewaltverbrechen wollte. Nur das hatte Bedeutung. Und jetzt?« Er schüttelte den Kopf. »Nach dem Tod meines Vaters habe ich meiner Mutter versprochen, sie stolz zu machen. Ich habe ihr versprochen, seinen Namen reinzuwaschen, aber nicht einmal dieses Versprechen konnte ich halten.«

»Den Namen Ihres Vaters reinzuwaschen?«, fragte Halland und zog die Stirn in Falten.

»Ganz genau. Mein Vater hat sich nicht das Leben genommen. Ich habe ihr versprochen, dass niemand mehr ihn für einen Feigling halten wird, aber …« Er breitete die Arme aus, während die Luft aus ihm entwich wie aus einer kaputten Luftmatratze. Für einen Moment ließ er die Schultern hängen, riss sich dann aber wieder zusammen und sah den Psychotherapeuten noch einmal an. »Ich bin ein Versager.«

24. Februar

Toftlund

Mads beschleunigte seine Schritte. Der gefrorene Boden knirschte unter seinen Sohlen, und der Puls pochte in seinen Ohren. Er warf einen Blick auf die Felder und bog in den Vesbjergvej ein. Der gefrorene Boden glitzerte in der tief stehenden Morgensonne. Entfernt hörte er das Läuten der Glocken, das durch die kalte Luft zu ihm getragen wurde. Er atmete im Rhythmus seiner Schritte, als gäbe es sonst nichts in seiner Welt. Am Beginn der Kurve warf er einen Blick auf seine Sportuhr und erhöhte noch einmal die Frequenz, als wollte er die Zeit, die er sich selbst gesetzt hatte, noch einmal unterbieten.

Als er die Einfahrt erreichte, atmete er aus, beugte sich vor und stemmte die Hände auf die Knie. Das Herz hämmerte, und das Adrenalin rauschte durch seinen Körper. Langsam richtete er sich auf und stoppte die Zeit. Der Blick ging über die Landschaft, während sein Atem sich in kleinen Wölkchen vor dem Mund abzeichnete. Noch einmal warf er einen Blick auf die Uhr, dann drehte er sich mit einem kaum merkbaren Nicken um und ging an der welken Buchenhecke entlang zum Haus.

»Lisa?« Mads blieb abrupt stehen, als er seine Schwester sah. Sein Blick wanderte zu dem kleinen Mietwagen, der neben seinem Auto parkte.

»Hallo, Mads.« Lisa lächelte breit. Sie stellte den Koffer auf der Treppe ab und kam ihm entgegen. »Wie schön, dich zu sehen. Ich hatte schon gedacht, du hättest vergessen, dass ich komme.« Sie schlang ihre Arme um ihn und drückte ihn an sich.

Mads drehte den Kopf zur Seite. Die verschwitzten Laufsachen klebten an seinem Körper, und der Wind riss die Wärme mit sich fort. Ihre Winterjacke roch nach Zigaretten.

Lisa ließ ihn los, trat einen Schritt zurück und musterte ihn. »Du joggst?«

»Ja, habe ich doch gesagt«, antwortete Mads, nahm den Schlüssel aus seiner Laufhose und ging zur Haustür.

»Ja, aber …« Lisa verstummte, als er den Schlüssel ins Schloss steckte.

»Aber was?«, fragte Mads und öffnete die Tür. Wärme schlug ihm entgegen, und er warf einen Blick über die Schulter zu seiner Schwester, die nach dem Koffer griff und ihm folgte.

»Nichts«, antwortete Lisa lächelnd. »Ich hätte nur nicht gedacht, dass du schon so früh unterwegs bist.«

»Früh?«

»Ja, es ist doch erst kurz vor neun«, antwortete Lisa und schloss die Tür hinter sich. Ihr Blick verweilte einen Moment am Spiegel über der Kommode, und sie musterte sein Konterfei. »Du hast abgenommen.«

»Ein bisschen«, antwortete Mads, öffnete seinen Trinkrucksack und nahm ihn ab. Dann zog er die leeren Energiegel-Verpackungen aus der Seitentasche und warf sie in den Papierkorb neben dem Schuhregal.

»Ein bisschen?« Lisa stellte den Koffer ab und öffnete den Reißverschluss ihrer Jacke.

»Setz dich doch schon mal«, fuhr Mads fort, ohne auf ihre

Frage einzugehen. »Ich gehe kurz ins Bad.« Er öffnete die Tür zum Wohnzimmer und warf den Hausschlüssel in die kleine Schale auf der Kommode.

*

»Wo hast du den Kaffee versteckt?« Lisa stellte sich auf die Zehenspitzen, um besser in die Schränke schauen zu können.

»Es gibt keinen«, antwortete Mads und lehnte sich mit der Schulter an den Türrahmen, während sie ihn ungläubig anstarrte.

»Auch nicht in der Speisekammer?«, fragte sie und nahm zwei Tassen aus dem Schrank.

»Nein.« Er stieß sich vom Türrahmen ab und setzte sich an den Tisch. »Ich trinke keinen Kaffee mehr.« Er deutete auf das Glas, das vor ihm stand. »Wasser ist gesünder.«

»Also, jetzt schlägt's aber dreizehn«, sagte Lisa und lachte etwas gekünstelt. »Du trinkst doch Kaffee, seit du zwölf bist.«

»Elf«, korrigierte Mads sie, lehnte sich zurück und sah zu, wie sie von den Zehenspitzen auf die Fußsohlen sank.

»Dann eben elf«, antwortete Lisa und stellte die Tassen auf den Küchentisch. »Und seit wann achtest du so auf deine Gesundheit?«

»Weiß nicht«, antwortete Mads mit einem Schulterzucken. »Man muss ja irgendwie fit bleiben.«

Lisa spitzte die Lippen, als wäre sie auf der Suche nach einer passenden Antwort, dann nahm sie ihm gegenüber Platz. »Wie weit bist du gelaufen?«

»Etwas mehr als fünfundvierzig Kilometer«, antwortete Mads, stand auf und zog eine Schublade auf. Der Duft von Vanille erfüllte die Küche, als er den Deckel von einer Dose schraubte und drei Teelöffel davon in einen Shaker füllte.

»Das Laufen tut gut. Solltest du auch mal probieren«, fuhr er fort und drehte den Hahn auf. Er hielt den Finger für einen Moment in den Wasserstrahl, dann füllte er den Shaker und begann zu schütteln.

»Fünfundvierzig Kilometer?« Lisa starrte ihn an. »Bist du noch bei Sinnen?«

»Wieso?«, fragte Mads und nahm einen Schluck Proteindrink.

»Auf mich wirkt das ein bisschen extrem«, antwortete Lisa und zuckte mit den Achseln.

»Extrem?« Mads stieß ein leises Schnauben aus, das wie ein höhnisches Lachen klang, und setzte sich wieder. Er trank noch einen Schluck, ehe er den Becher auf den Tisch stellte und sich zurücklehnte. »Warum bist du gekommen?«

»Es kam mir so vor, als könntest du Gesellschaft gebrauchen«, antwortete Lisa und zuckte noch einmal mit den Schultern. Dann sah sie schweigend zu, wie er die Beine ausstreckte und die Arme vor der Brust verschränkte.

»Aha«, sagte Mads, ohne den Blick von ihr zu nehmen. »Und wie lang hast du vor zu bleiben?«

»Jetzt hör auf, Mads.« Lisa beugte sich vor und kniff die Lippen beleidigt zusammen.

»Du hättest wenigstens … fragen können, ob es mir passt«, antwortete er und leerte den Becher. Dann wischte er sich die Lippen mit dem Handrücken ab.

»Das habe ich doch.«

»Ach, wirklich?«

»Ja, das habe ich«, antwortete Lisa. »Außerdem müssen wir darüber reden, was wir mit dem Haus machen.«

»Ah, deshalb also.«

»Ich bin nicht nur deshalb gekommen«, entgegnete Lisa

und unterdrückte ein Stöhnen. »Verstehst du das nicht? Ich mache mir Sorgen um dich.«

»Sorgen?« Das Wort klang für ihn eher wie Hohn. Die Stuhlbeine kratzten über das Linoleum, als er aufstand. »Und warum hast du deine Besorgnis nicht damals gezeigt, als ich es gut hätte brauchen können?«

Lisa atmete langsam aus und senkte den Blick. »Entschuldige.«

Sie schwiegen eine Weile.

»Verdammt, Mads, ich kann die Vergangenheit nicht ändern. Wir müssen gemeinsam eine Lösung finden.«

»Für was?«, fragte Mads.

»Für die Frage, was mit dem Haus passieren soll. Und mit den ganzen Sachen von Mama und Papa. Es ist auch mein Elternhaus.«

»Das fällt dir aber ziemlich spät ein«, antwortete Mads. »Wenn ich es richtig in Erinnerung habe, konntest du nicht schnell genug von hier wegkommen.«

»Warum denkst du immer das Schlimmste über mich?«, fragte Lisa mit sich überschlagender Stimme. Ihre Augen wurden feucht, und sie sah durchs Fenster zu den beiden Autos in der Einfahrt.

»Das weiß ich auch nicht«, antwortete Mads. Er ging aus der Küche und schaltete den Fernseher im Wohnzimmer an.

»Können wir nicht darüber reden?« Lisa lehnte den Kopf an den Türrahmen. Ihre langen blonden Haare fielen über ihre Schultern und verdeckten einen Teil ihres Gesichts.

»Worüber?«, fragte Mads und ließ sich aufs Sofa fallen. »Du hast immer getan, was für dich das Beste war. Im Grunde ist es dann doch egal, was ich denke.« Er legte die Füße auf die Armlehne und richtete den Blick auf den Fernseher. Aufnahmen von der Kirche in Bylderup flimmerten vorbei, während der Nachrichtensprecher die Punkte auflistete, die bei der Pressekonferenz zur Sprache gekommen waren,

»Was denkst du denn? Was sollen wir mit dem Haus machen?«, fragte Lisa. Sie richtete sich auf und strich sich die Haare hinter die Ohren.

»Spielt es überhaupt eine Rolle, was ich denke?«, fragte Mads, ohne den Blick vom Fernseher zu nehmen.

»Ja«, antwortete Lisa. Ihre Stimme zitterte leicht, als klebten ihr die Sorgen auf den Stimmbändern und hielten die Worte zurück. »Sollen wir nicht das Beste daraus machen? Chris möchte auch, dass alles geregelt ist.«

»Chris?« Mads legte den Kopf in den Nacken und lachte. »Daher weht der Wind! Er will, dass wir das mit dem Haus regeln.«

»Nein, so ist es nicht«, antwortete Lisa und setzte sich auf die vordere Kante des Sessels. »Es ist mehr als ein Jahr her, dass Mama gestorben ist. Wir müssen uns doch einigen, was jetzt passieren soll. Wir können davor nicht einfach die Augen verschließen.«

»Und du meinst, du wärst die Richtige, um das anzugehen?«

»Ich weiß, dass ich dich hier im Stich gelassen habe. Wenn du willst, kannst du mir deshalb weiter Vorwürfe machen.« Sie knetete ihre Hände, und ihre Augen wurden feucht. »Wenn du wüsstest, wie sehr ich das bedauert habe.«

»Dafür ist es ein bisschen spät, findest du nicht auch?«, bemerkte Mads, als die Bilder auf dem Fernseher wechselten und Per Teglgård gezeigt wurde. Aus dem Augenwinkel sah er eine träge Fliege auf der Raufasertapete über der Lehne des Sofas und drückte sie mit dem Finger platt. »Wie lange willst du bleiben?«

24. Februar

Toftlund

Lisa öffnete die Tür zu ihrem alten Kinderzimmer. Abgestandene, klamme Luft schlug ihr entgegen. Sie ging zum Fenster und legte die Hände auf den Heizkörper. »Wann hast du hier zuletzt geheizt?«, rief sie über die Schulter nach hinten.

»Keine Ahnung«, antwortete Mads und stellte Lisas Koffer in der Mitte des Raumes ab. Sein Blick wanderte über die Poster von diversen Boygroups an den Wänden. In der Musikgeschichte nichts als eine ferne Erinnerung, aber für Lisa hatten diese Bands in ihren Teeniejahren die Welt bedeutet. Ein Lächeln ging über seine Lippen, als er an die Choreografien dachte, die sie wieder und wieder vor dem Spiegel zur Musik aus dem Ghettoblaster eingeübt hatte. »Das Gästezimmer ist vermutlich besser.«

»Nein«, antwortete Lisa und schüttelte den Kopf. »Ich hab keine Lust, Gast zu sein.« Sie drehte den Thermostat auf, und gleich darauf hörte man das Wasser in den Heizkörper laufen.

»Okay, deine Entscheidung«, sagte Mads und zuckte mit den Achseln.

»Seltsam irgendwie«, sagte Lisa und sah sich um. »Fast wie eine Zeitblase.« Sie griff nach einem kleinen gehäkelten Untersetzer und roch daran. »Weißt du noch, wie Oma den gemacht hat?« Sie rümpfte die Nase und drückte den Handrücken an die Nasenlöcher, als der Staub auf ihren Schleimhäuten kitzelte. »Ich habe das nie gelernt.« Sie presste die Lippen zusammen und legte die Handarbeit zurück auf das Regal am Spiegel. »Sie wollte mir so viel beibringen, aber ich hatte nie Zeit. Musste immer irgendetwas anderes machen.«

»Vielleicht fandest du es damals nicht so spannend«, sagte Mads und setzte sich aufs Bett. Staub wirbelte von dem ausgeblichenen Bettzeug auf. Dann nahm er den Teddy, der auf dem Kopfkissen lag. »Erinnerst du dich an den?«

»Pass bloß auf«, antwortete Lisa und drückte das lockere Knopfauge wieder an seinen Platz.

»Unglaublich, dass das Ding noch immer hält«, sagte Mads und betrachtete die grobe, unebene Naht, mit der der Arm an den plüschigen Körper genäht worden war. An mehreren Stellen drückte sich das Futter heraus.

»Was das anging, war Mama nicht so gut wie Oma«, antwortete Lisa. Sie stellte den Teddy zurück aufs Bett und nahm einen geschliffenen Kristall vom Regal. »Sie hat aber ihr Bestes gegeben.«

»Ja.« Mads beobachtete, wie sie den Stein zurücklegte und mit den Fingern über die anderen Erinnerungsstücke glitt. Die steifen Federn der Matratze knirschten, als er sich abstützte und aufstand.

»Wie eine Zeitreise«, sagte Lisa und öffnete eine Tür im unteren Bereich des Bücherregals. In einer transparenten Plastikkiste war eine nackte Barbiepuppe zu erkennen. Lisa warf ihm ein Lächeln zu, als sie die Kiste herausnahm. »Ich hatte total vergessen, dass ich die hier hingelegt hatte.« Sie strich mit den Fingern über die langen Kunststoffhaare der Puppe, die sich sofort elektrisch aufluden und an ihrer Haut hängen blieben, als klammerten sie sich an sie, um ja nicht wieder vergessen zu werden.

»Du solltest lüften, wenn du hier schlafen willst«, sagte Mads.

»Ja, da hast du recht.« Lisa ließ die Puppe wieder in die Kiste gleiten. »Machst du auf? Dann hole ich so lange einen Lappen.«

Mads sah ihr nach, als sie das Zimmer verließ. Die Fensterscheibe war schmutzig und der untere Teil des Rahmens schwarz verfärbt. Kalte Winterluft drang in den Raum, als er das Fenster öffnete. Während er den Thermostat herunterdrehte, fiel sein Blick auf ein Notizbuch, das hinter dem Heizkörper steckte.

»Was grinst du denn so vor dich hin?«

Mads zuckte zusammen, als Lisas Stimme ihn aus seinen Gedanken riss. Unwillkürlich klappte er das Notizbuch zu und versteckte es hinter seinem Rücken.

»Das ist ja wohl nicht wahr. Hast du in meinem Tagebuch gelesen?«, fragte Lisa und riss ihm das Notizbuch aus den Händen.

»Ich bin noch gar nicht dazu gekommen«, wandte Mads ein.

»Du weißt ganz genau, dass du nicht in meinen Sachen herumschnüffeln sollst.« Lisa drückte das kleine Buch an ihre Brust.

»Ich wusste gar nicht, dass das dein Tagebuch ist.«

»O doch, dass wusstest du.« In Lisas beleidigte Miene schlich sich ein Lächeln. »Sonst hättest du nicht so gegrinst.«

»*Heute hat Kasper sich in der großen Pause neben mich gesetzt*«, zitierte Mads und schaffte es gerade noch, sich zu ducken, bevor ihre Hand an seinem Kopf vorbeiflog. »Ich denke, ich sollte mal was zu essen machen.«

»Ja, tu das, dann kannst du hier wenigstens keinen Blödsinn anstellen«, rief sie ihm hinterher.

*

»War das anstrengend«, sagte Lisa, kippte das dreckige Wasser weg und spülte den Eimer aus, bevor sie ihn wieder unter das Spülbecken stellte. »Eine seltsame Vorstellung, dass das alles mal mir gehört hat.« Sie wischte sich die Hände am Geschirrtuch ab, das am Ofengriff hing, und schüttelte kaum merkbar den Kopf. »Mama hat echt nichts von meinem Spielzeug weggeworfen. Als hätte sie sich gewünscht, dass ich für immer ihr kleines Mädchen bleibe.«

»So war sie halt.«

Lisa lächelte. »Ja, ich weiß. Seltsam ist nur, dass ich nie was dagegen gesagt habe. Heute würdest du niemanden mehr dazu bringen, mit fast zwanzig in so einem Spielzeugmuseum zu leben. Was gibt es zu essen?«

»Linsenbratlinge«, antwortete Mads und betrachtete ihr Spiegelbild im Fenster. Die langen Neonröhren über dem Küchentisch warfen ein scharfes Licht auf ihr Gesicht, sodass die roten Wangen deutlich zu erkennen waren.

»Ich hätte nicht gedacht, dass du Linsen isst.«

»Die haben einen hohen Proteingehalt«, meinte Mads und zuckte mit den Achseln, als erklärte das alles.

»Und was gibt es dazu?« Lisa sah zum Tisch, auf dem eine Platte mit Linsenbratlingen und eine Schüssel mit einer grauschwarzen Masse standen, die sie offenbar nicht zuordnen konnte.

»Bohnenmus«, antwortete er und setzte sich.

»Bohnenmus? Du konntest Bohnen doch nie leiden?«

»Bohnen sind reich an Ballaststoffen, Vitaminen, Protein, Zink, Eisen, Magnesium und Selen«, zählte Mads auf und nahm sich mit der Gabel einen Bratling. »Probier mal. Bohnenmus hat einen positiven Effekt auf die Cholesterinwerte und den Blutzuckerspiegel.«

»Okay, ich probiere es«, sagte Lisa und klatschte sich einen Löffel voll auf den Teller. Sie zögerte einen Moment, dann schob sie die Gabel mit einem skeptischen Blick durch die Masse und steckte sie in den Mund. »Hast du da auch Salz reingemacht?«

»Ja«, antwortete Mads und nahm sich eine Gabel voll Bohnenmus.

»Wir könnten auch in die Pizzeria gehen«, schlug Lisa vor und schob den Bratling auf ihrem Teller außer Reichweite der schwarzen Masse. »Wenn wir früher allein zu Hause waren, haben wir das immer gemacht. Weißt du noch?«

»So was esse ich nicht mehr«, antwortete Mads und legte Messer und Gabel beiseite. »Schmeckt es dir nicht?«

»Doch, doch«, sagte Lisa und stach die Gabel vorsichtig in die leicht verbrannte Kruste des Bratlings, die ein leise krachendes Geräusch von sich gab. Mit einem skeptischen Lächeln sah sie auf ihre Gabel. »Ich dachte einfach, es könnte ganz nett sein.«

»Bist du dir im Klaren darüber, wie viele Kalorien in so einem Essen stecken?«, fragte Mads und leerte sein Wasserglas.

»Nein, darüber habe ich mir, ehrlich gesagt, noch nie Gedanken gemacht«, antwortete Lisa, als der Bratling von ihrer Gabel zurück auf den Teller rutschte. Sie schob den Stuhl vom Tisch weg und stand auf. »Sollen wir?«

»Was?«, fragte Mads und zog die Stirn in Falten.

»In die Pizzeria gehen?«, antwortete Lisa lachend. »Willst du wirklich dieses Zeug essen?« Sie zeigte auf seinen Teller, während er sich die nächste Gabel Bohnenmus in den Mund schaufelte.

»Doch, das war der Plan.«

»Sicher?« Ihre blauen Augen blitzten ungläubig, doch dann zuckte sie mit den Schultern. »Bis später. Ruf an, falls du es dir anders überlegen solltest.«

26. Februar

Toftlund

»In einer Woche endet die Untersuchungshaft von Michael Weidemann, doch der Polizei fehlt im Fall der in der Kirche von Bylderup ermordeten Pastorin Charlotte Weidemann noch immer der eindeutige Beweis für seine Täterschaft.«

Bilder von der Kirche flimmerten über die Mattscheibe, und aus dem Augenwinkel erkannte Mads die kräftige Gestalt seines Kollegen Torben Laugesen, die in einem weißen Overall steckte. Als das Handy auf dem Tisch vibrierte, drehte Mads den Kopf, legte den Spachtel beiseite und griff nach dem Telefon. Auf dem Display erschien der Name von Per Teglgård. Mads zögerte einen Augenblick, dann legte er das Handy wieder weg und nahm den Spachtel.

»Und?«, fragte Lisa und stieg von der Trittleiter nach unten. Trockene Farbkrümel und abgekratzte Spachtelmasse klebten auf ihrer Haut. »Neuigkeiten?«

»Nicht wirklich«, sagte Mads und starrte auf den Fernseher.

»*Charlotte Weidemann war am 19. Februar tot in der Kirche von Bylderup aufgefunden worden*«, fuhr der Sprecher fort. Das Porträtfoto einer schwarzhaarigen Frau von Anfang vierzig war zu sehen, die mit leicht geröteten Wangen in die Kamera lächelte. »*Die Ermittler der Polizei arbeiten Tag und*

Nacht, um den bestialischen Mord aufzuklären, durch den zwei kleine Mädchen ihre Mutter verloren haben.«

Wieder wechselte die Kameraeinstellung, jetzt war das Blaulicht eines Rettungswagens zu sehen, der vor der Kirche stand.

»*Die Polizei hat bis jetzt die Details geheim gehalten, aus gut informierten Kreisen sickerte inzwischen aber durch, dass das Opfer an die Altarschranke gefesselt war und man ihm beide Hände abgetrennt hatte. Natürlich sind dadurch bereits diverse Theorien über ein satanistisches Motiv aufgekommen.*«

Die nächsten Aufnahmen zeigten einen Polizeiwagen, der das Gelände des Polizeireviers in Haderslev verließ.

»*Bisher stand der Leiter des Dezernats für Gewaltverbrechen des Polizeireviers in Haderslev, Per Teglgård, nicht für einen Kommentar zur Verfügung*«, berichtete der Sprecher.

»Ein satanistisches Motiv?«, fragte Lisa und fuhr sich mit dem Unterarm über die Stirn, ehe sie nach ihrem Wasserglas griff und einen Schluck trank. »Glaubst du das auch?«

»Keine Ahnung«, antwortete Mads und schaltete zu einem anderen Sender um. »Bei Mord ist alles möglich.«

»Du meinst also, es könnte wirklich ein Kult oder so was dahinterstecken?«

Mads spachtelte den Riss im Türrahmen zum Flur zu. »Wie soll ich das denn wissen? Ich bin an den Ermittlungen ja nicht beteiligt und habe den Tatort nie gesehen.«

»Du musst aber doch was gehört haben«, beharrte Lisa. »Hat Teglgård angerufen?«

»Nein«, antwortete Mads und warf einen kurzen Blick auf sein Handy. Dann strich er die Spachtelmasse glatt.

»Und von den anderen im Dezernat hast du auch nichts gehört?«

»Ich habe wirklich keine Lust, darüber zu reden.«

»Aber du musst doch irgendwas gehört haben?«

»Nein, habe ich nicht«, entgegnete Mads genervt und warf den Spachtel auf den abgedeckten Esstisch. »Ich gehöre einfach nicht mehr dazu.«

»Das ist nur eine Frage der Zeit«, sagte Lisa und kletterte wieder auf die Trittleiter.

»Du verstehst das nicht. Per Teglgård hat mich aus dem Team genommen, und ich weiß nicht, ob ich jemals wieder zurückkehre – und ob ich das überhaupt will.«

»Hör auf, so was zu denken. Natürlich kehrst du zurück, du bist einer der besten Ermittler.«

»Mag sein, die Entscheidung liegt aber nicht einmal bei Teglgård. Und selbst wenn, wäre das auch keine Garantie.« Er griff nach dem Deckel der Spachtelmasse und drückte ihn auf die Packung. In diesem Moment begann das Handy erneut zu vibrieren, doch Mads lehnte den Anruf ab.

»Wer war das?«

»Teglgård«, antwortete er und steckte das Handy in die Tasche.

»Meinst du nicht, du hättest drangehen sollen?«

»Warum sollte ich das tun?«

»Weil der Anruf wichtig sein könnte?« Lisa nickte in Richtung seiner Hosentasche, in der das Leuchten des Displays zu erkennen war.

Widerwillig zog Mads das Handy heraus und meldete sich. »Lindstrøm.«

»Hallo, Mads.« Per Teglgårds Stimme klang müde.

»Was willst du?«

Für einen Moment blieb es still am anderen Ende, dann war zu hören, wie Per langsam ausatmete. »Ich brauche dich.«

»Ach.«

»Die Untersuchungshaft wird bald aufgehoben, und wir können ihm noch keine Verbindung mit dem Mord nachweisen«, sagte Per.

»Und seit wann ist das mein Problem?« Mads steckte die freie Hand in die Hosentasche. »Ich gehe doch wohl davon aus, dass Laugesen die Ermittlungen kompetent leitet.«

Per seufzte. »Lass das, Mads. Du weißt ganz genau, dass du mein bester Mann bist.«

»Ach ja?«, erwiderte Mads spitz.

»Wir haben doch schon darüber gesprochen. Ich konnte nicht anders handeln, verdammt. Ist dir eigentlich klar, wie ich vom Direktorat abgekanzelt worden bin? Deine Handlung musste Konsequenzen haben.«

»Ja, und dann natürlich lieber Konsequenzen für mich als für dich. Stimmt doch, oder?«

»Das hätte nicht so laufen sollen«, antwortete Per Teglgård. »Also, was sagst du? Ich bekomme eine Genehmigung, dich wieder ins Team zu integrieren, auch wenn dein Verfahren noch nicht abgeschlossen ist.«

»Nein danke«, antwortete Mads. »Mir ist vollkommen klar, dass du mit dem Rücken zur Wand stehst, aber daran hättest du früher denken sollen.« Er beendete den Anruf und warf das Handy auf den Tisch.

Am Fernsehbildschirm kam gerade der nächste Beitrag über den Mord in der Kirche von Bylderup. Und dann war Per Teglgårds Gesicht hinter der Frontscheibe eines Autos zu sehen. Er wirkte deutlich blasser als sonst.

»Was wollte er?«, fragte Lisa.

»Nichts.« Mads drehte sich um und ging in den Flur.

»Wo willst du hin?«

Der besorgte Ausdruck in ihren Augen machte ihn so wütend, dass er die Schnürsenkel seiner Joggingschuhe noch fester anzog, bevor er nach der Mütze griff und die Tür öffnete.

»Raus«, antwortete er. »Du musst nicht aufbleiben und auf mich warten.«

28. Februar

Toftlund

Mads sah auf seine Armbanduhr. Drei Stunden und sieben Minuten. Der Puls lag stabil bei einhundertfünfundfünfzig. Er blickte hinüber zur Kirche von Toftlund. Das graue Dach hob sich dunkel von dem blauen Himmel ab. Kahle Zweige reckten sich empor, als wollten sie etwas von der klaren Farbe abbekommen und damit den tristen Winter vertreiben.

Er lief um die Kirche herum zum Parkplatz, wo ein einzelner Wagen vor dem Friedhofseingang stand. Dahinter war der weiße Turm mit den schönen gusseisernen Mauerhaken zu sehen. Eine ältere Frau stand an einem Grab und sah in die Ferne, ehe sie in Richtung Ausgang lief. Mads überquerte den Parkplatz und bog dann rechts in Richtung Høllevang Alle ab. Auch an der nächsten Kreuzung hielt er sich rechts. Niedrige Hecken umrahmten die Vorgärten, und der abendliche Regen perlte an den Autos in den Einfahrten ab. Noch einmal sah er auf seine Uhr. Er lag gut in der Zeit, trotzdem beschleunigte er, als er in den Ørderup Kirkevej einbog und an einem Umzugswagen vorbeilief.

»Mads?«

Er wurde langsamer und drehte sich zu dem großen Transporter um. An der Seite prangte der Name einer Umzugsfirma in Kolding.

»Dachte ich mir doch, dass du das bist.« Berit Langer stellte einen Umzugskarton ab und strich sich die blonden Haare hinter die Ohren. Ihre blauen Augen blitzten. Sie rieb die Hände aneinander und schüttelte sich leicht, ehe sie auf ihn zukam.

»Berit?« Mads blieb stehen. Er sah auf die Uhr, die unbarmherzig weiterlief. Sekunde um Sekunde verlor er Zeit. Unruhe breitete sich in seinem Körper aus, und er trabte leicht auf der Stelle, um in Bewegung zu bleiben. »Was machst du hier?«

»Ich habe beschlossen, zurück nach Toftlund zu ziehen«, antwortete sie und deutete auf ein eingeschossiges gelbes Haus.

Er warf einen Blick auf das Gebäude und nickte anerkennend. Der Puls rauschte in seinen Ohren. »Hat Nikolai jetzt auch einen Job hier oben bekommen?«

»Wir sind nicht mehr zusammen«, antwortete Berit. »Wir haben es versucht, aber es ging nicht, deshalb bin ich jetzt hier, allein.« Sie blickte traurig und ein wenig betreten drein. »Zurück in Toftlund. Am Nabel der Welt.« Jetzt lächelte sie. »Wer hätte gedacht, dass ich den Ort hier mal vermissen würde?« Sie rieb sich noch einmal die vor Kälte roten Finger, ehe sie die Hände in die Hosentaschen steckte und die Schultern hochzog.

»Ja, wer hätte das gedacht«, erwiderte Mads und nickte kaum merkbar. »Nach dem Gymnasium warst du schnell weg.«

Berit lachte leise. »Ich weiß. Damals konnte es mir nicht schnell genug gehen. Ich wollte unbedingt raus aus diesem Provinzkaff.« Sie stieß mit der Schuhspitze gegen den Asphalt. »Es gibt so einiges, was man nicht weiß, wenn man jung ist.

Wie sieht es bei dir aus? Wohnst du hier, oder bist du zu Besuch bei deiner Mutter?«

»Sie ist letztes Jahr gestorben«, antwortete Mads und sah in Richtung des gegenüberliegenden Bürgersteigs, wo eine Frau mit Hund vorbeiging.

»Das tut mir leid«, sagte Berit. »Was ist mit dem Haus? Habt ihr es verkauft?«

Mads schüttelte den Kopf. »Ich habe es übernommen.«

»Ach so«, antwortete Berit. Sie griff nach dem Umzugskarton, konnte ihn aber nicht halten, sodass er nach unten wegrutschte. Mads war gleich zur Stelle und packte ihn.

»Soll ich dir den reintragen?«, fragte er und warf einen Blick zum Haus.

»Danke, das wäre nett«, antwortete Berit und trat einen Schritt zurück. »Kann ich dir was anbieten?«

»Nein, das brauchst du nicht«, sagte Mads und folgte ihr. Der Kies unter seinen Laufschuhen knirschte, und er warf einen raschen Blick über die Schulter zur Straße, wo ein älterer Mann mit seinem Fahrrad vorbeifuhr. »Du hast ja sicher zu tun.«

»Ach, komm einfach mit rein. Das Ausladen läuft mir nicht weg«, sagte Berit und drückte die Haustür weiter auf. Ihre schlanke Gestalt schob sich elegant an den Umzugskartons vorbei, die sich im Flur an der Wand stapelten. »Behalt die Schuhe ruhig an.« Sie sah zu, wie Mads den Karton auf den Boden stellte, dann verschwand sie in die Küche. »Ich gehe davon aus, dass du deinen Kaffee noch immer schwarz trinkst?«

»Nur ein Glas Wasser, bitte.« Mads ließ den Blick durch den kleinen Flur gleiten. Die Kartons, die den Großteil des Raums einnahmen, waren farblich markiert. Nur ein schmaler Gang führte über die beigefarbenen Bodenfliesen zur Küche und ins Wohnzimmer.

»Wasser?« Berit streckte ihren Kopf durch die Türöffnung. Der verwunderte Gesichtsausdruck verwandelte sich in ein Lächeln, während sie ihn kopfschüttelnd ansah. »Du hast doch nie Wasser getrunken?«

»Damit habe ich erst vor einiger Zeit angefangen«, antwortete Mads. Er hob die Arme und schob sich an den Kartons vorbei. Aus dem Augenwinkel sah er das sparsam möblierte Wohnzimmer, bevor er die Küche betrat.

»Angefangen?« Berit lachte. »Das kann ich mir kaum vorstellen.« Sie öffnete einen Schrank und nahm zwei Becher heraus. »Du warst doch immer ein eingefleischter Kaffeetrinker.« Sie stellte die Becher auf den Tisch und gab ihm zu verstehen, dass er sich setzen sollte. Hinter ihr blubberte schon die Kaffeemaschine, und der Duft von frischem Kaffee breitete sich in dem kleinen Raum aus. »Dann erzähl mir mal, was hier in Toftlund passiert ist, seit ich weggezogen bin.« Sie setzte sich mit erwartungsvollem Gesichtsausdruck ihm gegenüber hin.

Mads zuckte mit den Schultern. »Nicht so viel.«

»Irgendwas muss doch passiert sein?«

»Na ja, der Supermarkt ist renoviert worden, aber das war es auch schon.«

»Du bist noch genauso verrückt wie damals im Gymnasium.« Sie lachte, drehte sich um und griff nach der Kaffeekanne. Dann schenkte sie ihnen ein. »Und was ist mit dir?«

»Was soll mit mir sein?«

»Was ist in deinem Leben passiert?«

»Auch nicht viel«, antwortete Mads. Er starrte auf den Becher, den sie ihm reichte. Sein Magen zog sich bei dem

Geruch zusammen, und die Wärme des Porzellans prickelte an seiner Handfläche. Er stellte den Becher auf den Tisch.

»Dann hast du die ganze Zeit hier in Toftlund gelebt?«, fragte Berit und trank einen Schluck.

»Ja.« Mads nickte. »Oder nein. Eine Zeit lang habe ich in Brøndby gewohnt, als ich auf die Polizeischule gegangen bin.« Er starrte in den Becher mit der schwarzen Flüssigkeit. »Und du?«

»Kopenhagen«, antwortete Berit. »Nikolai und ich haben eine Wohnung in Amager gefunden. Erst vor ein paar Jahren sind wir zurück nach Gentofte gezogen.«

»Kinder?«

Berit schüttelte den Kopf. »Nikolai wollte keine. Anfangs dachte ich, ich könnte damit leben.« Sie zuckte mit den Achseln und atmete tief aus. »Manchmal entwickelt man sich einfach in unterschiedliche Richtungen.«

»Stimmt«, antwortete Mads und sah aus dem Fenster. Eine beklommene Stille legte sich zwischen sie. »Wie läuft es mit dem Fall in Bylderup?«, fragte er schließlich und richtete seine Aufmerksamkeit wieder auf Berit. »Wer leitet die Ermittlungen?«

»Torben Laugesen.« Berit nahm einen weiteren Schluck.

»Und was habt ihr bisher?«

»Es deutet alles darauf hin, dass der Fundort auch der Tatort ist.«

»In den Nachrichten habe ich gehört, dass es keine Beweise dafür gibt, dass ihr Mann der Täter ist?«

»Das weiß ich nicht. Nach allem, was Laugesen bei der Obduktion gesagt hat, war er sich ziemlich sicher, dass Michael Weidemann hinter dem Mord steckt.«

»Eifersucht?«

»Das glaubt zumindest Laugesen«, antwortete Berit. »Für mich sieht es eigentlich nicht nach einem typischen Eifersuchtsmord aus, aber sicher kann man sich da ja nie sein. Das Opfer war an die Altarschranke gefesselt. Der Frau wurden die Hände abgehackt und auf dem Altar rechts und links vom Abendmahlkelch platziert. Außerdem ist sie gefoltert worden. Vor Ort spekuliert man offenbar darüber, ob es ein Ritualmord war, ich glaube aber eher, dass Laugesen mit seiner Vermutung richtigliegt. Statistisch sind Eifersuchtsmorde ja viel häufiger als Ritualmorde.«

»Inwiefern gefoltert?«, fragte Mads und beugte sich etwas vor.

»Sie ist vermutlich an Herzversagen gestorben, infolge eines elektrischen Schlags. Bei der Obduktion habe ich nicht weniger als achtzehn brandwundenartige Stellen an dem oberen linken Teil ihres Torsos und am Hals gefunden.«

»Ein Taser?«, fragte Mads und zog die Stirn in Falten.

»Ich glaube eher, dass es sich um einen elektrischen Viehtreiber handelt, der als Elektroschocker fungiert«, antwortete Berit. »Von einem Taser stirbt man nicht. Außer man hat ein schwaches Herz, und das war bei ihr nicht der Fall.«

»Aber was sollte das Motiv für einen Mord mit so einem Viehtreiber sein?«, fragte Mads.

»Keine Ahnung. Es sieht so aus, als hätte die eigentliche Folter ziemlich viel Zeit in Anspruch genommen. Von dem Moment, an dem ihr die Hände abgehackt wurden, bis zu ihrem Tod sind mehrere Stunden vergangen.«

»Woher weißt du das?«, fragte Mads und zog die Stirn in Falten.

»Von den Wundrändern an den Handgelenken«, antwortete Berit. »Die Art, wie sie an die Altarschranke gefesselt wurde, wirkt beinahe wie eine nachgestellte Kreuzigung – natürlich, ohne dass das Opfer aufgehängt wurde. Diese Information ist auch der Grund für die Spekulationen der Ortsansässigen.«

»Das heißt, sie ist an die Altarschranke genagelt worden?«

»Nein, das nicht, aber die Riemen, mit denen ihre Unterarme befestigt wurden, saßen so eng, dass sie nicht verblutet ist, auch wenn sie natürlich viel Blut verloren hat.«

»Hm.« Mads nickte nachdenklich. »Zeugen?«

Berit lehnte sich auf dem Stuhl zurück. »Der Totengräber Lars Benned hat sie gefunden.« Sie machte eine Pause, und Mads beobachtete, wie ihre schlanken Finger über den Becher glitten. »Und dann gibt es da noch eine alte Dame, die in derselben Straße wohnt. Sie hat den Wagen der Pastorin angeblich auf dem kleinen Kiesplatz hinter der Kirche gesehen.«

»Aber warum hätte die Pastorin das kurze Stück vom Pfarrhof zur Kirche mit dem Auto fahren sollen?«

Berit lachte. »Das stimmt. Ich habe nach der Obduktion kurz mit Torben Laugesen gesprochen, und er hat erzählt, dass Michael Weidemann in der fraglichen Zeit mit dem Wagen in Deutschland gewesen sein will. Dieser Punkt macht die Beobachtung der alten Dame so interessant. Aber warum hat er, wenn er tatsächlich zu Hause war, hinter der Kirche geparkt statt vor dem Pfarrhof?«

»Das ist eine gute Frage«, sagte Mads. Er hob seinen Becher an, stellte ihn aber wieder ab, weil sein Magen rebellierte. »Dann ist der Fall also aufgeklärt?«

»Davon gehe ich aus«, antwortete Berit. »Nach allem, was ich gehört habe, wurde Michael Weidemann für zwei Wochen in Untersuchungshaft genommen, und Sarah Jonsen und ihr Team haben den Pfarrhof und die nähere Umgebung abgesucht.«

»Haben sie etwas gefunden?«

»Einen Viehtreiber«, antwortete Berit und leerte ihren Becher. »Sarah hat ihn auf Fingerabdrücke und DNA-Spuren untersucht.« Sie stand auf und griff nach der Kaffeekanne, während sie Mads fragend ansah. »Wenn ich richtig informiert bin, haben sie genug, um Weidemann zu überführen.«

»Nein danke«, sagte Mads, hielt die Hand über den Becher und warf einen Blick auf seine Uhr. »Ich sollte zusehen, dass ich nach Hause komme. Es war schön, mit dir zu reden.«

»Ja, finde ich auch«, antwortete Berit. Sie stellte die Kanne ab und umarmte ihn zum Abschied. »Vielleicht sehen wir uns ein andermal?« Sie ließ ihn los, und er sah, wie ihre Wangen ein wenig erröteten, während sie einen Schritt zurücktrat.

MÄRZ

4. März

Toftlund

»Mads?« Lisa klopfte von draußen mit dem Finger leicht an die Schlafzimmertür. »Du hast Besuch.« Sie drückte die Klinke nach unten und öffnete die Tür einen Spaltbreit. »Mads?«

»Was willst du?«, fragte er und kniff die Augen wieder zu.

»Du bist gestern Abend ganz schön spät nach Hause gekommen.«

»Ja, und?«

»Du gehst, ohne zu sagen, wohin. Weißt du eigentlich, wie sich das anfühlt?«

»Und das fragst ausgerechnet du?« Er drückte sich auf die Ellenbogen hoch.

»Hör auf, Mads. Du siehst doch wohl selbst, wie komisch du dich verhältst.«

»Wenn ich Lust habe, eine Runde zu joggen, dann mache ich das«, antwortete er.

»Schon gut, trotzdem solltest du dich jetzt zusammenreißen und aufstehen.«

»Kannst du mich nicht einfach in Ruhe lassen?«

»Kann ich nicht. Du hast Besuch.«

Durch die halb geschlossenen Lider sah Mads hinüber zur Leuchtanzeige des Radioweckers. 9:22. »Sag, dass ich nicht zu Hause bin«, sagte er und ließ den Kopf zurück aufs Kopfkissen fallen.

»Nein, das tue ich nicht. Teglgård sitzt unten in der Küche.«

»Dann denk dir irgendwas anderes aus. Dass ich krank bin oder so. Ich will nicht mit ihm reden.«

»Hör auf damit!« Lisa griff nach seinem T-Shirt und warf es ihm zu. »Krieg dein Leben endlich in den Griff!«

»Was geht dich das eigentlich an?«, antwortete Mads und nahm das T-Shirt von seinem Gesicht.

»*Du* gehst mich was an. Wann kapierst du endlich, dass ich mir Sorgen um dich mache? Ich erkenne dich wirklich kaum wieder. Von deinem früheren Ich ist kaum noch was da. Dein Kühlschrank ist voll mit Proteindrinks, Hähnchenfleisch und Falafel, und du verschwindest bis tief in die Nacht, ohne zu sagen, wohin.«

»Ich verschwinde nicht«, antwortete Mads und richtete sich auf. »Ich laufe. Im Gegensatz zu gewissen anderen Leuten sorge ich dafür, dass ich in Form bleibe.«

»Normale Menschen laufen aber nicht mitten in der Nacht«, erwiderte sie. »Sieh dich doch mal um. Alles um dich herum fällt auseinander. Du belügst dich doch selbst.«

»Nur, weil ich nachts laufe, heißt das doch nicht, dass ich mich selbst belüge«, antwortete Mads und verdrehte die Augen. »Ich musste den Kopf freikriegen. Ist es etwa besser, sich die halbe Nacht im Bett herumzuwälzen?«

»Dann erzähl mir doch endlich, was passiert ist«, sagte Lisa hartnäckig und setzte sich auf die Bettkante.

»Gar nichts«, antwortete Mads und zog sich das T-Shirt über den Kopf. »Nur, weil mein Leben und mein Zuhause nicht so aussehen wie bei dir, heißt das noch lange nicht, dass irgendwas passiert sein muss.«

»Doch«, sagte Lisa. »Du hast dich total verändert! Merkst du das denn nicht selbst?«

Mads atmete mit einem lang gezogenen Stöhnen aus. »Nein, das sehe ich nicht so.«

»Du musst dich jetzt wirklich zusammenreißen«, sagte Lisa und stand wieder auf. »Teglgård wartet auf dich. Ich glaube nicht, dass er wieder geht, ohne mit dir gesprochen zu haben.«

*

»Hallo.« Mads lehnte sich mit der Schulter an den Rahmen der Küchentür und musterte den Dezernatsleiter, der sich an den kleinen Küchentisch gesetzt hatte. Die Tränensäcke unter seinen Augen waren größer geworden. »Was willst du?«

»Mit dir reden«, antwortete Per Teglgård und stellte den Kaffeebecher auf den Tisch. »Ich habe in den letzten Tagen immer wieder versucht, dich zu erreichen, aber es geht nur die Mailbox ran.«

»Ich hatte das Handy ausgeschaltet«, antwortete Mads mit einem Achselzucken. Er stellte fest, dass die leeren Plastikflaschen der Proteindrinks, die er im Laufe der Nacht getrunken hatte, vom Küchentisch verschwunden waren. Der Spüllappen hing ordentlich über dem Wasserhahn.

»Wie geht es dir?«, fragte Per. »Wie ich sehe, hast du angefangen zu renovieren. Sieht toll aus.«

»Ich denke, es geht mir ganz gut«, antwortete Mads. Mit einem langen Blick zu seinem Chef ging er zum Küchenschrank und nahm eine neue Flasche heraus. »Bist du deshalb hergekommen? Um mich zu fragen, ob es mir gut geht, und die Renovierung zu loben, auf der Lisa bestanden hat?«

»Auch, aber nicht nur deshalb«, sagte Per und trommelte

mit den Fingerspitzen gegen seinen Becher. »Die Staatsanwaltschaft hat entschieden, keine Anklage gegen dich zu erheben. Du kannst zurückkommen.«

»Im Moment passt mir das nicht so gut«, sagte Mads und umklammerte den kleinen Schraubdeckel so fest, dass sich die Zacken des Kunststoffrands in seine Handfläche bohrten.

»Es geht nicht darum, ob es dir passt oder nicht«, antwortete Per. »Wir brauchen dich.«

»Aha«, sagte Mads und sah Lisa hinterher, die die Küche verließ. »Den einen Tag werde ich gezwungen, Urlaub zu nehmen, und am nächsten erwartest du, dass ich parat stehe, als wäre nichts geschehen, ohne Rücksicht auf meine Pläne zu nehmen?«

»Verdammt, Mads!« Per atmete tief aus. »Du weißt, wie das läuft. Das Dezernat für Gewaltverbrechen ist nicht wie die anderen Dezernate. Wir kommen, wenn wir gerufen werden.«

»Und werden geopfert, wenn die Ärsche anderer Leute gerettet werden müssen.«

»Du wurdest nicht geopfert«, antwortete Per Teglgård verbissen. »Ich musste reagieren. Nicht zuletzt wegen der Beschwerde von Steen Hvidtfeldts Anwalt.«

»O doch, ich wurde geopfert.« Mads gab ein sarkastisches Lachen von sich. Er warf den Plastikdeckel ins Waschbecken und leerte die kleine Flasche mit dem Proteindrink. »Und jetzt? Jetzt werde ich wieder gebraucht, weil ihr in eurem Fall kein Stückchen vorwärtskommt, oder?«

»Das alles war doch nicht meine Entscheidung«, verteidigte sich Per. »Dänemark ist ein Rechtsstaat und nicht der Wilde Westen, wo man tun und lassen kann, was man will.«

»Und von den Prinzipien des Rechtsstaates kann jetzt abgesehen werden, weil ihr mich wieder braucht?«

»Es wird von nichts abgesehen. Du bist von jedem Vorwurf freigesprochen worden. Ich gebe gerne zu, dass mir das sehr gelegen kommt, aber die Staatsanwaltschaft hat ihre Entscheidung nicht deshalb getroffen.«

»Und warum dann?«, fragte Mads und setzte sich. »Wie kann ich jetzt plötzlich unschuldig sein?«

»Das weiß ich auch nicht«, antwortete Per Teglgård und spielte mit dem Kaffeebecher herum. »Es deutet einiges darauf hin, dass neue Erkenntnisse auf dem Tisch liegen. Das Wichtigste ist aber doch wohl, dass man dir kein Pflichtversäumnis vorwerfen kann.«

»Und was stellst du dir jetzt vor?«, fragte Mads.

»Du kommst zurück. Wir brauchen dich wirklich. Das habe ich ja schon gesagt.«

»Und was, wenn ich nicht zurückwill?«, fragte Mads und verschränkte die Arme vor der Brust. »Bist du überhaupt mal auf die Idee gekommen, dass das möglich sein könnte?«

»Natürlich willst du zurück«, antwortete Per und legte Mads' Polizeimarke auf den Küchentisch.

»Ich bin mir da nicht so sicher«, antwortete Mads und schob die Marke zurück zu Per. »Ihr seid das letzte halbe Jahr doch gut ohne mich ausgekommen und werdet das auch weiterhin können.«

»Ich wollte dich schon zurück, als die Sache in Bylderup passiert ist.« Per atmete seufzend aus. »Aber das ging nicht«, sagte er und legte die Finger um die Marke. »Ich hätte darauf bestehen müssen, aber Laugesen hat mich davon überzeugt, dass es auch ohne dich geht.«

»Das kann ich mir denken. Du hättest bei deiner Meinung bleiben sollen«, antwortete Mads.

»Ich weiß, dass das ein Fehler war«, antwortete Per

Teglgård. »Aber du musst mir wirklich glauben, dass ich es versucht habe.«

»Also, was habt ihr?« Mads lehnte sich auf dem Stuhl zurück und betrachtete den Dezernatsleiter, der die Hände um den Kaffeebecher legte.

»Frag lieber, was wir nicht haben«, antwortete Per und führte den Becher an die Lippen. »Ein Zeuge will Michael Weidemann, den Ehemann der Toten, zum Tatzeitpunkt am Tatort gesehen habe. Weidemann selbst behauptet, in Eggebek in Deutschland gewesen zu sein.«

»Behauptet?«

»Torben Laugesen hat sein angebliches Alibi befragt. Richard Arendt, einen Cousin des Verdächtigen.«

»Und?«

»Laut Richard Arendt ist Michael Weidemann am frühen Abend bei ihm aufgebrochen, und dann hätte er es noch rechtzeitig nach Bylderup schaffen können. Berit Langer hat am Opfer Brandwunden gefunden, die, wie sie meint, von einem elektrischen Viehtreiber stammen.«

»Ja, das hat sie mir erzählt«, sagte Mads und beugte sich vor. »Sie hat auch erzählt, dass Sarah Jonsen in der Nähe des Tatorts einen Viehtreiber gefunden hat, weshalb ich nicht ganz verstehe, wo das Problem liegt.«

»Das Problem ist, dass es uns bisher nicht gelungen ist, eine Verbindung zwischen diesem Viehtreiber und dem Opfer nachzuweisen. Zwar sind Michael Weidemanns Fingerabdrücke darauf, und das war auch unser Argument für die Untersuchungshaft, mehr haben wir aber nicht gegen ihn in der Hand«, antwortete Per Teglgård. »Laut Berit Langer ist die Todesursache zweifelsfrei Herzversagen infolge der Stromstöße«, fuhr er fort und legte die Marke wieder hin. »Aber da ist noch mehr.«

»Die Hände?«

»Ja, auch das. Dieses Detail hätte niemals an die Öffentlichkeit gelangen dürfen, aber irgendjemand hat geplaudert.«

»Wer?«

»Das weiß ich nicht«, antwortete Per. Er stand auf und steckte Mads' Marke in die Hosentasche, bevor er die Jacke anzog, die über dem Stuhlrücken hing. »Wir stecken fest. Der Untersuchungsrichter will die Untersuchungshaft für Weidemann nicht verlängern, außer wir bringen ihm etwas, das den Verdacht gegen ihn erhärtet. Aber du hast recht. Das ist ja nicht dein Problem.« Er legte im Vorbeigehen die Hand auf Mads' Schulter. »Ich respektiere, dass du nicht zurückkommen willst.«

Als der Dezernatsleiter die Haustür öffnete und auf die Vortreppe trat, fegte der Wind über den Flurboden. »Sag Lisa schöne Grüße von mir und Danke für den Kaffee.« Er hob die Hand und ging die wenigen Stufen nach unten. »Dann mach ich mich mal auf den Weg.«

»Warte«, sagte Mads. »Du hast gesagt, dass es da noch mehr gibt.«

»Stimmt«, antwortete Per Teglgård und drehte sich zu ihm um. Er schob die Hand in die Hosentasche, dann reichte er Mads wortlos die Marke. »Das erzähle ich dir dann im Polizeirevier.«

4. März

Haderslev

Mads drückte die Glastür des Dezernats auf, blieb für einen Augenblick stehen und atmete den vertrauten Geruch nach schlechtem Automatenkaffee, Toner und Staub ein. Dann atmete er mit einem Lächeln aus und ging über den Flur zu seinem Büro.

»Gut, dass du wieder hier bist«, sagte Per Teglgård hinter ihm. »Die Akten liegen bei Laugesen auf dem Tisch. Sieh sie dir an, und sag mir anschließend, was du denkst.«

»Mache ich«, erwiderte Mads.

Als er die Bürotür öffnete, schlug ihm abgestandene Luft entgegen. Er hielt unwillkürlich den Atem an, während er stehen blieb und die Unterlagen betrachtete, die sich nicht nur auf Laugesens, sondern auch auf seinem eigenen Schreibtisch stapelten. Dann betrat er den Raum, öffnete resolut das Fenster, zog die Jacke aus und hängte sie an den Haken hinter der Tür.

Es sah wirklich so aus, als wäre ein Wirbelsturm durch das Büro gegangen. Er griff nach dem Obduktionsbericht, der ganz oben lag, setzte sich hin und schlug ihn auf. Rasch überflog er die Titelseite mit Charlotte Weidemanns Daten und Berit Langers Unterschrift, bis er zum einleitenden Text kam.

Obduktion einer Frau, identifiziert als Charlotte Weidemann, tot aufgefunden am 19. Februar um 9.34 Uhr.

Leichenschau: Leiche einer Frau mittleren Alters mit altersentsprechendem Äußerem, die Tote war an die Altarschranke der Kirche von Bylderup gefesselt. Größe: 172 Zentimeter. Gewicht: 67 Kilo. Ernährungszustand: mittel. Rigor mortis zum Zeitpunkt des Auffindens voll ausgebildet und am Kiefer und den Muskeln der Extremitäten bis zum jetzigen Zeitpunkt teilweise erhalten. Auf der Vorderseite sind rotviolette Leichenflecken zu erkennen, konkret auf der rechten Seite des Gesichts, dem oberen Teil der Brust, der Unterseite der Arme und an den Beinen, abgesehen von den Schienbeinen. Keine Zeichen von Verwesung. Die CT vor der Obduktion hat keine Knochenbrüche ergeben, wohl aber eine größere Blutansammlung im Bereich der linken Niere. Besondere Kennzeichen: 113 Millimeter lange, perlmuttfarbene Narbe quer auf der rechten Brust.

Er lehnte sich zurück und blätterte weiter, während er die beigehefteten Fotos vom Fundort betrachtete. Charlotte Weidemanns Oberkörper hing schlaff über der Altarschranke, als betete sie. Die Unterarme waren knapp zehn Zentimeter über den Handgelenken an das glänzende Holz gefesselt. Die Hände waren abgetrennt worden, weiße Knochensplitter ragten aus dem blutigen Gewebe. Er zog die Stirn in Falten und versuchte sich jedes Detail einzuprägen. Ihr Gesicht war in einer ängstlichen Miene erstarrt, einer gequälten Totenmaske, und einige getrocknete Tropfen, vermutlich Blut, klebten an ihrer Haut. Er blätterte zurück zu Berit Langers Aufzeichnung.

Der Mund mit eigenen Zähnen ist frei von Fremdkörpern, ebenso der obere Teil der Mundhöhle. In den Schleimhäuten in Mund und Nase und den Bindehäuten in den Augen sind keine Einblutungen zu erkennen. Die Unterarme weisen Blutergüsse und Hautabschürfungen im Bereich der Fesseln auf. Beide Hände wurden unmittelbar über den Handgelenken amputiert. Knochen und Gewebe sind relativ glatt abgetrennt, was auf ein scharfes Instrument, vielleicht eine Axt, hindeutet. Am Hals und am oberen linken Teil des Torsos sind 18 rundliche dunkelrote Brandwunden zu erkennen, auf denen sich kein Schorf gebildet hat. Der Durchmesser beträgt vier Millimeter. Die Wunden treten paarweise auf. Der Abstand der Punkte beträgt 34 Millimeter. In 16 der 18 Stellen finden sich Reste von geschmolzenem Kunststoff, der vermutlich von den Kleidern der Toten stammt.

Mads runzelte die Stirn. Im Chaos des Schreibtischs entdeckte er Sarah Jonsens Bericht mit dem Verzeichnis der Fundstücke in der Kirche und dem angrenzenden Pfarrhof. Er blätterte darin, bis er die Fotos vom Viehtreiber fand.

Viehtreiber in der Scheune des Pfarrhofs gefunden. Marke: Farming, Hot-Shock, am Handgriff verschiedene Fingerabdrücke, darunter die von Michael Weidemann. Das Resultat der DNA-Analyse der Elektroden wird nachgeliefert.

An dem roten Plastikgriff des Geräts waren ein paar Schmutzflecken zu sehen, und die Elektroden waren leicht rostig. Er überflog die weiteren Daten zum Viehtreiber, dann legte er Sarah Jonsens Aufzeichnungen beiseite und griff erneut zum Obduktionsbericht.

An der Innenseite des linken Knies findet sich eine quer verlaufende, streifenförmige Hautabschürfung, die 43 mal 21 Millimeter misst. Es gibt keine Anzeichen für Abwehrverletzungen oder andere stumpfe oder scharfe Gewalt. Auf der Rückseite des Leichnams befinden sich auf der rechten wie auch auf der linken Seite fingerförmige subkutane Hämatome, ebenso an der Rückseite der Oberarme und in den Achselhöhlen.

Mads blätterte zu den Fotos der Obduktion. An den Armen waren unter der Haut violette Stellen zu erkennen, als hätte jemand Charlotte Weidemann mit festem Griff bewegt, während sie noch am Leben war.

»Was machst du hier?« Torben Laugesen stand in der Türöffnung und starrte ihn an. Rasch trat er einen Schritt vor und riss Mads die Unterlagen aus den Händen. »Würdest du meine Sachen bitte liegen lassen?« Mit einer hastigen Bewegung warf er den Obduktionsbericht zurück auf seinen Schreibtisch. »Dieser Fall geht dich nichts an, also bleib wenigstens auf deiner Seite des Schreibtisches.«

»Teglgård hat mich gebeten, mir den Fall anzusehen«, antwortete Mads und studierte Laugesens verbissenen Gesichtsausdruck.

»Das ist nicht nötig. Der Täter sitzt in Untersuchungshaft. Der Rest sind Formalitäten, du musst dich also nicht einmischen.« Laugesen sammelte den Rest der Dokumente zusammen und stapelte sie achtlos übereinander.

»Und du bist dir wirklich sicher, den richtigen Täter zu haben?«, fragte Mads und stand auf.

»Halt dich da raus, verdammt noch mal!« Laugesen ließ sich auf seinen Bürostuhl fallen, der unter seinem Gewicht ächzte. Die Rollen quietschten, als er sich nach hinten schob und eine Mappe aus dem Regal nahm.

»Was ist?«, fragte er, als Mads im Büro stehen blieb. »Kannst du nicht einfach gehen? Die Sache ist unter Kontrolle, wir brauchen dich hier nicht.«

»Wenn ich Teglgård richtig verstanden habe, wird die

Untersuchungshaft mit großer Wahrscheinlichkeit nicht verlängert«, antwortete Mads.

Laugesen hob den Blick. Das Deckenlicht schien auf die rote Narbe an seinem Haaransatz und ließ sie dunkler aussehen, als sie eigentlich war. »Ich glaube wirklich, dass dich das nichts angeht«, sagte er trotzig und starrte Mads sekundenlang an. Dann stand er auf und warf die Mappe auf den Tisch, sodass einer der herumstehenden Becher umfiel und ein abgestandener Rest Kaffee über Sarah Jonsens Dokumentation vom Fundort schwappte, während er selbst rasch nach dem Obduktionsbericht griff.

»Verdammt, Torben!«, rief Mads, als Laugesen das Büro verließ und die Tür so laut hinter sich zuknallte, dass die Wände wackelten. Mads' Blick wanderte zu der Kaffeepfütze, die langsam ins Papier einzog, das sich zu wellen begann. Er stellte den Becher hin und wischte den Rest Kaffee mit der Hand weg. Dann öffnete er die Tür und folgte Laugesen. »Was machst du denn da?« Er starrte seinen Kollegen an, der den Obduktionsbericht langsam in den Spalt des Aktenvernichters schob. Unten fielen schmale Papierstreifen in einen schmalen Behälter und mischten sich mit anderen Fragmenten.

»Ich sorge schon dafür, dass du dich nicht in meine Sachen einmischen kannst«, schimpfte Laugesen und blieb noch einen Moment stehen. Sein massiger Körper zitterte. Dann wich er nach hinten zurück und verschwand über den Flur.

»Na, das lief ja super«, bemerkte Per Teglgård, der etwas entfernt in der Türöffnung stand.

Mads richtete den Blick auf seinen Chef, während die Glastür des Dezernats hinter Laugesen ins Schloss fiel und die harten Schritte verklangen. Ein müder Ausdruck huschte über das Gesicht des Dezernatsleiters, er ließ die Schultern hängen, legte den Kopf etwas in den Nacken und atmete langsam aus.

»Super?«, fragte Mads und zeigte mit der Hand auf den Aktenvernichter.

»Tja, war wohl nicht anders zu erwarten«, antwortete Per und zuckte mit den Schultern. »Du weißt ja, wie Laugesen in Rage geraten kann.«

»Aber wir brauchen den Bericht noch.«

»Ja, das weiß ich«, sagte Per mit einem Nicken und warf einen Blick nach draußen, wo Laugesens Wagen in einer Abgaswolke vom Parkplatz rauschte. »Mach dir keine Gedanken. Der Obduktionsbericht müsste in der digitalen Fallakte stehen. Um Laugesen kümmere ich mich später.« Er ging auf Mads' Büro zu. »Hast du was gefunden?«

»Ich weiß nicht«, antwortete Mads und folgte seinem Chef. »Es ist nicht so einfach, sich in Laugesens System einen Überblick zu verschaffen.« Er deutete in Richtung Schreibtisch. Die Druckertinte von Sarah Jonsens Bericht war mit dem Kaffee zu einem psychedelischen Gemälde in diversen Brauntönen zerflossen.

»Ich weiß, ich weiß«, antwortete Per. »Man sagt, dass Genies ihr Chaos beherrschen, aber hier haben wir es vermutlich lediglich mit Chaos zu tun.«

»Ich habe nicht gerade den Eindruck, als wäre es für Laugesen in Ordnung, dass ich mir Einblick in den Fall verschaffe.«

Per Teglgård verzog das Gesicht. »Mach dir darüber keine Gedanken«, antwortete er und setzte sich auf Laugesens Stuhl. »Sag mir lieber, was dir aufgefallen ist.«

Mads nickte unmerklich. »Ich habe mir einen Großteil des Obduktionsberichts ansehen können«, sagte er. »Eine Sache verwundert mich aber, der wir nachgehen sollten.« Er drehte sich zu seinem PC und öffnete die digitale Fallakte, dann schüttelte er den Kopf. »Der Obduktionsbericht fehlt.«

»Vielleicht hat Laugesen hier irgendwo eine Kopie rumliegen?«

»Es dauert zu lange, wenn ich das alles durchsuchen muss«, sagte Mads und deutete auf das Chaos. »Ich werde Berit Langer und Sarah Jonsen direkt fragen.«

»Da hast du sicher recht«, erwiderte Per Teglgård mit einem Seufzen. »An was denkst du?«

»Ich bin mir nicht sicher. Es gibt ein paar Dinge, die wir uns genauer ansehen sollten.«

»Es eilt aber. Wir müssen Michael Weidemann gehen lassen, wenn wir unsere Theorie nicht spätestens morgen untermauern können. Er ist aufgrund von Indizien in Untersuchungshaft genommen worden, und ich werde den Richter nicht überzeugen können, die U-Haft zu verlängern, wenn wir nicht irgendetwas Konkretes haben, was unseren Verdacht gegen Weidemann erhärtet.« Er legte Mads die Hand auf die Schulter, dann ging er zur Tür. »Wenn irgendjemand einen Beweis finden kann, dann du.«

4. März

Haderslev

Mads ließ den Blick über die beiden Schreibtische schweifen. Eine dünne Staubschicht bedeckte den Bildschirm seines PCs, und er wischte ihn mit einer Papierserviette ab, ehe er nach einem der herumliegenden Papierstapel griff. Zuoberst lag das Vernehmungsprotokoll des Totengräbers Lars Benned, der die Tote gefunden hatte, darunter das einer Zeugin namens Marie Larsen. Mads runzelte die Stirn und sah sich noch einmal Sarah Jonsens Bericht an, doch die Aussage von Marie Larsen wurde in keinem Punkt von den Fotos untermauert. Er zog das Handy aus der Hosentasche und suchte Sarah Jonsens Nummer heraus.

»Sarah Jonsen.«

»Mads Lindstrøm hier.« Er beugte sich vor und überflog noch einmal die Zeugenaussage.

»Hallo, Mads.« Ihre Stimme klang überrascht. Im Hintergrund war das Piepen einer Maschine zu hören, und sie schwieg kurz, bis das Geräusch verstummte. »Schön, von dir zu hören. Wirklich lange her, dass wir zuletzt miteinander geredet haben.«

»Es geht um den Mord in Bylderup«, antwortete Mads.

»Laugesen bearbeitet den Fall, oder?«

»Ja, ich weiß«, antwortete Mads. »Ich dachte aber, dass

du mir vielleicht helfen könntest, ein bisschen Licht ins Dunkel zu bringen.«

»Ich wusste gar nicht, dass du wieder zurück bist«, sagte Sarah. »Aber klar, natürlich. Um was geht es?«

»Teglgård hat mich gebeten, mir den Fall einmal anzusehen«, erklärte Mads. »Aber um ehrlich zu sein, steige ich durch Laugesens System nicht richtig durch. Es gibt da ein paar Dinge, die mich ziemlich wundern, aber vielleicht kannst du mir weiterhelfen.«

»Ich kann es versuchen«, sagte Sarah. »Warte mal kurz.« Erneut begann das Maschinengeräusch im Hintergrund, und er hörte, wie sie irgendwas rief. »Da bin ich wieder«, sagte sie, als es wieder still war. »Also, was wundert dich?«

»In einem der Vernehmungsprotokolle steht, dass Michael Weidemanns Auto am Donnerstag, den 18. Februar, an der Kirche in Bylderup gesehen wurde, ich habe in deinem Bericht aber keinen Hinweis darauf gefunden, ob du dort nach irgendwelchen Spuren gesucht hast«, sagte Mads und blätterte in Sarahs Bericht.

»Ich weiß, ehrlich gesagt, nicht, wovon du redest«, antwortete Sarah.

»Eine Zeugin, eine gewisse Marie Larsen, will Michael Weidemanns Auto auf dem Parkplatz hinter der Kirche gesehen haben.«

»Willst du damit etwa sagen, der Wagen des Täters hätte hinter der Kirche gestanden?«

»Ja, und deshalb wundert es mich ja so, dass ihr nicht nach Reifenabdrücken gesucht habt.«

»Verdammt.«

»Dann wusstest du das gar nicht?«

»Nein, das kann ich dir schriftlich geben. Laugesen hat

mit keiner Silbe erwähnt, dass da ein Auto gesichtet wurde«, antwortete Sarah.

»Und was ist mit diesem elektrischen Viehtreiber?«, fragte Mads. »Wie es aussieht, war der ausschlaggebend für die Untersuchungshaft von Weidemann.«

»Ja, das stimmt.«

»Hast du an den Elektroden DNA-Spuren des Opfers gefunden?«, fragte Mads und blätterte noch einmal durch die Analyseresultate.

»Am Griff waren Fingerabdrücke von Michael Weidemann, wir konnten aber keine DNA des Opfers sichern«, antwortete Sarah.

»Und das hat gereicht, um den Mann in Untersuchungshaft zu nehmen?«

»Ja. Die DNA-Ergebnisse sind ja erst später eingetroffen. Ich habe sie an Laugesen weitergeleitet. Hast du die nicht vorliegen?«

»Nicht wirklich«, antwortete Mads und betrachtete resigniert das Schlachtfeld aus Dokumenten. »Dann heißt das, die Elektroden wurden abgewischt?«

Sarah lachte. »Weit gefehlt. Am Rost der Elektroden klebte eine Unmenge organisches Material, das aber ausnahmslos von Tieren stammte. Berit Langer glaubt, dass das Gerät von außen auf die Kleidung gesetzt wurde, das würde nämlich erklären, warum wir keine DNA des Opfers gefunden haben.«

»Sie hatte aber doch Brandwunden am Hals«, warf Mads ein. »Wenn ich mich richtig erinnere, hat Berit Langer an sechzehn von achtzehn Stellen Reste von Kunststoff gefunden, was heißen müsste, dass es zwei Stellen gab, bei denen kein Stoff zwischen Haut und Elektroden war.«

»Verdammt«, murmelte Sarah. »Davon hat Laugesen nichts gesagt.«

»Tja«, antwortete Mads und rieb sich die Stirn. »Kann der Viehtreiber direkt an der Haut angewendet worden sein, ohne dass dabei DNA-Reste des Opfers an den Elektroden verblieben sind?«

»Nein, das halte ich für ausgeschlossen.«

»Okay«, antwortete Mads, spitzte die Lippen und dachte nach. »Hat Berit Langer angegeben, wie viel Ampere der Viehtreiber mindestens abgeben müsste, damit so ein Stromstoß tödlich ist?«

»Ja, das hat sie. Das sollte aber im Obduktionsbericht stehen.«

»Den habe ich leider nicht mehr«, antwortete Mads und lehnte sich zurück.

»Der sollte doch bei den übrigen Unterlagen sein.«

»Das war er auch«, sagte Mads. »Aber …« Er schwieg. Draußen hupte ein Auto, und er stand auf und schloss das Fenster. »Hast du das getestet?«

»Ja, das habe ich«, antwortete Sarah. »Ich erinnere mich nicht mehr an die Resultate, bin mir aber sicher, dass ich die Ergebnisse der Messung an Laugesen geschickt habe.«

»Könntest du mir deine Resultate auch noch mal zumailen, bitte?«

»Klar, ich schicke sie dir sofort.«

4. März

Haderslev

»Das nenne ich wirklich gute Polizeiarbeit«, schimpfte Mads und warf die kriminaltechnischen Beweise auf Teglgårds Schreibtisch. »Hat keiner von euch Sarah Jonsens Untersuchungsergebnisse mit dem Obduktionsbericht abgeglichen?«

Per Teglgård hob den Kopf. Die dunklen Augenringe wurden von der sterilen Deckenbeleuchtung noch betont, und das Aschgrau seiner Haut ließ ihn wie einen lebenden Toten aussehen. Er strich sich mit der Hand über die Stirn, während er die Papiere weglegte, die er gerade in der Hand hielt.

»In weniger als einem Tag wird Michael Weidemann auf freiem Fuß sein«, fuhr Mads fort. »Und ihr habt wertvolle Zeit vergeudet, indem ihr nur einer einzigen Spur gefolgt seid.«

»Die Indizien haben in diese Richtung gedeutet«, antwortete Per und schob seinen Stuhl etwas zurück.

»Indizien?« Mads schüttelte ablehnend den Kopf. »Das ist wirklich verflucht schlechte Polizeiarbeit.« Er tippte auf die Seite mit Sarah Jonsens Analyseergebnissen des Viehtreibers. »Alle Informationen, die ihr braucht, stehen hier drin. Ihr hättet sie nur mit dem Obduktionsbericht abgleichen müssen.«

»Laugesen hat sich das doch angeschaut.«

Ein gekünsteltes Lachen kam über Mads' Lippen, dann tippte er wieder mit dem Finger auf das Blatt. »Ach ja?« Er machte eine kurze Pause. »Eine Sache ist, dass am Griff des Viehtreibers Weidemanns Fingerabdrücke gesichert wurden, Laugesen hat aber wirklich alles übersehen, was in die andere Richtung weist und das Gerät als Tatwaffe eigentlich ausschließt. Wenn du mich fragst, ist das eine Pflichtversäumnis ersten Grades.«

»Wie meinst du das?«, fragte Per und runzelte die Stirn.

»Das liegt doch auf der Hand. Ich habe Sarah gebeten, die Zahlen zu checken, die Berit Langer im Obduktionsbericht angegeben hat. Der Viehtreiber, der in der Scheune des Pfarrhofs gefunden wurde, liefert überhaupt nicht die Amperezahl, die nötig wäre, um einen Menschen zu töten.« Er holte tief Luft und presste die Finger auf die Nasenwurzel.

»Ist das alles, was darauf hindeutet, dass der Viehtreiber nicht die Tatwaffe ist?«

»Weit gefehlt. Wenn ich es richtig im Kopf habe, hat Berit Langer den Abstand zwischen den Brandwunden mit vierunddreißig Millimetern angegeben, bei dem vorliegenden Viehtreiber beträgt der Abstand der Elektroden aber nur dreißig Millimeter.«

»Verdammt!«, rief Per und schlug mit der Hand auf den Tisch. »Wie lange ist das schon bekannt?«

»Seit etwas mehr als einer Woche«, antwortete Mads und legte den Finger auf das Datum des Berichts. »Ich habe mir alle Unterlagen im Büro angesehen, aber dieser Bericht liegt nicht auf Laugesens Schreibtisch.«

»Könnte es vielleicht sein, dass Jonsen vergessen hat, ihn zu schicken?«

»Nein.« Mads schüttelte den Kopf. »Sarah Jonsen hat ihm die Analyseergebnisse mit hoher Priorität am 24. Februar zugemailt. Etwa eine halbe Stunde später erhielt sie eine Gelesen-Meldung von Laugesen.«

Per stand so heftig auf, dass der Stuhl hinter ihm ans Regal knallte. Rote Flecken zeichneten sich an seinem Hals ab, als er ans Fenster trat und nach draußen auf die Straße schaute. »Also, was machen wir?«, fragte er schließlich und wandte sich wieder an Mads. »Der Verdacht gegen Weidemann fällt in sich zusammen, wenn wir das hier vorlegen.«

»Das müsste Laugesen eigentlich klar sein«, antwortete Mads. »Ich habe mir noch mal die Aussage der Zeugin Marie Larsen durchgelesen, und dabei ist mir etwas aufgefallen.«

»Ja?« Per Teglgårds Blick war wachsam. Seine Finger umklammerten den Fensterrahmen so fest, dass seine Knöchel weiß hervortraten, und sein Kiefer zitterte leicht.

»Während ihrer Vernehmung kam zur Sprache, dass sie Michael Weidemanns Auto auf dem Parkplatz hinter der Kirche gesehen hat.«

»Ja, das weiß ich.«

»Ich habe mich gewundert, warum dort keine Spuren gesichert wurden, und habe Jonsen danach gefragt. Allerdings haben sie und ihr Team nichts davon gewusst.«

»Dieser Idiot!«, schimpfte Per Teglgård, ging mit hartem Blick zum Schreibtisch und griff nach seinem Handy. Er wischte mit dem Finger über das Display, dann hielt er sich das Gerät ans Ohr.

»Ich muss mit Michael Weidemann reden«, sagte Mads und wich einen Schritt zurück, als Pers Arm über den Tisch fegte.

»Reden?« Per Teglgårds Arm verharrte in der Luft. »Weißt du, was passiert, wenn das rauskommt?« Er schwieg und starrte auf Jonsens Bericht, der auf den Boden geflogen war. Dann ließ er den Arm sinken und atmete schwer aus. »Die Medien werden uns in der Luft zerreißen.«

Mads nickte und hob den Bericht auf. »Und du wirst ein bisschen aufräumen müssen.« Er warf einen raschen Blick auf seine Uhr, ehe er das Büro seines Chefs verließ. Wenn er sich beeilte, konnte er noch eine Runde joggen gehen, ehe Michael Weidemanns Anwalt kam.

4. März

Haderslev

»Danke, dass Sie so kurzfristig kommen konnten«, sagte Mads und fuhr sich mit der Hand durch die feuchten Haare. Für einen Moment spürte er den Deogeruch unter seinem Arm. Trotz der eiskalten Blitzdusche, die er genommen hatte, war seine Hautoberfläche wieder warm. Er zog den Stuhl, auf dem er saß, etwas nach vorn und musterte den Anwalt Søren Bindslev. Der Anwalt mit dem runden Kopf erwiderte missbilligend seinen Blick. »Mein Name ist Mads Lindstrøm, und ich habe den Mordfall Charlotte Weidemann übernommen.« Er sah von Bindslev zu Michael Weidemann, der den Blick hob, als der Name seiner Frau fiel.

»Übernommen?«

»Ja«, antwortete Mads und sah zu Bindslev. »Es gibt neue Erkenntnisse.«

»Und was sollen das für Erkenntnisse sein?«, fragte der Anwalt.

»Es handelt sich um kriminaltechnische Beweise, die zum jetzigen Zeitpunkt darauf hindeuten, dass der Viehtreiber, der bisher als Beweis für die Schuld Ihres Mandanten galt, aller Voraussicht nach nicht die Tatwaffe ist«, sagte Mads und nickte Weidemann zu.

»Das habe ich doch die ganze Zeit gesagt«, erwiderte

Michael Weidemann. »Ich habe Charlotte nicht getötet. Ich war ja nicht mal in Dänemark, als sie starb.«

»Ja, das habe ich den Vernehmungsprotokollen entnommen, also lassen Sie uns da noch einmal ansetzen«, sagte Mads und legte das Diktiergerät zwischen ihnen auf den Tisch. Er warf Michael Weidemann einen kurzen Blick zu, ehe er die Aufnahme startete. »Donnerstag, 4. März. Vernehmung von Michael Weidemann. Anwesend: Anwalt Søren Bindslev und Kommissar Mads Lindstrøm.«

Weidemanns Blick war wachsam und erschöpft zugleich. Der Mann wirkte so ausgelaugt, als würde er kurz vor einem Nervenzusammenbruch stehen.

»Ich habe doch gesagt, dass ich sie nicht umgebracht habe«, wiederholte Weidemann. »Charlotte war neben unseren beiden Mädchen das Beste in meinem Leben.« Er sah zu Boden, als er seine Töchter erwähnte. Dann ballte er die Hände zu Fäusten und hielt sie vor sich, als könnte ihn das irgendwie schützen. »Wie können Sie nur glauben, dass ich ihr so etwas antun würde?«

»Fangen wir noch einmal mit dem Tag an, an dem Ihre Frau ermordet wurde«, sagte Mads. »Sie haben ausgesagt, am 18. Februar in Eggebek in Deutschland gewesen zu sein. Wie ich aus dem Vernehmungsprotokoll weiß, haben Sie die Jagdgesellschaft, der Sie angehörten, im Laufe des Abends verlassen? Stimmt das?«

Michael Weidemann nickte. »Ja, ich war müde.«

»Wohin sind Sie anschließend gefahren?«

»Nach Eggebek. Ich übernachte immer in einer Airbnb-Unterkunft, wenn ich mit meinem Cousin auf die Jagd gehe.«

»Kann das jemand bestätigen?«

»Dass ich die Gesellschaft verlassen habe?«

»Wohin Sie gefahren sind«, präzisierte Mads.

»Das glaube ich nicht«, antwortete Michael Weidemann mit einem Schulterzucken. »Mein Cousin weiß, wo ich übernachte, aber ich war allein dort.«

»Was ist mit den Gastgebern?«

»Keine Ahnung. Ich erinnere mich nicht, ob sie an dem betreffenden Abend zu Hause waren.«

»Gut«, sagte Mads und schob ein Blatt Papier und einen Kugelschreiber über den Tisch. »Wenn Sie mir die Adresse geben, überprüfe ich das.«

Ein dankbares Lächeln huschte über Weidemanns Gesicht, während er die Adresse aufschrieb.

»Ist Ihnen in der Zeit vor dem Mord irgendetwas aufgefallen?«, fragte Mads und nahm den Zettel entgegen, den Michael Weidemann ihm reichte. »Irgendetwas Ungewöhnliches? Hat Ihre Frau sich bedroht oder verfolgt gefühlt?«

»Nicht direkt«, antwortete Weidemann nach kurzer Bedenkzeit. »Charlotte war ein sehr vertrauensvoller Mensch. Sie hat schnell guten Kontakt zu den Menschen bekommen. Ich kann mich nicht daran erinnern, dass sie sich jemals unsicher gefühlt hat.«

»In ihrem Verhalten hat also nichts darauf hingedeutet, dass sie Feinde hatte?«

»Nein«, antwortete Michael Weidemann und schüttelte den Kopf.

»Und Ihnen ist auch nicht bekannt, dass sie irgendwelche Drohungen erhalten hat?«

»Nein.«

»Keine Briefe? Oder Anrufe?«, tastete Mads sich weiter vor.

Michael Weidemann schüttelte den Kopf. »Charlotte war total entspannt. Sie hat sich nie lange über etwas geärgert.

Wenn irgendwas war, hat sie es gleich angesprochen und aus der Welt geschafft. Ich kann mir beim besten Willen nicht vorstellen, dass sie Feinde hatte.«

»Sie haben in einem der Vernehmungen angegeben, dass Charlotte und Sie keine Geheimnisse voreinander hatten. Habe ich das richtig verstanden?«

Weidemann nickte. »Ehrlichkeit war für Charlotte sehr wichtig.«

»Und was ist mit Ihnen?«

Ein leises Geräusch kam über Michael Weidemanns Lippen. »Bevor ich Charlotte kennengelernt habe, habe ich es mit der Wahrheit nicht immer so genau genommen. Aber für sie war Ehrlichkeit ganz zentral, und ich bin wirklich froh darüber, dass wir alles miteinander teilen konnten.«

»Dann haben Sie nie Geheimnisse vor ihr gehabt?«

»Nein«, antwortete Weidemann. Für einen Moment flackerte sein Blick, dann starrte er auf das Diktiergerät. »Charlotte und ich haben über alles geredet. Auch über die schweren Dinge.«

»Und was war schwer?«

Weidemann atmete mit einem Seufzen aus, dann ließ er die Schultern sinken. »Ich gehe davon aus, dass Sie von Charlottes Brustkrebs wissen. Ihre Krankheit hat uns belastet, mit den ganzen Operationen, Bestrahlungen und Chemos. Wir haben es geschafft, Charlottes Blick auf sich selbst hat sich dabei aber total verändert.« Er machte eine Pause. Seine Augen glänzten feucht, und er blinzelte ein paarmal, ehe er weiterreden konnte. »Für mich war sie dieselbe, aber ich räume gerne ein, dass es nicht leicht war, sie so verändert zu sehen.«

»Inwiefern verändert?«, hakte Mads nach.

»Die OPs und die Chemotherapie haben natürlich ihr Aussehen verändert, aber auch die Prioritäten in unserem Leben.«

»Können Sie das vertiefen?«

»Charlotte wurde stiller. Ihr Körper brauchte Ruhe, und deshalb sind wir natürlich mehr zu Hause geblieben als früher.«

»Haben Sie das Leben, das Sie vorher gelebt haben, vermisst?«

Ein trauriges Lächeln zog über Michael Weidemanns Gesicht. »Natürlich habe ich es vermisst, und irgendwie glaube ich, dass es auch Charlotte so ging.«

»Aber Sie beide haben nie darüber gesprochen?«

Michael Weidemann legte den Kopf in den Nacken und atmete tief durch, ehe er seinen Blick auf Mads richtete. »Nein, nicht direkt«, antwortete er schließlich. »Das war so eine unausgesprochene Sache, über die wir aber beide Bescheid wussten, die wir beide spürten.«

»Haben Sie jemals daran gedacht, sie zu verlassen?«

»Nein«, antwortete Weidemann.

»Und Charlotte?«

Michael Weidemann senkte den Blick. Für einen Moment saß er da, ohne etwas zu sagen, dann faltete er die Hände und nickte kaum merkbar. »Charlottes Krebs war aggressiv. Sie hätte es verstanden, wenn ich sie verlassen hätte. Ich glaube aber, dass sie Angst davor hatte, verlassen zu werden.«

»Sie haben aber nie daran gedacht?«

»Nein. Wir haben uns ja versprochen, in guten wie in schlechten Zeiten zusammenzuhalten. Außerdem hat keiner von uns daran geglaubt, dass eine Scheidung eine Lösung gewesen wäre. Wir haben uns füreinander entschieden und waren füreinander da. So schwer das Leben auch wurde.«

Mads nickte unmerklich. »Den Vernehmungsprotokollen entnehme ich, dass Sie eine Zeit lang in Deutschland gelebt haben«, sagte er nach einer kurzen Pause. »Was hat Sie bewogen, wieder nach Dänemark zu gehen?«

»Charlottes Krankheit«, antwortete Weidemann. »Dadurch hat sich unsere Perspektive verändert. Charlotte hat ihren Job in Flensburg geliebt, aber wir waren beide der Meinung, dass es in dieser Situation wichtiger ist, in der Nähe der Familie zu sein. Insbesondere wegen der Kinder.«

»Dann sind Sie deshalb nach Bylderup gezogen?«

»Dass es Bylderup wurde, war eigentlich ein Zufall, Charlotte war das aber nur recht. Die Großeltern wohnen nicht weit entfernt, und die Gemeinde hat ihr gefallen.«

»Und wie war das mit Ihnen?«, fragte Mads nach einem Moment des Nachdenkens.

»Mir ist es nicht ganz so leicht gefallen. Charlotte hatte hier vor Ort eine Aufgabe. Ich musste meinen Platz erst finden.«

»Finden?«, fragte Mads und tippte mit dem Kugelschreiber leicht auf den Block.

»Auf mich hat hier ja kein Job gewartet. Ich habe Zeit gebraucht, bis ich etwas gefunden habe, was mir entspricht.«

»Bereuen Sie es, umgezogen zu sein?«

»Nein«, antwortete Michael Weidemann und schüttelte den Kopf. »Unsere Töchter haben es genossen, in der Nähe der Großeltern zu sein, und die Gewissheit, die beiden in der Nähe zu haben, hat Charlotte beruhigt.«

»Das verstehe ich«, sagte Mads mit einem Nicken. »Hatte Ihre Frau noch andere Vertraute?«

»Das weiß ich nicht«, antwortete Weidemann nach einer kurzen Pause. »Vielleicht Rikke.«

»Rikke?«, fragte Mads und notierte sich den Namen. »Und wer ist das?«

»Rikke Holst ist Charlottes Freundin. Die beiden kennen sich seit der Schulzeit. Rikke ist vermutlich die Einzige außerhalb der Familie, der Charlotte von der Angst erzählt hat, die dieser Krebs in ihr ausgelöst hat.«

»Danke«, sagte Mads und streckte die Hand nach dem Diktiergerät aus. »Ich glaube, das war erst einmal alles.« Er hielt die Aufnahme an und stand auf.

»Und was passiert jetzt?«, fragte Weidemann und schüttelte Mads' ausgestreckte Hand.

»Ich gehe davon aus, dass Sie morgen entlassen werden«, antwortete Mads. »Ich möchte Sie bitten, hier zu warten, Sie werden dann zurück in die Zelle gebracht. Es tut mir leid, dass wir erst jetzt zu diesen Erkenntnissen gelangt sind, und ich möchte mich für all die Sorgen entschuldigen, die Sie sich gemacht haben müssen.« Er ließ Weidemanns Hand los und nickte dem Anwalt zu, bevor er die Tür öffnete.

»Warten Sie«, sagte Weidemann.

Mads drehte sich um. »Ja?«

»Da ist noch etwas.« Weidemann sah kurz zu Søren Bindslev, dann legte er die Finger um den Stuhlrücken, als suchte er Halt. »Vor einiger Zeit gab es einen unangenehmen Zwischenfall, ich weiß aber nicht, ob er mit Charlotte zu tun hat oder mit mir.«

Mads zog die Stirn in Falten. Im weißen Schimmer der Neonröhre über ihnen sah Weidemann noch blasser aus als ohnehin schon. »Ja?«

»Eines Morgens lag ein totes Zicklein auf unserer Treppe«, berichtete Michael Weidemann und schluckte.

»Ein Zicklein?« Mads ließ die Klinke los.

»Ja. Charlotte hat es gefunden, als sie auf dem Weg zur Kirche war, um den Gottesdienst zu halten.«

»Wann war das?«

»Vor ein paar Monaten. Wenn ich das richtig in Erinnerung habe, war das kurz nach Neujahr.«

»Gab es irgendeinen Hinweis darauf, warum das tote Tier da abgelegt wurde? Oder wer das gemacht hat?«

»Nein, nichts«, antwortete Weidemann. »Im Fell an Hals und Brust war Blut, als wäre das Tier erstochen worden, ansonsten gab es keine Anzeichen für irgendeine Misshandlung.«

»Haben Sie das der Polizei gemeldet?«

»Nein«, antwortete Weidemann und schüttelte den Kopf. »Charlotte hat mich gebeten, das tote Zicklein zu beseitigen. Ich habe es auf den Komposthaufen des Friedhofs gelegt.«

5. März

Toftlund

Mads stützte sich außen an der Hauswand ab. Seine Muskeln vibrierten, als er sich vorbeugte und das eine Bein dehnte. Die morgendliche Kälte drang durch die dünnen Laufsachen, und er spürte, wie die Haut leicht zu zittern begann. Er atmete tief durch, dehnte das andere Bein und konzentrierte sich auf seine Atmung. Dann nahm er seinen Fuß und zog ihn langsam bis zum Gesäß hoch.

»Da bist du ja. Wo warst du denn?«

Mads hob den Blick und sah Lisa in der Eingangstür stehen. Ihr T-Shirt hing locker über der Hose und war mit Staub und Spinnweben garniert. »Draußen«, antwortete er und musterte sie. Dann ließ er den Fuß los. »Was machst du denn?«

»Aufräumen.« Sie fuhr sich mit der Hand über die Stirn. Einige Locken hatten sich aus dem Pferdeschwanz gelöst und tanzten im Wind vor ihrem Gesicht. »Hast du noch mehr von diesen durchsichtigen Abfallsäcken?«

»Unter der Spüle«, antwortete Mads und nahm den anderen Fuß. »Ich dachte, wir wären fertig?«

»Fertig?« Das Wort blieb in der Luft hängen, dann verschwand sie im Haus, und er hörte ihr leichtes Lachen. Es klang wie ein Glockenspiel.

Er blieb noch einen Moment stehen, als wäre er am Boden festgefroren, dann ließ er den Fuß los und ging über die Treppe ins Haus.

»Lisa?« Seine Stimme wurde vom Wind übertönt, der durch das Haus pfiff. Er starrte auf das offene Wohnzimmerfenster und ging in den schmalen Flur zu den anderen Zimmern. »Lisa, verdammt!«

Lisa drehte den Kopf und sah ihn an, als er die Hand an die Tür des Büros legte. Der Wind spielte mit der Jalousie, und eine uralte Spinnwebe löste sich und schwebte wie ein langer Wollfaden durch das Fenster nach draußen.

»Was machst du denn da?« Er merkte selbst, dass seine Stimme scharf klang.

»Aufräumen und putzen, damit wir streichen können«, antwortete Lisa. Sie stieg von der Leiter und ging auf ihn zu. »Ich glaube, hier ist seit Papas Tod nicht mehr Staub gesaugt worden.«

Mads schloss die Augen. Die Wut stieg in ihm hoch, auch wenn er es zu verhindern suchte. »Raus!« Seine Stimme zitterte. Dann schlug er die Augen wieder auf, und sein Blick ging über das leere Regal zu einem großen Müllsack mit Aktenordnern. Er stieß Lisa zur Seite, nahm die Ordner einen nach dem anderen aus dem Sack und stellte sie wieder auf das staubige Regalbrett. »Ich habe keine Zeit dafür. Ich geh jetzt ins Bad, und dann muss ich zur Arbeit.«

»Ich erwarte doch gar nicht, dass du mitmachst«, antwortete Lisa. »Ich schaffe das auch allein.«

»Du machst hier gar nichts«, zischte Mads wütend. »Das hier ist Papas Büro, und da wird nichts angefasst! Verstanden?« Er zog einen weiteren Ordner aus dem Müllsack und stellte ihn ins Regal.

»Mads, jetzt komm doch zur Vernunft«, sagte Lisa und griff nach dem Ordner, den er gerade hingestellt hatte. »Ich weiß, dass wir Papas Sachen nicht anfassen durften, als wir klein waren, aber wir können das ganze alte Zeug doch nicht ewig aufheben.«

»Lass los!«, zischte Mads und riss ihr den Ordner aus der Hand. »Es ist mir wichtig, dass das nicht angerührt wird, kapierst du das?«

Seufzend ließ Lisa die Hand sinken. »Du hast dich doch nie darum gekümmert, warum ist das jetzt plötzlich so wichtig für dich?« Sie legte den Kopf zur Seite und sah zu, wie er die letzten Ordner ins Regal zurückstellte. »Ich verstehe das nicht. Was ist denn passiert?«

»Es ist nichts passiert, ich will einfach, dass die Ordner im Regal stehen bleiben«, antwortete Mads und wandte sich ihr zu. Seine Hände krallten sich um den leeren Müllsack, ehe er ihn mit zusammengepressten Lippen auf den Boden warf und sich an ihr vorbeischob.

»Mads? Du kannst jetzt nicht einfach gehen! Wir müssen darüber reden!«

»Egal, vergiss es.«

»Nein, das ist nicht egal. Ich verstehe ja, dass du keine Lust hast, dich dem Ganzen zu stellen. Für mich ist das auch hart, aber wir müssen das machen. Mama und Papa kommen nicht zurück, auch nicht, wenn wir die Ordner hier stehen lassen.«

»Darum geht es nicht«, antwortete Mads.

»Worum dann?«

»Irgendwo da drin ist die Antwort. Ich weiß nur noch nicht, wo«, sagte Mads und öffnete die Badezimmertür.

»Die Antwort auf welche Frage?«

»Wer Papa umgebracht hat.«

»Hör mal zu, Mads. Du musst es endlich akzeptieren. Ich weiß ja, dass du das nicht glauben willst, aber sein Selbstmord ist eine Tatsache. Es wird nicht leichter, wenn du unablässig nach einer anderen Antwort suchst, die es nicht gibt.«

»Und wie kannst du dir da so sicher sein?«, schimpfte Mads.

»Du warst damals siebzehn Jahre alt. Ich glaube, du hast gar nicht mitbekommen, wie sehr die Arbeit Papa zugesetzt hat. Er hatte ständig ein schlechtes Gewissen, weil er nicht für uns da sein konnte.«

»Dann klingt es ja wirklich plausibel, dass er sich das Leben genommen hat, um mehr Zeit für uns zu haben«, erwiderte Mads und nahm ein Handtuch aus dem Schrank.

»Ich weiß, das klingt total sinnlos, wenn du es so darstellst.« Sie schüttelte schweigend den Kopf. »Es ist einfacher, damit abzuschließen, wenn du es endlich akzeptierst.«

»Einfacher?« Das Wort hing wie ein Eiszapfen zwischen ihnen. Zitternd und dünn, als könnte es jeden Augenblick abbrechen und zu Boden stürzen. »Dann ist es dir also egal, was Papa angetan wurde, nur damit es für dich einfacher ist?«

»Papa ist nichts angetan worden. Er hat einen Weg gewählt, der uns verletzt hat, ich bin mir aber trotzdem sicher, dass es nicht leicht für ihn war.« Sie warf Mads einen langen Blick zu.

»Er hat diesen Weg nicht gewählt«, antwortete Mads und drehte die Dusche auf.

»Bei den Ermittlungen ist nichts gefunden worden, was in eine andere Richtung deutet«, sagte Lisa. »Ich weiß, wie schwer es ihm gefallen ist, einen Fall zu den Akten zu legen. Warum, glaubst du, mache ich mir solche Sorgen um dich?« Sie strich sich eine Locke aus dem Gesicht, die sich an ihre Wange geklebt hatte.

»Es hat überhaupt keine Ermittlung gegeben«, erwiderte Mads.

»Doch, die gab es. Du willst einfach nicht wahrhaben, zu welchem Schluss sie damals gekommen sind.«

»Weil es nicht stimmt. Ich weiß mit Sicherheit, dass Papa seinen Abschiedsbrief nicht mit seinem vollen Namen unterschrieben hätte. Niemals! Er hasste seinen zweiten Namen.«

»Ich weiß, ich glaube aber nicht, dass wir dem zu viel Gewicht beimessen sollten. Die Obduktion hat doch gezeigt, dass es an seinem Körper keine Abwehrverletzungen gab. Es muss Selbstmord gewesen sein. Wenn ich das richtig in Erinnerung habe, hatte Teglgård sich damals auch schon Sorgen gemacht.«

»Das wurde nie untersucht.«

»Weil es da nichts zu untersuchen gab«, erwiderte Lisa. »Was immer du dir in deinem Kopf zusammengereimt hast – du musst es loslassen! Papa hat Selbstmord begangen, und damit müssen wir leben, ob es uns nun gefällt oder nicht.«

»Du irrst dich. Ich weiß es. Ich weiß nur noch nicht, wie ich dich davon überzeugen kann«, antwortete Mads.

»Weil es nichts gibt, womit du mich überzeugen könntest. Der Gedanke gefällt mir auch nicht, und ich weiß noch genau, wie traurig Mama war, dass sie ihm nicht helfen konnte, aber es ist nun mal so, wie es ist.« Sie trat einen Schritt nach hinten und sah über die Schulter ins Büro. »Wenn es dich glücklich macht, lassen wir die Sachen stehen.«

»Es geht nicht darum, mich glücklich zu machen«, rief Mads wütend und warf die Badezimmertür vor ihrer Nase zu. »Es geht darum, die richtige Antwort zu finden!«

Er stand eine Weile schweigend da und starrte sein eigenes Spiegelbild an. Das fahle Morgenlicht, das durch die Milchglasscheiben fiel, betonte seine Wangenknochen. Dann zog er sich aus und ging unter die Dusche. Es fühlte sich an, als hätte er Sand in den Augen. Er schloss sie und ließ das lauwarme Wasser über seinen erhitzten Körper laufen, während Lisas Worte in seinen Ohren widerhallten.

5. März

Bylderup

»Ich stehe hier an der Justizvollzugsanstalt Haderslev, wo der Hauptverdächtige des Bylderup-Mordes die letzten vierzehn Tage in Untersuchungshaft gesessen hat. Es war uns leider nicht möglich, einen Kommentar vom Dezernat für Gewaltverbrechen bei der Polizei hier in Haderslev zu bekommen, ob es weitere Beweise gegen den Mann gibt.«

Die Stimme des Reporters erstarb, als Mads den Motor ausschaltete. Er sah zur Kirche. Der rote Backsteinturm zeichnete sich vor dem Himmel ab. Verglichen mit den weißen Wänden und dem grauen Dach, wirkte er eher rustikal. Mads öffnete den Sicherheitsgurt und stieg aus dem Wagen. Er ließ den Blick über den geschotterten Platz wandern, von dem aus man zum Friedhof gelangte. Das Tor stand halb offen, und er ging darauf zu. Es lag ein etwas fauliger Geruch in der Morgenluft, und er sah hinüber zum Friedhofskompost, wo sich welke Blumen und trockene Fichtenzweige türmten. Die rostigen Scharniere des Tores quietschten, als er den Friedhof betrat und weiter zur Kirchenpforte ging. An der Tür flatterte noch ein Rest Absperrband im Wind. Er legte die Hand auf die schmiedeeiserne Klinke und öffnete die Holztür.

Drinnen schlug ihm der kühle Duft von Kalk entgegen. Er blieb einen Moment stehen, bis die Augen sich an die schwache Beleuchtung im Inneren der Kirche gewöhnt hatten. Dann ging er an den Bankreihen vorbei zum Altar. Die weiße Decke und die Altarkerzen, die er auf den Fotos von Sarah Jonsen gesehen hatte, waren entfernt worden. Nur das dunkle Holz des Altars war zu sehen. Eine schwache Linie verriet den Umriss der Blutlache. Er drehte sich um und musterte die Altarschranke. In dem lackierten Holz war eine tiefe Kerbe an der Stelle zu erkennen, wo dem Opfer die Hände abgetrennt worden waren. Das Blut war in die Zwischenräume der Bodenplatten gesickert, und obwohl man hier längst alles gereinigt hatte, war die rostrote Farbe in den Fugen noch immer zu erkennen. Er ließ seinen Blick gerade durch die Kirche schweifen, als sein Handy klingelte.

»Lindstrøm«, meldete er sich und ging durch das Kirchenschiff. Seine Schritte hallten von den kahlen Wänden wider.

»Hier ist Sarah. Wo bist du gerade?« Ihre Stimme wurde kurz vom Pfeifen des Windes übertönt, als Mads aus der Kirche trat, und er drückte sich das Handy fester aufs Ohr. »Wir haben dich beim Briefing vermisst.«

»Ich bin in Bylderup«, antwortete Mads und hörte, wie hinter ihm die Tür ins Schloss fiel. Über dem roten Kirchturm ballten die Wolken sich zu einem stahlgrauen Teppich zusammen. Er zog die Schultern hoch, um sich gegen den Wind zu schützen. »Ich musste den Tatort mit eigenen Augen sehen.«

»Waren die Fotos nicht gut?«

»Doch, die waren prima«, antwortete er und ging über einen der schmalen Wege, die zwischen den Grabsteinen hindurchführten. Grob zugehauene Natursteine standen Seite an Seite mit polierten Granitflächen und zeugten von den Dorfbewohnern der vergangenen Jahrhunderte. »Ich musste mir selbst ein Bild machen.«

»Ja, schon klar«, erwiderte Sarah. »Und was denkst du?«

»Das weiß ich noch nicht. Ich kann mir im Moment noch nicht vorstellen, wo der Täter sich vor dem Mord aufgehalten haben könnte.«

»Ich hatte denselben Gedanken, als ich da war«, sagte Sarah. »Glaubst du, dass er – oder sie – dem Opfer in die Kirche gefolgt ist?«

»Du meinst, dass Charlotte Weidemann ihren Mörder gekannt hat?«

»Genau. Mir kam der Mord sehr persönlich vor. Das ganze Arrangement und die fast religiöse Körperhaltung der Toten.«

»Hat dein Team eigentlich auch den Kompost des Friedhofs durchsucht?«, fragte Mads.

»Den Kompost?« Sarah Jonsens Stimme klang aufmerksam. »Nein, den haben wir nicht untersucht. Warum?«

»Michael Weidemann hat mir gestern bei der Vernehmung gesagt, dass Anfang des Jahres ein totes Zicklein auf ihrer Treppe gelegen hat.«

»Ein Zicklein?«

»Ja«, sagte Mads. »Ich weiß nicht, ob es da einen Zusammenhang gibt, aber wir sollten dem nachgehen.« Er beugte sich über die Betoneinfassung des Komposthaufens und ließ den Blick über die welken Blumen schweifen. Rote und gelbe Tulpen lagen schlaff auf dem Tannengrün der Kränze. Neben Rosen, Lilien und Nelken auch halb aufgelöstes Herbstlaub, das faulig und muffig roch. Er schob die Hand in die Tasche und zog ein Paar Latexhandschuhe heraus. »Laut Michael Weidemann hat er die tote Ziege auf dem Komposthaufen entsorgt. Ich kann sie nicht sehen, aber vielleicht liegt der Kadaver tiefer.«

»Rühr den Komposthaufen nicht an«, sagte Sarah. »Ich komme.«

Seufzend steckte Mads das Telefon zurück in die Tasche, als die ersten Tropfen vom Himmel fielen. Er sah zu den Ziegelhäusern auf der anderen Straßenseite. In einem Fenster bewegten sich die weißen Gardinen.

*

Mads betätigte die Türklingel und trat einen Schritt zurück. Sein Blick glitt vom Namensschild nach unten zu den ausgetretenen Holzclogs und dem kleinen Korb mit einer Gartenschere und Handschuhen, der regengeschützt unter dem Vordach stand. Er hob den Blick, als die Tür geöffnet wurde und eine ältere Frau zum Vorschein kam.

»Kommissar Mads Lindstrøm«, stellte er sich vor und zeigte ihr seine Polizeimarke. »Marie Larsen?«

Die Frau nickte. »Ja, das bin ich.«

»Wenn ich richtig informiert bin, wurden Sie in Zusammenhang mit dem Mord an Charlotte Weidemann bereits vernommen«, sagte Mads und musterte die alte Frau, die seine Polizeimarke studierte. »Aber dürfte ich Ihnen vielleicht trotzdem noch ein paar Fragen stellen?«

»Ja, selbstverständlich«, antwortete Marie Larsen und machte die Tür ganz auf. Eine rote Katze rieb sich an ihrem Bein. Für ein paar Sekunden schien das Tier zu erwägen, nach draußen in den Regen zu gehen, aber dann entschied es sich anders und verschwand irgendwo im Haus. »Ich habe Sie schon drüben bei der Kirche gesehen. Wirklich unglaublich, dass dieser nette Mann seine Frau getötet hat«, fuhr sie fort und schloss die Tür hinter ihm.

Mads sah sich in dem schmalen Flur um. Ein leichter

Schimmelgeruch kitzelte in seiner Nase, und die dunklen Holzpaneelen ließen den Raum enger wirken. Er hielt sich am Türrahmen fest und trat sich die Füße auf der Matte im Vorraum ab.

»Ich kann das wirklich nicht glauben«, fuhr Marie Larsen fort und ging in die Küche, wo sie einen Schrank öffnete und eine Kaffeetasse herausnahm. Ihre Füße schlurften etwas über den Boden, als sie zu dem kleinen Tisch an der Wand ging. »Setzen Sie sich doch.« Sie griff nach einer Kaffeekanne. »Ich nehme an, Sie trinken Ihren Kaffee schwarz? Wie der andere Kommissar, der hier war?«

Mads hob abwehrend die Hand, aber Marie Larsen hatte ihm bereits eingeschenkt. »Danke.« Er starrte auf den Kaffee und öffnete seine Jacke. Die Oberfläche des Getränks wirkte leicht ölig, und er sah nicht einmal die Spur von Dampf aus der Tasse aufsteigen. Er zog einen Stuhl hervor und setzte sich. »Sie haben die Kirche von hier ja gut im Blick«, bemerkte er und schob den Kaffee dezent zur Seite.

»Ja, das stimmt«, antwortete die alte Frau mit einem Lächeln und blickte ihn aus ihren trübe wirkenden Augen freundlich an. »Es ist gut für mich, alles verfolgen zu können, was da draußen vor sich geht. Deshalb habe ich ja auch den Wagen der Pastorin gesehen, der an dem Abend da drüben geparkt hat. Das ist wirklich grauenhaft. Warum hat er ihr nur die Hände abgehackt?«

»Dem Protokoll habe ich entnommen, dass Sie den Wagen gegen zehn Uhr abends bemerkt haben?«, fragte Mads, während sein Blick durch das Küchenfenster zu dem Parkplatz auf der anderen Straßenseite ging. Efeu rankte am Fenster nach oben und rahmte die Aussicht dunkelgrün ein. »Ist der Parkplatz abends eigentlich beleuchtet?«

»Nein«, antwortete Marie Larsen und trank einen Schluck Kaffee aus ihrer eigenen Tasse, die schon auf dem Tisch gestanden hatte. »Ich habe den Wagen nur gesehen, weil ich Emil ins Haus gelassen habe. Unglaublich, dass so etwas hier bei uns passieren kann.« Sie stellte die Tasse ab. Das dünne Porzellan klirrte auf der Untertasse, und sie hielt den Henkel der Tasse noch eine Weile fest.

»Emil?«

»Er wird langsam alt«, antwortete Marie Larsen und deutete auf den übergewichtigen Kater, der es sich auf dem Küchenfußboden gemütlich gemacht hatte. »Er kommt mit der kalten Luft nicht mehr so gut zurecht wie früher.«

»Sie haben Emil also abends um zehn ins Haus gelassen?«, vergewisserte sich Mads.

»Ja. Kurz nach der Krimiserie mit dieser schwedischen Kommissarin«, erwiderte Marie Larsen mit einem Nicken. »Ich vergesse immer ihren Namen.«

»Können Sie mir zeigen, wo der Wagen gestanden hat?«, fragte Mads.

»Aber sicher«, antwortete die alte Frau. Sie stand auf und ging um Emil herum, der missbilligend zu ihr aufsah. Dann stützte sie sich auf die Spüle und zeigte auf den kleinen Platz. »Der hat da direkt hinter dem Baum gestanden.«

»Danke«, sagte Mads, erhob sich und schob den Stuhl zurück an den Tisch. Für einen Augenblick blieb sein Blick an der alten Eiche hängen, die den geschotterten Platz von der Straße trennte. Dann nickte er ihr zu. »Sie waren mir eine große Hilfe.«

5. März

Bylderup

Mads schloss Marie Larsens Gartentörchen hinter sich und sah zur Kirche hinüber. Die weißen Mauern waren in dem grauen Regen der einzige Lichtblick. Das Wasser tropfte von den kahlen Zweigen herab, und er schlug den Jackenkragen hoch, steckte die Hände in die Taschen und rannte zu seinem eigenen Wagen. Als er die Straße entlang sah, entdeckte er Sarah Jonsens weißen Kastenwagen, der sich näherte.

»Hallo.« Sarahs rote Locken flatterten im Wind, als sie aus dem Auto stieg. »Ist es der da?« Sie deutete auf den Friedhofskompost, öffnete die Seitentür und nahm einen Overall heraus.

»Ja«, antwortete Mads und ging auf sie zu, während er einen Blick an den Himmel warf. Im Westen wurden die Wolken ein wenig heller.

»Hast du eine Ahnung, wo der Kadaver liegt?«, fragte Sarah und zog den Reißverschluss des Overalls zu.

»Leider nein.« Mads sah zu, wie sie die Haare unter die Kapuze schob.

»Wir wissen also nicht, wie weit wir nach unten müssen?«

»Laut Michael Weidemann hat er das Tier kurz nach Neujahr auf den Komposthaufen gelegt«, sagte Mads und nahm den Overall entgegen, den sie ihm reichte. »Oben sind die

Reste von ein paar Kränzen und Tannengrün, aber ich weiß nicht, wann sie das von den Gräbern genommen haben.«

»Dann fangen wir von oben an«, sagte Sarah. Sie setzte sich auf den Rand der Ladefläche und zog sich Gummistiefel an. »Na dann, los.«

Am Kompost legte sie die Hände auf den Beton und ließ den Blick über die welken Blumen schweifen. Dann sprang sie über die Mauer auf den weichen Haufen. »Kommst du?«

Mads sah nach unten. Durch die Feuchtigkeit klebten die blauen Überschuhe fest am Leder. Er legte die Hand auf die Friedhofsmauer und trat auf die Betonumrandung, als Sarah sich ihm zuwandte. Das Tannengrün gab unter ihren Bewegungen nach, sodass ein fauliger Geruch aus dem Kompost aufstieg. »Wo fangen wir an?«

»Gute Frage«, antwortete Sarah und sah sich um. Dann bückte sie sich und hob einen Kranz an, der falsch herum auf dem Kompost lag. Dunkelrote Blütenblätter lösten sich und fielen langsam nach unten, während sie den Kranz zum hinteren Ende der großen Kompostfläche warf. »Und du weißt nichts über die genaue Platzierung?«

»Nein, er hat bloß gesagt, dass er den Kadaver hier entsorgt hat.«

»Okay«, antwortete Sarah mit einem kaum merkbaren Nicken. »Dann müssen wir systematisch vorgehen.« Sie nahm einen Tannenzweig. Die Nadeln rieselten herab, als sie ihn zu dem ersten Kranz warf.

Mads starrte auf die dichte Lage Tannengrün, die vor ihnen lag. Es roch nach Harz und Moder, weshalb er kurz die Luft anhielt, als er die Hände in den Kompost steckte. Die Finger legten sich um die Zweige, dann zog er sie hoch und trat einen Schritt zurück. Aus dem entstandenen Loch ragte grauschwarzes, nasses Fell.

»Sarah?«

Verwesungsgestank stieg ihm in die Nase, und er presste die Lippen zusammen, als er weitere Zweige wegnahm und den Kadaver freilegte. Ein leichtes Zittern ging durch seinen Körper, als seine Finger kurz die klebrigen Haare streiften.

»Ja?«

»Ich hab's, es ist hier.« Er trat einen weiteren Schritt nach hinten.

Sarah ließ die trockenen Zweige, die sie in der Hand hielt, fallen und sah ihn aus ihren grünen Augen an, als bräuchten die Worte einen Moment, um bis zu ihr durchzudringen. Da kam sie zu ihm und hockte sich hin. Als sie die Finger um eines der Vorderbeine des Zickleins legte, lösten sich die Haare des Fells und entblößten die Haut und das darunterliegende Gewebe. Für einen Moment schien sie zu überlegen, ob sie das Tier einfach herausziehen sollte, doch dann entschied sie sich offenbar anders.

»Im Auto ist eine Plastikkiste«, sagte sie und sah zu Mads. Das Rot ihrer Wangen war etwas verblasst. Der Verwesungsgeruch hing schwer in der feuchten Luft.

»Ich hole sie«, sagte Mads und legte die Hand auf die Betonumrandung, wobei sein Blick wieder auf die Gardine in Marie Larsens Haus fiel, die sich gerade bewegte. Schließlich sprang er über die Mauer, ging zum Kastenwagen und öffnete die Seitentür.

»Die Kiste steht seitlich auf dem großen Scheinwerfer«, rief Sarah vom Kompost aus.

Mads beugte sich vor. Im Wageninneren hatte alles seinen festen Platz.

Er fand die Kiste und brachte sie zum Kompost.

»Hier.« Er reichte sie ihr und sah zu, wie Sarah sie öffnete. Durch den weißen Overall wirkte ihr Körper größer, als er eigentlich war. Vorsichtig legte sie das Tier in die Kiste, verschloss den Deckel und reichte sie Mads.

»Das Tier hat keine Marke im Ohr«, konstatierte sie, stand auf und betrachtete noch einmal die Stelle, an der das Tier gelegen hatte. Vermutlich suchte sie nach der gelben Marke, die im Ohr des Kadavers hätte sein müssen. Schließlich zuckte sie mit den Schultern, legte die Hände auf die Umrandung des Komposts und kletterte nach draußen.

5. März

Haderslev

»Auch wenn aus dem Vernehmungsprotokoll hervorgeht, dass Marie Larsen Weidemanns Wagen auf dem kleinen Parkplatz hinter der Kirche gesehen hat, können wir uns nicht vollkommen sicher sein, dass es sich wirklich um sein Auto gehandelt hat«, sagte Mads und zog seine Laufschuhe aus. Er nahm den kriminaltechnischen Bericht und reichte ihn Per Teglgård, der auf Laugesens Bürostuhl Platz genommen hatte. Seine Laufrunde über Gammelting, Ørregade, vorbei an der Domkirche und durch den Damparken ließ seinen Körper angenehm pulsieren. Er griff nach einer Wasserflasche, leerte sie, setzte sich und musterte Per, der in dem Bericht blätterte. »Dieser Punkt taucht bei den schwerwiegenden Gründen auf, die zu Weidemanns Untersuchungshaft geführt haben«, fuhr er fort. »Im eigentlichen Bericht wird das aber nur in einem Nebensatz erwähnt.«

»Und du sagst, es ist nicht weiter überprüft worden?«, fragte Per und zog die Stirn in Falten.

»Jedenfalls nicht laut Sarah Jonsen«, antwortete Mads. »Sie ist zu keinem Zeitpunkt darauf hingewiesen worden, eventuelle Reifenspuren auf dem Parkplatz zu sichern. Ich habe heute mit Marie Larsen gesprochen. Sie hat mir gezeigt, wo der Wagen gestanden haben soll, aber es war spät am Abend, und der Platz war unbeleuchtet. Wenn man dann noch berücksichtigt, dass sie nicht gut sieht, kann man aus dieser Aussage eigentlich nicht mehr ableiten, als dass der Wagen des Täters möglicherweise auf dem Parkplatz gestanden hat.«

»Sie sieht schlecht?« Teglgård sah ihn fragend an. »Wie kommst du darauf?«

»Ihre Augen wirken trübe, was darauf hindeutet, dass sie an grauem Star leidet«, erklärte Mads.

»Verdammt!« Per Teglgård warf den Bericht auf den Tisch und stand auf. Sein Blick war hart, die Frustration war ihm anzusehen, als er in dem kleinen Büro auf und ab lief. »Dann gibt es nichts, was wirklich bestätigen würde, dass Weidemanns Auto in der Nähe des Tatorts war?«, fragte er und blieb stehen.

»Nein«, antwortete Mads und streckte die Beine unter dem Schreibtisch aus. »Was es an Spuren gegeben haben könnte, ist längst verloren. Wir haben weder Reifen- noch Sohlenabdrücke. Keine Zigarettenkippen oder anderes, was der Täter möglicherweise weggeschmissen hat.«

»Und was machen wir jetzt?«, fragte Per.

»Wir müssen so gut wie alle bisherigen Theorien infrage stellen«, antwortete Mads. »Und wir sollten den Informationen nachgehen, die wir von Weidemann erhalten haben. Zum Beispiel, wann er – nach eigener Aussage – die Jagdgesellschaft verlassen hat. Da gibt es eine Diskrepanz zu Laugesens bisherigen Ermittlungsergebnissen.«

»Stimmt, wir sollten sein Alibi noch einmal unter die Lupe nehmen, wenn wir sichergehen wollen, dass er nicht der Täter ist«, räumte Per Teglgård ein. Er atmete langsam aus und lehnte sich an die Wand. »Die Medien zerren an mir, und ich kann ihnen nichts sagen.«

»Hältst du ihn für den Täter?«

»Bis gestern war ich mir sicher, dass er es war, aber jetzt?« Per schüttelte den Kopf. »Laugesen hat alles auf eine Karte gesetzt. Die Ermittlungen sind ins Leere gelaufen, weil ich nur das sehen wollte, was er mir geliefert hat.« Er verstummte und legte die Hand auf die Klinke, als Mads' Handy zu vibrieren begann.

»Mads Lindstrøm«, meldete er sich.

Am anderen Ende meldete sich Sarah Jonsen. »Ich habe Neuigkeiten vom Tierarzt«, sagte sie.

Mads hob einen Finger, als Per die Tür öffnete. »Warte mal kurz, Sarah. Teglgård ist gerade hier. Ich stelle dich auf laut.« Er nahm das Handy vom Ohr und schaltete den Lautsprecher ein. »So, kannst du mich hören?«

»Geht so«, antwortete Sarah Jonsen. Ihre Stimme klang etwas verzerrt. Im Hintergrund waren Straßengeräusche zu hören, dann ein dumpfes Klopfen, das gleich wieder verstummte, als wäre sie an einer Baustelle vorbeigefahren. »Wie gesagt, ich habe einen Tierarzt namens Karsten Poulsen gebeten, sich das tote Zicklein anzuschauen«, fuhr sie fort. »Er meinte, es handelte sich um eine Rasse, die hier bei uns kaum verbreitet ist. Er geht der Sache aber nach. Leider hatte er heute keine Zeit, aber er wird den Kadaver baldmöglichst untersuchen.« Sie hielt kurz inne. Das Klicken des Blinkers war durch den Lautsprecher zu hören, dann übernahmen wieder die Motorengeräusche.

»Lässt sich diese Ziege irgendwie zurückverfolgen?«, fragte Per Teglgård.

»Leider nein«, antwortete Sarah. »Das Tier hat keine Marke im Ohr, wie das Gesetz es eigentlich vorschreibt.«

»Und diese Marke liegt auch nicht im Kompost?«, vergewisserte sich Per Teglgård.

»Nein, das haben Mads und ich überprüft, bevor wir den Ort verlassen haben«, erklärte Sarah. »Karsten Poulsen hat mir versprochen, eine Röntgenaufnahme von dem Tier zu machen. Vielleicht ist es gechipt, die Wahrscheinlichkeit ist aber gering. Er hat mir vorgeschlagen, Kontakt mit dem Dänischen Ziegenverein aufzunehmen. Er meinte, die könnten vielleicht eine Idee haben, woher das Tier stammt. Wenn auch das zu nichts führt, wird es schwierig sein, die Herkunft zu ermitteln.«

»Und hier in der Gegend gibt es keine Züchter?«, fragte Per.

»Das weiß ich noch nicht, aber dem werde ich natürlich nachgehen. Ich melde mich, sobald ich mehr weiß«, sagte sie und beendete das Gespräch.

»Das scheint ziemlich aussichtslos zu sein«, sagte Per Teglgård. »Außerdem stellt sich ja die Frage, ob diese Ziege wirklich etwas mit unserem Fall zu tun hat.«

»So, wie ich das sehe, gibt es keine Verbindung zwischen dem Kadaver und dem Mord an Charlotte Weidemann, aber zum jetzigen Zeitpunkt habe ich nicht mehr. Wir sind gezwungen, nach jedem Strohhalm zu greifen, der sich uns bietet«, antwortete Mads.

»Ist mir schon klar«, brummte Per und öffnete erneut die Tür. »Geh dem nach, aber verbrauch nicht mehr Ressourcen als unbedingt nötig.«

5. März

Vojens

»Ich muss den Termin bei Ihnen leider absagen«, sagte Mads, als er Troels Halland am Handy hatte. Er verließ gerade das Polizeirevier und fädelte in den Verkehr ein. Das rote Licht der Bremslichter glitzerte auf der nassen Windschutzscheibe, bis das Gummi der Scheibenwischer das Wasser wegwischte.

»Hätten Sie nicht früher anrufen können?«, erwiderte Halland.

»Tut mir leid«, antwortete Mads und folgte der Autoschlange auf der linken Spur, die sich endlich in Bewegung setzte. »Per Teglgård hat mich zurückberufen. Ich habe den Fall in Bylderup übernommen.«

»Sieh an«, brummte Halland. »Ich dachte, Sie wollten nicht zurück.« Ein paar Sekunden blieb es still, nur die Reifen auf dem nassen Asphalt waren zu hören. »Sind Sie in Haderslev?«

»Ja«, antwortete Mads. »Ich bin aber auf dem Heimweg.«

»Dann machen Sie doch einen kleinen Umweg über Vojens«, schlug Halland vor.

»Es ist zeitlich ein bisschen eng«, antwortete Mads und gab Gas. »Ich muss mich noch weiter in den Fall vertiefen und mir ein paar Sachen anschauen.«

»Ich dachte, Sie nehmen die Arbeit nicht mit nach Hause?«, konterte Troels Halland mit ruhiger Stimme.

»Das tue ich auch nicht.« Eine gewisser Unmut meldete sich in Mads, und er bohrte die Fingerspitzen in den Schaltknüppel.

»Ich kann Ihnen nicht ganz folgen. Sie nehmen zwar keine Arbeit mit nach Hause, sind aber gerade auf dem Heimweg, um sich dort tiefer in den Fall einzuarbeiten?«

»Das spielt doch keine Rolle«, murmelte Mads.

»Alles spielt eine Rolle«, erwiderte Halland. »Es ist wichtig, sich der Realität zu stellen.«

»Und diese Realität ist ein Mord an einer Pastorin«, antwortete Mads.

»Das stimmt«, brummte Halland. »Aber das ist nicht alles. Ich mache jetzt einen Kaffee, oder trinken Sie nach wie vor nur Wasser?«

Mads schlug den Hinterkopf gegen die Kopfstütze, nachdem Halland das Gespräch beendet hatte. Er betrachtete die Lichter von Vojens, die vor ihm im Dunkel auftauchten. Hecken und Zäune im nichtssagenden Licht der Straßenlaternen. Er biss die Zähne zusammen und bog widerwillig nach links in den Tranevej ein.

*

»Das ging aber schnell«, sagte Troels Halland, als er die Tür öffnete und Mads hereinließ. Ein warmer Duft nach Holzofen und Zimt lag in der Luft, gewürzt von Pfeifentabak. Aus dem Wohnzimmer war ein Trompetenstoß zu hören, gefolgt von Fernsehstimmen und dem Lachen von Hallands Frau. »Nehmen Sie schon einmal Platz. Ich komme gleich.«

Mads sah Halland im Wohnzimmer verschwinden und

hörte gleich darauf ein leises Murmeln. Er schwitzte und zog den Reißverschluss seiner Jacke auf. Dann öffnete er die Tür zum Büro, in dem die grüne Schreibtischlampe ein warmes Licht auf zwei Kaffeebecher, zwei Teller und eine glänzende Thermoskanne warf.

»Setzen Sie sich doch«, wiederholte Halland hinter ihm und stellte eine Platte mit Kuchenstücken auf den Tisch. »Ulla hat Apfelkuchen gebacken, und ich dachte, wir könnten ein Stück essen, während wir miteinander reden.« Er nickte in Richtung des Tisches. Ein Duft von Äpfeln, Zimt, Butter und Zucker erfüllte den Raum.

»Es passt wirklich gerade nicht so gut«, sagte Mads und legte seine Jacke etwas widerwillig auf die Stuhllehne. »Ich habe, wie gesagt, eine Menge zu tun.«

»Für ein Stück Kuchen ist immer Zeit«, antwortete Halland und schob Mads die Kuchenplatte hin. »Ich kenne nicht einen Polizisten, der zu einer Tasse Kaffee und einem Stück selbst gebackenem Kuchen Nein sagen würde.« Dann setzte er seine Lesebrille auf und blätterte in seinen Notizen. »Wo waren wir zuletzt? Ach ja, Sie haben beim letzten Mal gesagt, dass Sie das Gefühl haben, Ihre Mutter irgendwie verraten zu haben.« Er beugte sich vor und goss sich Kaffee ein, wobei er Mads mit fragendem Blick ansah. »Ich dachte, wir könnten noch ein bisschen über Ihre Familie reden.«

»Da gibt es nicht viel zu reden«, antwortete Mads und hob abwehrend die Hände.

Halland stellte die Kanne ab. »Nicht?« Der Psychotherapeut biss in ein Kuchenstück und strich einen Krümel weg, der in seinem Bart hängen geblieben war. »Erzählen Sie mir ein bisschen aus Ihrer Jugend.«

»Die war wohl so wie bei den meisten anderen auch«, antwortete Mads und beobachtete den Psychologen, der sein Kuchenstück zu genießen schien. »Ich habe mein ganzes bisheriges Leben in Toftlund verbracht.«

»Auch jetzt als Erwachsener?«, fragte Halland und stellte seinen Teller ab.

»Ja.«

»So, so«, murmelte Halland und legte die gefalteten Hände um das Knie. »Haben Sie Geschwister?«

»Ja, eine große Schwester. Lisa.«

»Wohnt sie auch in Toftlund?«

»Nein, sie ist schon ziemlich früh nach England gezogen«, antwortete Mads und kniff die Lippen zusammen.

»Vor oder nach der Sache mit Ihrem Vater?«, fragte Halland.

»Danach. Sie war zwanzig Jahre und wollte etwas von der Welt sehen.«

»Was haben Sie darüber gedacht?«

Mads atmete schwer aus. »Ich war wütend. Fühlte mich verraten. Im Stich gelassen. Sie hat sich vor den ganzen Problemen gedrückt.«

»Hatten Sie jemals vor, dasselbe zu machen?«

Mads verzog sein Gesicht. »Nein, jemand musste ja bei unserer Mutter bleiben, und die Aufgabe kam dann mir zu.«

»Aber Ihre Mutter war doch eine erwachsene Frau?«, warf Halland ein.

»Schon«, antwortete Mads. »Aber sie hat uns gebraucht.«

»Wie ist die Beziehung zu Ihrer Schwester?«

»Keine Ahnung«, antwortete Mads und sah in den dunklen Garten hinaus. »Vermutlich ganz in Ordnung.«

»Ganz in Ordnung?«

»Was soll ich schon dazu sagen? Sie hat ihre Entscheidung

getroffen. Für sie war es wichtiger, ihr Leben nach ihren eigenen Vorstellungen zu leben, als sich darüber Gedanken zu machen, wie es anderen geht.«

»Haben Sie mit ihr darüber gesprochen?«

»Das weiß ich nicht mehr. Lisa hatte ein schwieriges Verhältnis zu unserer Mutter.« Mads schüttelte den Kopf. »Sie war eher ein Papakind.«

»Und Sie? Stand er auch Ihnen näher?«

»Ich glaube nicht«, antwortete Mads und starrte auf seinen leeren Teller. »Er war nicht viel zu Hause. Erst recht nicht, nachdem er Dezernatsleiter geworden war. Er war die meiste Zeit im Revier.«

»Haben Sie ihn vermisst?«

»Manchmal ja. Besonders an Geburtstagen und so«, antwortete Mads. »Das Schlimmste war aber die Einsamkeit unserer Mutter.«

»Was haben Sie dabei empfunden?«

»Schwer zu sagen. Ich war stolz auf ihn, obwohl ich es gehasst habe, dass wir nie mit seiner Anwesenheit rechnen konnten.«

»Aber Ihr Hass hat sich nur darauf gerichtet, dass er nie da war?«, fragte Halland und legte seinen Kugelschreiber auf den Notizblock.

»Er war gut in seinem Job. Der Beste. Meine Mutter hat ihn vergöttert.«

»Ihn vergöttert?« Halland kratzte sich den Bart und schlug ein Bein über das andere. »Hat sie auch Sie vergöttert?«

»Wenn Sie meine Schwester fragen würden, dann würde sie Ja sagen.«

»Ich frage aber Sie. Hat Ihre Mutter auch Sie vergöttert?«

»Das weiß ich nicht. Es hat sich nicht so angefühlt, andererseits muss sie das irgendwie getan haben. Sie wollte, dass ich wie Vater werde.«

»Sind Sie deshalb zum Dezernat für Gewaltverbrechen gegangen?«, fragte Halland.

»Nein. Ich wollte schon immer Ermittler werden. Bereits als Kind habe ich mich in das Büro meines Vaters geschlichen, wenn er nicht da war. Ich habe mich dann fast so gefühlt, als wäre er zu Hause. Obwohl er das nicht war.«

»Ja, das kann ich mir vorstellen«, sagte Halland und stand mit einem raschen Blick auf seine Armbanduhr auf. »Weiter kommen wir heute leider nicht, aber ich denke, wir greifen das Thema beim nächsten Mal wieder auf.«

6. März

Toftlund

Mads stand still vor der Tür und schloss kurz die Augen. Das Metall der Klinke war kalt, als er die Finger darumlegte. Er warf einen Blick ins Wohnzimmer, wo gerade die Glockenschläge der alten Standuhr verhallten. Das Mondlicht, das durch die großen Fenster fiel, zeichnete fahle Vierecke auf den braun melierten Teppichboden, an dem der Zahn der Zeit sichtlich genagt hatte. Er atmete ein, aber seine Brust hob sich nicht und ließ keine Luft in die Lunge.

Die Vergangenheit war wie ein Fossil. An der Oberfläche glatt geschliffen, doch tief drinnen kalt, hart und nicht erkennbar. Er richtete den Blick auf die alte Holztür, wo sich die Jahresringe als Maserung abzeichneten und die Astlöcher so eingetrocknet waren, dass das Holz herauszufallen drohte. Einen Augenblick zögerte er, dann drückte er die Klinke nach unten und öffnete. Als er in den Raum sah, der einmal das Büro seines Vaters gewesen war, befiel ihn ein Gefühl der Verlorenheit. Außerstande, sich zu rühren, ließ er seinen Blick über Schreibtisch, Regal und Jalousien schweifen. Die meisten Sachen standen noch dort, wo sie die ganze Zeit gestanden hatten, trotzdem hatte Lisas Eindringen das Vakuum aufgelöst, das in diesem Zimmer geherrscht hatte, seit er seinen Vater im Wintergarten hängend gefunden hatte, die

Zehenspitzen knapp über dem Boden, als tanzte er mit dem Tod.

Mads legte die Hand an den Türrahmen. Staubkörner wirbelten langsam durch das matte Mondlicht. Wie Sterne in einer Galaxie. Die Erinnerungen waren Lichtjahre entfernt, standen aber trotzdem klar vor seinen Augen. Was geschehen war, hielt ihn noch immer fest.

Er tastete mit den Fingern nach dem Lichtschalter. Als er ihn betätigte, leuchtete die Deckenlampe auf, und er musste blinzeln. Im Lichtschein traten die vielen Details hervor. Langsam betrat er den Raum, fuhr über das Hochzeitsfoto von Jørgen und Bodil Lindstrøm und zeichnete eine Spur in die matte Staubschicht des Bilderrahmens. Die Pfeife des Vaters lag noch immer im Aschenbecher, und im Raum roch es nach wie vor ganz schwach nach Rauch. Er sah sich um. Die Ordner, die er Lisa abgenommen hatte, standen ohne jedes System auf dem Regal. Er nahm einen davon und schlug ihn auf. Verblichene Fotos von einem Tatort starrten ihn an. Ein schweigendes Grauen aus Blut und Tod. Die Leiche eines Mannes hing halb über einem Brennholzstapel, die Hände auf dem Rücken gefesselt, die Hose bis zu den Knöcheln heruntergezogen, das Hemd hing locker über den Rücken. Er blätterte weiter. Blutflecken auf rauem Beton, halb eingetrocknet, aber doch noch so feucht, dass das Blitzlicht darin zu erkennen war. Wahllos schlug er andere Fälle auf und überflog die handschriftlichen Notizen am Rand einiger Seiten. Die Bleistiftstriche waren an manchen Stellen nicht mehr zu lesen, als hätte die Zeit sie ausradiert.

Er klappte den Ordner zu, stellte ihn zurück ins Regal und nahm sich einen anderen. Mit der Hand griff er reflexartig nach dem Stuhl und setzte sich an den Schreibtisch. Für einen

Moment streifte sein Blick die Pfeife und den halb gerauchten Tabak, der nie weggeräumt worden war. Dann richtete er seine Aufmerksamkeit wieder auf die alten Ausdrucke und Vernehmungsprotokolle.

Birkelev, stand unter der Fallnummer in der oberen rechten Ecke, datiert 1998. Mads zog die Stirn in Falten und warf einen Blick auf die Landkarte, die über dem Schreibtisch hing. Eine verblasste Linie kreiste einen kleinen Ort nördlich von Skærbæk ein. Er kniff die Augen zusammen und versuchte den Ortsnamen zu lesen, bevor er sich wieder dem Text widmete. Es ging um den Mord am Institutsleiter Hans Peter Jessen.

7. März

Eggebek

Die Sonne stand tief über dem Horizont im Osten und spiegelte sich in großen Solaranlagen vor Eggebek. Mads ging vom Gas, als er Thomas Beckmanns weißen Passat auf der kleinen Ausweichstelle am Waldrand parken sah. Er blinkte und fuhr hinter ihn. Die Müdigkeit nach der Nacht im Büro seines Vaters steckte ihm noch in den Knochen, und er gähnte, als er zu dem Bauernhof hinüberschaute. Große Bäume säumten die Wiese vor dem weißen Hauptgebäude und rahmten die Idylle ein. Er zog die Handbremse an und stieg aus dem Wagen. In dem Wind, der kühl über die sonnenbeschienen Felder strich, lag ein Geruch von Gülle. Möwen kreisten über einem Traktor, der wie ein grüner Fleck weit hinten über ein Feld fuhr. Er riss sich von dem Anblick los und ging zu dem weißen Passat. Thomas Beckmann öffnete die Tür.

»Wie immer auf die Minute genau«, sagte Thomas Beckmann mit einem Nicken. Er schnallte sich ab und stieg aus. Mit seinen dunklen Augen betrachtete er erst Mads und dann den Hof. »Und es ist wirklich nur die Rede von einer Befragung?«

»Ja«, antwortete Mads. »Eine reine Formalität.«

»Richard Arendt hat mir gesagt, dass ihr schon in Kontakt mit ihm wart?« Er sah Mads direkt an. Tiefe Falten durchzogen das markante Gesicht mit dem gepflegten, schwarzen Dreitagebart.

»Das ist richtig«, antwortete Mads und steckte die Hände in die Taschen. »Wenn ich richtig informiert bin, hat mein Kollege Torben Laugesen mit ihm telefoniert.«

»Aha.« Thomas Beckmanns Mund zuckte leicht. »Wenn Sie richtig informiert sind?«

»Ich habe den Fall erst vor ein paar Tagen übernommen«, erklärte Mads.

Thomas Beckmann nickte stumm und sah zu den Möwen am Himmel. »Der Mord an der Pastorin, oder?«

»Ja«, antwortete Mads.

»Und ihr musstet den Verdächtigen wieder gehen lassen?«

Mads nickte und umklammerte den Schlüsselbund in seiner Tasche so fest, dass das Metall sich in seine Haut drückte. »Einige Sachen sind nicht richtig überprüft worden. Deshalb muss ich Richard Arendt noch ein paar Fragen stellen.«

»Gut«, sagte Thomas Beckmann und sah auf seine Uhr. »Dann fahren Sie mir mal nach.« Er stieg wieder in sein Auto, schnallte sich an und wollte gerade die Tür schließen, als Mads sich vorbeugte.

»Danke«, sagte er.

»Wofür?«, fragte Thomas Beckmann und zog die Augenbrauen zusammen. »Das Gesetz will es so, dass ein deutscher Polizist zur Stelle ist, dafür müssen Sie sich nicht bedanken.«

Ein Lächeln huschte über Mads' Lippen, als er zurück zu seinem Wagen ging und einstieg. Thomas Beckmann fuhr los, und er folgte ihm.

*

Mads fuhr in einem großen Bogen um den Hofplatz und parkte hinter dem Auto von Thomas Beckmann. In den Fenstern über den noch kahlen Blumenbeeten leuchteten dünne, cremefarbene Gardinen. Thomas Beckmann stand schon am Eingang und ließ den Türklopfer auf die kleine Metallplatte fallen.

Eine Frau öffnete ihnen die Tür. »Ja?«

Thomas Beckmann stellte sich vor und hielt der Frau seinen Dienstausweis hin. »Ich habe eine Verabredung mit Richard Arendt.« Er steckte den Ausweis wieder weg, kaum dass sie einen Blick darauf geworfen hatte. »Mein dänischer Kollege Mads Lindstrøm würde gerne mit ihm über die Jagd reden, die er Mitte Februar hier organisiert hat.«

»Kommen Sie doch rein. Ich bin Beate Arendt.« Sie reichte ihnen die Hand, als sie in den Flur traten. Die schwarzen Granitfliesen am Boden glänzten, als wären sie frisch geputzt worden, und in der Luft hing ein sanfter Blumenduft.

»Richard ist leider noch nicht zurück, er sollte aber jeden Augenblick kommen. Darf ich Ihnen etwas anbieten? Einen Kaffee?« Sie sah lächelnd von Thomas Beckmann zu Mads. Ein paar Sekunden blieb ihr Blick an ihm hängen, dann strich sie sich mechanisch die Haare hinter ein Ohr und führte die beiden Besucher in die Küche.

Mads ließ seinen Blick durch den Raum schweifen, ehe er ihn auf Beate Arendt richtete, die ein paar Becher aus einem Eckschrank nahm und auf den Küchentisch stellte.

»Wenn ich es richtig verstanden habe, ist Michael Weidemann mit Ihnen verwandt?«, fragte Mads auf Deutsch und öffnete seine Jacke.

»Ja«, antwortete sie und nickte in Richtung Stühle. »Michael ist Richards Cousin. Sie haben immer viel miteinander gemacht.«

»Und Charlotte Weidemann?«, fragte Mads und nahm Platz.

»Charlotte war auch oft hier.« Beate Arendt sah kurz aus dem Fenster in Richtung der Zufahrt, dann nahm sie die Kanne und schenkte ihnen ein. »Milch und Zucker?«

»Danke, ich möchte nichts«, antwortete Mads, als sie ihm einen vollen Kaffeebecher reichen wollte.

»Sie können mir den Kaffee geben«, meinte Thomas Beckmann und nahm den Becher in Empfang.

Beate Arendt zog den Stuhl vor und setzte sich gegenüber von Mads an den Küchentisch. Sie seufzte und ließ die Hände auf den Schoß sinken. »Es ist so schrecklich, was da passiert ist. Charlotte war so ein angenehmer Mensch.«

»Ich weiß, dass es schon eine Weile her ist, aber erinnern Sie sich, wann der Cousin Ihres Mannes die Jagdgesellschaft am 18. Februar verlassen hat?«, fragte Mads.

»Ich war nicht zu Hause«, antwortete Beate Arendt. »Richard meint, dass Michael gegen halb neun hier aufgebrochen ist, dabei könnte ich schwören, dass ich gesehen habe, wie er losgefahren ist, als ich gerade von der Arbeit nach Hause gekommen bin.«

»Und wann war das?«

»Etwa Viertel vor zehn«, sagte Beate Arendt. »Ich habe nicht weiter darüber nachgedacht, bis Richard mir erzählt hat, dass er mit Ihnen gesprochen hat.«

»Dann sind Sie sich nicht ganz sicher, dass er es war?«

»Nein.« Sie zuckte mit den Achseln. »Ich habe angenommen, dass er es ist. So viele Autos fahren nicht aus unserer Zufahrt.«

»Und haben Sie auch mit Ihrem Mann über den Zeitpunkt gesprochen?«

»Ja, aber nur kurz, nachdem er mit Ihnen telefoniert hatte. Wir sind uns da aber uneinig.«

»Gibt es noch andere, die gesehen haben könnten, wann Michael Weidemann hier aufgebrochen ist?«

»Nicht direkt«, antwortete Beate Arendt und spitzte nachdenklich die Lippen. »In der Regel übernachtet er in Eggebek.«

Thomas Beckmanns Handy begann zu klingeln. Er stand auf, ging nach draußen und schloss die Tür hinter sich.

»Ich glaube nicht, dass Michael der Täter war«, sagte Beate Arendt und richtete ihren Blick auf Mads. »Michael hat Charlotte geliebt. Sie war sein Ein und Alles. Er hatte Angst, sie an den Krebs zu verlieren.« Sie schwieg und starrte auf die Tischplatte. Erst, als Thomas Beckmann wieder zur Tür hereinkam, hob sie den Blick. »Warum sollte er so etwas getan haben?«

Thomas Beckmann wandte sich an Mads und nickte in Richtung Tür. »Haben Sie einen Moment?«

»Ja, klar.« Mads zog die Stirn in Falten.

Beate Arendt musterte ihn wachsam, als er aufstand und Thomas Beckmann nach draußen folgte.

»Ich muss leider los«, sagte er, als Mads die Küchentür hinter sich geschlossen hatte. »Wir haben einen Leichenfund im Thorsberger Moor.«

»Ein Mord?«

»Das wissen wir noch nicht«, antwortete Thomas Beckmann. »Eine dänische Schulklasse soll den Toten gefunden haben.« Zögernd legte er die Hand auf die Klinke der Haustür. »Hätten Sie vielleicht die Möglichkeit, uns zu unterstützen und die Zeugen zu befragen? Werner Still ist schon auf dem Weg zum Fundort.«

»Natürlich«, antwortete Mads.

»Danke.« Thomas Beckmann nickte kurz. »Das wäre eine große Hilfe. Sind Sie hier fertig?«

»Ich würde gerne noch mit Richard Arendt sprechen, aber das geht wohl nicht, wenn Sie jetzt losmüssen«, sagte Mads.

»Eigentlich verstößt es gegen die Regeln, wenn Sie ihn ohne meine Anwesenheit befragen«, meinte Thomas Beckmann und warf einen Blick durch die Glasscheiben der Haustür. Seine Kiefer arbeiteten, als müsse er einen inneren Kampf ausfechten, ehe er sein Gesicht wieder Mads zuwandte. »Machen wir heute mal eine Ausnahme.« Ein Windhauch fegte durch den Flur, als er die Tür öffnete und nach draußen trat. »Ich schicke Ihnen die Adresse«, sagte er, während Richard Arendt gerade auf den Hofplatz fuhr.

7. März

Thorsberger Moor

Mads bremste ab und parkte seinen Wagen hinter Thomas Beckmanns weißem VW. Ein quer über den Weg gespanntes Absperrband verhinderte die Weiterfahrt, und zwischen den Bäumen war das Blinken von Blaulicht zu erkennen. Er sah hinüber zu Thomas Beckmann, der gerade mit einer weiß gekleideten Person sprach. Als Mads sich abschnallte, fiel sein Blick auf eine leere Proteindrinkflasche, die in der Mittelkonsole stand. Ehe er die Tür öffnete und ausstieg, griff er in den Wagen und legte die Trainingsklamotten, die auf dem Beifahrersitz lagen, auf den Rücksitz. Dann schloss er die Autotür hinter sich.

»Kommissar Mads Lindstrøm von der dänischen Polizei«, stellte er sich vor und zeigte dem Beamten an der Absperrung seinen Ausweis. Neben ihm stand ein Infoschild, das auf das germanische Opfermoor hinwies. »Ich habe einen Termin mit Thomas Beckmann«, erklärte Mads und hielt nach Beckmanns kompaktem Körper Ausschau. Der Blick seines deutschen Kollegen war konzentriert.

»Das dauert alles länger als gedacht«, sagte Thomas Beckmann und ging auf Mads zu, nachdem der Leiter der Kriminaltechnik, Helmut Vogel, wieder zwischen den Bäumen verschwunden war.

Weiter hinten grenzte ein Kreis aus großen Steinen eine Feuerstelle ein. Die Holzscheite des Lagerfeuers glühten immer wieder auf, wenn der Wind darüberfuhr und den Rauch forttrieb. Die Hitze brachte die Luft zum Flimmern und sog die Farbe aus den Gesichtern der jungen Menschen, die sich am Feuer aneinanderdrückten.

»Die Befragungen müssen warten«, fuhr Thomas Beckmann fort und antwortete damit auf Mads' unausgesprochene Frage. »Der Leichnam wird jetzt erst geborgen.« Er warf einen Blick auf Mads' Kleidung, dann drehte er sich um und ging einen schmalen Pfad entlang. »Im Wagen der Kriminaltechnik sind Overalls. Nehmen Sie sich einfach einen.«

*

Mads riss die Plastikverpackung auf und streifte den weißen Schutzanzug über. Eine seltsame Stille lag über der ganzen Szenerie, als absorbierte das Blaulicht jegliches Leben. Er sah noch einmal zu den Schülern, die dasaßen wie Statisten in einem Theaterstück, an dem sie eigentlich nicht teilnehmen wollten. Dann zog er den Overall zu, setzte die Kapuze auf und ging zwischen den Bäumen hindurch zu den deutschen Kollegen.

»Mads Lindstrøm?« Werner Still verzog sein Gesicht zu einem Lächeln. Hinter dem Rechtsmediziner waren andere weiß gekleidete Gestalten zu erkennen. Mads trat einen Schritt vor. Werner Stills Gummistiefel reichten fast bis zu den Knien und versanken ein wenig in dem weichen Boden. Er sah Mads über die Stahlbrille hinweg freundlich an. »Ich wusste gar nicht, dass Sie kommen.«

»Thomas Beckmann hat gefragt, ob ich helfen kann«, antwortete Mads und nickte in Richtung Feuerstelle. »Bei den Zeugen soll es sich um eine dänische Schulklasse handeln.«

»Alles klar«, sagte Werner Still und sah zu Helmut Vogel hinüber, der gerade mit Thomas Beckmann im Gespräch war. Der Kriminaltechniker hielt eine Kamera in der Hand, bereit, alles zu dokumentieren. »Er hat gesagt, dass er auf jemanden wartet, mir war aber nicht klar, dass Sie das sind«, fuhr Werner Still fort und trat einen Schritt zur Seite, damit einige von Vogels Kollegen passieren konnten. Sie trugen Wathosen und gingen auf das moorige Wasser zu. Faulgase stiegen auf. »Er war ein bisschen ungeduldig und wollte unbedingt loslegen.«

»Ich musste nur erst einen klaren Kopf bekommen«, erwiderte Mads und beobachtete die Techniker, die mit unsicheren Schritten in das trockene Schilf gingen.

»Einen klaren Kopf?« Werner Still sah ihn fragend an.

»Ich brauchte ein paar Kilometer frische Luft«, antwortete Mads.

»Ach so«, meinte Werner Still. »Hat Thomas Sie schon instruiert?«

»Nein, ich weiß nur von einem Leichenfund, den eine Schulklasse gemeldet hat.«

»Ja, das ist in groben Zügen alles, was wir bisher wissen«, sagte Werner Still. »Der Leichnam liegt an einem ziemlich unzugänglichen Ort, deshalb ist er auch noch nicht geborgen worden. Die Schüler waren mit einem Floß unterwegs und sind beim Staken wohl an den Leichnam gestoßen. Wie es aussieht, war das Opfer in Plastik eingehüllt. Ich gehe davon aus, dass das Stakholz das Gewicht weggestoßen hat, das den Leichnam unter Wasser gehalten hat. Dabei ist wohl auch das Plastik zerrissen, wodurch ein Bein zu erkennen war. Die Schüler haben sofort reagiert.«

»Dann wissen Sie noch nicht, wer das Opfer ist?«, fragte Mads und warf einen Blick auf eine weitere Infotafel. Sie erzählte in mehreren Sprachen, dass hier Speere, Langbögen und Schilde aus der Zeit um 400 n. Chr. gefunden worden seien. Dann sah er wieder zu den Technikern, die die Zweige der Bäume stutzten, um den Leichnam in dem dunklen Wasser bergen zu können.

»Leider nein«, antwortete Werner Still. »Ich würde anhand der Größe des Beins auf einen Mann schließen, aber das wird sich erst mit Sicherheit klären, wenn wir ihn an Land haben.«

»Wird denn jemand vermisst?«, fragte Mads und folgte Werner Still zum Ufer. Lehm klebte an den Gummistiefeln des Rechtsmediziners, und auch sein Overall war fleckig. Er hob den Blick und richtete ihn auf das längliche Plastikpaket, das mithilfe der Kriminaltechniker zwischen den Schilfgräsern zum Vorschein kam. Halb verfaulte Blätter klebten an dem schwarzen Kunststoff, und ein moderiger Gestank erfüllte die Luft, während Helmut Vogel die Bergung fotografisch dokumentierte.

»Da gäbe es schon ein paar Leute«, antwortete Werner Still, als das schwarze Paket sich dem Ufer näherte. Er bückte sich und nahm ein Paar Latexhandschuhe aus Vogels Materialkoffer. Das dünne Gummi legte sich eng um seine Haut, und er zupfte es etwas zurecht, ehe er ans Werk ging. Der untere Teil eines Beines ragte aus dem länglichen Paket, das nun am Ufer lag. Welke Schilfhalme klebten an der blassen, aufgedunsenen Haut, auf der schwarzblaue Läsionen zu erkennen waren. An einer Stelle fehlte das Fleisch, sodass der Schienbeinknochen zu erkennen war. Mit sicheren Bewegungen löste Werner Still die Riemen, die um das schwarze Plastik gezurrt worden waren, während Helmut Vogel weitere Fotos schoss. Das Plastik glitt zur Seite, und eine Wolke aus Verwesungsgasen schlug ihnen entgegen. Vor ihnen lag ein halb aufgelöster Leichnam. Am Oberkörper waren dunkle Flecken zu sehen, und der Mund war aufgerissen wie zu einem Schrei. Unter der Leiche wand sich ein Aal hervor und glitt in Richtung Wasser davon.

»Wie sieht es aus?«, fragte Thomas Beckmann und trat neben Werner Still.

»Wie vermutet, handelt es sich um einen Mann.« Der Rechtsmediziner beugte sich über den Toten. »Vom Zustand der Leiche zu schließen, würde ich tippen, dass der hier schon eine ganze Weile liegt.«

Thomas Beckmann zog die Brauen zusammen. »Wochen, Monate oder Jahre?«

»Monate«, antwortete Werner Still. »Wie du siehst, haben sich an manchen Stellen Haut und Haare gelöst, während die Kleidung noch relativ gut in Schuss ist.«

»Todesursache?«

»Dazu ist es noch zu früh«, meinte Werner Still und musterte den Leichnam. Der Kiefer war schwarzblau verfärbt, während die Haut am Hals hell leuchtete. Der Übergang war irgendwie diffus. »Die Aale scheinen an ihm geknabbert zu haben. Wir müssen abwarten, was die Obduktion ergibt.«

»Ist das Moor der Tatort?«, erkundigte sich Thomas Beckmann und drehte sich zu Helmut Vogel um. »Oder wurde der Tote hier nur entsorgt?«

»Spontan würde ich sagen, dass dies nur der Fundort ist«, antwortete Vogel und kniff die Lippen etwas zusammen. »Wenn der Tote hier allerdings schon seit Monaten liegt, sind mögliche Spuren längst verschwunden. Der Winter war, wie du weißt, außergewöhnlich feucht, und der Wasserstand weitaus höher als jetzt.«

»Verdammt!« Thomas Beckmann drehte sich um und ging mit entschlossenen Schritten auf dem Pfad zurück in Richtung Feuerstelle. Sein Kopf war gesenkt, und die geballten Fäuste passten zu seinem harten, verschlossenen Äußeren.

Irgendwo zwitscherte ein Vogel, als wäre nichts geschehen, und für einen Moment fegte der kühle Wind den Leichengestank weg. Doch als die Sanitäter den verwesten Toten in den Leichensack hoben, war der Geruch wieder da. Mads starrte einen Moment lang auf das nasse Hemd, das am aufgedunsenen Bauch des Opfers klebte. Dann wurde der Reißverschluss des Sacks zugezogen. Die Sanitäter trugen die Bahre mit dem Leichnam vom Ufer weg und den schmalen Waldweg entlang.

»Was haben Sie denn mit Thomas vereinbart?«, fragte Werner Still.

»Ich soll ihm helfen, die Zeugen zu befragen«, antwortete Mads und betrachtete die Infotafel, auf der farbige Striche die verschiedenen Wanderwege rund um den See markierten.

»Dann sehen wir uns in Kiel?«

»Vermutlich nicht«, antwortete Mads und richtete seine Aufmerksamkeit wieder auf Werner Still. »Ich habe den Mordfall in Bylderup übernommen und war nur hier, weil ich in Deutschland etwas überprüfen musste. Thomas Beckmann hat mich begleitet. Als er hergerufen wurde, hat er mich gefragt, ob ich ihm bei der Zeugenbefragung helfen kann.«

»Na, dann haben Sie ja alle Hände voll zu tun«, sagte Werner Still und legte die Hand auf Mads' Arm. »Aber schön, dass Sie wieder zurück sind.« Er ließ die Hand ein paar Sekunden liegen. Dann klopfte er ihm leicht auf die Schulter und ging.

7. März

E45 Richtung Norden

»Nein, es gibt keine Neuigkeiten«, sagte Mads und umklammerte das Lenkrad noch etwas fester. »Richard Arendt bleibt dabei, dass Weidemann den Hof gegen 20.30 Uhr verlassen hat.«

»Und es gibt keine anderen Zeugen?«

»Zumindest niemanden, der sein Alibi bestätigen kann«, antwortete Mads. »Richard Arendts Frau gibt zwar einen späteren Zeitpunkt an, aber sie ist sich nicht ganz sicher, ob es wirklich Weidemann war, den sie gesehen hat. Es könnte auch irgendein anderes Auto gewesen sein.«

»Dann können wir also nicht ausschließen, dass es Michael Weidemanns Wagen war, der auf dem Platz hinter der Kirche stand?«, fragte Per Teglgård durch den Lautsprecher des Wagens.

»Leider nein«, antwortete Mads. »Das mit der Übernachtung konnte ich nicht mehr überprüfen.«

»Warum nicht?« Per Teglgårds Stimme klang scharf.

»Thomas Beckmann wurde zu einem Einsatz gerufen und musste abbrechen. Im Thorsberger Moor ist eine Leiche gefunden worden«, berichtete Mads und stieg aufs Gaspedal, um einen Lastwagen zu überholen.

»Und du konntest das nicht allein machen?«

»Du weißt doch, wie Thomas Beckmann in solchen Dingen ist. Außerdem wurde der Tote im Moor von einer dänischen Schulklasse gefunden. Acht Jugendliche und zwei Lehrer, die ironischerweise auf einer archäologischen Exkursion im Opfermoor waren.« Er trommelte mit den Fingern auf das Lenkrad und wartete, dass der Wagen vor ihm auf die rechte Spur fuhr, damit er ihn überholen konnte. »Ich habe ihm bei den Befragungen geholfen. Die waren ganz schön fertig, und ihr Deutsch war nicht gut genug für ein solches Gespräch.«

»Wo stehen wir denn jetzt?«, fragte Per.

»Da, wo wir vorher auch waren. Thomas Beckmann ist jetzt leider beschäftigt, es wird also eine Weile dauern, bis wir in Eggebek irgendjemanden befragen können.«

»Und was ist mit Sarah Jonsen?«, fragte Per. »Hast du was von ihr gehört?«

»Nein«, antwortete Mads. Sein Blick huschte zum Touchscreen des Autos, als im Lautsprecher ein Klopfen zu hören war. »Du, ich muss auflegen«, sagte er. »Thomas Beckmann ruft gerade an.« Er beendete das Gespräch und nahm das andere entgegen. »Lindstrøm«, meldete er sich und richtete den Blick wieder auf die Straße.

»Thomas Beckmann«, kam es durch den Lautsprecher. »Ich bin im Institut für Rechtsmedizin in Kiel. Werner Still hat etwas an der Leiche im Thorsberger Moor gefunden. Er meinte, Sie sollten sich das mal angucken.«

»Worum geht es?«, fragte Mads, ging vom Gas und scherte hinter einem Wohnwagen ein.

»Um ein Foto«, antwortete Thomas Beckmann. »Sehen Sie eine Möglichkeit, nach Kiel zu kommen?«

Mads warf rasch einen Blick auf seine Armbanduhr. »Ich komme. Geben Sie mir eine Stunde.« Er beendete das Gespräch, fuhr bei Kliplev von der Autobahn und kehrte um. Dann beschleunigte er, und der Wagen schoss in Richtung Kiel davon.

7. März

Kiel

Es dämmerte schon, als Mads auf den Parkplatz des Instituts für Rechtsmedizin fuhr. Er ließ den Blick über die rote Fassade des Gebäudes schweifen und sah, dass hinter einigen Fenstern noch Licht brannte. Als er den Gurt löste, begann das Handy in seiner Tasche zu vibrieren. Auf dem Display stand Lisas Name, aber er lehnte den Anruf ab, schaltete den Motor aus und stieg aus dem Auto. Er legte den Kopf in den Nacken und bewunderte den spektakulären Abendhimmel, an dem sich schwarzblaue Streifen über den Hausdächern abzeichneten. Auf dem Weg zum Eingang des Instituts huschte sein Blick über die Bronzeskulptur auf dem Rasen vor dem Gebäude, die zwei Menschen im Gespräch darstellte. Er klingelte. Von drinnen fiel das Licht durch die Glasscheiben der Tür nach draußen und zeichnete helle Quadrate auf den Boden.

»Kommissar Mads Lindstrøm. Ich habe einen Termin mit Werner Still«, sagte Mads und sah zur Tür. Einen Augenblick später summte es. Im Gebäude schlug ihm ein besonderer Klinikgeruch entgegen. Auf dem Weg zu Werner Stills Büro hallten seine Schritte über den leeren, grauen Flur. Er klopfte leicht an und trat ein.

»Schön, dass Sie da sind!« Werner Still stützte sich auf den Armlehnen seines Stuhls ab und stand auf. »Tut mir leid, wenn Sie es nicht einmal bis nach Hause geschafft haben.« Er nahm einen Asservatenbeutel vom Schreibtisch und gab ihn Mads. »Ich weiß nicht, ob der Leichnam aus dem Thorsberger Moor für Dänemark von Interesse ist, aber der Obduktionsassistent hat beim Entkleiden der Leiche dieses Foto gefunden.«

Mads zog die Brauen zusammen und betrachtete das kleine laminierte Foto, das in dem durchsichtigen Beutel steckte. Die Feuchtigkeit hatte die Farben auf dem dünnen Zeitungspapier etwas verblassen lassen. Er drehte den Beutel um und sah sich die Rückseite an, es gab aber keinen Hinweis darauf, woher das Bild stammte.

»Auf den ersten Blick glaube ich nicht, dass auf dem Foto das Opfer abgebildet ist«, sagte Werner Still und sah auf den Bildschirm seines PCs. »Es könnte aber eine Verbindung nach Dänemark geben.«

»Wieso?«, fragte Mads und legte den Beutel auf den kleinen Besprechungstisch.

»Ich habe das Foto vergrößern lassen«, antwortete Werner Still und drehte den Bildschirm in Mads Richtung. »Es ist natürlich etwas verpixelt, aber wenn man die Brust der abgebildeten Person einzoomt, sieht es so aus, als würde sie einen Orden des dänischen Militärs tragen.« Er tippte auf den Bildschirm.

»Sind Sie sich sicher?«, fragte Mads und beugte sich vor. Die Details der vermutlich silbernen Medaille zerflossen in der geringen Auflösung des Fotos, das rot-weiße Band war aber deutlich zu erkennen.

»Leider haben wir sonst nichts gefunden, was uns bei der Identifizierung des Toten weiterhelfen könnte«, sagte Werner Still und richtete sich auf.

»Wie sieht es mit Tattoos, Narben oder Muttermalen aus?«, fragte Mads.

»So weit sind wir noch nicht. Wenn wir nichts finden, womit wir ihn klar identifizieren können, müssen wir auf das Zahnschema oder eine DNA-Analyse setzen.«

»Habt ihr denn Vermisste, die ins Altersprofil passen?«

Werner Still nickte. »Thomas Beckmann ist in seinem Büro, um die Liste der Vermissten durchzugehen. Er müsste bald zurück sein. Kaffee?« Er nickte in Richtung des kleinen Besprechungstisches, griff nach seinem Kaffeebecher, der neben dem Bildschirm stand, und leerte ihn.

»Danke«, antwortete Mads und setzte sich. Draußen kroch die Dunkelheit um die Gebäude. Nur die Scheinwerfer der Autos waren zu sehen. Er nahm die Thermoskanne in Empfang, die Werner Still ihm reichte, goss sich aber nichts ein.

»Wie läuft es mit dem Mordfall in Bylderup?«, fragte Werner Still und nahm Mads gegenüber Platz. »Thomas hat mir gesagt, dass Sie den Verdächtigen laufen lassen mussten?«

»Wir kommen im Moment leider nicht weiter«, antwortete Mads und nickte in Richtung des Parkplatzes, wo Thomas Beckmanns weißer Passat gerade aufgetaucht war. »Ich will Sie damit nicht langweilen.«

»Und was ist mit dem Fall, den Sie zu Hause bei sich liegen haben?«, fragte Werner Still. »Haben Sie etwas gefunden, was Ihre Theorie untermauert?«

»Sie meinen den Obduktionsbericht von meinem Vater? Da gibt es leider auch nichts Neues. Ich habe das Gefühl, dass der Hinweis direkt vor meiner Nase ist, ich ihn aber nicht erkenne.«

»Warum sind Sie so überzeugt davon, dass da etwas nicht stimmt?«

»Ich weiß nicht«, antwortete Mads. »Vielleicht suche ich einfach nur nach einer Erklärung.«

Der Rechtsmediziner nickte schweigend, während er aufstand und den Türöffner drückte, um Thomas Beckmann ins Gebäude zu lassen.

»Die Erklärung ist nicht immer diejenige, die wir uns wünschen«, sagte er.

»Sie klingen genau wie meine Schwester«, bemerkte Mads, als draußen auf dem Flur Thomas Beckmanns Schritte zu hören waren. »Das Ganze ist viele Jahre her, und es mag sein, dass ich verdrängt oder nicht mitbekommen habe, wie schlecht es ihm ging, aber ich weiß, dass da etwas nicht stimmt.« Er atmete seufzend aus und fühlte sich mutlos. Am liebsten wäre er jetzt laufen gegangen, um seinen Kopf freizubekommen. »Manchmal wünschte ich mir, ich könnte mich wie meine Schwester mit dem Gedanken abfinden.«

»Das würde die Dinge sicher leichter machen.«

»Ich weiß nicht«, antwortete Mads und stemmte die Ellenbogen auf den Tisch. »Es ärgert mich, dass sie meint, er wäre so einer gewesen.«

»Was für einer?«, fragte Werner Still und ließ die Lehne seines Stuhls los.

»Ein Selbstmörder«, antwortete Mads. Er schwieg und sah Thomas Beckmann entgegen, der ins Büro kam. Draußen hatte es angefangen zu regnen, der nasse Asphalt glitzerte im Schein der Straßenbeleuchtung.

7. März

Kiel

»Hier, das sind sie«, sagte Thomas Beckmann und warf drei Mappen auf den Tisch vor Werner Still. »Es gibt natürlich noch mehr Vermisste, aber die drei passen am besten zu dem Profil, das wir bis jetzt haben.« Er zog den Stuhl zurück und setzte sich zu Mads an den Tisch. Die dicke Jacke ließ seinen gedrungenen Körper unförmig wirken. Er griff nach der Thermoskanne, goss sich Kaffee in einen Becher und sah zurück zu Still, der die Mappen durchblätterte. »Was ist mit dem Foto?«

»Lindstrøm ist meiner Meinung. Es ist ziemlich wahrscheinlich, dass es sich um einen dänischen Orden handelt«, antwortete Werner Still.

Mads nickte. »Das Foto ist leider zu unscharf, als dass man erkennen könnte, um was für einen Orden es sich handelt, aber es sieht nach einer militärischen Medaille aus.«

»Aha«, antwortete Thomas Beckmann und führte den Becher an die Lippen, trank aber nicht. Er sah Mads über den Becherrand hinweg an. »Dann bringt uns das im Moment auch nicht weiter.« Er lehnte sich auf seinem Stuhl zurück und trank endlich einen Schluck.

»Wir sollten die Möglichkeit nicht außer Acht lassen, dass es sich bei dem Toten um einen Dänen handeln könnte«, sagte Werner Still und sah zu Mads.

»Das bezweifle ich aber sehr«, antwortete Thomas Beckmann und verschränkte die Arme vor der Brust.

»Es ist das Einzige, was wir an der Leiche gefunden haben«, erwiderte Werner Still und nahm noch einmal den Asservatenbeutel mit dem kleinen Porträt in die Hand. »Es wäre sinnvoll, wenn Lindstrøm bei der Obduktion anwesend wäre, wo er schon mal hier ist. Erst recht, sollte sich später herausstellen, dass es sich wider Erwarten doch um einen dänischen Staatsbürger handelt.«

Thomas Beckmann starrte den Rechtsmediziner an. Sein Unbehagen war nicht zu übersehen.

»Okay, dann machen wir das so«, sagte er schließlich, leerte den Kaffeebecher in einem Zug und stellte ihn mit Nachdruck auf den Tisch. »Es ist zwar Zeitverschwendung, aber wenn du meinst, dass wir das machen sollten, will ich dem nicht im Weg stehen.«

*

Die Tür des Obduktionssaals fiel hinter Mads ins Schloss. Vor ihm befand sich der Stahltisch mit dem Leichnam. Die verschlammten Kleider, die er gesehen hatte, als die Plastikumhüllung entfernt wurde, waren weg, und der verfärbte, halb aufgelöste Körper lag im grellen Lichtschein der Operationsleuchte vor ihnen. Mads betrachtete den Toten aus der Distanz. Der Verwesungsgeruch schnürte ihm den Hals zu, und sein Magen kämpfte mit dem Proteindrink, den er kurz vor seiner Ankunft in Kiel getrunken hatte. Unter Aufbietung all seiner Kraft zwang er sich zu atmen, während er zu Thomas Beckmann sah, der an einer niedrigen, gefliesten Trennwand lehnte. Er hatte die Arme vor der Brust verschränkt und das Gesicht den matten Scheiben zugewandt.

»Tja, dann legen wir mal los«, sagte Werner Still und sah zu ihnen herüber. Er klickte sich das Mikro an den Kittel und schaltete das Diktiergerät ein. Mit einem Tastendruck wurde die Aufnahme ein paar Sekunden zurückgespult. »*Unbekannter Leichnam, Daten siehe Fußzettel*«, ertönte Stills Stimme etwas krächzend aus dem Gerät. Er griff nach der Arbeitsleuchte und zog sie tiefer über den Leichnam. Das Licht spiegelte sich in den rostroten Tropfen, die langsam in Richtung des Abflusses im Stahltisch rannen. Dann trat Still dicht an den Kopf des Toten und musterte den nackten, aufgedunsenen Körper. »Gewicht und Größe?«, fragte er den Obduktionsassistenten, der auf die Tafel deutete, wo die Daten vermerkt waren. Er warf einen Blick darauf und konzentrierte sich dann wieder auf den Leichnam: »Wir haben es mit dem Leichnam eines Mannes mittleren Alters zu tun. Der Körperbau ist normal bis kräftig. Der Tote wurde in Plastik eingewickelt in einem Moorsee gefunden. Größe: 183 cm. Gewicht zum Zeitpunkt des Auffindens: 97 Kilogramm. Ernährungszustand leicht überdurchschnittlich. Die Totenstarre hat sich vollständig gelöst, es sind deutliche Zeichen der Verwesung zu erkennen, was darauf hindeutet, dass der Tod bereits vor längerer Zeit eingetreten ist. An besonderen Kennzeichen ist ein Muttermal auf der rechten Schulter zu nennen, sowie eine schräg verlaufende Narbe am rechten Unterbauch, vermutlich von einer Appendektomie.«

Er wartete, bis der ebenfalls anwesende Helmut Vogel das Muttermal und die Narbe von der Blinddarmoperation fotografiert hatte. Dann beugte Werner Still sich über den Leichnam und fuhr mit den Fingern über die Gesichtshaut. Bläulich schwarze bis rötliche Flecken verfärbten die rechte Seite des blassen Gesichts. Ein Teil der Haut folgte den Fingerspitzen.

»Als Zeichen äußerer Gewalteinwirkung ist ein subkutanes Hämatom an der linken Seite des Gesichts zu erkennen, das an den breitesten Stellen 94 mal 77 Millimeter misst.« Er legte die Finger um den Kiefer und bewegte ihn leicht hin und her. »Die CT vor der Obduktion zeigt Anzeichen einer Dislokation des Kiefergelenks sowie einer Fraktur an der linken Seite des Kieferknochens, was mit dem Ergebnis der Tastuntersuchung übereinstimmt.« Nun beugte er den Kopf des Leichnams leicht nach hinten. »Mund mit eigenen Zähnen, von denen drei Schneidezähne abgebrochen sind. Die Schleimhäute sind dunkel verfärbt«, fuhr er fort und drückte den Mund des Toten zu einer grotesken Grimasse auf. »Der vordere Teil der Luftwege ist frei. Keine punktförmigen Einblutungen in den Schleimhäuten, in den Bindehäuten der Augen oder am sonstigen Körper.« Er verstummte und richtete sich auf. Das Licht glänzte auf seiner Stirn, als er Helmut Vogel zunickte, der die entsprechenden Fotos schoss.

»Brustdrüsen und Behaarung geschlechtstypisch«, fuhr Werner Still fort und ging an der Leiche entlang, während Vogel mit einem Nicken zu verstehen gab, dass die Fotos gut geworden waren. »Äußere Geschlechtsteile und Enddarm ohne Veränderungen.«

Mads zog die Stirn in Falten und betrachtete leicht angewidert den Penis des Mannes, der zur Hälfte fehlte. »Ist das nicht etwas ungewöhnlich?«

»Da waren vermutlich die Aale am Werk«, meinte Werner Still und bewegte den Penis leicht, damit Vogel den vollen Umfang der Läsionen dokumentieren konnte.

»Auf den ersten Blick sieht es nicht so aus, als wäre der Tote Opfer eines sexuellen Übergriffs gewesen, aber das ist im Moment noch schwer zu verifizieren.«

Mads war unbehaglich zumute, als der Obduktionsassistent sich bereit machte, den Leichnam auf die Seite zu drehen.

»Die Rückseite des Toten ist durch zahlreiche Läsionen gekennzeichnet, die vermutlich auf Aasfresser zurückzuführen sind«, sagte Werner Still und fuhr mit den Fingern über den Rücken. »Der Verwesungsprozess ist fortgeschritten, die Haut größtenteils grün verfärbt. An manchen Stellen löst sie sich bereits, an anderen bilden sich Blasen.« Er trat einen Schritt zurück, als der Obduktionsassistent den Leichnam wieder zurück in die ursprüngliche Position legte. Dann signalisierte Werner Still ihm mit einem weiteren Nicken, dass er bereit für die Untersuchung der inneren Organe war.

»Ist es nicht erstaunlich, dass es keinerlei Abwehrverletzungen gibt?«, fragte Mads und zwang den Proteindrink, in seinem Magen zu bleiben, als der Obduktionsassistent die Leiche öffnete und der Gestank in den Raum schwappte.

»Bei dem aktuellen Zustand der Leiche finde ich das nicht weiter verwunderlich«, bemerkte Thomas Beckmann, noch ehe der Rechtsmediziner antworten konnte. Er stieß sich von der Trennwand ab und trat näher. Das Knacken der Rippen, die durchtrennt wurden, erfüllte den Raum.

»Ich finde das tatsächlich bemerkenswert«, sagte Werner Still und schob seine Brille mit dem Handrücken etwas hoch. »Durch die lange Liegezeit im Moorwasser werden subkutane Hämatome und eventuelle oberflächliche Kratzer kaschiert, aber es braucht schon einiges an Gewalt, um einen Mann dieser Statur auszuschalten.« Er drehte sich zum Obduktionstisch, wo der Assistent inzwischen den Organblock entnommen hatte. »Danke.« Sein Blick wanderte über die verfärbten, teilweise aufgelösten Organe, dann griff er nach einem Skalpell. »Die inneren Organe sind durch fortgeschrittene

Autolyseprozesse zersetzt, aber noch identifizierbar«, diktierte Werner Still, während er mit routinierten Bewegungen den Block aufteilte und die einzelnen Organe wog. »Es wird schwer sein, daraus irgendwelche Rückschlüsse zu ziehen«, sagte er und drehte sich zu Thomas um. Bräunliche Spritzer zeichneten ein abstraktes Muster auf den grünen Kittel, und Mads musste den Blick abwenden.

Thomas Beckmann nickte. Er hatte die Arme vor der Brust verschränkt und wirkte unangreifbar, als würden an ihm die Ungeheuerlichkeiten des Lebens abprallen. »Gewebeproben?«, fragte er.

»Natürlich«, antwortete Werner Still. »Die Wahrscheinlichkeit, dass die uns weiterbringen, ist aber gering.«

»Und wie sieht es mit toxikologischen Tests aus?«

»Ich entnehme natürlich Material für einen Alkoholtest und die übrigen rechtsmedizinischen Screenings«, antwortete Werner Still und ging zurück zum Leichnam. Das Licht glänzte in der feuchten Bauchhöhle, als er die Haut auseinanderzog und das Innere der Leiche betrachtete. »Ich bin bereit«, sagte er schließlich, ließ die Haut los und sah zum Obduktionsassistenten, der ihm ein Skalpell reichte, ehe er den Leichnam erneut umdrehte. Das Licht spiegelte sich in der Klinge, bevor Werner Still die entblößte schwarzviolette Haut im Nacken mit einem langen Schnitt durchtrennte und die Kopfhaut vorsichtig vom Schädel schob.

Mads drehte den Kopf zur Seite, doch sein Blick blieb trotzdem an der Leiche hängen, während sich die Säge kreischend durch den Schädelknochen fraß. Ein graugrüner Brei sickerte durch den entstandenen Spalt, und Mads musste sich den Unterarm auf den Mund pressen.

7. März

E45 Richtung Norden

Mads nickte dem Zollbeamten zu, als er den kleinen verglasten Container am Grenzübergang zwischen Dänemark und Deutschland passierte. Anschließend trat er das Gaspedal durch, lehnte sich auf dem Sitz zurück und gähnte. Er ließ den Blick über die dunklen Felder schweifen, bis er ihn wieder auf die Straße und die Instrumente vor sich richtete. Eine Reihe von verpassten Anrufen blinkte auf dem Touchscreen, und er tippte den ersten davon an.

»Hallo, Sarah, hier ist Mads«, meldete er sich, als Sarah Jonsen an den Apparat ging.

»Ach, du lebst noch?«

»Gerade so«, antwortete Mads und ließ die Schultern sinken. »Es gab einen Leichenfund in Deutschland.«

»Eine Leiche?« Sofort klang Sarahs Stimme konzentriert. »Und was hat das mit dir zu tun?«

»Erst einmal gar nichts«, antwortete Mads. »Werner Still hat ein Foto an der Leiche gefunden. Sie zeigt eine Person, die mit ziemlicher Wahrscheinlichkeit einen dänischen Militärorden trägt.«

»Dann ist der Tote Däne?«

»Ich weiß es nicht«, antwortete Mads. »Werner Still hat darauf bestanden, dass ich bei der Obduktion anwesend bin, falls sich herausstellen sollte, dass das Opfer aus Dänemark kommt. Es steht noch nicht fest, ob das Foto den Toten zeigt. Auf den ersten Blick glaube ich das aber nicht.«

»Aber möglich ist es?«

»Ja«, antwortete Mads und fuhr auf die Überholspur. »Die Möglichkeit besteht, ich glaube aber nicht daran.«

»Ist Teglgård schon informiert?«

»Nein, noch nicht«, antwortete Mads und unterdrückte ein weiteres Gähnen. »Die Obduktion war erst vor einer Stunde zu Ende. Ich werde ihn morgen ins Bild setzen. Der Tote läuft uns ja nicht weg. Thomas Beckmann bearbeitet den Fall, und sollte das Opfer kein Däne sein, bleibt das auch sein Fall. Ich denke aber, du hast nicht deshalb versucht, mich zu erreichen, oder? Gibt es Neuigkeiten?«

»Sowohl als auch«, antwortete Sarah. »Ich wollte nur erzählen, dass Karsten Poulsen den Ziegenkadaver geröntgt hat, allerdings war das Tier leider nicht gechipt.«

»Und es gibt keine andere Möglichkeit, die Herkunft des Zickleins herauszufinden? Hast du es bei diesem dänischen Ziegenverein versucht?«

»Ja, das habe ich als Erstes gemacht, aber laut der Frau am Telefon ist es Jahre her, dass zuletzt ein Tier dieser Rasse registriert wurde«, antwortete Sarah.

»Dann führt also auch diese Spur ins Leere.« Mads kniff die Lippen zusammen. »Und wir sind uns wirklich sicher, dass keine Ohrenmarke im Kompost liegt?«

»Die Ohren waren intakt. Deshalb glaube ich nicht, dass uns das weiterbringt. Ich kann aber morgen gerne noch mal jemanden nach Bylderup schicken.«

»Nein, das musst du nicht machen«, antwortete Mads. »Es gibt bis jetzt ja überhaupt keinen Hinweis darauf, dass das

Tier irgendwie mit dem Mord in Verbindung steht. Bestimmt war das nur ein blöder Streich.«

»Karsten Poulsen ist auf dem Röntgenbild aber etwas anderes aufgefallen«, fuhr Sarah fort.

»Ja?«

»Eine Missbildung am Herzen des Tiers. Poulsen kann keine ganz präzise Aussage machen, weil die Verwesung schon so weit fortgeschritten ist, es sieht aber so aus, als wäre das Herz vergrößert. Bei Hunden kommt so was als Folge von Inzucht ziemlich oft vor. Kombiniert man diese Tatsache mit der fehlenden Markierung im Ohr, könnten wir es mit einem unprofessionellen Züchter zu tun haben.«

»Das ist natürlich eine Möglichkeit«, antwortete Mads. Er sah auf den Touchscreen, als ein leises Klopfen durch den Lautsprecher kam. »Du, ich muss jetzt auflegen. Wir schauen uns das morgen an. Danke für das Update.« Er legte auf und nahm Lisas Anruf entgegen. »Hallo, Mads hier.«

»Wo bist du denn? Weißt du eigentlich, wie oft ich dich angerufen habe?«

Mads schloss kurz die Augen und hörte für den Bruchteil einer Sekunde die Stimme seiner Mutter, die ihm Vorwürfe machte. Das Adrenalin schoss durch seinen Körper, und er spannte die Muskeln an, als wollte er sich auf den Überfall vorbereiten, vor dem sein Urinstinkt ihn warnte.

»Ich dachte, wir hätten eine Abmachung!« Die Enttäuschung war ihr deutlich anzuhören.

»Ich musste weg«, erklärte Mads. »Du weißt ja, wie das ist. Schließich muss ich diesen Fall aufklären.«

»Das weiß ich doch«, antwortete Lisa leise. »Aber hättest du dir nicht trotzdem zwei Minuten Zeit nehmen können, um mich zurückzurufen? Ich habe mir Sorgen gemacht.«

»Du brauchst dir keine Sorgen zu machen.«

»Du hättest mir wenigstens eine Nachricht schreiben können«, sagte sie. »Wir wollten anfangen, den Wintergarten zu renovieren, und dann warst du plötzlich weg.«

»Ich war nicht plötzlich weg«, erwiderte Mads etwas unwirsch. »Du hast geschlafen, und ich habe gerade wichtigere Dinge im Kopf als die Frage, ob wir die Wände des Wintergartens cremeweiß oder reinweiß streichen sollten.«

»So denkst du also über die Renovierung?«

»Jetzt hör auf. Du verdrehst mir doch nur die Worte im Mund.«

»Tue ich das?«, entgegnete sie spitz. »Für dich ist nur das wichtig, was du tust. Alles andere interessiert dich nicht. Du bist genau wie Papa. Es ist dir komplett egal, was wir anderen fühlen.«

»Und du bist genauso fordernd und anspruchsvoll wie Mama.« Er bereute die Worte, kaum dass sie seinen Mund verlassen hatten, aber da war es schon zu spät. Ein unterdrücktes Schluchzen, das wie ein Echo aus der Vergangenheit klang, erreichte sein Trommelfell. Im nächsten Moment wurde die Verbindung unterbrochen, und die Stimme des Radiosprechers erfüllte das Wageninnere.

8. März

Toftlund

Mads atmete tief durch, während seine Füße in gleichmäßigem Rhythmus den Asphalt berührten. Das auf und ab wippende Licht der Stirnlampe erhellte den Weg und fing immer wieder die weiße Atemwolke vor seinem Mund ein. Er hob den Blick und sah über die Felder. Umrisse von Garagen, Strommasten und Häusern waren im blassen Mondlicht zu erkennen, stumme Zeugen seiner Einsamkeit. Er verdrängte den Gedanken und sah auf seine Uhr, als das Handy an seinem Oberschenkel zu vibrieren begann. Für einen Moment versuchte er es zu ignorieren, aber das Vibrieren ging hartnäckig weiter.

»Lindstrøm«, meldete er sich außer Atem, nachdem er die Kapuze vom Kopf geschoben und sich das Handy ans Ohr gedrückt hatte. »Was gibt's?«

»Hier ist Mathias Larsen von der Kriminalwache«, meldete sich eine Stimme am anderen Ende. Einen Moment blieb es still, und nur Mads' Atem war zu hören. »Tut mir leid, dass ich Sie so frühmorgens anrufe, aber es ist wichtig. Wir haben einen anonymen Hinweis erhalten. Ich glaube, es geht um den Mord in Bylderup. Sie bearbeiten diesen Fall, oder?«

»Ja«, antwortete Mads. »Um was geht es?« Er sah auf seine Armbanduhr. Es war kurz nach fünf.

»Es ist sicher einfacher, wenn ich den Anrufer zu Ihnen durchstelle, dann können Sie selbst mit ihm reden«, antwortete Larsen. »Ist das in Ordnung?«

»Ja, das können Sie gerne machen«, sagte Mads. Er blieb stehen und drehte sich um. Vor ihm lag der graue Asphalt der Landstraße, die an manchen Stellen frostig glitzerte. Einen Moment blieb es still im Telefon, dann deutete ein leises Klicken darauf hin, dass der Anrufer durchgestellt worden war. »Kommissar Mads Lindstrøm«, sagte er und lief auf der Stelle.

»Äh ...« Ein Rauschen war zu hören, als atmete jemand am anderen Ende nervös in den Hörer. »Es geht um diese Hände.« Die Stimme schwieg, dann war zu hören, wie der Mann zitternd ein- und wieder ausatmete.

»Mit wem spreche ich?«, fragte Mads. Wieder blieb es einen Moment still. Dieses Mal hörte er nur das Rauschen seines eigenen Blutes. »Hallo? Sind Sie noch dran?«

»Ja, ich bin hier«, antwortete der Mann schließlich.

»Mit wem spreche ich?«, wiederholte Mads, während er die Finger der freien Hand streckte und wieder zur Faust ballte.

»Lasse«, antwortete die Männerstimme nach ein paar Sekunden.

»Lasse? Und wie weiter?«, fragte Mads.

»Nur Lasse.«

»Okay, was wollen Sie mir erzählen, Lasse?«

»Das ... äh ... es geht um diese Hände«, antwortete Lasse zögernd.

»Welche Hände?«

»Die aus der Kirche. Von dieser Pastorin, die umgebracht wurde.«

»Aus Bylderup?«, fragte Mads.

»Ja, genau«, antwortete Lasse. »Die haben im Fernsehen darüber gesprochen.«

»Ja?« Mads rief sich die Worte des Nachrichtensprechers über die abgetrennten Hände in Erinnerung, während er auf die Fortsetzung wartete, aber Lasse schwieg. »Sagen Sie mir, was Sie darüber wissen.«

»Ich habe sie gesehen«, antwortete Lasse schließlich.

»Gesehen?« Mads runzelte die Stirn. Mit einem Mal war er hellwach. Der Rand der Kapuze kratzte an seiner Haut, weshalb er sie absetzte. Kühle Luft strich über seinen Kopf. »Wo haben Sie die Hände gesehen?«

»Das möchte ich lieber nicht sagen«, antwortete Lasse. »Ich bin mir aber sicher, dass es diese Hände waren.«

»Wie können Sie sich da so sicher sein?«

»Wegen dem Gefäß, das danebenstand. Eins von der Sorte, wie man sie in Kirchen hat.«

»Meinen Sie einen Kelch?«, fragte Mads und ließ den Arm sinken.

»Ja, genau«, antwortete Lasse. »Der war über und über voll Blut.«

»Erzählen Sie mir genau, was Sie gesehen haben, Lasse«, sagte Mads ruhig, während er sich Sarah Jonsens Foto von dem Abendmahlskelch auf dem Altar in Erinnerung rief.

»Es sah total gestört aus«, antwortete Lasse. »Die Hände lagen einfach da. Total blutverschmiert. Wie bei einem bösen Streich zu Halloween.«

»Und Sie sind sich sicher, dass es kein Streich war?«, fragte Mads.

»Hundertpro«, antwortete Lasse und schluckte hörbar. »Keiner in der Gruppe macht Witze über so was.«

»In der Gruppe? Ich bin mir nicht sicher, ob ich Sie richtig verstehe.«

Einen Augenblick blieb es still, dann war wieder Lasses Atem zu hören. »Mir geht es ja gar nicht darum, so etwas zu sehen«, antwortete er schließlich.

»Was zu sehen?«, hakte Mads nach und drehte sich um, als ein Auto an ihm vorbeifuhr. Der Lichtkegel der Scheinwerfer fegte über den Straßenrand, dann war es wieder so dunkel wie zuvor. »Sie müssen ein bisschen konkreter werden, wenn ich verstehen soll, was Sie gesehen haben.«

»Dieses Zeug halt. Ich dachte, das wäre auch nur so eine Pornoseite.«

»Von welcher Seite sprechen wir?«, fragte Mads.

»Die ist viel extremer. Dabei dachte ich, das wäre ein Ort, wo ich … ich … mal durchatmen kann.« Er zögerte und verstummte.

»Sie müssen mir schon genauer sagen, um was für eine Seite es geht, Lasse«, beharrte Mads.

»Das kann ich nicht. Verstehen Sie das denn nicht?«, antwortete Lasse immer verzweifelter. »Die bringen mich um. Sie haben nicht gesehen, was die da machen.«

»Das stimmt, aber Sie müssen es mir sagen«, antwortete Mads. »Ich kann Ihnen erst helfen, wenn ich verstehe, wovon genau Sie sprechen.« Er hielt inne und wartete Lasses Antwort ab, die aber ausblieb. »Lasse, bitte sagen Sie mir, was die da machen.«

»Ich weiß nicht, wie ich Ihnen das erklären soll. Die meisten sind so wie ich, glaube ich, aber manche gehen einen Schritt weiter.«

»Und wie sind Sie?«, fragte Mads und begann sich wieder etwas zu bewegen. Die Kälte drang durch seine verschwitzten Klamotten, und er schlang den freien Arm um seinen Körper.

»Ich hatte einfach genug von diesen blöden Weibern«, antwortete Lasse. »Ich wollte nicht immer wieder abgewiesen werden. Erniedrigt und lächerlich gemacht werden. Oder wie Sie das nennen wollen.«

»Und in dieser Gruppe sind Menschen wie Sie?«

»Das habe ich zumindest gedacht«, antwortete Lasse.

»Aber dann haben Sie Ihre Meinung geändert?«

»Ja. Anfangs hatte ich große Lust, mich für all die Demütigungen zu rächen, die ich in den letzten Jahren erfahren habe, aber dann wurde es mir einfach zu extrem.«

»Wie extrem?«

»Gewalt. Verstümmelungen«, antwortete Lasse. »Ich habe die Videos nicht gesehen, ich weiß aber, dass es sie gibt. Die anderen reden darüber, man muss nur genug bezahlen.«

»Okay, aber was haben *Sie* gesehen?«, fragte Mads. »Sie müssen mir sagen, was da vor sich geht, wenn ich Ihnen helfen soll.«

»Das kann ich nicht. Sie müssen das verstehen, die kommen sonst zu mir. Es ist Teil des Kodexes, dass man nicht redet.«

»Es gibt einen Kodex?«

»Ja.«

»Aber trotzdem haben Sie das Richtige gemacht und mich angerufen«, sagte Mads. »Ich kann Ihnen helfen, aber vorher müssen Sie mir helfen. Sagen Sie mir, wonach ich suchen soll.«

»Darklife«, antwortete Lasse und legte auf.

8. März

Haderslev

Mads öffnete die Tür des Dezernats für Gewaltverbrechen und ging über den Flur. Der säuerliche Geruch nach abgestandenem Kaffee hing in der Luft. Ein Tablett mit schmutzigen Bechern stand auf dem Regalbrett unter der Kaffeemaschine. Er warf einen Blick auf die eingetrockneten Flecken, die den Stahltisch verunzierten, während er sich ein Glas nahm und mit Wasser aus der Kanne füllte.

»Was, zum Henker, hat das zu bedeuten?« Torben Laugesens Stimme schallte aus dem Zimmer des Dezernatsleiters.

»Es bleibt so, wie ich es gesagt habe«, donnerte Per Teglgård. »Du hast Informationen zurückgehalten und dadurch die Aufklärung behindert, und du hast nicht auf meine Hinweise reagiert.«

»Kommt das wieder von Lindstrøm, diesem Arsch? Seit der hier ist, himmelst du ihn an, als wäre er etwas Besonderes!«

Mads nahm sein Wasserglas mit und öffnete die Tür zu seinem Büro. Gerade, als er das Glas auf seinen Schreibtisch gestellt hatte, flog hinter ihm die Tür auf, und Laugesen stieß gegen seine Schulter.

»Laugesen!«, rief Per Teglgård aus dem Flur.

»Du kannst mich mal!«, brüllte Laugesen und blieb einen Moment stehen. Seine Brust hob und senkte sich, und seine

Nasenflügel bebten bei jedem Atemzug. Er trat einen Schritt vor und wischte mit dem Arm alle Dokumente von Mads' Schreibtisch. Auch das Glas fiel um.

»Dann hast du ja gekriegt, was du wolltest«, zischte er. »Du bist keinen Deut besser als dein Vater! Scheinheilig bis dort hinaus!« Er schüttelte verächtlich den Kopf und kniff die Augen zusammen, sodass die Narbe auf seiner Stirn sich deutlich abzeichnete. »Du verdammtes Arschloch!« Er riss die Tür hinter sich zu. Durch den Luftzug wirbelten die Papiere durcheinander, während draußen auf dem Flur die Flüche und Beleidigungen weitergingen.

Mads sah durchs Fenster, wie Laugesen über die Straße stürmte, ohne auf den Verkehr zu achten. Dann drehte er sich um und stellte das Glas hin. Vom Rand des Tisches tropfte Wasser auf die Unterlagen am Boden. Mit ein paar Servietten wischte er die Plastikmappen auf dem Tisch ab, ehe er sich hinhockte und die übrigen Dokumente einsammelte.

»Hast du einen Augenblick?« Per Teglgårds längliches Gesicht kam in der Tür zum Vorschein. Die roten Flecken an seinem Hals und der verbissene Ausdruck versprachen nichts Gutes.

»Ja, natürlich.« Mads knüllte die nassen Servietten zusammen und warf sie in den Papierkorb. Ein paar Sekunden ruhte sein Blick noch auf dem Schreibtisch, dann folgte er dem Dezernatsleiter in dessen Büro.

»Mach die Tür zu«, sagte Per und setzte sich hinter seinen Schreibtisch. »Ich gehe davon aus, dass du Laugesens Auftritt eben mitbekommen hast?«

»Das war kaum zu überhören«, antwortete Mads und musterte seinen Chef. Sein Hemd war zerknittert und wirkte an dem dünnen Körper mit einem Mal viel zu groß.

»Ich habe ihn gebeten, ein paar Tage Urlaub zu nehmen«, erklärte Per, und sein Blick wirkte matter als sonst. »Wie entwickelt sich der Fall? Gibt es etwas Neues?«

»Mathias Larsen hat mich heute früh angerufen«, sagte Mads und streckte die Beine aus. »Im Internet ist ein Foto von blutigen Händen aufgetaucht. Es könnte sich um die Hände von Charlotte Weidemann handeln.«

Per Teglgård legte die Unterarme auf den Tisch und beugte sich vor. »Erzähl.«

»Ich habe Kontakt mit dem NC3 aufgenommen«, sagte Mads. »Die Webseite Darklife, wo das Bild aufgetaucht sein soll, ist den Kollegen natürlich ein Begriff. Wenn ich es richtig verstanden habe, handelt es sich dabei um ein Forum von Frauenhassern. Primär kursieren dort Fotos, in der letzten Zeit sind aber auch ein paar Videos dazugekommen.«

»Snuff?«, fragte Per.

»Auch das, überwiegend handelt es sich aber um Gewalt- und Vergewaltigungsvideos. Die Videos sind aber wohl nicht hier produziert worden.«

»Woher weißt du das?«

»Anhand der Räumlichkeiten, meinte der Kollege vom NC3«, antwortete Mads und lehnte sich zurück. »Er tippt auf den Nahen Osten oder Nordafrika. Auch die ethnische Herkunft der Frauen deutet darauf hin.«

»Hatte er das Foto von den Händen auch schon gesehen?«, fragte Teglgård.

»Ja, es wurde vor einer Woche dort hochgeladen, die Kollegen hatten es aber nicht mit dem Bylderup-Mord in Verbindung gebracht«, antwortete Mads. »Der Begleittext des Bildes soll laut NC3 ziemlich heftig sein.«

»Wie sieht es mit der IP-Adresse aus?«

Mads schüttelte den Kopf. »Leider Fehlanzeige. Es ist ihnen noch nicht gelungen, zurückzuverfolgen, wer das Bild gepostet hat, sie arbeiten aber daran.«

»Wie verhält es sich mit dem Zeugen aus Eggebek? Bist du da schon weitergekommen?«

»Nein. Die Familie, bei der Michael Weidemann übernachtet hat, war an dem entsprechenden Abend leider nicht zu Hause, sodass niemand bestätigen kann, ob er da war oder nicht.«

8. März

Haderslev

»Hallo, Mads!« Lisas Stimme war so laut, dass Mads das Handy ein Stück vom Ohr weghielt und die Bürotür hinter sich schloss.

»Was ist denn?«, fragte er und musterte die Unterlagen, die er vom Boden aufgehoben hatte. Die Druckertinte war an einigen Stellen zerflossen, und er ärgerte sich wieder einmal über Torben Laugesen.

»Wo steht das Bleichmittel?«

»Bleichmittel?« Er öffnete die Schublade und ließ sich auf seinen Bürostuhl fallen. Ein Wirrwarr aus Gedankenfragmenten füllte seinen Kopf, wie Teile eines Puzzles, dessen Motiv er noch nicht kannte. Er drückte ein paar Ginseng- und Ballaststofftabletten aus der Packung und schluckte sie mit dem letzten Rest Wasser. »Keine Ahnung, vielleicht im Küchenschrank«, antwortete er und drückte sich die Finger auf die Nasenwurzel. Der Geschmack der Pillen legte sich als bittere Schicht auf seine Zunge und ließ seinen Magen rebellieren.

»Da habe ich schon geschaut«, antwortete Lisa. »Heißt das, du hast kein Bleichmittel im Haus?« Das Klicken ihres Feuerzeugs war zu hören, gefolgt von einer tiefen Inhalation.

»Keine Ahnung.«

»Du musst doch wissen, ob du so was hast?« Lisa blieb

hartnäckig. »Ich glaube, dass wir nur so den Schimmel wegkriegen. Wenn wir den Wintergarten nicht ganz dem Verfall preisgeben wollen, ist das unsere letzte Chance.«

Er atmete in einem lautlosen Stöhnen aus. Ihre Stimme vermischte sich in seinem Kopf mit Laugesens Vorwürfen und traf ihn wie eine Ohrfeige. Ihm fehlte ganz einfach der Überblick. »Kannst du nicht einfach was kaufen?«

»Klar, ich dachte nur, das ist Blödsinn, wenn du irgendwo Bleichmittel stehen hast.«

»Ist doch egal.« Mads' Blick fiel auf das kleine Icon am unteren Rand des Bildschirms. Er hatte eine E-Mail bekommen. »Ich muss jetzt los. Kauf einfach, was fehlt.« Er legte auf und öffnete die Mail vom NC3. Nach kurzem Zögern klickte er den Anhang an. Ein Foto, ähnlich dem, das Sarah Jonsen am Tatort gemacht hatte, erschien auf dem Bildschirm. Der Winkel war ein anderer, trotzdem herrschte kein Zweifel. Es waren Charlotte Weidemanns abgetrennte Hände, die rechts und links des silbernen Abendmahlkelchs lagen, im Hintergrund die aufgeschlagene Bibel. Knochensplitter ragten aus dem blutigen Gewebe, und dunkles Blut sickerte in die Altardecke.

Er betrachtete das Foto ein paar Sekunden lang und griff dann zu Sarah Jonsens Bericht, um die Bilder zu vergleichen. Ein paar Millimeter vor der Bibel zeichnete sich ein blutiger Winkel auf dem weißen Stoff ab. Auf Sarahs Foto von der Bibel war zu erkennen, dass das Blut teilweise ins Papier gesickert war. Aufgeschlagen war das Erste Buch Mose, Kapitel 3, wobei die Hälfte der Seite mit den Versen 1 bis 19 allerdings herausgerissen war. Er legte den Bericht zur Seite und begann, sich die Kommentare zum Foto durchzulesen, die der Kollege vom NC3 mitgeschickt hatte. *Jetzt hat die dumme Drecksau bekommen, was sie verdient*, stand direkt unter dem Foto. *Sie hat sich das letzte Mal ihre stinkende Fotze gerieben.* Ihm wurde übel, als er die weiteren hasserfüllten Kommentare überflog. Er legte die Hände ans Gesicht, neigte den Kopf nach hinten und versuchte, die Worte zu verdrängen, als sein Handy klingelte.

»Lindstrøm«, meldete er sich.

»Hallo, hier ist Werner Still. Störe ich?«

»Nein, gar nicht«, antwortete Mads. Er schloss die Datei und stand auf. Unruhig rieb er sich die Stirn, doch die widerlichen Kommentare gingen ihm nicht aus dem Kopf. »Was kann ich für Sie tun?«

»Ich wollte Ihnen nur mitteilen, dass der Leichnam aus dem Thorsberger Moor identifiziert werden konnte«, sagte Werner Still. »Es handelt sich um den deutschen Staatsbürger Karl Uwe Kleibner. Es tut mir leid, dass ich Ihre Zeit vergeudet habe.«

»Und Sie sind sich ganz sicher?«, fragte Mads. »Ich meine, bei dem Zustand der Leiche?«

»Er ist mithilfe des Zahnschemas identifiziert worden«, antwortete Werner Still. »Wir warten natürlich noch die DNA-Analyse ab, bis wir mit der Information an die Öffentlichkeit gehen, aber eigentlich ist die Identifikation schon jetzt eindeutig.«

»Hat Thomas Beckmann bereits mit den Angehörigen gesprochen?«, fragte Mads.

»Ja«, antwortete Werner Still. »Er hat die Witwe, Edith Kleibner, heute früh informiert. Karl Uwe Kleibner ist Ende November letzten Jahres verschwunden. Thomas meinte, man habe das Ganze als Vermisstenfall behandelt, aber jetzt sieht die Sache natürlich anders aus. Sie müssten eigentlich davon gehört haben.«

»Ich kann mich gerade nicht erinnern«, sagte Mads und setzte sich auf den Rand seines Schreibtisches. »Gibt es eine Erklärung dafür, warum er ein Foto von einem dänischen Militärangehörigen bei sich hatte?«

»Nein«, antwortete Werner Still. »Thomas hat die Witwe befragt, aber sie hat die Person auf dem Bild auch nicht erkannt.«

»Dann meinen Sie, dass der Mord und dieses Foto nicht irgendwie in Zusammenhang stehen?«

»Dazu kann ich nichts sagen«, meinte Still. »Das ist Thomas' Job.«

»Ja, natürlich«, antwortete Mads. »Danke, dass Sie sich die Zeit genommen haben, mich zu informieren.«

»Keine Ursache. Wie läuft es denn mit dem Fall in Bylderup? Kommt ihr voran?«

»Nur langsam«, antwortete Mads. Er verabschiedete sich, beendete das Gespräch und legte das Handy vor sich auf den Tisch. Lisa hatte ihm ein Foto von zwei Flaschen Bleichmittel geschickt und fragte, welche er lieber hätte. Er ignorierte ihre Nachricht und griff stattdessen nach seiner Sporttasche.

8. März

Haderslev

»Mads?« Sarah Jonsens Stimme hallte durch das leere Treppenhaus, dann waren ihre Schritte zu hören. »Hast du einen Augenblick?«, fragte sie, als sie oben angekommen war.

»Ja, natürlich«, antwortete Mads und öffnete die Tür zum Dezernat für Gewaltverbrechen. Die Wärme strahlte von seinem Körper ab, und die Muskeln brannten noch immer.

»Warst du im Trainingsraum?«, fragte Sarah, als sie ihm über den Flur folgte.

»Ja, da ist deutlich mehr Platz, bevor alle Dienstschluss haben«, antwortete Mads und ließ die Sporttasche hinter der Tür auf den Boden fallen. Er nahm das Handy, das noch immer auf dem Schreibtisch lag, und strich über das Display. Weitere Nachrichten von Lisa waren eingetroffen, während er unten Gewichte gestemmt hatte.

»Ich habe ganz vergessen, dir zu erzählen, dass Karsten Poulsen ein paar Proben von dieser Ziege genommen hat«, sagte Sarah und ließ sich auf Laugesens Platz fallen. »Es hat sich herausgestellt, dass das Tier ziemlich mit Medikamenten vollgepumpt war.«

Mads legte das Handy weg. »Und was meinst du, woher das kommt?«

»Ich weiß es nicht, ich habe das aber zum Anlass genommen, um ein bisschen zu recherchieren«, sagte Sarah. »Dabei hat sich gezeigt, dass das Forschungsinstitut in Sundsmark früher genau diese Ziegenrasse hatte.«

»Früher?« Mads runzelte die Stirn. »Du meinst, es könnte sich um Versuchstiere handeln?«

»Ich habe ein bisschen gegoogelt«, fuhr Sarah fort. »Sundsmark ist eine neuere Forschungseinheit der Süddänischen Universität. Die befassen sich primär mit dem Thema individualisierte Medizin, in dem Bereich sind sie offenbar führend.«

»Individualisierte Medizin?«, wiederholte Mads.

»Ja, es geht dabei um Medikamente, die auf den einzelnen Patienten zugeschnitten sind«, erklärte sie. »In den letzten Jahren ist die Forschung dann aber eher in Richtung Stammzellen- und Immuntherapie gegangen.«

»Und das heißt?«

»Immuntherapie hat zu guten Resultaten unter anderem bei malignen Melanomen geführt. Etwas vereinfacht ausgedrückt, stärkt man dabei die eigene Immunabwehr, damit der Körper den Krebs besser bekämpfen kann. In Sundsmark hat sich der Fokus speziell auf die Entwicklung von T-Lymphozyten aus Stammzellen gerichtet. Die Idee dahinter ist bahnbrechend, und nach allem, was ich gelesen habe, haben sie wirklich gute Resultate erzielt, auch wenn das alles natürlich noch im experimentellen Stadium ist.«

»Und diese Forschung wird an Ziegen gemacht?«

»Das weiß ich nicht«, antwortete Sarah. »Aber das können wir ja herausfinden. Die toxikologische Untersuchung des Kadavers könnte darauf hindeuten, aber vielleicht ist das alles auch nur ein Schuss ins Blaue.«

Einen Moment lang dachte Mads nach, dann nickte er und griff nach seiner Jacke. »Ich glaube zwar nicht, dass es eine

Verbindung zu dem Mord in Bylderup gibt, aber du hast recht, wir sollten dem nachgehen.«

*

»Na dann, ich bin gespannt, was sie uns zu erzählen haben«, sagte Mads, als er auf den Parkplatz vor dem Forschungsinstitut der Süddänischen Universität in Sundsmark fuhr. Schmale Bäume säumten das Gelände, und eine dichte Buchenhecke bildete die Grenze zur Straße. Er sah kurz zu Sarah, schnallte sich ab und stieg aus. Sein Blick wanderte über die niedrigen gelben Gebäude am Rand der Felder. Es roch nach nasser Erde. Er legte die Arme auf das Autodach und sah sich um. Auf der anderen Straßenseite standen eintönige Gebäude aus den Siebzigern, die durch mannshohe Ligusterhecken voneinander getrennt waren.

»Sollen wir?« Er sah zu Sarah hinüber. Der Wind spielte mit ihren Locken, die sie mit der Hand zu bändigen versuchte, während sie auf die großen Glastüren des Institutsgebäudes zugingen.

»Ich bin auch gespannt«, meinte Sarah lächelnd, als die Türen sich öffneten und sie das Foyer betraten.

Große Gemälde verliehen den weißen Wänden Farbe, durch die vielen Grünpflanzen wirkte der Raum aber eher wie ein Großraumbüro. Mads nickte der Frau zu, die telefonierend hinter dem Empfangstresen saß. Mit einer Geste signalisierte sie ihnen, kurz zu warten, und deutete in Richtung einer Sitzgruppe am Fenster. Mads zog den Reißverschluss seiner Jacke auf und setzte sich. Auf dem niedrigen Tisch zwischen den Sofas lagen verschiedene wissenschaftliche Magazine fächerförmig ausgebreitet da.

»Ja?«, fragte die Frau mit einem professionellen Lächeln,

nachdem sie aufgelegt hatte und zu ihnen gekommen war. »Womit kann ich Ihnen dienen?«

»Kommissar Mads Lindstrøm«, antwortete Mads und stand auf. Er zog den Ausweis aus seiner Tasche und hielt ihn ihr hin. »Können meine Kollegin und ich kurz mit dem Institutsleiter sprechen?« Er sah sie abwartend an, während sie seinen Ausweis unter die Lupe nahm.

»Ja, natürlich. Einen Augenblick, bitte, ich schaue mal, ob Johan Ilesøe Zeit hat.« Sie ging zurück zu ihrem Tisch, sah noch einmal zu ihnen herüber und nahm den Hörer ab. »Hier ist Besuch für Sie«, sagte sie leise und warf noch einmal einen Blick in Richtung Sitzgruppe. »Die Polizei. Ja, ich schicke sie zu Ihnen.« Sie legte auf und kam wieder zu ihnen. »Johan Ilesøe ist in seinem Büro. Wenn Sie den Flur entlanggehen, liegt sein Büro ganz hinten links.«

*

»Johan Ilesøe«, stellte sich der Mann mittleren Alters vor, der hinter seinem Schreibtisch saß. Er stand auf, reichte ihnen die Hand und sah sie fragend an. »Kommen Sie doch rein.«

Mads sah sich im Zimmer um, ehe er den Institutsleiter musterte. Während der Flur mit Fliesen ausgelegt war, bestand der Boden hier aus rotbraunen Dielen, die den sterilen Wänden Wärme verliehen. Er stellte sich kurz vor.

»Meine Kollegin Sarah Jonsen und ich haben ein paar Fragen«, sagte er. »Es geht dabei um Ziegen als Versuchstiere.«

»Ach ja?«, erwiderte Ilesøe und bedeutete ihnen, Platz zu nehmen. »Was genau wollen Sie wissen?«

»Uns ist zu Ohren gekommen, dass Sie Ziegen als Versuchstiere nutzen«, sagte Sarah und beobachtete den Institutsleiter, während sie ein Blatt Papier aus ihrer Tasche zog. »Stimmt das?«

»Ja, das ist richtig«, antwortete Johan Ilesøe. »Wir halten nicht mehr so viele Ziegen wie früher, aber einige nutzen wir noch für unsere Stammzellenforschung.«

»Wie setzen Sie die rein praktisch ein?«, fragte Sarah.

»Etwas vereinfacht formuliert, gewinnen wir bei der Geburt von jungen Ziegen Stammzellen. Wir betreiben hier in Sundsmark ja Grundlagenforschung. Es geht also nicht um die Entwicklung von Methoden, die direkt in die Produktion von Medikamenten einfließen, sondern eher um Ergebnisse, die wiederum die Basis für eine etwas zielgerichtetere Forschung bilden.« Er hielt inne und zog seinen Schlips zurecht. »Warum ist das von Interesse für die Polizei?«

»Ich gehe davon aus, dass Sie von dem Mord in der Kirche von Bylderup gehört haben?«, sagte Mads und betrachtete den Institutsleiter mit zusammengezogenen Augenbrauen.

»Ja?«

»Kurz vor dem Mord wurde dort ein Zicklein gefunden, das mit Ihrem Institut in Verbindung stehen könnte«, fuhr Mads fort.

»Was für eine Verbindung? Wie meinen Sie das?«, hakte Johan Ilesøe nach und schob ein paar Papiere auf seinem Tisch zurecht.

»Anfang Januar fand die inzwischen verstorbene Charlotte Weidemann ein totes Zicklein auf dem Treppenabsatz vor dem Pfarrhaus«, berichtete Mads und setzte sich etwas bequemer hin. »Unseren Ermittlungen zufolge ist die Ziegenrasse, der das Zicklein angehört, in Dänemark nicht sonderlich weit verbreitet.«

»Und inwiefern steht das mit unserem Institut in Verbindung?«, fragte Ilesøe wachsam.

»Es handelt sich, wie gesagt, um eine Rasse, die eher selten vorkommt«, übernahm Sarah und deutete auf das Blatt vor sich. »Die letzten in Dänemark registrierten Tiere dieser Rasse wurden vor fünf Jahren hier in Ihrem Institut registriert.«

Johan Ilesøe überflog das Papier. »Ja, das ist richtig, aber diese Ziegen halten wir nicht mehr«, sagte er und schüttelte den Kopf. »Wir haben sie für ein Zuchtprogramm eingekauft. Das genetische Profil der Tiere war für Studien zur individualisierten Medizin geeignet, da die Genexpression verhältnismäßig leicht zu manipulieren ist. Allerdings haben wir nicht die erwartete Forschungsgenehmigung bekommen, weshalb das Projekt ins Stocken kam.«

»Ist es Ihnen denn noch gelungen, die Genexpression zu manipulieren?«, fragte Sarah und sah zu Mads.

»Ja, zumindest ein bisschen«, antwortete Ilesøe. »Es ging darum, bei der Zucht dieser Tiere die Expression bestimmter Gene zu verstärken. Aber das ist, wie gesagt, schon lange her.«

»Halten Sie noch welche von diesen Ziegen?«, fragte Mads.

»Nein, inzwischen haben wir nur noch Burenziegen.«

»Und was ist aus den anderen Ziegen geworden?«, fragte Mads.

»Sie wurden mit dem Ende des Projektes getötet. Alle Tiere, für die wir keine Verwendung mehr haben, werden getötet.«

»Dann halten Sie es für undenkbar, dass das Tier, das in Bylderup gefunden wurde, aus Ihrem Bestand stammt?«, fragte Sarah.

»Ja, wir führen über alle Individuen Buch«, antwortete Ilesøe und warf einen Blick auf seine Uhr. »Das wird ganz genau dokumentiert. Sowohl die Tiere, die wir aufnehmen, als auch diejenigen, die getötet werden. Das Gesetz ist in diesem Punkt sehr streng.« Er stand auf und reichte ihnen die Hand. »Sie müssen mich jetzt leider entschuldigen. Ich wusste ja nicht, dass Sie kommen. Ich habe jetzt eine Sitzung. Die Kollegen warten bereits.«

8. März

Haderslev

Mads schob den Stuhl zurück und streckte sich. Draußen hingen die Wolken tief über den nachmittäglich belebten Straßen von Haderslev. Durch das Fenster drang das Quietschen von Reifen auf nassem Asphalt. Mads nahm sein Handy und warf einen Blick aufs Display. Vier Nachrichten von Lisa. Sie hatte ihm ein paar Links von Firmen geschickt, die Gardinen verkauften, danach dann immer ungeduldigere Kommentare über seine ausbleibenden Antworten. Verärgert legte er das Handy weg und warf noch einen Blick in seinen PC, ob er neue Mails bekommen hatte, dann fuhr er den Rechner runter.

»Du bist noch hier?« Per Teglgård lehnte am Türrahmen, während er seinen Kaffeebecher an die Lippen führte und einen Schluck trank.

»Auf dem Weg nach Hause«, antwortete Mads und nahm seine Jacke. Das weiche Wildleder schmiegte sich an seinen Hals, als er den Reißverschluss hochzog und die Schultern sinken ließ.

»Seid ihr in Sundsmark weitergekommen?«

»Nein«, antwortete Mads und steckte die Berichte zum Bylderup-Mord in seine Aktentasche. »Die hatten zwar die richtigen Ziegen, aber das ist schon eine ganze Weile her.«

»Von Sarah weiß ich, dass es da irgendwie um Genmanipulation ging?«

»Ja«, antwortete Mads und schloss seine Tasche. »Laut dem Institutsleiter war die Rasse gut für Versuche zur individualisierten Medizin geeignet, weil ihre Genexpression sich relativ leicht verändern lässt.«

»Ach so.« Per nickte und trank noch einen Schluck Kaffee. »Dann bringt uns das nicht weiter?«

Mads schaltete die Schreibtischlampe aus. »Leider nein. Er hat versichert, dass der Umgang mit Tieren und Medikamenten genau dokumentiert wird.«

»Und was ist der nächste Schritt?«

»Das weiß ich noch nicht«, antwortete Mads und hängte sich die Tasche um. »Ich muss mir die Berichte noch einmal durchlesen. Vielleicht stoße ich ja auf irgendetwas. Hoffentlich kann das NC3 die IP-Adresse ermitteln, von der aus das Foto von Charlotte Weidemanns Händen hochgeladen wurde.«

»Ja, lass uns das hoffen«, sagte Per Teglgård. Er ließ die Hand mit dem Kaffeebecher sinken, krümmte sich etwas zusammen und schnitt eine Grimasse.

»Alles in Ordnung mit dir?«, fragte Mads.

»Dieses blöde Magengeschwür«, murmelte Teglgård durch die zusammengebissenen Zähne. »Zu viel Kaffee und zu wenig Schlaf. Die Chefetage fordert Resultate, aber ich kann ihnen nichts liefern, und die Medien warten wie hungrige Hyänen darauf, dass wir in die Knie gehen. Dann können sie sich auf uns stürzen und uns mit ihren Kommentaren zu unserer Unfähigkeit fertigmachen.«

»Mir fehlt übrigens noch immer ein neuer Ausdruck des Obduktionsberichts«, sagte Mads und schloss die Tür seines

Büros hinter sich. »Kannst du Laugesen da noch mal Druck machen?«

Per Teglgård schüttelte den Kopf. Die traurige Beleuchtung des kahlen Flurs ließ seine Haut grau wirken und betonte die dunklen Ringe unter seinen Augen. »Er antwortet nicht. Kannst du nicht Berit Langer bitten, dir eine Kopie zu schicken?«

»Klar, mache ich«, antwortete Mads. »Wir sehen uns dann morgen.« Er hob die Hand und nickte seinem Chef zu, der sich erneut mit einer Grimasse an der Wand abstützte, bevor er angestrengt Mads' Gruß erwiderte.

8. März

Toftlund

»Hallo.« Mads stützte sich mit der Hand an der Wand ab. Die Müdigkeit lastete so schwer auf ihm, dass er kaum denken konnte. Er streifte die Schuhe ab und bewegte die Zehen. Seine Fußsohlen kribbelten vor Wärme.

»Hallo, ich hab dich gar nicht kommen gehört«, sagte Lisa und stellte einen Pappkarton ab. »Ich bin dabei, den Wintergarten auszuräumen. Ist dir eigentlich klar, was da alles herumliegt?« Sie wischte sich mit dem Unterarm den Schweiß von der Stirn. Ihre Wangen glühten, und das Lächeln blitzte in ihren Augen. »Hast du die Links gesehen, die ich dir geschickt habe? Ich denke, ein paar neue Wohnzimmergardinen wären richtig schön.«

»Nein, ich habe wirklich keine Zeit gehabt«, antwortete Mads, bevor sie wieder im Nebenraum verschwand.

»Du hättest trotzdem kurz antworten können«, fuhr sie fort, ohne auf seine Antwort einzugehen. »Ich habe den halben Tag gebraucht, um mich durch das ganze Zeug zu wühlen, was da draußen verstaut war, und den Rest der Zeit habe ich genutzt, um ein paar gute Angebote zu suchen. Es ist wirklich nicht leicht, etwas zusammen mit dir zu planen, wenn du dir nicht mal die Mühe machst, auf meine Vorschläge zu reagieren.«

Mads stand in der Tür und starrte die Umzugskartons an, die Lisa übereinandergestapelt hatte. Einige davon waren offen, und in die alte Pappe hatte sich Schimmel gefressen. »Ich mache mir nicht die Mühe?« Er betrat das Wohnzimmer. Der Gestank von Bleichmittel stieg ihm in die Nase, und die kahlen Fenster starrten ihn unversöhnlich an. »Wie stellst du dir das eigentlich vor? Ich stecke mitten in einer Mordermittlung, und da soll ich wirklich auf so unwesentliche Dinge wie Gardinen reagieren?« Er griff nach den verblichenen Vorhängen, die auf dem Esstisch lagen, ließ sie aber gleich wieder los. Dann zog er einen der Kartons zu sich. »Du kannst nicht einfach herkommen und alles ändern.« Er deutete auf den Wintergarten. »Und habe ich nicht gesagt, dass du die Finger von Papas Sachen lassen sollst?«

»Wir müssen uns irgendwann darum kümmern«, sagte Lisa. »Du darfst die Augen nicht länger verschließen. Das Haus verfällt, und wenn wir nichts dagegen unternehmen, kriegen wir nichts mehr dafür.«

»Aha, darum geht es also?«, konterte Mads. »Du willst deinen Teil des Erbes?«

»Hör auf, Mads. Es geht mir nicht nur darum. Abgesehen davon, ist es wirklich nicht gesund, Schimmel im Haus zu haben.«

»Das ist doch wohl meine Sache.«

»Nein, das ist unsere gemeinsame Sache«, erwiderte Lisa. »In diesem Haus steckt nicht nur das Leben von Mama und Papa, sondern auch unseres.« Sie setzte sich auf die Armlehne des Sessels und sah ihn an. »Viele gute Erinnerungen sind mit diesem Haus verbunden, und wir sind es uns schuldig, die nicht zu vergessen.«

»Schon möglich, dass du gute Erinnerungen hast«, sagte

Mads. Er stellte sich vor die Außentür des Wintergartens, drehte den Schlüssel, der im Schloss steckte, und rüttelte an der Klinke. Nach einer Weile gab die Tür nach, und frische Luft drang herein, die den Gestank des Bleichmittels etwas erträglicher machte. »Mir ist es lieber, mich nicht zu erinnern.«

»Ich verstehe ja, was du meinst.« Lisa ließ die Schultern sinken, und ein trauriges Lächeln glitt über ihr Gesicht, als sie ihn ansah. »Du darfst den schlechten Erinnerungen aber nicht so viel Macht geben, dass sie alles Gute überschatten, was wir hier erlebt haben.«

»Und wie soll ich das anstellen? Hast du vergessen, dass ich es war, der ihn gefunden hat? Und dass ich hier allein mit Mama war und mich um sie kümmern musste?«

»Ich weiß doch, dass das nicht leicht war, aber ich habe dich nicht gezwungen zu bleiben«, entgegnete Lisa. Sie nahm einen Ordner aus einem der Kartons und legte ihn auf den Couchtisch. »Ich musste damals ausziehen. Ich hatte das Gefühl, hier unterzugehen. Ich glaube, du hast das damals nicht mitbekommen, aber für mich war es auch nicht leicht.« Sie öffnete den Ordner und betrachtete einige verblichene Fotografien. »Papas Arbeit hat alles dominiert. Er war ja nicht einmal richtig da, wenn er zu Hause war.«

»Denkst du, ich weiß das nicht? Ich habe doch auch mitbekommen, wie abwesend er war.«

»Dabei warst du all das, was ich nicht war. Für Mama warst du ein Ersatz für Papa. Du warst alles für sie, siehst du das denn nicht?«

»Hör auf damit.«

»Nein, wir müssen darüber reden.« Lisa blieb hartnäckig und warf den Ordner auf den Tisch. »Es gibt so viel, über das wir nie reden, weil Papas Selbstmord alles überschattet.«

»Das war kein Selbstmord!«, rief Mads und hämmerte mit der Faust an die Wand, sodass die Fenster im Wintergarten leise klirrten. Dann stürmte er durchs Wohnzimmer Richtung Flur.

»Mads!« Lisa stand auf und folgte ihm. Sein Körper zitterte, als er sich aufrichtete, seine Laufjacke nahm und die Tür nach draußen öffnete. Der Durchzug ließ die Tür zwischen Wohnzimmer und Wintergarten so heftig zuknallen, dass das dünne Glas zersplitterte und zu Boden fiel. »Wohin willst du denn?«

»Weg!«

»Du hast noch nicht mal gegessen!«, wandte Lisa ein, als er auf die Treppe trat.

»Na und?«

»Ich mache mir Sorgen um dich. Du beißt dich an einer Idee fest, genau wie Papa, und willst einfach nicht loslassen.« Sie trat auf die Treppe und sah ihm nach, während er davonlief, ohne sich ein einziges Mal umzublicken, wie ein Schatten aus der Vergangenheit. Sie umklammerte den Türrahmen und beugte sich vor. »Mads, verdammt, du kannst vor der Wirklichkeit nicht weglaufen! Kapierst du das denn nicht? Man muss loslassen, sonst wird das gefährlich. Nicht, dass du dir am Ende noch das Leben nimmst wie Papa.« Sie strich mit der Hand über den kalten Türrahmen und biss die Zähne zusammen. Tränen brannten in ihren Augen, während sie in die Dunkelheit starrte.

9. März

Haderslev

Mads lehnte sich zurück und schloss für ein paar Sekunden die Augen, ehe er sich übers Gesicht fuhr und zum Bildschirm vorbeugte. Die Müdigkeit brannte in seinen Augen. Tausende unsichtbarer Sandkörner, die seinen Blick zu verschleiern drohten. Er blinzelte ein paarmal, aber der Text vor ihm blieb unscharf. Als er draußen auf dem Flur Per Teglgårds Stimme hörte, sah er auf die Uhr. Es war kurz nach acht Uhr morgens. Er zog die Schublade auf, nahm die Packung mit den graubraunen Tabletten heraus und fragte sich kurz, ob er sich mit zweien begnügen sollte, drückte dann aber doch drei aus der Packung, schluckte sie mit etwas Wasser und richtete den Blick wieder auf die Mail von Sarah Jonsen.

»Mads?«

»Ja?« Er drehte den Kopf. In der Türöffnung stand der Dezernatsleiter. Auch er sah so aus, als wären alle seine Lebensgeister verloschen.

»Hast du einen Moment Zeit?«, wollte Per wissen.

»Ja, natürlich«, antwortete Mads. Er schob den Bürostuhl nach hinten und streckte die Beine aus. Beiläufig schob er die Schublade zu und sah zu seinem Chef, der einen von Laugesens zurückgelassenen Kaffeebechern zur Seite schob.

»Ich weiß nicht, ob du es mitbekommen hast, aber im

Fährmann-Prozess ist das Urteil gesprochen worden«, sagte Per Teglgård und setzte sich. »Der Täter ist in allen Anklagepunkten schuldig gesprochen worden.«

»Und die Strafe?«

»Die muss noch festgelegt werden. Ende des Monats wissen wir mehr. Nina Krabbe setzt auf Sicherungsverwahrung.« Er machte eine Pause und rieb sich die Hände, als sammelte er Mut, bevor er vermintes Gelände betrat. »Das war wirklich ein schlimmer Fall. Niemand sollte jemals solche Dinge sehen, die wir gesehen haben.«

»Das ist ein Teil unseres Jobs.«

»Ja, ich weiß. Ich wollte nur sichergehen, dass du das nicht mit nach Hause nimmst. Ich bin wirklich froh, dass du die Gespräche mit Halland angenommen hast.«

Mads zog die Augenbrauen hoch. »Angenommen?«

»Mir ist schon klar, dass ich dich unter Druck gesetzt habe«, erklärte Per. »Dein Vater hat die Angebote ausgeschlagen, die man ihm gemacht hat. Deshalb hat ihn das alles irgendwann viel zu sehr belastet. Er war ein tüchtiger und allseits geschätzter Ermittler.«

»Ich nehme solche Sachen nicht mit nach Hause«, fiel Mads ihm ins Wort.

»Das freut mich zu hören«, antwortete Per und sah kurz auf seine Hände. Dann stand er auf. »Es ist gut für unser Dezernat, dass du wieder da bist.« Per legte ihm die Hand auf die Schulter und drückte sie leicht, als Mads' Handy zu klingeln begann. »Und jetzt lass uns diesen Fall lösen!« Er sah kurz aufs Display und verschwand dann mit einem diskreten Nicken aus dem Büro.

Mads nahm das Gespräch an. »Lindstrøm«, meldete er sich und drehte den Bürostuhl in Richtung Fenster. Draußen hing ein stahlgrauer, undurchdringlicher Himmel über den Dächern von Haderslev. Kalt und distanziert.

»Hier ist Johan Ilesøe vom Institut in Sundsmark«, meldete sich die Stimme am anderen Ende. »Sie waren gestern bei mir.«

Mads klemmte das Handy zwischen Schulter und Ohr, während er auf dem Schreibtisch nach einem Blatt Papier Ausschau hielt. »Stimmt. Gibt es Neuigkeiten über die kleine Ziege?«

»Nein, deshalb rufe ich auch gar nicht an«, sagte Ilesøe und lachte leise. »Mein Anruf hat eher praktische Gründe. Seit längerer Zeit steht ein Auto bei uns auf dem Parkplatz.«

»Ein Auto?«

»Ja, aber das ist ja kein öffentlicher Parkplatz«, fuhr Ilesøe fort. »Und da Sie gestern bei uns waren, bin ich auf den Gedanken gekommen, ob Sie sich vielleicht darum kümmern könnten?«

»Da kann ich Ihnen leider nicht weiterhelfen«, erklärte Mads. »Ich arbeite im Dezernat für Gewaltverbrechen, da haben wir mit Falschparkern wirklich nichts zu tun.«

»Es ist aber doch dieselbe Behörde«, wandte Ilesøe ein. »Da ist es für Sie sicher genauso leicht, diese Information weiterzuleiten, wie mich jetzt durchzustellen, oder?«

»Ja, natürlich.« Mads nahm den Kugelschreiber und notierte das Autokennzeichen, das Ilesøe ihm diktierte.

»Vielen Dank«, sagte der Institutsleiter. »Ich freue mich, von Ihnen zu hören.«

Mads legte das Handy weg. Auf dem Tisch stapelten sich die Mappen, und für einen Moment ruhte sein Blick auf dem letzten Vernehmungsprotokoll von Michael Weidemann. Er griff danach, befeuchtete die Fingerspitzen mit der Zunge und blätterte um. Seine Augen überflogen die Zeilen, bis sie bei dem Namen Rikke Holst hängen blieben, dem er noch nicht nachgegangen war.

9. März

Toftlund

Mads setzte den Blinker und fuhr in den Vesbjergvej. Ein Stück entfernt leuchteten die Fenster der Nachbarn wie helle Vierecke im Dunkel des späten Abends. Er bremste und sah hinüber zu seinem Elternhaus. Ein kalter Schimmer drang durch die ungepflegte Buchenhecke. Er legte die Hand auf den Schaltknüppel und fuhr in die Einfahrt. Über die Hecke hinweg sah er die Silhouette des krummen Apfelbaums, der seine Äste in Richtung Wintergarten ausstreckte, als verlangte er nach den Dingen, die sich in dem heruntergekommenen Anbau befanden.

Er hielt vor dem Haus, legte den Kopf zurück, schaltete den Motor aus und genoss die plötzliche Stille. Die Lampe über der Eingangstür warf einen matten Lichtschein auf die regennassen Treppenstufen und spiegelte sich in einer Pfütze vor der Hauswand. Er öffnete die Autotür und stieg aus. Sein Blick wanderte zum Küchenfenster, hinter dem das Licht anging. Dann kam Lisa zum Vorschein. Er griff nach seiner Tasche, die so schwer war, dass er das Gefühl hatte, sein Arm werde nach unten gezogen, während er die Autotür schloss und zum Haus ging.

»Hallo.« Mads legte seine Aktentasche auf die kleine Kommode im Eingangsbereich und zog sich die Schuhe aus.

»Hallo«, sagte Lisa und blickte auf, als er ins Wohnzimmer kam. »Du kommst spät.« Sie legte den Ordner weg, den sie in der Hand gehalten hatte, und streckte die Beine aus. Das bläuliche Licht des Fernsehers flimmerte durch den Raum. Sie griff nach der Fernbedienung und drehte den Ton ab.

»Was schaust du dir an?«, fragte Mads und ließ sich aufs Sofa fallen.

»Ach, nichts«, antwortete Lisa, legte die Fernbedienung weg und musterte ihn mit ernster Miene. »Alles in Ordnung bei dir? Du siehst sehr müde aus«, sagte sie und lehnte sich zurück.

»Das bin ich auch«, antwortete Mads und unterdrückte ein Gähnen. »War ein langer Tag.«

»Seid ihr denn weitergekommen?«

»Nein«, murmelte Mads und folgte ihrem Blick, den sie wieder auf den Ordner gerichtet hatte. »Und du?«

»Kindheitserinnerungen«, antwortete Lisa mit einer Mischung aus Wehmut und Freude. »Dieses Haus enthält so viel mehr als nur Papas Tod.« Sie kniff die Lippen zusammen und betrachtete die beiden kleinen, blonden Kinder, die sie von den Fotos anstarrten. »Es gibt so viel, was ich komplett vergessen habe.«

»Und ich habe so vieles nicht vergessen«, entgegnete Mads und sah weg. Das Ticken der Wohnzimmeruhr war so laut, dass er für einen Moment die Augen schließen musste. »Es tut mir leid«, sagte er schließlich.

»Was tut dir leid?«

»Dass ich einfach so abgehauen bin«, antwortete er und ließ das Kinn auf die Brust sinken. »Ich weiß ja, dass wir irgendwas mit dem Haus machen müssen. Ich weiß nur nicht, ob ich dazu schon bereit bin.« Er stand auf und sah nach draußen über die dunklen Felder. Seine Brust schnürte sich zusammen, und nur das dünne Fensterglas war zwischen ihm und den Dämonen der Finsternis.

»Das verstehe ich gut.« Sie stand auf und kam zu ihm. Ihre Hand streifte seinen Rücken, und er ließ die Schultern etwas sinken. »Ich weiß, wie weh es tut, alte Wunden wieder aufzureißen, aber wir müssen das tun.« Sie betrachtete sein Spiegelbild. Das Gesicht hob sich blass von der Dunkelheit dahinter ab.

»Warum?«

»Weil die Schmerzen nicht verschwinden, wenn man die Augen davor verschließt«, antwortete Lisa.

»Verschwinden sie denn, wenn man die Wunden aufreißt?«

»Das weiß ich nicht«, antwortete sie.

»Warum glaubst du, dass er sich umgebracht hat?«

»Vielleicht wurde ihm alles zu viel«, antwortete Lisa und zuckte mit den Achseln. »Vielleicht war seine Psyche nicht so stark, wie wir alle gedacht haben.«

»Danach habe ich nicht gefragt«, sagte Mads und wandte sich ihr zu. »Was lässt dich glauben, dass er es wirklich getan hat?«

»Ach, Mads.« Sie sah ihn unglücklich an und schmiegte sich leicht an ihn. »Das wurde doch damals untersucht. Es hat nichts auf ein Verbrechen hingedeutet. Wir müssen einfach akzeptieren, dass es so war.«

»Akzeptieren?« Sein Blick war hart, als er einen Schritt zur Seite trat. »Akzeptieren, dass Papa ein Feigling war, der uns einfach so verlassen hat?«

»Nein«, antwortete Lisa. Sie strich mit der Hand über seinen Arm. Seine Haut begann leicht zu zittern, während sie tief Luft holte. »Das Leben ist nicht immer so, wie wir es gerne hätten. Wir müssen versuchen, uns an das Gute zu erinnern, nicht an das Schlechte.«

»Vielleicht kannst du das ja, aber ich kann es nicht!«, sagte Mads. »Verstehst du das nicht? Wie sehr ich mich auch bemühe, ich kann mich nicht an eine gute Sache erinnern. Ich sehe nur immer sein Gesicht, das mich anstarrt, und seinen langsam hin und her baumelnden Körper. Alles andere ist weg.«

»Dann muss ich dir was zeigen«, sagte Lisa und nahm den Ordner vom Couchtisch. Ihre Finger strichen zärtlich über die Fotos, als spürte sie das Leben darin, ehe sie den Ordner an ihn weiterreichte. »Das hier sollten wir in Erinnerung behalten«, fuhr sie fort und sah mit einem traurigen Lächeln auf den kleinen Jungen, der auf den Schultern seines Vaters saß und lachend den Kopf in den Nacken legte.

»Das ist lange her«, bemerkte Mads.

»Das weiß ich. Aber die Erinnerungen sind hier. Wir müssen sie nur in unser Leben lassen.«

10. März

Sundsmark

Mads trat einen Schritt zurück. Die hohe Ligusterhecke rahmte das kleine Reihenhaus ein und schirmte es vor den Blicken neugieriger Passanten ab. Er wartete einen Augenblick und drückte dann die Klingel noch einmal. Während auf der anderen Seite der Tür die Töne verklangen, prägte er sich die Umgebung ein. An dem braunen Schuppen lehnte ein Mädchenfahrrad. Kleine Rostflecken hatten sich in das Metall des Lenkers gefressen und ihm eine raue Oberfläche verliehen. Sein Blick schweifte weiter. Ein paar leere Wäscheleinen bewegten sich im Schutz des Schuppendachs im Wind hin und her. Er drehte sich um, als die Tür aufging.

Mads stellte sich vor und zeigte der blonden Frau in der Türöffnung seinen Polizeiausweis. »Sind Sie Rikke Holst?«

»Ja«, antwortete die Frau und zog die Augenbrauen etwas hoch. Mit der einen Hand umklammerte sie die Klinke etwas fester, während sie sich mit der anderen eine Locke aus dem Gesicht strich. »Um was geht es?«

»Kannten Sie Charlotte Weidemann?«

Rikke Holst schlug den Blick nieder. Sie ließ die Klinke los und senkte die Arme. Die Ärmel ihres Pullovers rutschten herunter. »Ja«, sagte sie und trat einen Schritt zur Seite, nachdem sie seinen Blick erwidert hatte.

»Darf ich kurz reinkommen?«

»Aber natürlich«, antwortete Rikke Holst und ging durch den Flur, auf dessen Boden Sand und trockene Erdkrumen zu sehen waren. »Tut mir leid, dass es nicht so sauber ist«, fuhr sie fort und lächelte entwaffnend. »Kann ich Ihnen etwas anbieten?«

»Nein danke«, antwortete Mads und sah zu, wie sie mit der Hand über den Küchentisch fuhr, um die Krümel einzusammeln.

»Setzen Sie sich«, sagte Rikke Holst und wischte sich die Hände über dem Spülbecken ab.

»Danke«, antwortete Mads und zog einen Stuhl zurück. »Michael Weidemann hat erzählt, dass Sie Charlotte schon lange kannten?«

»Seit der vierten Klasse«, sagte Rikke Holst und lächelte traurig. »Sie ist – oder war – meine älteste Freundin. Es geht nicht in meinen Kopf, dass sie nicht mehr da ist. Das ist alles so tragisch. Sie hatte doch schon so viel durchgemacht. Sie und die Mädchen und Michael.«

»An was denken Sie?«

»An den Krebs«, antwortete Rikke Holst und setzte sich. »Der Krebs hätte sie fast umgebracht. Manchmal verstehe ich nicht, woher sie ihre Kraft genommen hat, aber Michael und die Mädchen haben alles für sie bedeutet. Sie war eine Kämpferin.«

»Dann kennen Sie die ganze Familie?«

»Natürlich. Charlotte und ich haben zusammengewohnt, als wir jung waren. Ich glaube, ich war sogar die Erste, der sie von Michael erzählt hat.«

»Wie würden Sie das Verhältnis der beiden beschreiben?«

»Wollen Sie mich fragen, ob ich glaube, dass Michael sie

getötet hat?«, fragte Rikke Holst und lehnte sich zurück. Ihr Blick war hellwach, als sie den Kopf schüttelte. »Charlotte und Michael hatten ihre Probleme wie die meisten Paare, aber nein, ich glaube nicht, dass er sie getötet hat. Michael liebte Charlotte bedingungslos. Mit allem, was dazugehört.«

»Können Sie das genauer erklären?«

»Der Krebs hat Charlotte verändert. Es war schwer für sie.«

»Inwiefern schwer?«

»Eigentlich alles«, antwortete Rikke Holst und zuckte mit den Schultern. »Besonders aber die Tatsache, dass sie sich irgendwie nicht mehr als die Frau gefühlt hat, die Michael damals geheiratet hatte. Sie hatte das Gefühl, einen Teil ihrer Weiblichkeit verloren zu haben, und hat befürchtet, dass es noch weitergehen könnte – dass der Krebs trotz OP, Strahlentherapie und Chemo zurückkommen könnte und dass man ihr die ganze Brust abnehmen müsste. Ich glaube aber nicht, dass sie ihm gesagt hat, wie sehr sie das belastet hat. Wie sehr sie das Gefühl hatte, ihm gegenüber versagt zu haben.«

»Versagt?«, wiederholte Mads.

»Eigentlich will ich ihr Privatleben hier nicht so ausbreiten, aber Charlotte hat die Lust am Sex verloren. Ich glaube, Michael hat das nicht verstanden. Oder besser gesagt, ich glaube nicht, dass er wusste, wie Charlotte sich gefühlt hat.«

»Wie hat sich das auf ihre Beziehung ausgewirkt?«

»Unnötiges Gestreite und gegenseitige Vorwürfe«, antwortete Rikke Holst. »Der wirkliche Grund war aber vermutlich ihre Unsicherheit, weil sie sich nicht mehr gut genug fühlte, nicht vollwertig. Sie hatte Angst, dass Michael eine ganze Frau wollte und nicht den amputierten Rest, als den sie sich empfand. Charlotte hat mir erzählt, dass sie sogar an Paartherapie gedacht hat. Sie wissen schon, um zur ursprünglichen Verliebtheit zurückzufinden.«

Mads nickte. »Und haben die beiden so eine Therapie gemacht?«

»Das weiß ich nicht.« Rikke Holst legte die Arme um sich. »Ich weiß nicht, ob sie jemals einen Therapeuten kontaktiert haben. Charlotte und ich haben uns viel erzählt, es gab aber auch Sachen, über die wir nicht geredet haben.«

»Das verstehe ich«, sagte Mads und nickte langsam. »Gab es sonst noch was an der Beziehung zwischen den beiden, was irgendwie auffällig war?«

»Nein, ich glaube nicht«, antwortete Rikke Holst. »Ich habe nie daran gezweifelt, dass Michael und Charlotte wie füreinander geschaffen waren.«

»Wie war es in der Zeit vor dem Mord? Hat sie vor irgendetwas Angst gehabt?«

»Charlotte hatte keine Angst. Sie war ein unglaublich offener Mensch, der alle irgendwie mitgenommen hat. Sie hat mir von keinen Ängsten erzählt oder dass irgendjemand sie verunsichert hätte.«

»Auch nicht, wenn sie allein zu Hause war?«

»Nein«, antwortete Rikke Holst. »Charlotte hat sich überall wohlgefühlt. Sie kam in Bylderup ebenso schnell zurecht wie vorher in Flensburg.«

»Danke«, sagte Mads. Er stand auf und legte seine Visitenkarte auf den Tisch, bevor er ihr zum Abschied die Hand gab. »Wenn Ihnen noch was einfällt, dürfen Sie mich sehr gerne anrufen.«

»Das werde ich tun«, antwortete Rikke Holst und erwiderte seinen Händedruck.

10. März

Haderslev

»Hat die Befragung irgendwas ergeben?«, fragte Per Teglgård und steckte die Hände in die Hosentaschen.

»Nicht wirklich, aber vielleicht doch«, antwortete Mads, während er sich die Laufschuhe zuschnürte. »Laut Rikke Holst war zwischen Michael und Charlotte Weidemann nicht alles so rosarot, wie der Ehemann es dargestellt hat.«

»Inwiefern?«

»Ihre Beziehung war wohl in einer Krise«, antwortete Mads und stellte die Füße auf den Boden.

»So sehr, dass sich daraus ein Mordmotiv ableiten ließe?«

»Das weiß ich nicht.« Mads zuckte mit den Schultern. »Aber irgendwas ist da.«

»Erzähl.«

»Ich kann das noch nicht ganz in Worte fassen.« Mads stand auf und ging im Raum auf und ab, um die Muskeln zu lockern. »Er wirkt unsicher. Als würde er etwas verbergen.«

»Könnte sie eine Affäre gehabt haben, über die er gestolpert ist?«

»Der Gedanke ist mir auch schon gekommen. Laut Rikke Holst wäre das ziemlich unwahrscheinlich, andererseits hat sie eingeräumt, nicht die komplette Übersicht über Charlottes Leben zu haben.«

»Hast du inzwischen den Obduktionsbericht bekommen?«

»Leider nein. Berit Langer geht nicht ans Telefon, ich habe ihr aber eine Nachricht hinterlassen.«

»Und es gibt sonst niemanden, der dir den schicken könnte?«, fragte Per und zog eine Augenbraue hoch.

»Das weiß ich nicht«, antwortete Mads. »Die Sekretärin in der Rechtsmedizin hat gesagt, dass der Bericht nicht im Archiv liegt und dass ich deshalb auf jeden Fall mit Berit direkt sprechen müsse.«

»Dann sieh zu, dass du sie erreichst«, sagte Per. »Die Zeit läuft uns davon. Wie sieht es mit dem NC3 aus? Gibt es da irgendwelche Neuigkeiten?«

»Leider Fehlanzeige«, antwortete Mads und überprüfte seine Pulsuhr. »Es sieht so aus, als hätte die Person, die das Foto hochgeladen hat, einen VPN-Server genutzt, was es fast unmöglich macht, die IP-Adresse zu ermitteln.«

»Verdammt«, fluchte Per und warf einen Blick auf Mads' Schreibtisch, wo das Handy zu vibrieren begonnen hatte. Der Name von Sarah Jonsen erschien auf dem Display. »Geh besser dran«, sagte er, drehte sich um und verließ das Büro.

»Mads Lindstrøm«, meldete er sich und sah aus dem Fenster. Draußen sprang gerade ein Mann zur Seite, als ein Auto durch eine Pfütze fuhr.

»Hallo, hier ist Sarah. Moment mal …« Sie machte eine Pause, als im Hintergrund Stimmen zu hören waren. »Sorry, bin wieder da. Ich habe etwas, das für dich interessant sein dürfte.«

»Ja?« Mads drehte sich vom Fenster weg.

»Es geht um Johan Ilesøes Bitte. Die hat sich als interessanter erwiesen als zunächst angenommen.«

»Inwiefern?«

»Das Auto ist ein Ford Kuga«, berichtete Sarah. »Genauer gesagt, Michael Weidemanns Ford Kuga. Ich habe mit Johan Ilesøe gesprochen, und es hat sich herausgestellt, dass sie sich notiert haben, wann der Wagen dort abgestellt wurde.«

»Und?« Mads zog die Stirn in Falten.

»Er hat dort auch in der Nacht auf Freitag, den 19. Februar, gestanden, was heißt, dass Michael Weidemann nicht wie angegeben in Eggebek war.«

»Und du bist dir sicher, dass es sein Auto ist?«

»Ja«, antwortete Sarah. »Autokennzeichen und Modell passen.«

»Ist ja verrückt«, murmelte Mads, legte den Kopf in den Nacken und sah an die Decke. »Ich werde mich darum kümmern, nur im Moment passt es nicht. Ich wollte gerade gehen.«

»Gehen?«

»Vergiss es. Ich hole ihn her. Danke für die Info.« Er beendete das Gespräch. Einen Augenblick stand er still da, dann schaltete er das Handy auf lautlos und steckte es in seine Laufhose.

10. März

Bylderup

Der Asphalt sang unter den Reifen, als Mads mit Vollgas vom Parkplatz des Polizeireviers fuhr. Vor ihm schaltete die Ampel um, trotzdem beschleunigte er weiter und rauschte bei Dunkelgelb über die Kreuzung. Hinter sich hörte er jemanden hupen. Er warf kurz einen Blick in den Rückspiegel und wählte die Nummer von Per Teglgård. Der nervige Freiton erklang im Lautsprecher und übertönte die Autohupe hinter ihm.

»Verdammt!« Er hämmerte mit der Hand aufs Lenkrad, als sich nur der Anrufbeantworter des Dezernatsleiters meldete. Dann setzte er den Blinker, fuhr auf die Autobahnauffahrt und beschleunigte. Felder, Bäume und Höfe sausten als undefinierbare Kulisse vorbei, während er in rasendem Tempo weiterfuhr.

Er warf einen Blick auf den Touchscreen des Wagens, als Per Teglgårds Name aufleuchtete.

»Wurde auch Zeit, dass du dich meldest!«, meinte Mads und bremste hinter einem Lastwagen ab, der vor ihm auf die Überholspur fuhr. »Ich bin auf dem Weg nach Bylderup. Michael Weidemann hat uns angelogen.«

»Weidemann?« Per zögerte einen Moment. »Ich dachte, wir wären uns einig, dass die Beweise in eine andere Richtung deuten.«

»Stimmt, aber vor ein paar Stunden sind neue Infos aufgetaucht«, antwortete Mads und lachte bitter. Er beugte sich zur Seite und sah an dem Lastwagen vorbei, der wieder auf die rechte Spur fuhr, sodass Mads erneut beschleunigen konnte. Wasser und Straßenschmutz klebten an seiner Frontscheibe. Als vor ihm die Ausfahrt Tinglev auftauchte, sagte er: »Ich muss auflegen, wir sehen uns später im Büro.«

»Warte.« Pers Stimme kam etwas abgehackt durch den Lautsprecher. »Vor ein paar Stunden?«

»Ja, ja, ich weiß, aber ich habe es eilig«, antwortete Mads.

Für einen Moment blieb es am anderen Ende still, dann räusperte sich Per. »Sieh zu, dass du ihn aufs Revier holst.«

*

Mads öffnete den Gurt, noch bevor der Wagen zum Stehen gekommen war, und stieg schnell aus. Der schwere Rauchgeruch von Holzöfen hing in der feuchten Luft, in der nur das Schlagen der Leine am Fahnenmast zu hören war, der auf dem Friedhof stand. Etwas entfernt flogen zwei Tauben auf. Ihre grauen Silhouetten glitten über den Himmel, bis sie auf einem Baum landeten. Mads trat einen Schritt vor, während sein Blick aufmerksam über die hellen Fenster des Pfarrhofes glitt. Das warme Licht stand in einem grellen Kontrast zur Abendkälte, die durch seine verschwitzten Laufsachen drang und ihn frösteln ließen.

Er hob die Hand und ließ den schmiedeeisernen Türklopfer auf die Metallplatte fallen. Das Geräusch hallte zwischen den Gebäuden wider. Die Tauben flatterten auf und verschwanden als beinahe unsichtbare Schatten irgendwo auf dem Friedhof.

»Ja?«

Eine ältere Frau stand in der Türöffnung. Ihre Strickjacke hing locker über den schmalen Schultern. Sie ließ die Klinke los und verschränkte die Arme vor der Brust.

Mads stellte sich vor. »Ich muss mit Michael Weidemann sprechen«, erklärte er.

»Kommen Sie rein, ich sage ihm Bescheid«, antwortete die Frau und musterte ihn kurz, dann trat sie zur Seite und sah ihn traurig an. »Ich denke, es geht um Charlotte? Gibt es Neuigkeiten?«

»Es ist besser, wenn ich mit Michael Weidemann direkt spreche«, sagte Mads und trat sich die Füße ab, bevor er ins Haus ging.

»Ja, selbstverständlich.« Die alte Frau drehte sich um und ging über die Treppe nach oben. Gedämpfte Stimmen waren zu hören. Es roch nach frisch gebackenem Kuchen.

»Herr Lindstrøm?«

Mads hob den Blick und sah Michael Weidemann oben auf dem Treppenabsatz stehen. Die dunklen Augenringe und die langen Bartstoppeln ließen den schlanken Mann älter wirken.

»Tut mir leid«, sagte Michael Weidemann und begutachtete seine Kleidung, bevor er Mads' Trainingsklamotten musterte. »Wenn ich gewusst hätte, dass Sie kommen, hätte ich Kaffee …«

»Ich muss Sie bitten, mich aufs Revier zu begleiten«, unterbrach Mads ihn.

»Können wir das nicht hier besprechen?«, fragte Michael Weidemann. Die weiß lasierten Stufen knirschten leise, während er nach unten ging. »Ich habe den Mädchen versprochen, bei ihnen zu bleiben.«

»Das geht leider nicht«, antwortete Mads. »Es ist 18.22 Uhr. Ich nehme Sie fest, weil Sie unter Verdacht stehen, Ihre Frau ermordet zu haben. Und ich möchte Sie in diesem Zusammenhang darüber informieren, dass Sie nicht verpflichtet sind, sich der Polizei gegenüber zu äußern.«

Michael Weidemann erstarrte mitten in der Bewegung. Sein Blick ging von Mads zu seiner Mutter, die noch immer oben an der Treppe stand. Er schüttelte verzweifelt den Kopf. »Sie haben mich doch gerade erst entlassen. Ich verstehe das nicht.«

»Es sind neue Beweise aufgetaucht«, antwortete Mads.

10. März

Haderslev

Verteidiger Søren Bindslev zog den Reißverschluss seiner Jacke auf und rückte den Schlips zurecht, während er seinen Mandanten mit einem kurzen Nicken begrüßte. »Geht es jetzt wieder von vorne los?« Er legte seine Tasche auf den Tisch des Vernehmungsraums und nahm neben Michael Weidemann Platz. Der enge und schmucklose Raum strahlte durch die fahle Deckenbeleuchtung Kälte aus. Bindslev zog seine Unterlagen heraus und fixierte Mads mit einem missbilligenden Blick. »Ich dachte, die Anklage gegen meinen Mandanten wäre ein für alle Mal fallen gelassen worden?«

»Mittwoch, 10. März. Vernehmung von Michael Weidemann. Anwesend: Strafverteidiger Søren Bindslev und Kommissar Mads Lindstrøm«, diktierte Mads, ohne auf den Kommentar des Anwalts einzugehen. Schweigend betrachtete er Michael Weidemanns abweisende Mimik, während er mit dem Kugelschreiber auf das Papier vor sich tippte. »Ich möchte Sie noch einmal bitten, uns darzulegen, was Sie am Donnerstag, den 18. Februar, gemacht haben, nachdem Sie die Jagdgesellschaft in Eggebek verlassen hatten. Gerne bis zum Morgen des nächsten Tages«, fuhr er fort und ließ den Stift auf dem Papier liegen.

»Das habe ich doch schon gesagt. Ich habe in Eggebek übernachtet«, antwortete Michael Weidemann.

»Und Sie bleiben bei dieser Aussage?«, fragte Mads.

»Zum letzten Mal: Ja!« Michael Weidemann presste die Lippen zu einem schmalen Strich zusammen.

»Dann gehen wir die Sache mal anders an.« Mads legte die Unterarme auf den Tisch. »Können Sie mir sagen, was Sie für ein Auto fahren? Oder verfügen Sie über mehrere Fahrzeuge?«

»Ist ja super!«, schnaubte Weidemann. »Holen Sie mich wirklich her, um etwas zu erfahren, was Sie längst wissen?«

»Ich möchte Sie bitten, meine Frage zu beantworten.«

»Einen Ford Kuga«, antwortete Michael und drückte die verschränkten Arme noch fester an den Körper.

»Farbe?«

Michael Weidemann verdrehte die Augen. »Blau.«

»Haben Sie noch andere Autos?«

»Nein, verdammt. Nur den einen.«

»Und das Auto fahren nur Sie?«

»Ja, das habe ich doch alles schon erzählt«, erwiderte Michael Weidemann unwirsch. »Haben Sie nichts Besseres zu tun, als mich zu schikanieren?«

»Dann möchte ich Sie bitten, mir zu erklären, wie Ihr Wagen – ein dunkelblauer Ford Kuga – auf den Parkplatz des Forschungsinstituts in Sundsmark kommen konnte, und zwar genau zu der Zeit, in der Ihre Frau umgebracht wurde und Sie angeblich in Eggebek waren«, rief Mads und warf den Ausdruck eines Schwarz-Weiß-Fotos vor Weidemann auf den Tisch. Sein harter Tonfall ließ die Luft erzittern. Kalt wie Eiszapfen, die herunterzufallen und mit ihren tausend Splittern die Lüge zu zerfetzen drohten.

»Keine Ahnung«, erwiderte Michael Weidemann und

lehnte sich zurück. Für einen Moment flackerte sein Blick, ein Augenwinkel zuckte leicht, dann konzentrierte er sich wieder auf Mads.

»Dann leugnen Sie also, dass es sich um Ihr Fahrzeug handelt?«

»Ja«, antwortete Michael Weidemann.

»So, wie ich das sehe, ist das Foto da kein Beweis, dass es sich wirklich um den Wagen meines Mandanten handelt«, sagte Søren Bindslev. »Mein Mandant hat angegeben, in Eggebek gewesen zu sein.«

»Ihr Mandant lügt«, sagte Mads und legte ein weiteres Dokument auf den Tisch. »Ich bin im Besitz der Überwachungsaufnahmen des Instituts in Sundsmark. Es ist nicht das erste Mal, dass Sie auf deren Parkplatz parken.« Er schwieg und beobachtete Weidemanns Reaktion. Seine Fassade bekam erste Risse, und sein Adamsapfel begann in seinem Hals auf und ab zu tanzen.

»Ich ...« Michael Weidemann verstummte. Sein fieberhafter Blick ging zu seinem Anwalt, aber in Søren Bindslevs rundem Gesicht war keine Hilfe zu finden.

»Warum musste sie sterben?«, fragte Mads.

»Wie oft soll ich das denn noch sagen? Ich habe Charlotte nicht umgebracht!«, rief Michael Weidemann. »Ich habe sie, verdammt noch mal, geliebt!« Seine Stimme überschlug sich. Dann brach der Rest der Fassade zusammen, und seine Augen wurden feucht.

»Ist das auch wirklich die ganze Wahrheit?«, fragte Mads.

»Wie meinen Sie das?« Michael Weidemann hob langsam den Kopf. Eine Mischung aus Verwirrung und Wachsamkeit lag in seinem Blick.

»Wenn ich Rikke Holst richtig verstanden habe, war Ihre

Ehe nicht ganz so harmonisch, wie Sie es uns gegenüber dargestellt haben.«

Die Luft entwich aus Michael Weidemanns Lunge, und er sah weg. Sein gequälter Gesichtsausdruck wurde zu einer verzerrten Grimasse. Dann drang ein klagender Laut aus seiner Kehle.

»War es zu viel für Sie, dass sie keinen Sex mehr mit Ihnen wollte? Konnten Sie Ihre Frustration nur loswerden, indem Sie sie umgebracht haben?«

»Jetzt reicht es aber«, warf Søren Bindslev ein und durchbohrte Mads mit seinem Blick. »Wenn Sie keine konkreten Beweise für Ihre Behauptungen haben, finde ich Ihren Umgang mit meinem Mandanten einfach inakzeptabel.«

»Antworten Sie mir«, wandte sich Mads an Michael Weidemann. »Haben Sie das getan, weil Charlotte sich mit anderen als Ihnen getroffen hat?«

Einen Moment lang war es still am Tisch. Die Frage hing zwischen ihnen in der Luft, bis Weidemann den Blick senkte.

»Nicht Charlotte war untreu«, antwortete er leise. »Sondern ich.« Er schloss die Augen, konnte aber nicht verhindern, dass die Tränen über seine Wangen rannen. Seine Kiefer arbeiteten, und die Nägel der einen Hand gruben sich in die Knöchel der anderen. »Anfangs habe ich es absurd gefunden, was sie vorgeschlagen hat. Ich habe sie daran erinnert, dass wir uns versprochen hatten, in guten wie in schlechten Zeiten zusammenzuhalten. Doch irgendwann konnte ich einfach nicht mehr. Wenn wir zusammenbleiben wollten, und das stand eigentlich außer Frage, musste ich meine Bedürfnisse irgendwie anders decken. Sie wollte nicht wissen, mit wem ich mich getroffen habe. Für sie hatte das keine Bedeutung, aber sie wusste, dass es jemanden gab, und konnte das auch akzeptieren. Das war ihre Art, mir ihr Vertrauen zu zeigen. Sie wusste, dass nichts und niemand zwischen uns kommen würde.« Er schüttelte kaum merkbar den Kopf und hob dann den Blick. »Es war wirklich nicht geplant, dass es ausgerechnet Rikke war«, fuhr er fort und zuckte mutlos mit den Schultern. »Ich weiß nicht, was Charlotte dazu gesagt hätte. Rikke war schließlich ihre beste Freundin, aber es ist einfach passiert. Ich war in besagter Nacht bei Rikke. Ich habe immer auf dem Gelände des Forschungsinstituts geparkt, damit niemand mitbekommt, wo ich bin.«

10. März

Haderslev

»Und du bist dir sicher?«, fragte Per Teglgård. Durch das Telefon war das Klicken des Feuerzeugs zu hören, gefolgt von einem tiefen Einatmen. Im Hintergrund rauschte Verkehr.

»Ja, das Alibi ist wasserdicht«, antwortete Mads und hörte, wie sein Chef den Rauch wieder ausatmete.

»Verdammt! Hast du ihn laufen lassen?«

»Es ging nicht anders«, erwiderte Mads und schob den Bürostuhl nach hinten. »Die Affäre scheint schon ein paar Jahre zu laufen. Ihre Erklärungen stimmen weitestgehend überein.«

»Könnten die beiden das abgesprochen haben?«

»Das bezweifle ich«, antwortete Mads. »Aber wir werden dem natürlich nachgehen. Laut Michael Weidemann war die Affäre ein Angebot, das Charlotte ihm während ihrer Krankheit gemacht hat«, fuhr er fort und griff nach dem Vernehmungsprotokoll. »Anfangs hat er ihren Vorschlag abgelehnt, aber der Same war gesät.«

»Willst du damit sagen, dass Charlotte Weidemann von der Affäre wusste?«

»Ja, teilweise«, antwortete Mads. »Sie hatten die Vereinbarung, dass sie nicht wissen wollte, mit wem er sich traf. Das ist auch seine Erklärung dafür, weshalb er immer auf dem Parkplatz des Forschungsinstituts geparkt hat. Als er die Affäre mit Rikke Holst begonnen hat, war sie gerade frisch geschieden. Das Pikante an der Sache ist ja, dass Rikke Holst die beste Freundin von Charlotte Weidemann war.«

»Bringt uns das jetzt weiter in unserem Mordfall?«

»Nein«, antwortete Mads. »Wir stehen wieder am Anfang.«

»Und was sagt Sarah Jonsen? Steht denn fest, dass es in der Kirche keinerlei Spuren gibt, die auf einen der beiden hindeuten? Wir können ja nicht ausschließen, dass sie Charlotte Weidemann gemeinsam umgebracht haben.«

»Ich bin dabei, das noch einmal zu überprüfen«, antwortete Mads. »Wenn ich richtig informiert bin, arbeitet Rikke Holst am Forschungsinstitut in Sundsmark.«

»Hilft uns das?«

»Wenn du an das Zicklein denkst, leider nicht«, antwortete Mads. »Das Forschungsinstitut muss jederzeit alles korrekt dokumentieren, sonst riskiert die Einrichtung, dass ihre Versuche vom Veterinäramt oder von der Arzneimittelbehörde gestoppt werden. Johan Ilesøe hat mir alles geschickt, was mit den entsprechenden Versuchen zu tun hatte.«

»Und das ist wirklich wasserdicht?«

»Ja«, antwortete Mads. »Alle Tiere wurden getötet.«

»Und wir haben sonst nichts gegen die beiden in der Hand?«

»Nein«, antwortete Mads und drehte den Stuhl etwas vom Tisch weg.

»Verdammt«, murmelte der Dezernatsleiter am anderen Ende. »Fahr nach Hause und ruh dich ein bisschen aus.«

»Bin schon fast weg«, antwortete Mads. Er stand auf und griff nach der Sporttasche, die an der Wand stand. Per legte auf. Mads wollte gerade die Tasche schultern, als das Handy erneut klingelte. Einen Moment lang starrte er den Namen auf dem Display an, dann nahm er das Gespräch an.

»Mads hier«, antwortete er und schaltete das Licht aus. Einen Moment blieb er stehen und sah aus dem Fenster. Draußen ballten sich gewaltige Wolkenformationen zusammen, der Nachthimmel war dunkelblau.

»Hallo, Mads. Ich bin's. Ich hab versucht, dich zu erreichen.« Lisas Stimme holte ihn in die Wirklichkeit zurück.

»Ich war beschäftigt«, sagte er und zog die Tür hinter sich zu. Seine Schritte hallten durch den leeren Flur des Dezernats.

»Seid ihr weitergekommen?«

»Du weißt doch, dass ich nicht darüber reden darf«, antwortete Mads und drückte die Glastür mit der Schulter auf. »Mama hat auch immer versucht, Papa alle möglichen Informationen zu entlocken. Manchmal hatte ich den Eindruck, als könnte sie nur über seine Arbeit sprechen.«

»So meinte ich das nicht«, sagte Lisa. »Wann kommst du nach Hause?«

»Spät«, antwortete er und ging ins Treppenhaus, wo ihn das gnadenlos helle Licht mit all seiner Härte traf. »Ich muss hier erst fertig werden«, fuhr er fort und öffnete die Tür des Trainingsraums. Es roch nach Schweiß, Metall und Leder, und er atmete tief durch.

»Ja, natürlich«, antwortete Lisa, klang aber nicht sehr glücklich. »Ich gehe jetzt schlafen. Im Kühlschrank steht noch was zu essen, solltest du Hunger haben.«

11. März

Toftlund

»Lindstrøm«, antwortete Mads und klemmte das Handy zwischen Ohr und Schulter ein, während er den Deckel vom Shaker drehte und das Proteinpulver ins Wasser rieseln ließ. Draußen kletterte die Sonne über die Baumwipfel. Eine dünne Dunstschicht hüllte die Felder ein und schluckte das wenige Licht. Er riss sich von dem Anblick los, drehte den Deckel zu und schüttelte. Der Duft von Vanille stieg ihm in die Nase, als er einen Schluck trank.

»Thomas Beckmann«, kam es etwas brüsk durch den Lautsprecher. »Gut, dass Sie schon wach sind. Ich war mir nicht sicher, wie früh ich anrufen kann.«

»Um was geht es denn?«, fragte Mads. Er stellte den Shaker auf den Küchentisch, warf einen Blick auf seine Uhr und ging ins Bad. Die Laufsachen klebten an seinem verschwitzten Körper. Er nahm kurz das Handy vom Ohr und zog sich das Shirt aus.

»Wir haben Edith Kleibner wegen des Verdachts auf Mord an Karl Uwe Kleibner festgenommen«, berichtete Thomas Beckmann. »Es deutet alles darauf hin, dass sie die Täterin ist, aber ich muss sichergehen, dass ich mich nicht zu sehr auf diese Theorie eingeschossen habe. Deshalb vernehmen wir zurzeit alle, die irgendwie in Verbindung mit Karl Uwe

Kleibner oder seiner Firma MediK standen. In diesem Zusammenhang bin ich auf den Namen Jesper Schou gestoßen. Ein dänischer Staatsbürger. Wäre es in Ordnung, wenn ich für eine Vernehmung nach Dänemark komme?«

»Ja, klar«, antwortete Mads und warf das Shirt in die Schmutzwäsche. Dabei fiel sein Blick in den Spiegel. Seine Arme wirkten sehnig, und die Haut lag straff über den deutlich definierten Muskeln. »Welche Verbindung hat der denn zu Kleibner?«

»Schou war Partner der Firma MediK«, sagte Thomas Beckmann. »Die Zusammenarbeit lief aber nicht so gut, wie sie sich das wohl gewünscht hatten.«

»Wie soll ich das verstehen?«

»Ein langes Gerichtsverfahren«, antwortete Thomas Beckmann. »An sich könnte das ja schon ein Motiv sein, auch wenn dieser Prozess schon eine ganze Weile zurückliegt.«

»Gibt es sonst noch eine Verbindung?«

»Nicht direkt. Der Fall wurde damals von den Medien ziemlich ausgeschlachtet. Schou hat Kleibner wegen Vertragsbruchs in Tateinheit mit Diebstahl und Missbrauch von Forschungsresultaten verklagt, aber das Oberlandesgericht hat die Erstattungsklage abgewiesen und Kleibner freigesprochen. Ich glaube nicht daran, dass das für unseren Fall interessant ist, aber ich möchte mir ganz sicher sein.«

»Das verstehe ich«, sagte Mads und drehte dem Spiegel den Rücken zu. »Ich werde sehen, was ich tun kann. Sie hören von mir.«

11. März

Klingbjerg

Mads fuhr rechts ran und betrachtete das kleine Haus, das am Ende der einsamen Stichstraße lag. Aus der Ferne war das Rauschen des Verkehrs auf der Straße zwischen Guderup und Nordborg zu hören. Er löste den Sicherheitsgurt und beobachtete über den Rückspiegel ein sich näherndes Auto. Die Form der Scheinwerfer zeichnete sich deutlich im Nachmittagsdunst ab. Er öffnete die Tür und stieg aus, als Thomas Beckmanns weißer Passat hinter ihm hielt.

»Es ist das Haus da drüben«, sagte Mads und legte den Arm auf das Dach des Passats, als Thomas Beckmann die Scheibe herunterließ.

»Danke.« Beckmann kniff die Augen zusammen und sah zum Haus hinüber. Eine dunkle Spur führte von der Dachrinne an der weißen Hauswand nach unten. »Sollen wir, damit Sie Ihre Zeit wieder für andere Dinge nutzen können?«

»Ja, das wäre gut«, antwortete Mads und warf einen Blick auf seine Uhr. »Ich habe gleich eine Stunde in einem Fitnessstudio gebucht, und die würde ich ungern verpassen.«

*

»Kommissar Mads Lindstrøm«, stellte Mads sich vor und hielt dem Mann, der die Tür geöffnet hatte, seinen Ausweis hin. »Jesper Schou?«

»Ja, das bin ich.« Ein Anflug von Verunsicherung flog über das Gesicht des Mannes, während er von Mads zu Thomas Beckmann sah. »Um was geht es denn?«

»Es geht um den Mord an Karl Uwe Kleibner«, sagte Thomas Beckmann, ohne auf Mads' Einleitung zu warten. »Sie haben mit ihm zusammengearbeitet und hatten, wenn ich das richtig verstanden habe, noch eine Rechnung mit ihm offen. Sie haben gemeinsam die Firma MediK betrieben?«

»Mord?«, antwortete Jesper Schou auf Deutsch und riss die Augen auf. Sein Blick ging zwischen den beiden Kommissaren hin und her. »Wollen Sie damit sagen, dass Karl Uwe tot ist?«

»Ja«, entgegnete Thomas Beckmann und zog seinen Ausweis aus der Tasche. »Polizeioberkommissar Thomas Beckmann, Kriminalpolizei Kiel.« Er machte eine Kunstpause, während Schou auf den deutschen Ausweis starrte. »Karl Uwe Kleibners Leiche wurde am Sonntagvormittag im Thorsberger Moor gefunden.«

»Können wir vielleicht reingehen?«, unterbrach Mads sie mit einem raschen Blick zu Thomas Beckmann.

»Ja, ja, natürlich«, antwortete Jesper Schou auf Dänisch und trat einen Schritt zurück. »Es tut mir leid. Ich muss mich erst sammeln.« Er schüttelte den Kopf, senkte den Blick und fuhr sich über die kurz geschnittenen Haare. Dann sah er die beiden an. »Auch wenn Karl Uwe und ich nicht gerade als Freunde auseinandergegangen sind, hätte ich diese Neuigkeit nun wirklich nicht erwartet.«

»Das kann ich gut nachvollziehen«, sagte Mads und trat

in den Hausflur. Er ließ den Blick durch den Raum schweifen und prägte sich alles ein. Zigarettenrauch hing in der Luft, und vor einem Schuhregal lag ein Paar achtlos hingeworfene Kinderstiefel. »Sind Sie allein hier?«, fragte er und nickte in Richtung der Stiefel.

Jesper Schou sah ihn fragend an, dann nickte er. »Ja, ja, meine Tochter ist bei ihrer Mutter«, antwortete er und schloss die Haustür hinter ihnen. »Wir können ins Wohnzimmer gehen.« Er schob sich in dem schmalen Flur an ihnen vorbei und nahm schnell ein paar Kleider vom Sofa, die er auf den Esstisch legte. Dann richtete er seine Aufmerksamkeit wieder auf Thomas Beckmann und Mads. »Kann ich Ihnen etwas anbieten?«

»Nein danke«, antwortete Mads. »Machen Sie sich keine Umstände.« Er setzte sich aufs Sofa. Das schwarze Kunstleder knirschte leise unter ihm, und er rutschte etwas zur Seite, um Thomas Beckmann Platz zu machen. »Sie schauen Fußball?«

»Ja, aber eigentlich nur zur Gesellschaft«, antwortete Schou und griff nach der Fernbedienung. »Wenn man die ganze Zeit allein im Haus ist, tut ein bisschen Hintergrundgeräusch ganz gut.« Er legte die Fernbedienung weg, als der große Fünfundsiebzig-Zoll-Bildschirm schwarz wurde, und zog einen Stuhl zum Couchtisch.

»Es geht, wie gesagt, um den Mord an Karl Uwe Kleibner.« Thomas Beckmann musterte Jesper Schou eingehend. »Wenn ich richtig informiert bin, hatten Sie noch Außenstände bei ihm und seiner Firma.«

Schou musste kurz lachen. »Ja, das kann man so sagen«, antwortete er auf Deutsch.

»Können Sie das etwas vertiefen?«

»Karl Uwe hat mich beschissen, indem er meinen Vertrag

einfach aufgelöst hat«, antwortete Jesper Schou. »Das Ricreazone, das erst neulich die Aktien von MediK in die Höhe hat schießen lassen, basiert auf meiner Forschung in Sundsmark. Nur dank meiner Arbeit war MediK in der Lage, ein Produkt mit derart einzigartigen Eigenschaften herzustellen.«

»Das muss hart für Sie gewesen sein«, sagte Thomas Beckmann und beobachtete Schou, der sich auf seinem Stuhl vorbeugte.

»Hart?« Schou zog die Augenbrauen hoch. »Ich habe dem Mann meine Forschungsergebnisse gegeben, und er hat mir einfach den Stuhl unter dem Hintern weggezogen.«

»Wie war das möglich?«, fragte Thomas Beckmann und warf Mads, der aufgestanden war, einen raschen Blick zu.

»Wie heißt es so schön?«, antwortete Schou und breitete resigniert die Arme aus. »Alle Menschen sind klug – die einen vorher, die anderen hinterher.«

»Und auf Sie trifft Letzteres zu?«

»Ja, das können Sie laut sagen«, antwortete Schou mit einem zynischen Lächeln. »Ich war ein gutgläubiger Idiot. Ein Idealist. Karl Uwe war von Juristen umgeben, und ich habe ganz einfach nicht auf das Kleingedruckte in unserem Vertrag geachtet.«

»Und was war das?«, fragte Thomas Beckmann.

»Die Kosten, die mit der Patentanmeldung verbunden waren. Und die ich natürlich nicht aufbringen konnte. Das wusste er. Mir ist klar, was Sie jetzt denken, aber ich habe Karl Uwe nicht umgebracht«, fuhr Jesper Schou fort und hob abwehrend die Hände. »Ich habe mich stattdessen an das Gericht und an die Medien gewandt. Es besteht kein Zweifel daran, dass ich ziemlich lange richtig sauer auf ihn war, aber Selbstjustiz?« Er schüttelte den Kopf und ließ die Hände sinken. »Das ist nicht meine Sache. In einem Rechtsstaat müssen wir auf das Gesetz vertrauen – auch wenn wir uns noch so betrogen fühlen. Ich bin in den Kampf gezogen, aber in meinem Fall war Davids Kampf gegen Goliath vergebens.«

»Dann haben Sie den Streit hinter sich gelassen?«, hakte Thomas Beckmann nach und zog die Brauen zusammen.

»Was blieb mir anderes übrig?«, antwortete Schou. »Das Oberlandesgericht hat entschieden. Ich habe eine überschaubare Abfindung für die Auflösung des Vertrags erhalten, aber das wiegt nicht auf, was ich durch das Patent und die Gerichtskosten verloren habe.« Er folgte Mads' Blick durch das Wohnzimmer.

»Wo waren Sie am Samstag, den 28. November vergangenen Jahres?«, fragte Thomas Beckmann.

»Auf Anhieb kann ich Ihnen das nicht beantworten«, meinte Schou und richtete seine Aufmerksamkeit wieder auf Thomas Beckmann. In seinem freundlichen Blick lag für einen Moment ein wachsamer Ausdruck, der aber gleich wieder verschwand. »Ich kann es aber sicher herausfinden, wenn das für Sie wichtig ist. Warum?«

»Ja, bitte«, sagte Thomas Beckmann mit einem Nicken, ohne Schous Frage zu beantworten.

»Dann muss ich Sie um einen Moment Geduld bitten«, antwortete Schou und zog sein Handy aus der Hosentasche. »Sie sagten Samstag, den 28. November? Das war das letzte Wochenende im Monat, was bedeutet, dass ich meine Tochter hatte. Ich habe da nichts im Kalender stehen, höchstwahrscheinlich waren wir zu Hause und haben den Großteil des Tages ferngesehen.«

»Gibt es jemanden, der das bestätigen kann?«, fragte Thomas Beckmann.

»Leider nein«, antwortete Schou und verzog den Mund, während er das Handy weglegte. »Es tut mir leid, dass ich Ihnen keine größere Hilfe sein kann.«

»Schon gut«, erwiderte Thomas Beckmann und stand auf. Er reichte Jesper Schou die Hand. »Danke, dass Sie sich die Zeit genommen haben, mit uns zu reden.«

*

»Hat Ihnen das irgendwas gebracht?«, fragte Mads und legte die Hand auf Beckmanns geöffnete Autotür.

»Es war wie erwartet.« Thomas Beckmann schnallte sich an. Dann sah er zu Mads. »Was halten Sie von Jesper Schou?«

»Kleibners Tod schien ihn wirklich überrascht zu haben«, antwortete Mads.

»Das war auch mein Eindruck. Aber ich muss alle Möglichkeiten im Blick behalten. Könnten Sie mir vielleicht die Daten beschaffen, auf die ich selbst keinen Zugriff habe? Vor allem Jesper Schous Telefondaten? Nur zur Sicherheit?«

»So einfach ist das nicht«, antwortete Mads. »Um Zugang zu den Verbindungsdaten zu bekommen, brauche ich einen richterlichen Beschluss, und als Grund kann ich da nicht angeben, dass Sie sich alle Möglichkeiten offenhalten wollen.«

Thomas Beckmanns Kiefermuskulatur arbeitete. Seine Hand ging zum Türgriff, aber Mads hielt die Tür fest, als Beckmann sie schließen wollte.

»Ich hätte Sie nicht für so regelkonform gehalten«, bemerkte Thomas Beckmann leise und warf Mads einen scharfen Blick zu.

»Und ich hätte gedacht, Sie halten sich immer an die Regeln.«

Thomas Beckmann legte den Kopf in den Nacken und atmete schwer aus. »Es gibt neue Ermittlungsergebnisse, die den Verdacht gegen Edith Kleibner wieder schwächen«, sagte er schließlich.

»Und jetzt verdächtigen Sie Jesper Schou?«

»Nein, wir haben keinen Verdächtigen mehr«, antwortete Thomas und richtete sich wieder auf. »Das ganze Verschwinden von Karl Uwe Kleibner ist ein einziges Mysterium.«

»Inwiefern?«, fragte Mads und ließ die Autotür los.

»Wir haben die ganze Zeit geglaubt, dass Kleibner aus eigenem Antrieb verschwunden ist. Die Vermisstenmeldung, die seine Frau aufgegeben hat, traf am Sonntag, den 29. November, um 08.11 Uhr ein. Frau Kleibner hat ausgesagt, dass sie am Samstagabend auf einem Gospelkonzert in Schleswig war und erst spät zurückgekommen sei.«

»Ja?«

»Laut ihrer Aussage war die Haustür nur angelehnt, als sie um 22.15 Uhr nach Hause kam. Dem hat sie allerdings keine größere Bedeutung beigemessen. Sie erinnert sich daran, dass sie das Licht im Flur angemacht und ihren Mann gerufen hat, wie sie es immer tut, wenn sie zurückkommt. Er hat aber nicht geantwortet, weshalb sie davon ausgegangen ist, dass er wie so oft abends in seinem Büro saß und sich in seine Arbeit vertieft hatte. Sie hat sich in der Küche etwas zu trinken geholt und ist dann ins Bad, um sich bettfertig zu machen.«

»Das heißt, sie hat gar nicht bemerkt, dass er weg war?«

»Es ist fraglich, ob er wirklich weg war, da seine Frau ihn nach eigener Aussage erst morgens vermisst hat, als sein Bett unberührt war. Er war nicht in seinem Büro, weshalb sie ihn dann auf seinem Handy angerufen hat. Aber er ist nicht drangegangen.«

»Und es gab kein Anzeichen dafür, dass er verreist war?«, fragte Mads.

»Nicht wirklich«, antwortete Thomas Beckmann mit einem Achselzucken. »Aber die wenigsten, die verschwinden wollen, machen andere darauf aufmerksam.«

»Ich dachte eher an fehlende Kleidung im Schrank oder einen Koffer, der weg war«, sagte Mads.

»Nein, es sah alles unberührt aus«, erwiderte Beckmann. »Als wir bei den Kleibners eintrafen, war Edith Kleibner natürlich außer sich vor Sorge, es deutete aber nichts darauf hin, dass dort ein Verbrechen geschehen war. Auf dem Hofplatz haben wir zwar ein bisschen Blut gefunden, die Untersuchung hat dann aber ergeben, dass es kein menschliches Blut war. Vielleicht hat da ein Fuchs Beute gemacht.«

»Dann habt ihr nicht eine Sekunde an Mord gedacht?«

»Nein«, antwortete Thomas und kratzte sich den Bart. »Karl Uwe Kleibner wurde natürlich vermisst gemeldet, aber da nichts auf einen Mord oder eine Entführung hindeutete, nahmen wir an, dass er freiwillig verschwunden ist. Und irgendwann wurde der Fall dann zu den Akten gelegt.«

»Wie hat seine Frau darauf reagiert?«

»Sie war natürlich betroffen, auch wegen der Familie, den Freunden und Angestellten. Sie hat sich immer wieder an die Medien gewandt und ihren Mann angefleht, nach Hause zurückzukehren«, meinte Thomas Beckmann. »Kurz gesagt, sie war die besorgte Ehefrau.«

»Dann habt ihr den Fall also erst wieder aufgenommen, als sein Leichnam gefunden wurde?«

»Genau.« Thomas Beckmann nickte.

»Und was hat euch dann zu dem Verdacht geführt?«

»Schon bei Kleibners Verschwinden sind wir die Finanzen

durchgegangen, die privaten wie auch die der Firma, aber erst nach dem Leichenfund haben wir eins und eins zusammengezählt und aus der richtigen Perspektive betrachtet.«

»Inwiefern?«

»In der Zeit vor Kleibners Verschwinden hat seine Frau immer wieder recht hohe Barbeträge abgehoben«, erklärte Thomas Beckmann und ließ den Blick über die Felder schweifen. »Die Kombination dieser Abhebungen mit der Änderung von Kleibners Testament, durch die seine Frau zur Alleinerbin von MediK wurde, haben uns auf die richtige Fährte gebracht. Und die steigenden Aktienkurse haben den Verdacht noch befeuert. Wir haben das mit den Verbindungsdaten abgeglichen und herausgefunden, dass Edith Kleibner in der fraglichen Zeit häufig Kontakt mit einem gewissen Jochen Amsel hatte, diesen Kontakt nach dem Verschwinden ihres Mannes jedoch abgebrochen hat.«

»Ihr denkt, es könnte einen Mittäter geben?«

»Ja, das war unser Gedanke. Etwa ein halbes Jahr vor Kleibners Verschwinden wurden die Kontakte zwischen Edith Kleibner und diesem Amsel immer häufiger. In den Tagen vor dem Verschwinden ihres Mannes hat sie ihn hingegen nicht mehr kontaktiert. Unsere Untersuchungen haben ergeben, dass er am 28. November in Schleswig und am Abend desselben Tages in der Nähe des Thorsberger Moors war.«

»Aber jetzt ist er nicht mehr von Interesse?«, fragte Mads und zog die Augenbrauen hoch.

»Nein«, antwortete Thomas Beckmann. »Schließlich sind wir davon ausgegangen, dass Jochen Amsel Edith Kleibners Komplize war, aber die Verbindung der beiden war ganz anderer Art, als wir es angenommen hatten. Er hatte vor dem 28. November zwar regelmäßig Kontakt zu ihr, mit dem

Mord hat er aber nichts zu tun. Sein Alibi wurde bestätigt. Er war zwar in Schleswig, aber für einen ganz anderen Kunden.«

»Kunden?«

Thomas nickte. »Jochen Amsel spürt verschwundene Personen auf.«

Mads zog die Stirn in Falten. »Aber haben Sie nicht eben gesagt, dass die beiden Kontakt hatten, bevor Karl Uwe Kleibner verschwand? Finden Sie es nicht merkwürdig, dass sie vor seinem Verschwinden nach ihm gesucht hat?«

Thomas Beckmann konnte sich ein Lachen nicht verkneifen. Dann ließ er die Schultern sinken und sah durch die Seitenscheibe nach draußen. »Sie hat nicht nach ihrem Mann gesucht, sondern nach einem Mann namens Ernst Krüger.«

»Wer ist das?«

»Ein Halbbruder ihres Vaters«, erklärte Thomas Beckmann.

»Und Sie sind davon überzeugt, dass es einen Mittäter gibt?«

»Das muss so sein. Edith Kleibner ist eine schmächtige Frau. Ich kann mir beim besten Willen nicht vorstellen, wie sie allein den Leichnam entsorgt haben will.«

»Und was jetzt?«, fragte Mads. »Sitzt Edith Kleibner noch immer in Untersuchungshaft?«

»Ja, aber die Zeit läuft ab. Ich muss mir den Fall noch mal ganz genau ansehen und dabei alle Perspektiven beachten.«

»Ich werde sehen, was ich tun kann. Mit ein bisschen Glück haben Sie morgen Ihre Telefondaten.« Mads klopfte mit der Hand leicht auf das Dach des Passats. »Kommen Sie gut nach Hause. Sie hören von mir.«

11. März

E45 Richtung Norden

»Klingbjerg? Wo, zum Henker, ist das denn?«, kam Per Teglgårds Stimme durch den Lautsprecher.

»Im Bezirk Als«, erwiderte Mads. »Zwischen Guderup und Nordborg.«

»Und was hast du da zu schaffen?«

»Thomas Beckmann hat mich um Unterstützung gebeten.«

»Thomas Beckmann?« Per klang unzufrieden. »Ich brauche Ergebnisse zum Mordfall in Bylderup – und du fährst in der Gegend rum und hilfst bei einem Fall, der dich gar nichts angeht?«

»Wenn Thomas Beckmann sich Zeit für mich nehmen soll, muss ich ihm auch mal entgegenkommen«, erklärte Mads und fuhr auf die Autobahn. »Ich brauche die Telefondaten von Jesper Schou. Kannst du mir die beschaffen?«

»Das geht nicht so einfach, das weißt du ganz genau«, antwortete Per. »Wenn ich einen richterlichen Beschluss kriegen will, muss das schon irgendwie mit der laufenden Ermittlung zu tun haben.«

»Denk dir was aus«, sagte Mads. »Du musst da doch irgendwelche Kontakte haben.«

»So funktioniert das nicht«, wandte Per ein. »Wir brauchen eine Verbindung zu unserem Fall oder eine offizielle Anfrage der Kollegen aus Deutschland.«

»Dann sag doch, dass wir Jesper Schou im Kontext des Forschungsinstituts in Sundsmark und dieser Ziege unter die Lupe nehmen müssen«, schlug Mads vor. »Er war da angestellt, bevor er zu MediK ging.«

»Das ist zu vage«, meinte Per Teglgård.

»Nicht vager als vieles andere, mit dem wir ankommen.«

»Aber hast du nicht gesagt, dass die Zahlen dieser Ziegentötungen übereinstimmen?«

»Schon«, antwortete Mads. »Soweit ich es überblicken kann, stimmen die Zahlen, aber wir können das doch trotzdem als Argument nehmen, um ihn uns genauer anzusehen.« Er schwieg. Die Reifen summten über den Asphalt, und er legte die Finger fester um das Lenkrad, um sich von dem Geräusch nicht einschläfern zu lassen. »Ich brauche den richterlichen Beschluss für Jesper Schous Telefondaten. Zwar erwarte ich nicht, dass dabei etwas herauskommt, aber so können wir Thomas Beckmann erst einmal zufriedenstellen.«

»Ich weiß wirklich nicht, ob das reicht«, bemerkte Per Teglgård.

»Lass dir was einfallen. Vielleicht kannst du ja sagen, dass aus den Daten nicht hervorgeht, wer die Tiere getötet hat.«

»Ich werde sehen, was ich tun kann. Dieser Frage solltest du übrigens tatsächlich nachgehen, damit wir diese Spur abschließen können.«

»Ja, natürlich«, antwortete Mads und verließ die Autobahn in Richtung Rødekro. »Sarah Jonsen und ich fahren morgen in Sundsmark vorbei.« Er beendete das Telefonat und hielt am Straßenrand. Die Hochspannungsleitungen knisterten über ihm in der Dunkelheit, als er die Autotür öffnete und ausstieg. Er atmete tief durch, aber auch das half nicht gegen den Drang, einfach über die endlosen Landstraßen zu verschwinden. Er warf rasch einen Blick auf seine Pulsuhr. Dann öffnete er den Kofferraum und nahm seine Laufsachen, die Warnweste und die Stirnlampe aus der Sporttasche. Die im Studio gebuchte Zeit war längst verstrichen. Er atmete tief ein, ließ die Luft eine Weile in der Lunge und atmete durch den Mund wieder aus. Das schlechte Gewissen, Lisa einen weiteren Abend zu versetzen, zehrte an ihm, doch er kniff die Lippen zusammen und schnürte die Schuhe, bevor er den Wagen abschloss und all die Erwartungen, die an ihn gestellt wurden, einfach hinter sich ließ.

12. März

Sundsmark

Die gelben Gebäude des Forschungsinstituts ragten aus dem dünnen Morgennebel, der wie Watte über den Feldern lag und nur widerwillig die Sonne hindurchließ.

»Und du hast wirklich eine Verabredung mit Johan Ilesøe? So früh?« Sarah sah zum Eingangsbereich. Das Licht im Foyer brannte, und durch die Scheiben zeichneten sich die Umrisse der großen Grünpflanzen ab.

»Ja«, sagte Mads, sah kurz auf seine Uhr und öffnete die Autotür. »Sollen wir?« Er stieg aus. Die kalte Morgenluft kondensierte an der Karosserie des Autos und lief als kleine Wassertropfen über die Scheiben nach unten. Mads drückte auf die Zentralverriegelung und folgte Sarah zum Gebäude.

»Kommissar Mads Lindstrøm«, sagte er und hielt der Nachtwache seinen Ausweis hin, die gähnend den Blick hob. »Wir haben einen Termin mit Johan Ilesøe.«

»Einen Augenblick«, antwortete der Mann und räusperte sich. Er griff nach dem Telefon, wechselte ein paar Worte und erklärte: »Gehen Sie einfach nach unten zu Johan Ilesøe. Er erwartet sie. Die letzte Tür auf der linken Seite.«

*

»Ich gehe davon aus, dass Sie in dem zugesandten Material keine Unstimmigkeiten gefunden haben?«, erkundigte sich Johan Ilesøe und gab Mads und Sarah die Hand. Neben einem Teller mit einem halb aufgegessenen Croissant stand ein dampfender Becher Kaffee. »Unsere Versuche werden sowohl von der Arzneimittelaufsicht als auch von der Gesundheitsbehörde kontrolliert. Alle ethischen Aspekte wurden berücksichtigt«, fuhr er fort und deutete auf die beiden Stühle vor seinem Schreibtisch.

»Ja, das haben wir gesehen«, antwortete Mads und nahm Ilesøe gegenüber Platz. Graues Morgenlicht fiel durch die quadratischen Scheiben hinter dem Institutsleiter und verlieh dem Raum etwas Klinisches. »Meine Kollegin und ich sind das Material durchgegangen«, fuhr er fort, öffnete seine Tasche und zog ein paar Ausdrucke heraus. »Auf den ersten Blick scheint alles in Ordnung zu sein, es gibt aber trotzdem ein paar Dinge, denen wir noch nachgehen möchten.«

»Ja?« Johan Ilesøe beugte sich etwas vor. »Um was geht es?«

»Aus den Unterlagen geht hervor, dass Sie vor etwa fünf Jahren acht Ziegen aussortiert haben«, sagte Mads und blätterte in den Papieren. Einen Moment lang betrachtete er die Zahlenkolonnen von Kaufdaten, ID-Nummern, Zuchtdaten und Versuchsnummern. »Stimmt es, dass Sie diese Tiere für die Stammzellenforschung verwendet haben?«

»Ja, das ist richtig«, antwortete Ilesøe und schob die Brille etwas höher auf die Nase. »Wie ich Ihnen schon bei Ihrem letzten Besuch gesagt habe, eignen sich diese Ziegen gut für die Forschung, die wir zum damaligen Zeitpunkt betrieben haben. Die Ziegen, die wir heute haben, lassen sich auch dafür einsetzen, aber nicht auf demselben Niveau.«

»Und die ursprünglichen Ziegen wurden alle getötet?«

»Ja.« Ilesøe zeigte auf eine der Zahlenkolonnen. »Das geht aus dieser Tabelle hervor.«

»Waren alle Tiere Teil desselben Versuchs?«, erkundigte sich Mads.

»Im Großen und Ganzen ja. Die ersten Ziffern der Versuchsnummern zeigen, dass es sich um denselben Grundversuch gehandelt hat, während die anderen für die verschiedenen Folgeversuche stehen.«

»Und der letzte Teil der Nummer?«, fragte Sarah und zog eine Augenbraue hoch.

»Der letzte Teil der Nummer verweist auf das Zuchtprogramm. Die Tiere hier auf der Liste stammten alle aus dem Zuchtprogramm.«

»Dann waren das also gar nicht die ursprünglichen Versuchstiere?«

»Nein. Die Versuche, für die wir die Tiere gebraucht haben, waren Stammzellenversuche«, antwortete Ilesøe und zog ein Buch aus dem Regal hinter sich. »Unsere Versuchsreihe sollte zeigen, ob wir durch die Verstärkung bestimmter genetischer Merkmale der Versuchstiere die Resultate beeinflussen können. Vereinfacht gesagt, ging es dabei um eine Studie zur Stammzellenforschung in Verbindung mit individualisierter Medizin.«

»Und mit individualisierter Medizin meinen Sie auf den einzelnen Menschen zugeschnittene Medizin?«, warf Sarah ein.

»Ja, genau.« Ilesøe nickte und zeigte auf eine Skizze im Buch. »Durch das Kreuzen der eingekauften Ziegen bekamen wir das gewünschte genetische Profil.«

»Dann haben Sie die Stammzellen bei der Geburt der Tiere gewonnen?«, fragte Mads.

»Einige von ihnen wurden tatsächlich geboren, das Leben der meisten Tiere endete aber in einem frühen Entwicklungsstadium, damit wir embryonale Stammzellen gewinnen konnten«, erklärte Ilesøe und blätterte weiter. »Es ging dabei insbesondere um die Frage, ob die Stammzellen unabhängig vom genetischen Profil der Ziegenembryos genutzt werden können. Andere Versuche konzentrierten sich auf Tiere mit einem genetischen Profil, das mit dem der ungeborenen Spendertiere übereinstimmte.«

»Dann haben Sie die Tiere also mehrmals getestet, um das genaue Profil zu bestimmen?«, fragte Sarah.

»Ja, das war ein Grundstein der Versuche«, antwortete Ilesøe. »In dieser Spalte hier ist angegeben, wie viele Paarungen wir bei den einzelnen Tieren durchgeführt haben, welche Ziegen geboren und welche als embryonale Stammzellenspender genutzt wurden.«

»Es sind ziemlich viele Paarungen«, bemerkte Mads und zog die Brauen zusammen.

Ilesøe nickte. »Die Versuche gingen über mehrere Jahre. Es dauerte seine Zeit, die besonderen genetischen Merkmale zu entwickeln, die für die Studie von Bedeutung waren.«

»Können Sie in kurzen Zügen beschreiben, um was genau es dabei ging?«

»Etwas vereinfacht, ging es um die Hypothese, dass durch die Abschwächung bestimmter Epitope der Zellen, die wir aus den embryonalen Stammzellen entwickelt haben, die Immunabwehr bei Transplantationen bestimmter Zellen reduziert werden kann, um so eine höhere Erfolgsrate zu bekommen. Grob betrachtet, konnten wir diese Hypothese untermauern.«

»Grob betrachtet?«, fragte Sarah.

»Ja«, erwiderte Ilesøe und faltete die Hände vor sich. »Die

embryonalen Stammzellenversuche hatten eine hohe Erfolgsrate, aber der ethische Aspekt, erst zu töten, um so das Überleben zu sichern, ist natürlich ein Dilemma.«

»Zu töten?«, fragte Sarah.

»Ja«, sagte Ilesøe. »Die Stammzellen aus diesen Versuchen stammten ja von frühen Embryonalstadien der Versuchstiere. Embryonale Zellen können sich in unterschiedliche Richtungen entwickeln, und durch den Abbruch der Tragezeit der Tiere und die weitere Entwicklung der Stammzellen des Embryos in eine gewünschte Richtung war es möglich, die Eigenschaften der Zellen, die uns Probleme machten, abzuschwächen.«

»Aber haben Sie nicht gesagt, dass die Versuche vom Ethikrat genehmigt worden waren?«, hakte Mads nach.

»Ja, die Versuche waren genehmigt – sowohl die embryonalen Stammzellenversuche als auch die mit dem Blut neugeborener Ziegen. Die Aspekte waren aber unterschiedlich, und wir mussten feststellen, dass die Versuche mit Blut nicht dieselbe Erfolgsrate hatten wie die mit den Embryonalzellen.«

»Dann wurden die Versuche deshalb abgebrochen?«, fragte Mads.

»Es gab ein ethisches Dilemma«, antwortete Ilesøe. »Um nicht zu sagen, mehrere. Unsere Wissenschaftler waren sich nicht einig, was getan werden könnte, um die Erfolgsrate der Versuche mit aus Blut gewonnenen Stammzellen zu erhöhen. Wenn – und dieses Wenn war ziemlich gewichtig –, wenn unsere Versuche jemals auch nur in die Nähe der Ergebnisse kommen sollten, die wir mit den Embryonalzellen erreicht hatten, hätten wir dafür weitere umfangreiche genetische Manipulationen der Tiere vornehmen müssen. Und dafür fehlte uns die Genehmigung.«

»Hätten Sie die bekommen können?«

»Vielleicht«, erwiderte Ilesøe. »Auf jeden Fall hätte das ein weiteres Zuchtprogramm erforderlich gemacht. Letzten Endes ist es aber fraglich, ob das im Hinblick auf Behandlungsmöglichkeiten beim Menschen überhaupt relevant gewesen wäre.«

»Wie meinen Sie das?«, fragte Mads.

»Theoretisch ist es ja bereits heute möglich, über Polkörperdiagnostik einen Embryo auszuwählen, der als Spender für ein Geschwister geeignet ist. Eine solche Auswahl ist die eine Sache – die genetische Manipulation eines Fötus, um Stammzellen für die Behandlung eines kranken Familienmitglieds zu gewinnen, ist aber etwas grundlegend anderes. Damit würde man mindestens einen Schritt weitergehen – erst recht, wenn man bedenkt, dass man die Schwangerschaft ja im Embryonalstadium abbrechen müsste, um die bestmögliche Behandlung sicherzustellen.« Er breitete die Arme aus, als hätte er damit alles zu diesem Thema gesagt.

»Und das hat die Versuche dann ins Stocken gebracht?«, fragte Sarah.

»Nun, die Ergebnisse waren leider nicht so wie erhofft. Das Potenzial der Technik ist groß, aber dafür sind weitere ethische Überlegungen vonnöten, was wir als Gesellschaft zu akzeptieren bereit sind.« Er schwieg für einen Moment. »Kann ich noch etwas für Sie tun?«

»Eine Frage habe ich noch«, sagte Sarah. »Dem vorliegenden Material konnten wir nicht entnehmen, wer für die Tötung der Tiere verantwortlich war, als Sie sie ausgesondert haben.«

Johan Ilesøe erstarrte für einen Moment, ließ die Schultern dann aber wieder sinken. »Das sollte aus der Spalte ganz rechts hervorgehen. Alle Tiere im Stall werden dort mit Kauf- oder Geburtsdatum gelistet, ergänzt durch das Datum der Tötung und die Initialen des Mitarbeiters.«

»Gilt das auch für die Zicklein?«, fragte Mads.

»Ja. In der Regel sind unsere Tierpfleger für die Tötungen der Zuchttiere zuständig, während die jeweiligen Forscher für die Tötungen der Tiere während oder nach den Versuchen verantwortlich sind.«

»Und wer hatte die Verantwortung für diese Versuche?«, fragte Sarah.

»Das waren Professor Allan Langkilde und eine unserer Doktorandinnen. Im Übrigen wirklich eine vielversprechende junge Frau.«

»Dann haben die beiden also die Versuchstiere getötet?«

»Nein«, antwortete Ilesøe. »Das war einer der Forschungsassistenten. Leider geht aus diesen Papieren nicht genau hervor, wer das war.«

»Könnte der Professor sich noch daran erinnern?«, fragte Sarah.

»Das würde er sicher, davon bin ich überzeugt«, antwortete Johan Ilesøe mit trauriger Miene. »Leider ist Allan Langkilde Ende Februar gestorben.«

»Und sonst steht das nirgends?«, fragte Mads.

»Doch«, antwortete Ilesøe. »Es ist ziemlich wahrscheinlich, dass unsere Bioanalytikerin, Rikke Holst, bei dem Versuch assistiert hat, ganz sicher bin ich mir aber nicht.«

»Können Sie das irgendwo überprüfen?«, fragte Mads und sah kurz zu Sarah.

»Ja, natürlich«, erwiderte Ilesøe und stand auf, um Mads' ausgestreckte Hand zu ergreifen. »Ich sende Ihnen die Informationen schnellstmöglich zu.«

12. März

Haderslev

»Dann mache ich mich mal auf den Weg«, sagte Sarah und strich sich mit einer schnellen Bewegung die roten Locken aus dem Gesicht. »Bist du dir sicher, dass du nicht auf ein Feierabendbier mitkommen willst?«

»Ich muss hier noch eine Sache fertig machen«, antwortete Mads und warf einen Blick auf die Uhr, bevor er weitertippte.

»Sieh zu, dass du nicht zu lange machst«, sagte Sarah und hob die Hand zum Gruß, als sein Handy auf der Tischplatte zu vibrieren begann. »Schönes Wochenende.«

Er warf ihr ein kurzes Lächeln zu und formte mit den Lippen ein lautloses »Ebenso«, während er das Gespräch annahm.

»Lindstrøm.« Er stand auf und sah aus dem Fenster. Weit hinten am Horizont baute sich eine Front auf, deren dunkle Wolken dem Nachmittag das Licht stahlen.

»Thomas Beckmann«, meldete sich sein deutscher Kollege.

Mads schloss für einen Moment die Augen und atmete aus, dann sagte er auf Deutsch: »Ich wollte Sie gerade anrufen. Ich habe Jesper Schous Telefondaten durchgesehen.«

»Und?«

»Laut diesen Daten war er am 28. November zu Hause«, sagte Mads und scrollte in dem Dokument nach unten, das er dank Teglgårds Einsatz zugeschickt bekommen hatte.

»Und Sie sind sich da ganz sicher?«

»Ja«, antwortete Mads. »Am Tag davor war er in Sønderborg. Vermutlich, um seine Tochter zu holen, wie er es gesagt hat. Die Triangulation sagt jedenfalls, dass er in der Nähe der Freien Schule Eckersberg war.« Er drehte den Kopf und sah nach unten. Sarahs rote Haare flatterten im Wind, während sie die Straße überquerte. Der jagdgrüne Mantel und die wilden Locken leuchteten wie eine Herbstlandschaft. Warm und entgegenkommend, mit einem Duft von Natur. Er sog unbewusst die Luft ein und behielt sie einen Moment in der Lunge, bevor er wieder ausatmete.

»Mist!«, fluchte Thomas Beckmann am anderen Ende. »Und was ist mit dem Tag danach?«

»Vier Anrufe«, antwortete Mads. »Alle aus der Nähe von Klingbjerg, vermutlich war er auch am 29. November zu Hause.«

Ein Knacken drang durch den Hörer, als Beckmann stöhnend ausatmete. Mads hörte eine Tür zufallen, wenig später waren die Hintergrundgeräusche verstummt.

»Ich bin die Daten akribisch mit unserer Kriminaltechnikerin Sarah Jonsen durchgegangen, aber Sie dürfen auch gerne selbst noch einen Blick darauf werfen«, fuhr Mads fort, als Thomas Beckmann weiter schwieg. »Ich fürchte aber, dass Ihnen das auch nicht weiterhelfen wird.«

»Danke, ich denk drüber nach«, antwortete Thomas Beckmann. »Haben Sie noch was anderes über ihn herausgefunden?«

»Dafür hat mir die Zeit gefehlt«, erklärte Mads, umklammerte das Handy etwas fester und beobachtete Sarah, die gerade auf der anderen Straßenseite eine Frau umarmte. »Ich musste mich um den Mord in Bylderup kümmern.«

»Wirklich kein Hinweis?«

»Nur die allgemeinen Infos«, antwortete Mads. »Jesper Schou, 48 Jahre. Unverheiratet. Allem Anschein nach Vater einer Tochter, aber, wie gesagt, gegengecheckt habe ich das nicht.«

»Job?«

»Soweit ich weiß, ist er seit dem Rechtsstreit mit MediK arbeitslos.«

»Ich brauche mehr als das«, rief Thomas Beckmann.

»Ich weiß, ich habe aber nicht mehr.«

»Ihnen ist aber schon klar, in welcher Situation ich stecke?«, fragte Thomas Beckmann. »Karl Uwe Kleibner war nicht irgendwer. Die Medien belagern mich wie die Geier, und so, wie es jetzt aussieht, muss ich auch noch Edith Kleibner aus der Untersuchungshaft entlassen.«

»Das verstehe ich«, sagte Mads, als Sarah sich mit einem Kuss von der Frau verabschiedete. »Denken Sie bloß nicht, dass mein Fall anders gelagert wäre.«

»Ich habe es aber mit einer Person des öffentlichen Lebens zu tun. Edith Kleibner steht zwar noch immer unter Verdacht, aber das alles ist sehr vage. Ich muss wirklich allen nur erdenklichen Spuren nachgehen.«

»Es tut mir leid, aber ich habe wirklich nicht mehr«, sagte Mads und riss den Blick von Sarah los. »Was sagt Werner Still dazu? Hat die Obduktion noch mehr ergeben?«

»Dazu kann ich leider nichts sagen«, antwortete Thomas Beckmann. »Wann kann ich damit rechnen, ein paar mehr Infos von Ihnen zu bekommen?«

»Keine Ahnung«, sagte Mads. Er ließ die Hand sinken, als Beckmann das Gespräch beendete, und legte das Handy auf den Tisch. Dann stand er auf und griff nach seiner Sporttasche.

12. März

Vojens

»Ich dachte schon, Sie würden mich versetzen«, sagte Troels Halland zur Begrüßung, als er die Tür öffnete.

»Es ist mir was dazwischengekommen«, antwortete Mads. »Der Mordfall in Bylderup kostet mich wirklich den letzten Nerv.«

»Ja, kann ich mir vorstellen«, brummte Halland und schloss die Tür hinter Mads. »Kaffee steht drinnen schon bereit. Oder wollen Sie lieber Wasser?«

»Danke, ich brauche nichts«, antwortete Mads.

»Sicher?« Troels Halland musterte ihn.

»Ja, alles gut. Ich habe nicht so viel Zeit, also bringen wir es lieber hinter uns.« Er öffnete seine Jacke, zog sie aber nicht aus, als er sich setzte, sondern ließ den Blick über die Thermoskanne und die beiden Becher schweifen. Dann atmete er langsam aus, lehnte sich nach hinten und betrachtete den Mann auf der anderen Seite des Tisches. »Worüber wollten Sie heute mit mir sprechen?«

»Das hängt eigentlich von Ihnen ab«, antwortete Halland und legte die Fingerspitzen aneinander. »Aber da Sie fragen: Ich will wirklich etwas von Ihnen wissen, eigentlich schon, seit Sie zu mir kommen.« Er zögerte und wartete auf Mads' Reaktion, die aber ausblieb. »Sie haben anfangs einmal gesagt, dass

Sie und Ihr Vater häufig miteinander verglichen werden und dass Ihnen das nicht gefällt. Ich habe Ihren Vater gekannt. Er war ein tüchtiger Mann, aber ich kannte ihn natürlich nicht so gut, wie Sie ihn als Sohn gekannt haben. Trotzdem frage ich mich immer wieder, warum Sie so auf Distanz zu ihm gehen.«

»Und zu welchem Schluss sind Sie gekommen?«

Troels Halland lachte leise. »Also, mir ist schon klar, warum Per Teglgård meinte, dass Sie Ihrem Vater ziemlich ähnlich sind. Sein Hirn war uns anderen stets einen Schritt voraus. Immer ungeduldig und an vorderster Front. Das hat ihn zu einem herausragenden Ermittler gemacht.«

»Ich bin nicht ungeduldig«, erwiderte Mads. »Irgendwo dort draußen läuft ein Mörder herum, und je länger ich hier sitze, desto länger ist der Täter auf freiem Fuß.«

»Verstehe.« Halland griff nach der Thermoskanne und sah Mads fragend an. Dann goss er sich ein. »Auch Ihr Vater hat so gedacht. Manchmal frage ich mich, wie es Ihnen und Ihrer Schwester in Ihrer Kindheit ergangen ist. Er hat sein Leben der Arbeit gewidmet, und das kann durchaus Spuren in Ihnen hinterlassen haben.« Er legte die Hand um den Kaffeebecher und musterte Mads, der die Arme vor der Brust verschränkte. »Was haben Sie sich damals für Gedanken gemacht?«

»Das weiß ich nicht mehr«, antwortete Mads und presste die Lippen zusammen, bevor er mit den Schultern zuckte. »Er war vermutlich wie andere Väter auch.«

»Das stimmt doch nicht«, sagte Halland. »Ich kenne das Dezernat für Gewaltverbrechen ziemlich gut, und mir ist vollkommen klar, dass kein Täter auf Geburtstage, Familienfeste oder Wochenenden Rücksicht nimmt.«

»Das weiß ich. Natürlich war es hart, ihn immer entbehren zu müssen, aber so war es nun mal.«

»Dann waren Sie nie wütend oder traurig, dass ihm die Toten immer wichtiger waren?«, fragte Halland und lehnte sich so weit zurück, dass seine grauen Haare über die Tapete strichen.

»Nein«, antwortete Mads und sah aus dem Fenster nach draußen, wo der Himmel langsam dunkel wurde. »Was mein Vater getan hat, kann mit Wut, Trauer oder Entbehrung nicht aufgewogen werden.«

Halland blieb hartnäckig. »Dann hatte das also keinen Einfluss auf Ihre Beziehung zu ihm?«

»Vielleicht ja doch.« Mads senkte den Blick. »Es ist schwer, mit jemandem zu reden, der nicht da ist.«

»Da könnten Sie recht haben.« Halland nickte. »Es muss hart für Sie gewesen sein.«

»Wie meinen Sie das?« Mads setzte sich etwas aufrechter hin.

»Es muss hart gewesen sein, mit einer Vaterfigur aufzuwachsen, die gleichzeitig so viel und so wenig Raum einnimmt.«

»Mein Vater hat nie wenig Raum eingenommen«, meinte Mads. »Er war ständig anwesend.«

»Wie soll ich das verstehen?«, fragte Halland.

»Er war da, auch wenn er nicht zu Hause war«, erklärte Mads. »Alles, was wir taten, musste von ihm gutgeheißen werden.«

»Hat er Sie kontrolliert?«

»Nicht im eigentlichen Sinne. Es war ihm wohl einfach wichtig, immer den Überblick über alles zu haben.«

»Und wie ist das bei Ihnen?«

»Ich denke, ziemlich ähnlich«, antwortete Mads und zuckte mit den Achseln. »Ich mache mir aber eigentlich keine Gedanken darüber.«

»Aha«, murmelte Halland und notierte sich etwas in seinem Block. »Wie sieht das bei Ihrer Schwester aus? Sie haben früher erwähnt, dass sie kurz nach dem Tod Ihres Vaters nach England gegangen ist.«

»Ich würde eher sagen, sie hat das sinkende Schiff verlassen.«

»Sie meinen, das war eine Flucht?«

»Ja«, antwortete Mads. »Sie ist einfach gegangen und hat sich geweigert zu sehen, wie beschissen das alles war. Lisa war sich selbst genug. Für sie war es die Hauptsache, ihr eigenes Leben zu sichern.«

»Aber Sie haben alles so gesehen, wie es war?«

»Gesehen?« Mads' Stimme war voller Sarkasmus. »Nein, ich habe nichts gesehen. Das behauptet Lisa jedenfalls.«

»Könnten Sie das vertiefen?«

»Was soll ich dazu sagen? Sie glaubt, ich hätte unseren Vater nicht gekannt, weil ich damals noch so jung war. Nicht so verantwortungsvoll und reif wie sie, auch wenn ihr Zimmer nun wirklich nicht so aussah wie das einer Zwanzigjährigen. Aber wer ist geblieben? Wer hat unsere Mutter wieder und wieder aufgerichtet und den Platz unseres Vaters eingenommen?« Er presste die Augenlider zusammen. Wut kochte in ihm hoch. Dann öffnete er die Augen wieder und starrte in Hallands ruhiges Gesicht. »Lisa ist nie mit ihrem Vater verglichen worden, während alles, was ich tue oder nicht tue, gleich zu ihm in Verbindung gesetzt wird.«

»Aber das ist doch nicht schlecht?« Halland zog die Stirn in Falten. »Ihr Vater war ein hoch angesehener, tüchtiger Mann.«

»Perfekt darin, alle anderen unter seinem eigenen Egoismus leiden zu lassen«, antwortete Mads. »Verstehen Sie das nicht? Alles drehte sich immer nur um ihn. Auch nach seinem Tod ging es mehr um ihn als um uns.«

»Das müssen Sie mir erklären.« Halland beugte sich vor.

»Was soll ich da erklären? Es heißt, er hätte Selbstmord begangen.«

»Es heißt?«, wiederholte Halland. »Was wollen Sie damit andeuten?«

»Dass ich nicht daran glaube«, erklärte Mads. »Mein Vater war nicht so.«

»Was meinen Sie damit?«

»Ich will nicht darüber reden«, antwortete Mads. Er stand auf und drehte Halland den Rücken zu, während er das Brennen in seinen Augen wegblinzelte. »Verstehen Sie das? Ich will nicht darüber reden, dass ich meinem Vater ähnlich bin. Ich will nicht darüber reden, wer er war.«

»Ist es denn so schlimm, ihm ähnlich zu sein?«, fragte Halland hinter ihm.

»Sie verstehen das nicht, oder?«, konterte Mads, ohne sich umzudrehen. »Sie sehen nicht, wie es ist, mit jemandem verglichen zu werden, der für all das steht, was man selbst nicht sein will.« Er kniff die Augen zusammen, aber die Tränen bahnten sich trotzdem ihren Weg, bis er sie mit dem Handrücken wegwischte. »Wir – Lisa und ich – waren ihm nicht wichtig. Für ihn waren nur die Toten von Bedeutung, und meine Mutter hat sich trotzdem gewünscht, dass ich so werde wie er.«

»Haben Sie Angst davor, dasselbe zu tun wie er?«

Mads drehte sich wieder zu Halland. »Ob ich Angst habe? Wollen Sie das hören? Dass ich Angst habe, ihm zu ähneln?«

»Haben Sie Angst?« Halland sah ihn über seine Lesebrille hinweg an.

»Ja, verdammt, ich habe Angst«, antwortete Mads. »Sind Sie jetzt zufrieden?« Er starrte den Psychologen schweigend an, der regungslos in seinem Stuhl saß. »Mein Vater hat es ganz genau gewusst. Er hat gewusst, was das mit meiner Mutter machen und was er Lisa und mir damit antun würde. Mein Vater hatte viele Fehler, aber das … das hat er nicht getan. Er *darf* ganz einfach nicht so gewesen sein. Er muss seine Grenze gekannt haben. Muss gewusst haben, bis wohin er gehen kann, doch stattdessen … ich weiß nicht … hat er den leichten Weg gewählt.«

»Selbstmord ist nie ein leichter Weg«, sagte Halland. »Häufig steckt eine große Schuld dahinter.«

»Und was soll mir das nützen?«, fragte Mads.

»Vielleicht hilft es Ihnen, sich mit dem Gedanken zu versöhnen.«

»Das kann ich nicht«, antwortete Mads und schüttelte den Kopf. »Wenn ich mich mit dem Gedanken versöhne, hieße das ja, dass ich akzeptiere, was er uns angetan hat. Meine größte Furcht ist, dass Sie alle recht haben. Dass ich ihm ähnlich bin. Denn dann müsste auch ich mit dem Risiko leben, andere so zu verletzen, wie er mich verletzt hat.«

12. März

Toftlund

Mads ließ den Wagen ausrollen. Vor ihm zerfloss die Straßenbeleuchtung von Toftlund zu einem surrealen Bild. Er blinkte und bog kurz vor dem Ortsschild in die schmale Straße ein. Sein Körper dampfte vor Schweiß, und seine Muskeln brannten. Die Dunkelheit hatte Troels Hallands Worte nach und nach abgeschwächt, während er seinen Körper zur Arbeit gezwungen hatte.

*

»Da bist du ja«, sagte Lisa und kam ihm auf dem Flur entgegen, während er die Tür hinter sich schloss. Weiße Farbspritzer klebten wie Schneeflocken auf ihrem Gesicht. »Ich habe ein paarmal versucht, dich anzurufen.«

»Tut mir leid. War es wichtig?«, fragte Mads. Er stützte sich mit der Hand an der Wand ab und streifte die Schuhe ab. Die Erschöpfung, die in seinen Muskeln steckte, reichte nicht, um die Gedanken zu verdrängen. Stumm starrte er auf seine Laufschuhe. Die Schnürsenkel zogen sich wie eine Blutspur über den grauweißen PVC-Boden. Kontrastreich und beängstigend. Er blinzelte, konnte den Blick aber nicht von ihnen losreißen.

»Ich habe gestrichen«, fuhr Lisa fort und ging ins Wohnzimmer. »Eigentlich wollte ich warten, bis du nach Hause kommst, damit wir gemeinsam die Farbe aussuchen können, aber dann habe ich mich für Cremeweiß entschieden. Ich hoffe, es stört dich nicht, dass ich schon angefangen habe?«

»Nein, alles gut.« Mads hob das Gesicht, stützte sich aber weiter an der Wand ab und spürte dabei kleine Unebenheiten unter der alten Farbe, die ihm noch nie aufgefallen waren.

»Ich habe mich gefragt, ob wir am Wochenende nicht mal zu Mama und Papa auf den Friedhof gehen sollten«, sagte Lisa aus dem Wohnzimmer.

»Das geht nicht, ich hab zu tun«, antwortete Mads und ließ die Hand sinken.

»Du kannst dir nicht mal eine halbe Stunde Zeit nehmen?«

Er schloss die Augen, aber es war zu spät. Das schwarze Vakuum, das Troels Halland aufgespürt hatte, explodierte, und Erinnerungsfetzen, die tief unten in ihm versteckt gewesen waren, bohrten sich schmerzhaft in sein Bewusstsein. »Nein!«

»Wir könnten das doch machen, bevor du losmusst. Falls du nicht weißt, wann du nach Hause kommen kannst.«

»Kannst du nicht mal aufhören, mich ständig unter Druck zu setzen?«, rief Mads. »Du bedrängst mich immer wieder mit völlig unwesentlichen Sachen. Verstehst du nicht, dass ich für so was keine Zeit habe?«

»Ich hab mir nur gedacht, dass es schon lange her ist, seit wir zuletzt zusammen am Grab waren«, antwortete Lisa und lehnte sich an den Türrahmen.

»Du denkst dabei an dich selbst«, antwortete Mads und schob sich an ihr vorbei in die Küche. Der Anblick der Reste vom Abendessen, die auf dem Tisch standen, drehte ihm den Magen um. Er griff nach einem Glas, füllte es mit Wasser und starrte auf sein Spiegelbild im Küchenfenster, sah aber nur die Leere in sich.

»Ich wollte dich nicht bedrängen«, sagte Lisa leise.

Er nahm ihren Blick in der Fensterspiegelung wahr. Eine dünne Staubschicht hatte sich schon wieder auf die geputzte Scheibe gelegt, wodurch sein Zuhause wie die Kulisse eines schlechten Films wirkte.

»Das weiß ich«, sagte Mads und trank einen Schluck.

»Seid ihr wieder nicht weitergekommen?«

»Nein.« Mads stellte das Glas ab. »Was wir auch unternehmen, am Ende des Tages stehen wir immer wieder am Anfang.«

»Und ihr seid euch sicher, dass es nicht doch ihr Mann war?«

»Können wir nicht über andere Dinge reden?«

»Doch, klar. Ich dachte, du freust dich, wenn ich mich nach dem Fall erkundige«, antwortete Lisa.

»Du weißt aber doch ganz genau, dass ich nicht darüber reden kann, oder?«

»Ja, schon«, antwortete Lisa und atmete mit einem Seufzen aus. »Ich weiß nur nicht, wie ich dich sonst erreichen soll.«

»Du musst mich nicht erreichen«, sagte Mads abweisend.

»Jetzt klingst du wie Papa.« Lächelnd trat sie einen Schritt vor und strich mit den Fingern über seine Schulter. »Genauso standhaft. Genauso störrisch und eigenwillig. Und genauso schwer zu verstehen.«

»Da gibt es nichts zu verstehen«, erwiderte Mads.

»Doch«, wandte Lisa ein. »Wir sind in vielerlei Hinsicht zu Spiegelbildern unserer Eltern geworden. Wir reden nicht miteinander – manchmal würde ich fast sagen, dass wir uns nicht mehr kennen, und je mehr ich mich dir zu nähern versuche, desto mehr stößt du mich weg.«

»Ich will dich nicht wegstoßen.« Mads drehte sich zu seiner Schwester um. »Ich muss nur an so viele andere Sachen denken. Teglgård fordert Resultate, aber ich kann ihm nichts liefern.«

»Es gibt etwas, du hast es nur noch nicht gefunden«, sagte Lisa. »Du gibst nicht auf, auch wenn es schwierig ist. Und genau das macht dich zu einem guten Ermittler. Einem der besten.«

»Was weißt du denn davon?«

»Mehr, als du denkst«, antwortete Lisa. »Die Ähnlichkeit zwischen dir und Vater wird immer deutlicher, ob du es willst oder nicht, und das sieht auch Teglgård. Warum, glaubst du, hat er dich zurückgeholt?«

»Weil ihm Leute fehlen?«

»Das bildest du dir nur ein«, sagte Lisa. »Du hast wie Papa die ganz besondere Fähigkeit, noch das kleinste Detail zu sehen.« Sie schwieg. Ihre Miene drückte eine Mischung aus Fürsorge und Trauer aus. Sie erinnerte ihn an das Gesicht seiner Mutter, wenn sie ihren Mann betrachtet hatte. »Ich habe übrigens über das nachgedacht, was du gesagt hast.«

»Was genau?«, fragte Mads.

»Das mit Papa.«

»Lass uns ein andermal darüber reden«, schlug Mads vor.

»Vielleicht hast du ja doch recht.«

»Recht, womit?«

»Dass … ach, ich weiß nicht. Ich habe bloß versucht, deine Gedanken nachzuvollziehen.«

»Lass es lieber sein«, bemerkte Mads.

»Ich meine das ernst. Ich habe nämlich etwas gefunden, als ich den Wintergarten gestrichen habe«, fuhr sie fort. »Ich weiß nicht, ob das etwas zu bedeuten hat, aber es hat mich auf jeden Fall wieder über die Umstände von Vaters Tod nachdenken lassen.« Sie steckte die Hand in die Tasche und zog einen kleinen grauen Metallklumpen heraus. »Der steckte im Holz, ganz dicht an der Mauer. Deshalb ist es an dieser Stelle auch feucht.« Sie beugte sich vor und legte das deformierte kleine Metallstück zwischen ihnen auf den Küchentisch. »Wenn ich mich nicht sehr irre, ist das ein Projektil.«

13. März

Haderslev

Mads legte die Taschen auf den Schreibtisch. Draußen hüllte dichter Nebel die Straße ein, sodass die Autos, die am frühen Vormittag in Richtung Zentrum fuhren, kaum zu hören waren.

»Mads?« Per Teglgårds Gesicht kam in der Türöffnung zum Vorschein. Die Augenringe waren noch dunkler geworden. Er fuhr sich über die Wange und blinzelte ein paarmal, als hätte er auch diese Nacht nicht geschlafen. »Hast du einen Augenblick?«

»Ja, natürlich.« Mads zog die Jacke aus und hängte sie an den Haken, während er mit einem Schulterblick beobachtete, wie der Dezernatsleiter sich auf Laugesens Stuhl fallen ließ.

»Die Medien schreien schon wieder auf«, sagte Per und rieb sich mit den Fingern die Stirn. »Es ist jetzt bald einen Monat her, dass Charlotte Weidemann ermordet wurde, und wir haben den Täter noch immer nicht gefasst. Mittlerweile ist ganz offen von Inkompetenz und Unfähigkeit die Rede.«

»Du hättest Laugesen den Fall gar nicht erst geben dürfen«, murmelte Mads und stellte die Tasche auf den Boden. »Wertvolle Beweise könnten verloren gegangen sein, weil ihr euch so früh auf nur eine Spur konzentriert habt.«

»Glaubst du etwa, ich weiß das nicht?«, antwortete Per

brüsk. »Ich musste aber mit den Leuten arbeiten, die mir zur Verfügung standen. Und zum damaligen Zeitpunkt hatte ich nur Laugesen.« Er sackte auf dem Stuhl noch mehr zusammen. Ein gequälter Ausdruck huschte über sein Gesicht, während sein Blick über die Fallakten strich, die sich auf dem Tisch stapelten. »Hast du was Neues für mich?«

»Leider nein«, antwortete Mads und zuckte mit den Schultern.

»Es muss doch irgendetwas Neues geben, mit dem ich sie erst einmal abspeisen kann«, wandte Per ein. »In diesem Forschungsinstitut war wirklich nichts zu holen?«

»Auf den ersten Blick sieht es nicht so aus, als gäbe es eine Verbindung zwischen dem toten Zicklein und dem Mord, was wir aber auch nicht erwartet haben.«

»Und Weidemann?« Per Teglgård nahm einen Kugelschreiber aus der Hemdentasche und klickte ein paarmal die Spitze heraus. »Hast du auch gegen ihn nichts in der Hand?«

»Schwer zu sagen. Wir wissen, dass er an dem Abend und in der Nacht, in der Charlotte Weidemann getötet wurde, in Sundsmark bei Rikke Holst war. Aber wir haben noch keine Beweise gefunden, dass er auch hinter der Tat steht.«

»Glaubst du denn, dass er der Täter war?«

»Ich kann es nicht ausschließen, ich kann es aber auch nicht beweisen«, antwortete Mads. »Was soll ich tun? Das sind doch alles nur Sackgassen!«

»Was ist mit dem Foto von den abgehackten Händen? Kann das NC3 die Herkunft dieser Bilder wirklich nicht zurückverfolgen?«

»So haben sie es gesagt.« Mads verzog bedauernd den Mund. »Auch wenn beim NC3 die besten IT-Spezialisten des Landes arbeiten, es geht einfach nicht.«

»Mist!« Per Teglgård stemmte die Hände auf den Tisch und stand auf. Der verbissene Gesichtsausdruck ließ ihn älter wirken, als er war. »Wir müssen irgendwie weiterkommen«, sagte er mit lauter Stimme. »Ich kann der Presse doch nicht sagen, dass wir nichts haben!« Er drückte die Hand auf seinen Bauch, und sein Gesicht verzog sich zu einer unschönen Grimasse. Dann wandte er sich ab und fischte eine Tablettenverpackung aus der Hosentasche. Bevor er den Raum verließ, schluckte er zwei Pillen.

*

Die Tür des Polizeireviers fiel hinter Mads ins Schloss. Er lehnte sich an die Mauer und atmete tief durch. Die kühle Frühjahrsluft tat ihm gut. Von der Straße drangen leise Verkehrsgeräusche in den Hof, und er schloss die Augen und lauschte, bis er vor Kälte fröstelte. Als sein Handy zu vibrieren begann, öffnete er die Augen wieder. Sein Blick ging für einen Moment an den blassen Himmel, dann nahm er sein Telefon aus der Tasche.

»Lindstrøm«, sagte er und drehte sich zur Seite, damit der Wind nicht ins Mikrofon blies.

»Hallo, hier ist Werner Still. Ich hoffe, ich störe nicht?«

»Nein, überhaupt nicht.« Mads stieß sich von der Mauer ab. Der Wind drückte den Stoff seines Hemdes an den Körper, und er fröstelte erneut. »Was kann ich für Sie tun?«, erkundigte er sich, während er in die Wärme des Polizeireviers zurückkehrte.

»Es geht noch einmal um das Foto, das in der Folie gefunden wurde, in die Karl Uwe Kleibner eingewickelt war.«

»Ja?« Mads' Schritte hallten in dem leeren Treppenhaus wider, als er nach oben ging.

»Ich glaube, ich habe ihn gefunden«, fuhr Werner Still fort.

»Gefunden?«, wiederholte Mads fragend. »Ich bin mir nicht sicher, ob ich verstehe, was Sie meinen.«

Werner Stills tiefes Lachen war durch das Handy zu hören. »Ich bin gerade in Ockholm am Wattenmeer. Hier ist heute früh ein älterer Mann in einem Haus tot aufgefunden worden, und ich bin mir ziemlich sicher, dass es sich dabei um den Mann auf dem Foto handelt.«

»Was sagt Thomas Beckmann dazu?«, fragte Mads und zog die Stirn in Falten.

»Thomas ist noch nicht da, er müsste aber gleich kommen. Ausgehend von den Gegenständen, die wir im Haus des Mannes gefunden haben, müsste es sich bei dem Toten um Bent Juhl-Thomsen handeln. Einen dänischen Staatsbürger.«

»Wie sicher sind Sie?«, fragte Mads und nahm die letzten zwei Stufen auf einmal.

»Ziemlich sicher«, antwortete Werner Still. »Wir haben eine Geldbörse gefunden, unter anderem mit einem Führerschein. Das Bild ist zwar älteren Datums, aber die Ähnlichkeit ist deutlich zu erkennen.«

»Und wie sind Sie auf die Verbindung zu dem Bild gekommen, das bei Karl Uwe Kleibner gefunden wurde?«

»Es steht ein ähnliches Foto auf einem Regal im Haus des Toten«, antwortete der Rechtsmediziner. »Helmut Vogel hat es entdeckt. Wollen Sie vielleicht vorbeikommen?«

Mads warf rasch einen Blick auf die Uhr, dann ging er in sein Büro. »Wie weit ist das?«

»So etwa hundert Kilometer, denke ich«, antwortete Werner Still.

»Okay, ich komme«, sagte Mads und griff nach seiner Tasche.

13. März

Ockholm

Mads sah durchs Seitenfenster. Weit hinten am Horizont verschmolz der Himmel mit dem Meer in verschiedenen stahlgrauen Farbtönen. Der Wind fegte durch den Strandroggen, dessen Halme sich den Naturkräften beugten. Mads sah zur anderen Seite der schmalen Küstenstraße. Hohe, windschiefe Fichten standen neben vereinzelten, braunen Holzhäusern mit großen, modernen Glasfassaden. Ein paar Streifenwagen versperrten den Zugang zu einem der Grundstücke, und das Blaulicht spiegelte sich in den Panoramafenstern der Nachbarhäuser. Er bremste, fuhr an den Straßenrand und warf einen ersten Blick in die Einfahrt. Thomas Beckmanns weißer Passat parkte direkt hinter dem Transporter der Kriminaltechnik. Davor stand Werner Stills Mercedes. Mads löste den Sicherheitsgurt und stieg aus. Die kühle Meeresluft prickelte auf seiner Haut. Er steckte die Hände in die Taschen und zog die Schultern bis zu den Ohren hoch, als er zum Haus ging.

»Mads Lindstrøm von der dänischen Polizei«, sagte er auf Deutsch und zeigte dem Polizisten an der Absperrung seinen Ausweis. »Der Rechtsmediziner Werner Still hat mich angerufen und gebeten zu kommen.« Er wartete einen Augenblick und beugte sich dann unter dem Flatterband hindurch, das im Wind knatterte.

Weiß gekleidete Kriminaltechniker waren hinter den großen Fenstern des Hauses zu erkennen. Immer wieder leuchteten Blitzlichter hinter den dunklen Scheiben auf. Als Werner Still in der Tür zum Vorschein kam, nickte er Mads zu. Seine Miene war ernst, und seine roten Wangen standen im scharfen Kontrast zu dem weißen Overall.

»Das ging aber schnell«, sagte er, als Mads näher trat. Er zog die Latexhandschuhe aus und rieb die Hände aneinander, bevor er die Kapuze des Overalls abstreifte und sich die Stirn abwischte. Kleine Schweißperlen glänzten in den dünnen weißen Haaren. »Wie ich Ihnen schon am Telefon gesagt habe, handelt es sich bei dem Opfer vermutlich um einen dänischen Staatsbürger, aber die endgültige Identifizierung steht noch aus.« Er ging mit Mads hinüber zum Fahrzeug der Kriminaltechnik. »Falls Sie einen Kaffee brauchen, fragen Sie Helmut Vogel. Der hat eigentlich immer eine Kanne in seinem Wagen.«

»Danke, ich komme schon klar«, antwortete Mads und hob abwehrend die Hände, als Still ihm einen Plastikbecher reichen wollte. »Was haben Sie bisher?«

»Es sieht nach einem Überfall aus«, sagte Still und trank einen Schluck. »In der Küche sind deutliche Blutspuren zu sehen.«

»Ein Einbruch, der schiefgelaufen ist?«, schlug Mads vor und beobachtete den Rechtsmediziner, der den Becher in die andere Hand nahm.

»Kann sein, ich glaube aber nicht daran.« Werner Still schüttelte nachdenklich den Kopf. »Helmut Vogel und sein Team haben keine Einbruchsspuren gefunden, aber da der Überfall tagsüber passiert sein muss, ist ja nicht einmal gesagt, dass die Tür abgeschlossen war.«

»Können Sie schon was zum Todeszeitpunkt sagen?«, wollte Mads wissen.

»Der Leichnam hat dieselbe Temperatur wie die Umgebung. Die Temperatur im Haus ist ziemlich hoch, was den Verwesungsprozess beschleunigt hat. Eine eindeutige Antwort fällt da folglich schwer. Sollen wir?« Er nickte in Richtung des Hauses, während er einen Overall aus der Halterung im Wagen nahm und Mads reichte. »An der Tür sind Handschuhe und Überschuhe«, fuhr er fort. »Sie kommen rein, wenn Sie fertig sind.«

*

Mads legte die Hand an den Türrahmen und sah ins Haus. Ein warmer, süßlicher Gestank drang durch den Mundschutz und ließ ihn schaudern, bevor er eintrat. Die Überschuhe knisterten auf dem lackierten Dielenboden, und der Schweiß drang ihm schlagartig aus allen Poren. Er ließ seinen Blick durch den Eingangsbereich schweifen. Drei Paar Schuhe standen im Schuhregal, darüber hingen ein langer Mantel, ein Hut und ein Schal. Im Wohnzimmer leuchtete immer wieder das Blitzlicht von Helmut Vogels Kamera auf.

Mads ging ein paar Schritte weiter und sah hinein. Das graue Licht des Himmels über dem Wattenmeer fiel durch die großen Fenster auf den Leichnam.

»Was kannst du mir bisher sagen?«, wandte sich Thomas Beckmann an Werner Still, der vor dem Toten stand. Dann drehte er den Kopf und sah kurz zu Mads, bevor er seine Aufmerksamkeit wieder auf den Rechtsmediziner richtete.

»Das Opfer ist, wie du weißt, noch nicht endgültig identifiziert, aber ausgehend von den gefundenen Indizien nehmen wir an, dass es sich um Bent Juhl-Thomsen handelt«, sagte

Still. »Wie ihr sehen könnt, ist das Opfer deutlich misshandelt worden. Starten wir mit dem Offensichtlichen. Es gibt eine große Wunde an der linken Seite des Hinterkopfs, vermutlich verursacht durch stumpfe Gewalt.« Er fuhr mit den behandschuhten Fingern durch die kurzen, grauen Haare des Toten und entblößte den blutigen Schädel. »Ausgehend von Vogels vorläufiger Blutspurenmusteranalyse, nehmen wir an, dass das Opfer in der Küche mit einem einfachen Schlag niedergestreckt wurde. Die Verletzung ist beträchtlich, ich kann zum jetzigen Zeitpunkt aber noch nicht sagen, ob der Schlag einen Schädelbruch oder eine Hirnblutung verursacht hat. Die Tatwaffe ist vermutlich eine Art Vase oder Skulptur aus Glas. Es sind zahlreiche Scherben in der Küche gefunden worden, und auch in der Wunde stecken Glassplitter.« Er nahm die Hände weg und betrachtete den nackten Oberkörper des Toten. Kleine Schweißtropfen glitzerten im Licht der Scheinwerfer auf Stills Stirn, und die Farbe seiner Wangen entsprach der Temperatur im Haus. »Die Leichenflecken sind fixiert, und die Körpertemperatur des Toten beträgt 34,2 Grad, was der Umgebungstemperatur entspricht. Die Totenstarre hat sich vollständig gelöst. Das Abdomen wirkt aufgequollen, die Haut ist diffus grünlich, und die Venen zeichnen sich durch den fortgeschrittenen Verwesungsprozess deutlich ab«, fuhr er fort und zeigte auf den Bauch des Opfers.

»Die Wärme?«, fragte Mads und zog eine Augenbraue hoch.

Der Aschehaufen ist nicht mehr warm, es gibt aber wohl keinen Zweifel daran, dass jemand Feuer im Kamin gemacht hat. »Außerdem hat Helmut Vogel festgestellt, dass alle Thermostate außer Kraft gesetzt wurden, was wohl auch zu den hohen Temperaturen beigetragen hat.«

»Eine bewusste Handlung«, konstatierte Thomas Beckmann und verschränkte die Arme vor der Brust.

»Ja, ich denke schon«, antwortete Still. »Die hohen Temperaturen haben den Verwesungsprozess beschleunigt, und sie erschweren es uns, den genauen Todeszeitpunkt festzustellen.«

»Haben Sie eine Vermutung?«, fragte Mads.

»Keine genaue«, erwiderte der Rechtsmediziner. »Es gibt ziemliche Unsicherheitsfaktoren. Aber im Hinblick auf die Wärme und die fortgeschrittene Verwesung vermute ich, dass der Tod vor zwischen einem Tag und fünf Tagen eingetroffen ist.«

»Und du kannst das nicht näher bestimmen?«, beharrte Thomas Beckmann.

»Die Menge der Asche und die Wärme im gesamten Haus zeugen davon, dass der Kamin lange gebrannt hat. Helmut Vogel meint, die Temperaturunterschiede im Aschehaufen seien zu vernachlässigen, woraus wir schließen können, dass das Feuer schon vor etlichen Stunden erloschen ist.«

»Du kannst den Zeitpunkt des Todes also nicht angeben«, stellte Thomas Beckmann fest und wandte sich ab, sodass das Licht, das durch die Fenster fiel, sein Gesicht in zwei Hälften teilte.

»Vielleicht weiß ich mehr, wenn ich ihn auf dem Tisch hatte«, sagte Still.

»Hoffen wir es«, antwortete Beckmann und betrachtete noch einmal den Toten. »Ein Zeitfenster von fünf Tagen ist verdammt groß.«

»Zeugen?«, fragte Mads.

»Die Meldung kam von einem Mann, der mit seinem Hund spazieren war«, antwortete Thomas Beckmann und sah wieder aufs Meer hinaus. »Der Hund ist nicht zurückgekommen, als er ihn gerufen hat, sondern lief stattdessen vor dem Haus auf und ab. Ich habe mit ihm gesprochen, aber er konnte mir nicht mehr sagen, als dass er den Toten durchs Fenster im Sessel sitzen gesehen hat.«

»Dann konnte er das Opfer also nicht identifizieren?«, fragte Mads.

»Nein«, antwortete Thomas Beckmann und ging zum Kamin. »Die Identifikation basiert zum jetzigen Zeitpunkt nur auf dem Führerschein in der Geldbörse, die in der Küche gefunden wurde.«

»Was hat es mit den Stellen an der Brust auf sich?«, wollte Mads wissen und nickte in Richtung Leichnam. Das Kinn des Toten lag schwer auf dem Schlüsselbein, und der Unterkiefer war etwas verdreht, sodass in dem leicht geöffneten Mund die Zunge zu erahnen war.

»Brandwunden«, erklärte Still. »Verursacht durch ein Brandeisen, das beim Kamin gefunden wurde.«

»Und das ist passiert, als das Opfer noch lebte?«

»Davon würde ich ausgehen«, antwortete Werner Still. »So, wie die Läsionen aussehen, hat der Täter das Eisen im rechten Winkel auf die Haut gedrückt. Er muss da gestanden haben, wo ich jetzt stehe. Es gibt deutliche Hämatome im Bereich der Kabelbinder, mit denen die Handgelenke des Opfers gefesselt wurden. Verbunden mit den Brandwunden auf der Brust, gehe ich davon aus, dass das Opfer sich gewunden hat, als es misshandelt wurde.«

»Wenn der Täter vor ihm gestanden hat, warum hat das Opfer dann nicht nach ihm getreten?«, fragte Mads.

»Ja, das ist eine gute Frage«, antwortete Werner Still. »Sollten auch die Beine des Opfers gefesselt worden sein, stellt sich die Frage, warum diese Fesseln abgenommen wurden.«

Er presste die Lippen zusammen und schüttelte kaum merkbar den Kopf. »Vielleicht werden wir durch die Obduktion schlauer.« Er trat einen Schritt zurück und sah zu Thomas Beckmann. »Was das Bild angeht, das bei der Leiche von Karl Uwe Kleibner gefunden wurde, so glaube ich, dass es eine Kopie des Fotos ist, das drüben auf dem Kaminsims steht.«

»Ja«, antwortete Thomas Beckmann. »Die Bilder sind identisch, mal davon abgesehen, dass das, was wir bei Kleibner gefunden haben, ein Zeitungsausschnitt war.«

»Aber was gibt es für eine Verbindung zwischen Kleibner und diesem Toten?«, fragte Mads und suchte mit den Augen das Wohnzimmer ab. Die Einrichtung war schlicht, die Möbel älteren Datums, aber gepflegt. Fotos und idyllische Gemälde von Waldseen in Goldrahmen schmückten die Wände.

»Keine Ahnung«, entgegnete Thomas Beckmann und stellte das Foto wieder zurück. »Dieses Haus liegt zwar in einer Ferienhausgegend, wird aber das ganze Jahr über bewohnt. Angeblich lebt Bent Juhl-Thomsen schon hier, seit das Haus gebaut wurde, und das ist jetzt zwanzig Jahre her.«

»Was wissen wir über Bent Juhl-Thomsen?«, fragte Mads.

»Im Moment wissen wir nicht einmal mit Sicherheit, dass er das wirklich ist«, antwortete Thomas Beckmann. »Es ist Zeitverschwendung, Theorien auf irgendwelchen Vermutungen aufzubauen. Wir müssen ihn erst einmal sicher identifiziert haben.«

»Wenn der Tote Däne ist, liegt diese Entscheidung, streng genommen, wohl bei mir«, bemerkte Mads.

»Vermutlich dänischer Staatsbürger«, korrigierte Thomas Beckmann ihn. »Der Tote wird nach Kiel in die Rechtsmedizin gebracht. Der Mord ist auf deutschem Boden begangen worden, und solange wir nicht absolut sicher sind, dass es sich bei dem Opfer um einen Dänen handelt, bleibt das ein Fall für die deutsche Polizei.« Er starrte Mads einen Augenblick an. Die Haut in dem einen Augenwinkel zitterte. Dann hob er das Kinn eine Ahnung an, ohne den Blickkontakt zu unterbrechen. Erst danach wandte er sich ab und verließ mit festen Schritten das Wohnzimmer.

»Was hat er denn?«, fragte Mads leise.

»Wieder ein Fall, der ihm aus den Händen gleitet«, antwortete Werner Still und trat vom Leichnam zurück, als die Sanitäter den Leichensack öffneten. »Thomas ist ein hart arbeitender Mann, beim Fall im Thorsberger Moor fehlen ihm aber die Resultate.«

»Das hat er mir neulich schon vermittelt«, meinte Mads. »Bei unseren Fällen gibt es ziemliche Ähnlichkeiten.«

»Ja«, antwortete Still und trat neben Mads. »Edith Kleibner steht unter Verdacht, Thomas ermittelt aber trotzdem in alle Richtungen, weil er nichts übersehen darf, wenn er sich Hoffnungen machen will, auf der Karriereleiter noch ein bisschen höher zu steigen.«

»Dann glaubt er jetzt wieder daran, dass Frau Kleibner die Täterin ist?«, hakte Mads nach und sah zu, wie der Tote in den Leichensack gelegt wurde.

»Ich weiß es nicht«, erwiderte Still. »Thomas ist eher wortkarg, aber ich glaube, er tendiert zu dieser Theorie. Wenn ich richtig informiert bin, hat sie für die Nacht, in der ihr Mann verschwand, kein Alibi. Der entscheidende Beweis fehlt ihm aber noch.« Er machte eine Pause und senkte den Kopf, als der Tote nach draußen getragen wurde. Dann atmete er seufzend aus. »Und wie läuft es in Ihrem Fall?«

»Wir haben im Moment keine Spur, der wir nachgehen könnten«, sagte Mads.

»Dann wird der Fall zu den Akten gelegt?«, fragte Still. Er ging zur Küchentür und sah zu, wie die Kriminaltechniker die Blutspritzer an der Wand einzoomten und fotografierten.

»Darauf läuft es wohl hinaus«, meinte Mads. »Wenn dieser Fall dazukommt, müssen wir die Ressourcen priorisieren.« Er bückte sich und hob einen Glassplitter auf, der an einer Fußleiste lag.

»Ein Teil der Tatwaffe«, sagte Still. Er nahm einen Asservatenbeutel aus dem Koffer der Kriminaltechnik und hielt ihn Mads hin. »Helmut Vogel hat den Rest.«

»Was machen wir jetzt?«, wollte Mads wissen.

»Zuerst muss der Leichnam identifiziert werden, damit wir mit Sicherheit wissen, ob wir es mit Bent Juhl-Thomsen zu tun haben«, antwortete Still. »Seine Papiere sind dänisch. Ich denke, das ist ein Fall für Sie.«

»Was wird Thomas Beckmann dazu sagen?«

Der Anflug eines Lächelns huschte über die Lippen des Rechtsmediziners. »Thomas weiß, dass Sie hier die Führung übernehmen müssen«, sagte er und zuckte leicht mit den Schultern. »Eine weitere Sache, die ihn quälen wird. Er ist wirklich gut, hat aber Probleme damit, anderen Platz zu machen.« Schweigend sah er zu, wie die Techniker ihre Sachen zusammensuchten. »Kommen Sie, gehen wir an die frische Luft.« Er trat zur Seite und ließ die Techniker passieren, ehe er in Richtung Ausgang ging.

Mads atmete schwer aus und drehte die Schultern, damit sich der Stoff seines Hemdes von seinem verschwitzten Rücken löste. Mit einem letzten Blick auf die Blutspritzer an der Küchenwand und auf dem Fußboden drehte er sich um und folgte Still nach draußen.

Die salzige Luft des Wattenmeeres überwältigte ihn fast mit seiner Frische. Er atmete tief durch und sah über den schmalen Weg zu Thomas Beckmann, der an seinem Wagen lehnte und mit Helmut Vogel sprach. Dann ging er die Vortreppe zu ihnen hinunter.

»Senden Sie den Bericht an mich, verstanden?«, sagte Thomas Beckmann gerade und öffnete die Autotür.

Helmut Vogels Blick huschte zwischen Thomas Beckmann und Mads hin und her, dann nickte er. »Sie bekommen ihn schnellstmöglich.« Er hob die Hand zum Gruß, als Thomas Beckmann in seinen Wagen stieg und über den holprigen Weg zurücksetzte.

»Wäre es möglich, dass Sie auch mir eine Kopie des Berichts schicken?«, fragte Mads.

»Die können Sie dann bei Thomas Beckmann anfordern«, antwortete Vogel und stellte die letzte Kiste mit Beweismaterial in den Wagen. »Ich darf Ihnen leider nichts direkt zumailen.«

»Nein, das ist klar«, sagte Mads. »Vergessen Sie's. Ich werde Thomas Beckmann bitten, mir den Bericht zukommen zu lassen.« Er drehte sich um und sah noch einmal zum Haus hinüber, während Vogel den Arm hob, um die Hecktür zu schließen. Als er sich gleich darauf wieder umdrehte, sah er einen blauen Plastikgriff aus einer Kiste im Wagen der Kriminaltechnik ragen. »Was ist das da?«, fragte er.

»Ein Viehtreiber«, antwortete Helmut Vogel. »Der scheint kaputt zu sein, wir nehmen ihn aber trotzdem mit zur Untersuchung.«

Die Worte ließen Mads erstarren. Er trat einen Schritt vor und suchte mit dem Blick die Regale im Laderaum ab, bis er ein Lineal entdeckte.

»34 Millimeter«, murmelte er vor sich hin, als er nachgemessen hatte. Er drehte sich um und sah schnell zu Werner Still, der sich mit einem Kamm durch die schütteren weißen Haare fuhr. Dann sah er wieder zu Helmut Vogel. »Ich brauche den Tatortbericht.«

»Den darf ich Ihnen leider nicht schicken«, wiederholte Helmut Vogel mit bedauernder Miene. »Sie müssen Thomas bitten, ihn Ihnen zu schicken.«

»Thomas soll was schicken?«, fragte Werner Still hinter ihnen.

»Den Tatortbericht«, antwortete Mads und umklammerte den Beweisbeutel mit dem Viehtreiber. »Das Opfer in Bylderup starb infolge von wiederholten Stromstößen. Als Tatwaffe vermuten wir einen Viehtreiber.«

»Aha«, murmelte Still und sah an Mads vorbei zu Thomas Beckmanns Wagen, der gerade hinter der nächsten Straßenecke verschwunden war. »Dann glauben Sie, dass es einen Zusammenhang zwischen den Fällen gibt?«

»Das ist gut möglich«, antwortete Mads.

Werner Still nickte. »Morgen findet die Obduktion statt. Wenn Sie die Möglichkeit haben, zu kommen, sind Sie herzlich eingeladen. Es besteht ja eine gewisse Wahrscheinlichkeit, dass es sich bei dem Opfer um einen Dänen handelt, und wenn es überdies einen möglichen Zusammenhang mit dem Fall in Bylderup gibt, wird sich Thomas sicher nicht in den Weg stellen.«

13. März

E45 Richtung Norden

Mads' Fuß ruhte auf dem Gaspedal. Im Westen brachen die Wolken langsam auf, und der späte Nachmittagshimmel bekam einen rosafarbenen Schimmer. Mads beugte sich vor und tippte auf dem Touchscreen des Wagens den Namen Per Teglgård an. Einen Augenblick später war der Freiton zu hören. Er richtete den Blick auf die graue Straße, die sich schier endlos vor ihm erstreckte. Das monotone Summen der Reifen lullte ihn ein. Er wollte gerade schon auflegen, als Per sich meldete.

»Verdammt, wo steckst du denn?«

»Auf der Autobahn«, antwortete Mads und schob sich etwas im Sitz hoch. »Ich war in Deutschland.«

»In Deutschland?«, wiederholte der Dezernatsleiter. »Habe ich nicht gesagt, dass du dich auf den Mordfall in Bylderup konzentrieren sollst?«

»Doch«, antwortete Mads und warf einen Blick über die linke Schulter, ehe er auf die Überholspur fuhr. »Ich war in Ockholm. Möglicherweise ein weiteres dänisches Mordopfer.«

»Verdammt!«, schimpfte Per. Im Hintergrund fiel eine Tür ins Schloss, und Sekunden später war in den Lautsprechern das Knistern des Windes zu hören. »Haben wir eine Idee, wer das Opfer ist?«

»Die vor Ort gefundenen Papiere geben an, dass es sich um Bent Juhl-Thomsen handelt. Dreiundachtzig Jahre«, antwortete Mads und fuhr wieder nach rechts.

»Was wissen wir über ihn?«

»Nicht viel«, antwortete Mads. »Es gibt keine Spuren eines Einbruchs, was darauf hindeutet, dass er den Täter selbst hereingelassen hat oder dass die Tür nicht abgeschlossen war.«

»Motiv?«

»Keine Ahnung. Es scheint sich nicht um Bereicherungskriminalität zu handeln. Das Haus ist intakt. Keine durchwühlten Schubladen oder Schränke. Allerdings ist das Opfer misshandelt worden.«

»Auf welche Weise?«, fragte Per Teglgård und inhalierte den Rauch tief ein.

»Schläge auf den Hinterkopf und Brandwunden.«

»Von Zigaretten?« Das Knistern des Windes verschwand, stattdessen war ein langes Ausatmen zu hören.

»Nein, der Täter hat ein Brandeisen benutzt. Kannst du schon ein bisschen über das Opfer recherchieren, bis ich wieder im Büro bin?«

»Ist der Fall denn an uns übertragen worden?«

»Nein, noch nicht. Die Identität muss erst noch endgültig bestätigt werden.«

»Ich werde sehen, was ich tun kann. Unsere Ressourcen sind ein bisschen begrenzt.«

»Das weiß ich«, sagte Mads. »Ich werde an der Obduktion teilnehmen.«

»Nein, du konzentrierst dich jetzt auf den Mord in Bylderup! Ich rufe Laugesen zurück, dann kann der zur Obduktion fahren. Findet die in der Rechtsmedizin in Kiel statt?«

»Nein, ich mache das selbst«, erklärte Mads. »Die deutschen Kriminaltechniker haben einen Viehtreiber am Tatort gefunden.«

»Einen Viehtreiber?«

»Ja«, antwortete Mads und fluchte innerlich, als ein Lastwagen vor ihm ausscherte. »Ich habe den Abstand zwischen den Elektroden gemessen, und wenn mich meine Erinnerung nicht täuscht, würde der zu den Marken passen, die wir auf Charlotte Weidemanns Körper gefunden haben.«

»Was sagt Thomas Beckmann dazu?«

»Er weiß es noch nicht.«

»Dann kümmere dich darum«, meinte Per.

»Denkst du an die Informationen über Bent Juhl-Thomsen?«

»Ich werde sehen, was ich tun kann«, erwiderte Per Teglgård und legte auf.

13. März

Haderslev

Mads schloss die Bürotür hinter sich und zog die Jacke aus. Die Unruhe pulsierte in seinen Adern, und der Drang, die Laufschuhe zu schnüren und alles andere auszusperren, zerrte an ihm. Er rieb sich mit dem Handrücken unter der Nase entlang. Auf der Haut klebte noch immer eine süße Note, die ihn an den Anblick des Toten erinnerte. Wie er im Sessel gesessen und auf das Meer geblickt hatte. Er schaltete den PC ein und öffnete das Fenster. Unter ihm gaben ein paar Autos kräftig Gas, als die Ampel auf Grün schaltete. Abgaswolken stiegen auf.

»Bent Juhl-Thomsen«, murmelte er vor sich hin, schrieb die Worte ins Suchfeld und drückte auf Enter. Sein Blick ging über die Reihe der Treffer, die auf dem Bildschirm angezeigt wurden.

Offiziersschule des Heeres bekommt neue Führung

Major Christian Juhl-Thomsen, Sohn von Oberst Bent Juhl-Thomsen, übernimmt die Führung der Offiziersschule in der Varde-Kaserne. Er tritt damit das Erbe der Familie Juhl-Thomsen an, die nun in der dritten Generation die Geschicke der Kaserne leitet. Christian Juhl-Thomsen, unweit von Esbjerg geboren und aufgewachsen, tritt seine Stellung zum 1. Januar an. Er war zuvor im Auslandseinsatz im Irak und in Afghanistan und zuletzt in der Oksbøl-Kaserne tätig.

Er klickte den Artikel weg und überflog die Liste der anderen Treffer.

Wir danken für die herzliche Anteilnahme am Tod meiner geliebten Frau Ellen Juhl-Thomsen. Bent Juhl-Thomsen.

Er scrollte weiter und notierte sich eine Adresse in Esbjerg, als die Tür aufging.

»Du bist schon zurück?«, fragte Per Teglgård und lehnte sich an den Türrahmen. »Ich habe zusammengesucht, worum du mich gebeten hast.« Er trat ein und legte einen Stapel Dokumente auf Mads' Tisch. »Und du bist dir sicher, dass es derselbe Viehtreiber ist?«

»Nein, natürlich nicht«, antwortete Mads und griff nach den Papieren. »Helmut Vogel untersucht ihn auf Fingerabdrücke und DNA-Material, ich denke aber, wir haben eine gute Chance.«

Per nickte. »Gibt es irgendeine Verbindung zwischen diesem Opfer und Charlotte Weidemann?«

»Noch nicht«, antwortete Mads. »Die Identität des Toten ist noch nicht bestätigt worden.«

»Dann sollte Thomas Beckmann sich schleunigst darum kümmern. Wir haben keine Ressourcen, uns um Fälle zu kümmern, die uns nichts angehen.«

»Wir können aber nicht ausschließen, dass es eine Verbindung gibt«, wandte Mads ein.

»Es kann auch bloßer Zufall sein. Wir müssen uns auf den Fall konzentrieren, den wir bereits auf dem Tisch haben. Hast du das verstanden? Der Druck von oben wird immer größer. Ich werde als inkompetenter Idiot dargestellt, der nicht einen Schritt weiterkommt, und ich muss dich ja wohl nicht daran erinnern, dass die Wahrscheinlichkeit, einen Fall aufzuklären, mit jedem Tag geringer wird.«

»Nein, das weiß ich ganz genau.« Mads nickte in Richtung der Papiere. »Was soll ich dann mit den Dokumenten machen?«

»Du informierst Thomas Beckmann über die Angehörigen von diesem Bent Juhl-Thomsen«, antwortete Per. »Und dann konzentrierst du dich wieder auf den Mordfall Charlotte Weidemann in Bylderup.«

13. März

Toftlund

Mads hielt am Straßenrand und sah zu Berit Langers Haus hinüber. Warmes Licht fiel aus den Fenstern nach draußen und ließ den stilreinen Minimalismus erkennen, der die Innenräume prägte. Er blieb still sitzen und sah sie durchs Wohnzimmer laufen. Der runde Ausschnitt der Bluse rutschte ihr über die eine Schulter, als sie sich umdrehte, und betonte ihre schlanke Figur. Er öffnete die Autotür und stieg aus. Seine Lederjacke war offen, und er fröstelte leicht, als er zur Haustür ging.

»Hallo.« Ein Lächeln ging über Berit Langers Gesicht, als sie die Tür öffnete. Von drinnen war leise Musik zu hören, der angenehme Duft nach Gewürzen unterstrich die warme Atmosphäre.

»Störe ich?«

»Nein, gar nicht«, antwortete Berit und hielt ihm die Tür auf. »Komm rein. Ich muss mir nur noch die Haare trocknen, dann komme ich.« Sie drehte sich um und verschwand mit nackten Füßen über den Flur. Ein Duft von Parfüm hing in der Luft. »Im Kühlschrank steht ein Rosé. Nimm dir ein Glas, wenn du möchtest«, sagte sie aus dem Badezimmer.

Mads sah sich um. Die Umzugskisten, die im Flur gestanden hatten, waren verschwunden. »Hast du dich schon eingelebt?«, fragte er, als der Föhn anging.

»Was?«, rief sie durch den Lärm.

»Ich habe nur gefragt, ob du dich schon eingelebt hast«, wiederholte Mads und ging ins Wohnzimmer.

»Moment, ich verstehe dich nicht.«

Mads sah sich um. Die weißen Dielen bildeten einen angenehmen Kontrast zu den mokkafarbenen Wänden, und die breiten Lamellengardinen sperrten in ihrer geöffneten Position nur einen Teil der Dunkelheit aus, die draußen herrschte. Er schob die Decke, die achtlos auf das Sofa geworfen worden war, etwas zur Seite und setzte sich. Ein Buch lag aufgeschlagen auf dem weiß lasierten Eichen-Couchtisch. Daneben stand ein fast leeres Weinglas auf einem Korkuntersetzer.

»Hast du dir ein Glas Wein genommen?«, fragte Berit und schloss die Tür zum Flur. Er sah auf ihre nackten Füße, als sie zu ihm ging.

»Nein, das sollte ich auch nicht tun«, antwortete er. »Ich habe einen langen Tag hinter mir.«

»Du bist immer so vernünftig«, meinte Berit und setzte sich aufs Sofa. »Ich hätte besser bei dir bleiben sollen.« Sie griff nach ihrem Glas und ließ die Finger über den Stiel gleiten, bevor sie es an die Lippen führte.

»Wie meinst du das?«

»Ach, nichts«, antwortete sie, stellte das Glas ab und saß für einen Moment still da, dann zog sie die Beine unter sich und legte die Decke darüber. »Das war Blödsinn. Vergiss es.«

»Ich habe dich ein paarmal angerufen«, sagte Mads. »Aber du bist nicht ans Telefon gegangen. Ich hab dir auch ein paar Nachrichten hinterlassen.«

»Oh, wahrscheinlich war das mein Arbeitshandy«, sagte Berit. »Das liegt in Odense. Ich nehme es nie mit nach Hause, wenn ich freihabe. Aus Schaden wird man klug, heißt es doch, oder?«

»Ich kann dir nicht ganz folgen.« Mads zog die Stirn in Falten.

»Das war einer der Punkte, die zu dem Bruch mit Nikolai geführt haben«, sagte Berit und zog die Decke etwas enger um sich. »Hast du meine Privatnummer gar nicht?« Sie beugte sich etwas vor und streifte sanft seine Hand. Dann senkte sie den Blick. »Hast du inzwischen etwas von der Staatsanwaltschaft gehört?«

»Ja. Ich bin wieder zurück, deshalb wollte ich dich auch erreichen.«

»Oh.« Berit atmete aus und zog die Hand wieder zu sich. Dann lehnte sie sich zurück. »Deshalb also.«

»Ich habe den Fall in Bylderup übernommen«, fuhr Mads fort. »Leider ist der Obduktionsbericht verloren gegangen. Ich habe das Rechtsmedizinische Institut kontaktiert, aber die sagen, dass der auf deinem PC sein muss, da er nicht im Archiv ist.«

Ein leises Seufzen kam über Berits Lippen. »Ich bin etwas überstürzt aus dem Büro losgefahren«, antwortete sie. »Der Umzug hat mich ziemlich beschäftigt, also ja, der ist noch auf meinem PC.«

»Könntest du mir den noch mal schicken?«

»Ja, klar«, antwortete Berit, griff nach ihrem Glas und leerte es, als Mads aufstand. »Ich bin Montag wieder zurück.«

»Geht es nicht auch schon morgen?«

»Leider nein«, antwortete Berit, stand auf und begleitete

ihn zur Tür. Der Wind strich kühl über den Boden, als er sie öffnete. »Nett, dass du vorbeigekommen bist.«

»Wir sehen uns«, sagte Mads, trat auf die Treppe und warf einen Blick auf seinen Wagen. An der Frontscheibe glitzerte Raureif. »Sieh zu, dass du wieder ins Warme kommst.«

14. März

Kiel

»Sie sind früh dran.« Werner Stills Stuhl knirschte, als er aufstand. Seine Hand ging unwillkürlich zu dem dünnen Brillengestell und schob es etwas höher auf die Nase. »Ich hoffe, Ihre Anwesenheit bei der Obduktion steht nicht im Konflikt mit den Ermittlungen im Bylderup-Fall?«

»Nein, alles gut«, antwortete Mads und legte die Jacke über die Rücklehne eines Stuhls am Besprechungstisch. »Ich wollte nur sichergehen, dass ich rechtzeitig hier bin. Thomas Beckmann ist doch bestimmt auch schon auf dem Weg?«

»Davon gehe ich aus«, sagte Still und warf einen Blick auf die Uhr über der Tür. »Haben Sie weitere Informationen über das vermutete Opfer gefunden?«

»Ja.« Mads zog den Stuhl zurück und setzte sich. Auf dem Tischchen stand schon eine Thermoskanne mit drei Bechern bereit. Er schob sie ein wenig zur Seite. »Bent Juhl-Thomsen ist dreiundachtzig Jahre, wie es auf dem Führerschein steht, der am Tatort gefunden wurde. Pensionierter Oberst der Varde-Kaserne.«

»Das würde mit der Medaille auf dem Foto übereinstimmen«, sagte Still und griff nach der Kaffeekanne.

»Stimmt. Laut meinen Unterlagen ist er irgendwo zwischen Ribe und Esbjerg geboren und aufgewachsen, als der

Ältere von zwei Brüdern.« Mads lehnte sich zurück und legte die Hände auf die Knie, als Werner Still sich Kaffee eingoss. »Verheiratet mit Ellen Juhl-Thomsen, geborene Petersen. Sie ist aber bereits vor etwas mehr als zehn Jahren verstorben.«

»Kinder?«

»Ja«, antwortete Mads und nahm die Mappe mit Teglgårds Unterlagen aus seiner Tasche. »Christian Juhl-Thomsen. Einzelkind. Er ist in die Fußstapfen seines Vaters getreten und arbeitet auch beim Militär.«

»Haben Sie mit ihm gesprochen?«

»Kurz«, sagte Mads. »Er hat ausgesagt, dass sein Vater mehr oder weniger nach Ockholm gezogen sei.«

»Dann hat er gar keine feste Adresse in Dänemark?« Werner Still zog die Augenbrauen hoch.

»Doch, eine Wohnung in Esbjerg«, antwortete Mads. »Dort hält er sich aber so gut wie nie auf.«

»Und was seine Identität angeht, sind wir uns da sicher?«, fragte der Rechtsmediziner.

»Ich denke schon. Aber hundertprozentig sicher können wir uns ja erst sein, wenn er offiziell identifiziert wurde«, antwortete Mads, als er Thomas Beckmann unten auf den Parkplatz fahren sah. »Ich habe Christian Juhl-Thomsen gebeten, später zur Befragung aufs Revier zu kommen. Er war in Oslo, als ich mit ihm telefoniert habe.«

Werner Still nickte. »Dann legen wir los.« Er stand auf und öffnete die Tür zum Flur. Thomas Beckmann erschien exakt zur vereinbarten Zeit.

13. März

Kiel

Werner Still zog die Latexhandschuhe an und drehte sich zum Stahltisch um, auf dem der Leichnam aus Ockholm lag. Die Haut rings um die Brandwunden hob sich leuchtend von dem ansonsten grünlichen Torso ab. Still schob die Operationsleuchte etwas zur Seite, klickte sich das Mikrofon an den Kittel und signalisierte den Anwesenden, dass er bereit war.

»Wir haben es mit dem Leichnam eines älteren Mannes mit altersgerechtem Aussehen zu tun. Er wurde tot in einem Sessel sitzend gefunden, an den man ihn gefesselt hatte. Totenflecke und Leichenstarre bewahrt. Größe: 179 Zentimeter. Gewicht: 83 Kilogramm. Ernährungszustand: mittel.« Er fuhr mit der Hand über den Bauch des Toten. Kleine Blasen platzten unter seiner Berührung, bräunliche Leichenflüssigkeit rann auf die Haut. »Die CT vor der Obduktion zeigt einen Schädelbruch am linken Hinterkopf. Die Einblutung verläuft von der Läsion an der linken Seite des Gehirns entlang. Auch der zwölfte Thorakalwirbel ist geschädigt. Ansonsten keine Besonderheiten.« Er hob den Kopf und sah Thomas Beckmann und Mads über den Rand seiner Brille hinweg an. Dann richtete er seine Aufmerksamkeit wieder auf den Leichnam. Die Unterarme, das Gesäß und die Beine waren durch die Leichenflecken schwarzviolett verfärbt. Werner Still legte die Finger auf die Augenlider des Toten und zog sie vorsichtig hoch. Einen Moment lang betrachtete er den leeren Blick, dann fuhr er mit den Fingern über die Gesichtshaut. »Der Blick ist gerade nach vorn gerichtet, die Pupillen rund. Es sind keine punktförmigen Einblutungen an den Bindehäuten der Augen zu erkennen, ebenso fehlen alle Anzeichen einer Strangulation«, sagte er und drehte den Kopf des Toten etwas nach hinten. »Mund mit eigenen Zähnen, Rachen und vorderer Mundraum sind frei. Auch in den Mundschleimhäuten keine Einblutungen.« Er trat einen Schritt zur Seite, ohne den Kiefer des Toten loszulassen, damit Helmut Vogel die Aussage dokumentieren konnte. Vorsichtig drehte er den Kopf des Toten zur Seite und betrachtete die Haut und das eingetrocknete Blut in den grauen Haaren. »Am Hinterkopf ist die Kopfhaut unregelmäßig gequetscht mit entsprechenden subkutanen Hämatomen. Die Fläche der Läsion misst an der breitesten Stelle 89 Millimeter. Auf dem CT-Bild ist die Läsion als sternförmige Fraktur zu erkennen.« Er nahm eine Pinzette und zog einen Glassplitter aus der Wunde.

»Dann handelt es sich um einen Schädelbruch?«, fragte Mads.

»Ja. Stumpfe Gewalt. Das Opfer ist vermutlich bewusstlos geschlagen worden.«

»Und wir sprechen von einem einzigen Schlag?«, erkundigte sich Thomas Beckmann.

Helmut Vogel nickte, die Kamera vor der Brust. »Die Blutspurenmusteranalyse hat keine Überlappung von Spritzern ergeben, und da es nur diese eine Verletzung des Schädels gibt, müssen wir davon ausgehen, dass es auch nur ein Schlag war. Das Opfer ist danach aus der Küche zu dem Sessel gezogen worden, in dem es platziert wurde.«

»War er da noch am Leben?«

»Ja«, übernahm Werner Still. »Die Verletzungen an der Brust lassen keinen Zweifel daran, dass er noch am Leben war, als ihm diese zugefügt wurden. Außer er wurde in der Küche gebrandmarkt, was ich aber bezweifle.«

»Was nehmen Sie als Todesursache an?«, wollte Mads wissen.

»Das ist noch nicht sicher, vermutlich ist er aber an der Hirnblutung verstorben. Es kann aber auch Herzversagen infolge der Folter gewesen sein, der er ausgesetzt war«, antwortete Werner Still. Er legte den Kopf des Toten zurück auf die Stütze und fuhr mit den Fingern über Hals und Brust. »Es gibt deutliche Verwesungsanzeichen. Die Venen sind hervorgetreten und das Abdomen aufgedunsen und grünlich verfärbt«, fuhr er fort und wischte seine Handschuhe an einem Papiertuch ab. »Brustdrüsen und Behaarung geschlechtstypisch. An der rechten Handfläche sind mögliche Abwehrverletzungen zu erkennen. Sie messen 52 mal zwei Millimeter. Die Vorderseite des Toten ist – abgesehen von den Brandwunden – frei von weiteren Läsionen oder besonderen Kennzeichen.« Werner Still nickte dem Obduktionsassistenten zu, der den Leichnam mit festem Griff auf die Seite drehte. »Unmittelbar über dem zwölften Thorakalwirbel ist ein möglicher Einstich zu erkennen. Die Stelle misst achtzehn mal vier Millimeter.« Er blieb einen Augenblick stehen, als überlegte er noch, dann schob er vorsichtig ein schmales Lineal in den Einstich. »Die Tiefe ist schwer zu ermitteln, sie dürfte etwa 61 Millimeter betragen.«

»Ist das Rückenmark verletzt?«, fragte Mads.

»Ja, das wurde durch die CT bestätigt«, erklärte Werner Still.

Mads sah zu, wie der Rechtsmediziner das Lineal an einem Papiertuch abwischte und es dann zurück auf den Beistelltisch legte. Helmut Vogel dokumentierte die Einstichwunde mit seiner Kamera.

»Ein Messer?«, fragte Mads.

Werner Still nickte. »Mit großer Wahrscheinlichkeit hat diese Läsion dazu geführt, dass das Opfer von der Taille abwärts gelähmt war.« Er schob die Brille mit dem Handrücken hoch. »Das würde auch erklären, warum nur die Arme an den Sessel gefesselt worden sind.«

»Da könnten Sie recht haben«, sagte Mads und nickte nachdenklich.

Für einen Moment war nur das monotone Summen der Klimaanlage zu hören.

»An besonderen Kennzeichen findet sich auf dem linken Schulterblatt ein Tattoo, das aus drei Sternen und einer sechsstelligen Zahl besteht«, fuhr Werner Still fort und nickte Helmut Vogel zu. Wieder leuchtete das Blitzlicht auf.

»Datum oder Soldatennummer?«, schlug Mads vor, während der Kriminaltechniker die Qualität des Fotos auf dem Display überprüfte.

»Möglich, es könnte aber auch etwas anderes sein. Tattoos können so viel bedeuten«, antwortete Werner Still. »Es sieht auf den ersten Blick nicht wie ein Datum aus. Wissen Sie, welche Nummer Bent Juhl-Thomsen hatte?«

»Leider nein«, antwortete Mads und sah zu Thomas Beckmann, der die Arme vor der Brust verschränkt hatte und sich an die Trennwand lehnte. Der Obduktionsassistent drehte den Toten zurück auf den Rücken. »Aber das kann ich herausfinden.«

»Auf der Brust sind insgesamt neun Läsionen zu erkennen.

Es handelt sich bei allen um Brandwunden«, berichtete Werner Still und kippte die Lampe etwas, damit das Licht direkt auf die Wunden fiel. »Der Durchmesser beträgt 27 Millimeter, und die Brandwunden haben die Form der Buchstaben JT, was zu dem Brandeisen passt, das wir am Fundort des Toten sichergestellt haben. Vier der neun Läsionen sind unscharf abgegrenzt, was vielleicht darauf zurückzuführen ist, dass das Opfer sich bewegt hat. Diese Male messen bis zu 35 Millimeter.« Mit einem kurzen Nicken trat er nach hinten und sah zu, wie der Obduktionsassistent nach dem Skalpell griff. Die Klinge penetrierte die Haut unter den Schlüsselbeinen und führte schräg über die Brust und dann nach unten, bis sich das bekannte Y abzeichnete. Verwesungsgestank quoll ihnen entgegen, und Mads presste sich den Unterarm auf Mund und Nase. Die Übelkeit stieg in ihm hoch. Sein Magen krampfte sich mehrmals zusammen und drohte den Proteindrink, den er als Frühstück zu sich genommen hatte, wieder von sich zu geben. Dann hörte Mads, wie der Obduktionsassistent das Skalpell weglegte. Gleich darauf folgte das Knacken der Rippen.

14. März

Kiel

Mads drehte das Wasser an und starrte in den Spiegel über dem Waschbecken. Der üble Geschmack des Proteindrinks, gemischt mit Galle, brannte in seinem Hals. Es fühlte sich an, als hätte er Steine im Bauch, die aneinanderrieben und ihn von innen zu zermalmen drohten. Er hielt die Hände in den Wasserstrahl und wusch sich das Gesicht, bevor er wieder in den Spiegel blickte. Die Augenringe waren so dunkel, als hätte er seit Tagen nicht geschlafen. Er schüttelte leicht den Kopf, drehte das Wasser ab und zog ein Papier aus der Halterung.

»Lindstrøm?«

Ein leichtes Klopfen an der Tür erklang, und Mads hob den Blick. Im Spiegel kam Werner Stills Gesicht zum Vorschein.

»Alles in Ordnung mit Ihnen?«

»Ja.« Mads knüllte das Papiertuch zusammen und drehte sich halb zum Rechtsmediziner. »Die letzten Tage waren einfach verdammt heftig.«

»Das verstehe ich. Thomas und ich warten in meinem Büro.«

»Danke, ich komme gleich«, sagte Mads. Er sah Still im Spiegel hinterher. Das Lächeln des Rechtsmediziners konnte die Besorgnis in seinem Gesicht nicht verdrängen. Mads richtete sich auf, warf das Papiertuch in den Abfalleimer und verließ die Toilette.

*

»Es bleibt ein deutscher Fall«, sagte Thomas Beckmann. Das Fenster stand auf Kipp, und hochwillkommene frische Luft strömte durch den Spalt. »Der Mord ist in Deutschland begangen worden, und wir können zum jetzigen Zeitpunkt nicht sagen, ob der Täter Deutscher oder Däne ist.«

»Das ist mir klar«, antwortete Werner Still. »Aber nach den Regeln der Grenzregion handelt es sich vermutlich um einen dänischen Fall. Außerdem können wir nicht außer Acht lassen, dass es sich bei dem Toten mit hoher Wahrscheinlichkeit um einen dänischen Offizier handelt.«

»Du klammerst dich an Details, die vielleicht vollkommen bedeutungslos sind«, gab Thomas Beckmann zu bedenken und kniff die Lippen zusammen. Seine dunklen Augen funkelten, als er merkte, dass Mads in der Tür stand. Er schob den Stuhl nach hinten und streckte die Beine aus. »Die Ermittlungen bleiben in deutscher Hand«, hielt er fest.

»Die Entscheidung liegt bei dir«, antwortete Werner Still, doch eine Falte zeichnete sich auf seiner Stirn ab. »Vielleicht sollten wir trotzdem hören, was dein dänischer Kollege darüber denkt.«

»Was ich darüber denke?« Mads schloss die Tür hinter sich. »Ich komme nicht ganz mit.«

»Ist der Fall ausschließlich ein deutscher Fall?«, fragte Werner Still.

»Diese Diskussion ist doch irrelevant«, warf Thomas Beckmann ein und stand auf. Seine Augen blitzten.

Unwillkürlich trat Mads zur Seite. Beckmann wandte sich

ihm mit einer abrupten Bewegung zu, dann verschwand er mit hartem Blick durch die Tür.

»Was war denn das?«, fragte Mads kopfschüttelnd. Draußen auf dem Flur verstummten Thomas Beckmanns harte Schritte. Die Glastür fiel ins Schloss, und einen Augenblick später sah Mads, wie Beckmann quer über den Rasen zu seinem Wagen ging.

»Thomas sieht die Dinge auf seine ganz eigene Weise«, bemerkte Still und zuckte mit den Achseln. Er schob ein Foto über den Tisch. »Helmut Vogels Team hat das hier bei der Durchsuchung des Tatorts gefunden. Thomas und ich haben gerade darüber diskutiert. Der Text ist auf Dänisch, deshalb verstehe ich nicht, weshalb Thomas die Möglichkeit ausschließt, dass es sich um einen dänischen Mord auf deutschem Boden handelt.«

»Aber es ist doch nicht weiter erstaunlich, dass man ein Blatt Papier mit dänischem Text findet, wenn wir annehmen, dass es sich bei dem Opfer um Bent Juhl-Thomsen handelt?«, wandte Mads ein und betrachtete das Foto einer zerknüllten Buchseite. Rostrote Flecken waren in das fast durchsichtige Papier gezogen und ließen die Schrift an manchen Stellen zerfließen.

»Das stimmt«, antwortete Werner Still und kratzte sich am Hals. »Ich bin nicht ganz so gut im Dänischen wie Sie im Deutschen, überdies ist der Text, wie Sie sehen können, weitestgehend zerflossen.« Er lehnte sich zurück, faltete die Hände und sah Mads nachdenklich an. »Helmut Vogel glaubt, dass im Papier das Messer eingewickelt war, mit dem der Täter das Opfer gelähmt hat. Das Messer haben wir leider nicht gefunden, Vogel ist aber dabei, das Papier auf Fingerabdrücke zu untersuchen.«

»Was sagt Thomas dazu?«, fragte Mads und sah sich noch einmal das Foto des zusammengeknüllten Papiers an. Die Buchstaben waren klein, und die schwarze Schrift etwas verschnörkelt. Das Buch schien älteren Datums zu sein.

»Er meint, es sei ein Zufall, dass wir eine Seite aus einem dänischen Buch gefunden haben«, antwortete Werner Still. Er lehnte sich zurück und atmete tief aus, wobei der Stuhl ein lang gezogenes Knirschen von sich gab.

»Und das Blut? Stammt es vom Opfer?«

»Teilweise«, antwortete Still. Er richtete sich auf, und der Stuhl jammerte erneut. »Die DNA-Analyse zeigt, dass es von zwei Personen stammt.«

»Täter und Opfer?«

»Könnte man vermuten, ja.«

»Dann hätten wir ja das DNA-Profil des Täters?«

»Ja, vorausgesetzt, das Blut stammt wirklich vom Täter«, erwiderte Werner Still. »Das eine DNA-Profil stammt von dem Toten. Das andere von einer Frau.«

Mads zog eine Augenbraue hoch. »Familie?«

»Nein«, antwortete Still und schüttelte den Kopf. »Keine direkte Blutsverwandtschaft.«

»Mist«, murmelte Mads und stemmte die Ellenbogen auf den Tisch. »Wie sieht es mit dem Glasgegenstand aus, der als Tatwaffe benutzt wurde?«

»Wir wissen nicht, ob der Gegenstand schon am Tatort war oder ob der Täter sie mitgebracht hat. Wenn Sie mich fragen, ist dieser Überfall nicht im Affekt geschehen. Ganz im Gegenteil. Das Ganze wirkt total durchgeplant.«

»Das müssen Sie mir erklären.«

»Der Täter hat dem Opfer mit höchster Präzision eine Stichwunde über dem zwölften Thorakalwirbel zugefügt«, berichtete Werner Still. »So, wie ich das sehe, hatte er die Absicht, das Opfer zu lähmen, ohne ihm die Schmerzempfindung am Oberkörper zu nehmen.«

»Dann ist das für Sie eine persönliche Abrechnung?«, fragte Mads.

»Ja, ich denke, wir müssen den Täter im nächsten Umfeld des Opfers suchen«, antwortete der Rechtsmediziner. »Die vielen Brandwunden sind schon extrem. Die Läsionen reichen tief ins Gewebe hinein, was heißt, dass das Brandeisen länger auf die Haut gedrückt wurde, als für ein Brandzeichen nötig gewesen wäre.«

»Und wie gehen wir jetzt weiter vor?«

»Als Erstes müssen wir sicher sein, dass unser Opfer wirklich Bent Juhl-Thomsen ist«, antwortete Werner Still.

»Ja.« Mads nickte und stand auf. Sein Blick ruhte auf dem Foto. »Kann ich das mitnehmen?«

»Natürlich«, antwortete Werner Still. »Aber sagen Sie Thomas nichts davon.«

14. März

Haderslev

Mads schloss die Tür und ließ die Sporttasche fallen. Draußen legte sich bereits die Dämmerung auf die Straßen von Haderslev, und das Scheinwerferlicht der Autos spiegelte sich im nassen Asphalt. Auf der anderen Straßenseite beobachtete Mads einen Ford, der auf den Parkplatz abbog. Der Schein der blassgelben Straßenlaternen legte sich auf den silbergrauen Lack des Wagens, während die Scheibenwischer noch einmal über die Frontscheibe huschten. Dann ging die Beleuchtung des Autos aus, und die Tür auf der Fahrerseite wurde geöffnet. Ein etwa fünfzigjähriger Mann stieg aus. Er rückte den Kragen seiner Uniform zurecht und richtete den Blick auf das Polizeirevier.

*

»Kommen Sie herein«, sagte Mads und führte Christian Juhl-Thomsen in den Vernehmungsraum. »Kann ich Ihnen einen Kaffee anbieten?«

»Ja, gerne.« Der Mann nickte und sah sich in dem kleinen Raum mit den tristen Wänden und dem grauen Linoleumboden um. Dann richtete er seinen Blick wieder auf Mads, der ihm einen Becher Kaffee reichte.

»Ich möchte Sie darauf aufmerksam machen, dass unser

Gespräch aufgezeichnet wird«, sagte Mads und nickte in Richtung des kleinen Aufnahmegeräts auf dem Tisch.

»Das ist mir bewusst«, antwortete Christian Juhl-Thomsen und führte den Becher an die Lippen. »Nach Ihrem Anruf habe ich versucht, meinen Vater zu erreichen, aber er ist nicht an sein Handy gegangen.«

»Reden wir darüber, wenn wir so weit sind«, sagte Mads und startete die Aufnahme. »Sonntag, 14. März. Befragung von Christian Juhl-Thomsen. Anwesend: Kommissar Mads Lindstrøm.«

Schweigend richtete er seinen Blick auf Juhl-Thomsen. Aus der Jacke in Tarnfarben, die der Offizier über den Stuhlrücken gehängt hatte, stieg ein Geruch nach Regen und Erde, als wäre er direkt aus dem Wald gekommen.

»Wenn ich richtig informiert worden bin, kommen Sie jetzt aus Oslo?«, fuhr Mads fort und goss sich ein Glas Wasser ein. »Dienstlich, nehme ich an?«

»Ja«, sagte Juhl-Thomsen mit einem Nicken.

»Wie lange waren Sie da?«

»Zehn Tage«, antwortete Juhl-Thomsen. Der grüne Hemdenstoff spannte über seinen muskulösen Schultern, als er die Arme vor sich auf den Tisch legte.

»Wie ich Ihnen schon am Telefon gesagt habe, haben wir im Haus Ihres Vaters in Ockholm einen Toten gefunden«, fuhr Mads fort. »Es ist nicht sicher, dass es sich dabei um Ihren Vater handelt, die Wahrscheinlichkeit ist aber leider recht hoch.« Er hielt inne und beobachtete den Mann vor sich. Der Blick war gefasst, doch seine Finger umklammerten den Kaffeebecher mit aller Kraft.

»Können Sie mir sagen, was geschehen ist?«, fragte Juhl-Thomsen. Er stellte den Becher auf den Tisch und wischte sich die Hände am Stoff der Hose ab. Dann legte er die Unterarm wieder auf den Tisch. »Woran ist er gestorben?«

»Das kann ich Ihnen leider erst sagen, wenn ich sicher bin, dass es sich wirklich um Ihren Vater handelt.«

»Ja, natürlich«, antwortete Juhl-Thomsen.

»Wir haben den Leichnam obduziert und dabei eine Tätowierung entdeckt«, sagte Mads und öffnete die Plastikmappe, die vor ihm auf dem Tisch lag. »Wissen Sie, ob Ihr Vater eine Tätowierung hatte?«

»Ja«, antwortete Juhl-Thomsen. Seine Finger umklammerten erneut die Tasse. »Auf der Schulter.«

»Glauben Sie, dass Sie das Tattoo wiedererkennen würden?«, fragte Mads. Er wartete einen Augenblick, ehe er ein Foto aus der Mappe nahm. Sein Blick verweilte kurz auf den leicht zerflossenen, blauen Strichen auf der weißen, lederartigen Haut, dann schob er das Foto über den Tisch. »Ich weiß, dass es hart für Sie ist, aber ich muss Sie fragen, ob Sie darin die Tätowierung Ihres Vaters erkennen.«

Für den Bruchteil einer Sekunde erstarrte Juhl-Thomsen, dann war sein Blick von Trauer erfüllt. Er griff nach dem Foto, fuhr mit den Fingern über die drei Sterne und die Nummer, dann kniff er die Augen zu. »Das ist er. Natürlich erkenne ich die Tätowierung«, sagte er schließlich. Er hob den Blick und legte das Foto wieder auf den Tisch. »Das ist seine Soldatennummer.«

»Es tut mir sehr leid«, sagte Mads und notierte sich die Aussage auf seinem Block. »Brauchen Sie einen Augenblick Pause?«

»Nein, es geht schon«, antwortete Juhl-Thomsen und schüttelte kurz den Kopf. »Wie ist er gestorben?«

»Zuerst muss ich Sie fragen, ob Sie sich erinnern, wann Sie zuletzt Kontakt mit Ihrem Vater hatten.«

»Das muss am Mittwoch gewesen sein«, meinte Christian Juhl-Thomsen nach kurzer Denkpause. Er atmete tief durch und schob den Becher über die Tischplatte.

»Also am 10. März?«, präzisierte Mads.

»Ja«, antwortete Christian. »Der Kurs, den wir an dem Abend haben sollten, war abgesagt worden, und da habe ich die Zeit genutzt, um ihn anzurufen.«

»Hat Ihr Vater zu diesem Zeitpunkt wie immer gewirkt?«

»Ja, mir ist jedenfalls nichts aufgefallen. Er hat mir erzählt, dass er einen Maurer angerufen hat, damit der sich im Frühjahr die Fugen des Schornsteins ansieht. Ansonsten war es eigentlich nur der übliche Small Talk. Warum?«

»Wir haben den Todeszeitpunkt noch nicht eindeutig ermitteln können«, erklärte Mads. »Deshalb wollen wir wissen, wann er zuletzt mit Sicherheit gelebt hat.«

»Sie konnten den Todeszeitpunkt nicht feststellen?«, fragte Juhl-Thomsen und zog die Stirn in Falten. »Ist es denn so wichtig, an welchem Tag er gestorben ist?«

»Leider ja«, antwortete Mads. »Die Zeitspanne, innerhalb derer der Tod eingetreten sein könnte, ist relativ groß.«

»Wie meinen Sie das? Wenn der genaue Zeitpunkt so wichtig ist, sollte es mit der heutigen Technik doch wohl möglich sein, ihn herauszufinden?«

»Normalerweise schon. Die Umstände am Fundort machen es allerdings erforderlich, dass wir genau prüfen, was in der Zeit vor dem Mord geschehen ist.«

»Mord?« Das Wort blieb zwischen ihnen in der Luft hängen, kalt und klebrig. Juhl-Thomsens fester Blick begann zu flackern. Seine Schultern verkrampften sich, und sein Gesicht wurde blass. »Mein Vater ist ermordet worden?«

»Ja, es tut mir leid«, antwortete Mads und senkte den

Blick. Seine Finger berührten die durchsichtige Plastikhülle, dann beugte er sich vor und richtete die Augen wieder auf Juhl-Thomsen. »Ich wollte nicht, dass Sie es auf diese Weise erfahren. Ich hoffe, Sie verstehen, dass ich mir erst sicher sein musste, dass es sich bei dem Opfer wirklich um Bent Juhl-Thomsen handelt.«

»Ja, ja, ich verstehe«, antwortete Juhl-Thomsen und räusperte sich. Dann strich er sich mit der Hand über die Haare. Sein Blick war leer, und sein starker Körper wirkte mit einem Mal leblos. »War es ein Einbruch, der schiefgelaufen ist?«

»Wir wissen noch nicht, was wirklich passiert ist, es sieht aber nicht nach einem Einbruch aus.«

»Wie meinen Sie das?«, fragte Juhl-Thomsen.

»Es sieht so aus, als hätte Ihr Vater den Täter selbst ins Haus gelassen. Die Alternative ist, dass die Tür nicht abgeschlossen war. Hat Ihr Vater die Tür normalerweise verriegelt?«

»Ich habe ihn unzählige Male darum gebeten, ich weiß aber nicht, ob er es getan hat. Seine Starrköpfigkeit war manchmal wirklich anstrengend.«

»Was können Sie mir über Ihren Vater erzählen?«, fragte Mads. »Hatte er besondere Gewohnheiten? Hat er sich in der letzten Zeit Sorgen gemacht oder sich bedroht gefühlt?«

»Bedroht?« Ein Lächeln huschte über Juhl-Thomsens Lippen, dann schüttelte er langsam den Kopf. »Ich glaube, mein Vater hat niemals so etwas wie Furcht empfunden. Weder privat noch auf beruflicher Ebene.«

»Wie meinen Sie das?« Mads zog die Augenbrauen zusammen.

»Mein Vater war Befehlshaber und manchmal etwas altmodisch, was seine Sicht aufs Leben und seine Rhetorik anging. Seiner Meinung nach war Furcht nichts für richtige Männer.« Juhl-Thomsen legte die Hände vor sich auf den Tisch. Einen Moment lang saß er regungslos da, dann atmete er schwer aus und konzentrierte sich wieder auf Mads. »Furcht ist ein Gefühl, und für meinen Vater war es ein Zeichen von Schwäche, Gefühle zu zeigen.«

»Er hat Ihnen also nie etwas erzählt, worüber er sich Sorgen gemacht hat?«

»Nein«, antwortete Juhl-Thomsen. »Er hat das Leben genossen. Für einen Mann von dreiundachtzig Jahren war er unglaublich fit – körperlich wie mental. Natürlich hat es mit den Jahren ein paar gesundheitliche Wehwehchen geben, aber seine Einstellung war, das Leben so natürlich wie nur möglich zu leben.«

»Was heißt das konkret?«, wollte Mads wissen.

»Er hielt die moderne Wissenschaft für etwas Schlechtes. Er meinte, jeder müsse die Last tragen, die ihm auferlegt wird, und damit leben, ohne zu klagen.«

»War er religiös?«

»Nein, ich denke, das kann man nicht sagen«, antwortete Juhl-Thomsen nachdenklich. »Ich glaube, es ging ihm eher darum, die Verantwortung für sein eigenes Leben zu übernehmen.«

»Inwiefern?«

»Er war von der alten Schule und war der Meinung, dass die modernen Menschen nicht lebenstüchtig seien. Er selbst hat nie über das geklagt, was ihm zugeteilt wurde, wobei das Leben auch an ihm nicht spurlos vorübergegangen ist.«

»Sein Ansatz war also, sich fit zu halten?«, hakte Mads nach.

Christian Juhl-Thomsen nickte. »Er hat sich entschieden, nach Ockholm zu ziehen, in die Natur, nah bei allem, was er liebt. Er wollte nicht, dass die Ärzte ihn mit Medikamenten abfüllten, obwohl die Gicht und beginnende Herzprobleme seinen Alltag sicher belastet haben.«

»Wie lange wohnte er schon fest in Ockholm?«

»Knappe acht Jahre«, antwortete Juhl-Thomsen nach kurzer Bedenkzeit. »Etwa ein halbes Jahr nachdem ich meine jetzige Stellung in der Varde-Kaserne angetreten habe, ist er dorthin gezogen.«

»Gab es einen Auslöser?«

»Nein. Er hat das Haus in Ockholm gebaut, um meiner Mutter eine Freude zu machen, aber sie konnte es nicht lange genießen. Sie ist an einem Aneurysma gestorben. Ich glaube, er hat sich ihr dort näher gefühlt.«

»Verstehe«, sagte Mads. Dann griff er nach der Plastikhülle und zog den Ausdruck des Fotos heraus, das sie bei der Leiche im Thorsberger Moor gefunden hatten. »Erkennen Sie diesen Zeitungsausschnitt?«

»Ja«, sagte Juhl-Thomsen und atmete schwer aus. »Ein paar Jahre nachdem ihm die Ehrenmedaille für fünfundzwanzig Dienstjahre verliehen wurde, hat man dieses Foto von ihm gemacht. Ich weiß nicht mehr, was der konkrete Anlass war, es wurde aber mehrmals in der Zeitung abgedruckt. Das Original hängt über dem Kamin in Ockholm.«

»Über dem Kamin?«

»Ja«, antwortete Juhl-Thomsen. »Es war das Lieblingsfoto meiner Mutter und für meinen Vater eine Erinnerung an einen der besten Momente in seiner langen Karriere.« Ein trauriges Lächeln ging über sein Gesicht. »Er war in der fünften Generation im Militär. Ein Erbe, das nicht unterbrochen werden durfte«, fuhr er fort und breitete die Hände aus, als wäre das der Grund, warum auch er diesen Weg gewählt hatte. »Nach

Ansicht meines Vaters war es das einzig Richtige, seinem Land zu dienen. Eine Verpflichtung, die mit meinem Ururgroßvater begann. Er war Kommandeur bei der Schlacht von Düppel 1864.« Er legte den Kopf in den Nacken und sah an die Decke. »Ich verstehe nur nicht, warum ihn jemand ermordet hat. Raubmord könnte ich ja noch irgendwie nachvollziehen, sollte jemand geglaubt haben, er hätte größere Geldbeträge aufbewahrt.« Aus seinen Augen sprach müde Hoffnungslosigkeit. »Das macht doch alles keinen Sinn. Warum einen alten Mann töten, der nur in Ruhe seinen Lebensabend verbringen will?«

»Das würden wir auch gerne verstehen«, sagte Mads und tippte mit dem Kugelschreiber auf den Block. »Wissen Sie, ob Ihr Vater mit irgendwem Streit hatte?«

»Das ist schwer zu sagen. Er konnte sehr hartnäckig sein. Alles musste an seinem Platz sein, und manchmal ging sein Temperament mit ihm durch. Ich hatte aber nicht den Eindruck, dass er mit den Nachbarn oder irgendjemandem sonst Streit hatte. Wenn ich jetzt so drüber nachdenke, weiß ich aber ziemlich wenig über sein Leben.«

»Dann standen Sie sich nicht besonders nahe?«, fragte Mads.

»Doch. Oder nein«, antwortete Juhl-Thomsen. »Die Beziehung zu meinem Vater war kompliziert. Manchmal war es nicht sonderlich leicht für mich, meinem Namen gerecht zu werden. Im Grunde haben wir nicht viel über das Leben gesprochen oder über das, was uns beschäftigt.«

»Wann waren Sie zuletzt in Ockholm zu Besuch?«

»Das war an einem der Weihnachtstage. Ich erinnere mich noch, dass mir sein ewiges Gerede über Nichtigkeiten auf den Geist gegangen ist. Über meine Arbeit, und dass ich dafür sorgen solle, noch ein paar Stufen auf der Karriereleiter hochzuklettern. Am liebsten hätte ich ihm erzählt, dass alles den Bach runtergeht, dass ich keine Lust mehr habe und gerne mein Leben umkrempeln würde. Aber ich wusste nur zu gut, dass ich damit nicht weit kommen würde. Er hätte mir doch nur gesagt, dass ich mich zusammenreißen soll.«

»Erinnern Sie sich noch an andere Dinge?«

»Nicht wirklich. Er war irgendwie verärgert.«

»Wissen Sie, warum?«

»Da war irgendetwas mit einem Päckchen. Er hat gemeint, dass er nicht zum ersten Mal etwas bekommen habe, was nicht für ihn sein könne.«

»Wissen Sie, was es war?«

»Ja, ich habe es aber nicht gesehen«, antwortete Juhl-Thomsen. »Er hatte es bereits entsorgt. So, wie er es beschrieben hat, war das irgendein Tierfötus.«

»Ein Tierfötus?«, wiederholte Mads und zog die Augenbrauen hoch. »Haben Sie eine Ahnung, von wem er das bekommen hat?«

»Nein.« Juhl-Thomsen zuckte mit den Schultern. »Ich habe ihn gefragt, ob er das nicht anzeigen will, aber er hielt das nur für einen dummen Streich.« Er legte die Hände um den Becher. Für einen Moment ruhte sein Blick auf dem letzten Rest Kaffee, dann sagte er: »Wenn er in dieser Stimmung war, dann war jede Diskussion sinnlos.«

14. März

Haderslev

Mads sah aus dem Fenster nach unten auf die Straße, wo Christian Juhl-Thomsen kurz nach links und rechts schaute, bevor er zu seinem Auto ging. Dann drehte Mads sich um, nahm das Handy aus der Hosentasche und suchte Werner Stills Nummer heraus.

»Wir haben die Bestätigung«, sagte er, nachdem der Rechtsmediziner sich gemeldet hatte. »Der Tote ist zweifelsfrei Bent Juhl-Thomsen. Sein Sohn hat die Tätowierung erkannt.«

»Haben Sie Thomas schon informiert?«

»Noch nicht«, sagte Mads und setzte sich. Die Müdigkeit brannte in seinen Augen. Mit einem langen Atemzug beugte er sich vor und machte die Schublade auf. Die kleine Schachtel mit den Nahrungsergänzungsmitteln leuchtete ihm entgegen, und er drückte ein paar Tabletten aus dem Blister.

»Es ist sicher am besten, wenn Sie ihm das mitteilen«, sagte Still. »Geduld ist nicht gerade Thomas' stärkste Seite. Aber das wissen Sie ja.«

»Ja, das weiß ich.« Mads' Blick fiel auf die Unterlagen zum Bylderup-Fall, bevor er sich wieder zurücklehnte. »Ich melde mich bei ihm.«

»Sie klingen müde.«

Mads atmete schwer aus, steckte die Pillen in den Mund und schluckte sie. »Das bin ich auch. Ich komme in Bylderup nicht weiter, und jetzt habe ich auch noch einen neuen Fall auf dem Tisch.«

»Passen Sie auf sich auf, damit Sie keinen Burn-out kriegen.«

»Ich tue mein Bestes.« Mads sah aus dem Fenster. Draußen legte sich die Dunkelheit über die Stadt.

»Sie sollten nach Hause fahren und sich ausruhen.«

»Das kann ich nicht.«

»Warum nicht?«, fragte Still. »Ihr Arbeitstag dürfte längst vorbei sein. Ich bin mir sicher, Teglgård hat Verständnis, wenn Sie jetzt gehen.«

»Das ist nicht der Punkt«, antwortete Mads. »Ich finde zu Hause einfach keine Ruhe. Meine Gedanken drehen sich ständig im Kreis.« Er schwieg und sah an die Decke, als stünde dort oben die Antwort. »Ich kann einfach nicht loslassen«, sagte er schließlich. »Mir kommt es so vor, als bräuchte ich zum Leben das Gefühl, gebraucht zu werden.«

»Haben Sie schon mal mit jemandem darüber gesprochen?«

»Worüber?«

»Über all das, was Sie durchgemacht haben«, antwortete Werner Still.

»Das nützt doch nichts«, sagte Mads und streckte die Hand aus. Seine Finger glitten wahllos durch die Unterlagen auf dem Schreibtisch. »Über Dinge zu reden ändert doch nichts.«

»Vielleicht wird es dadurch aber leichter, damit zu leben«, antwortete Werner Still. »In Ihrem Leben sind heftige Dinge passiert. Diese Verbrechen zehren an Ihrer Seele, ob Sie es wollen oder nicht.«

»Das weiß ich. Aber ich glaube, es fällt mir schwer, darüber zu reden. Am meisten frustriert mich, dass ich auf der Stelle trete.«

»Manchmal ist es eben so.«

»Aber genau das raubt mir den Schlaf.« Mads stand auf. Draußen bremste ein Auto. Die Reifen quietschten über den Asphalt, und Mads sah den Rücklichtern hinterher, die die Dunkelheit erhellten. »Es kommt mir so vor, als könnte ich nur beim Training zur Ruhe kommen. Nur dann machen die Gedanken Pause, und ich habe das Gefühl, alles unter Kontrolle zu haben.«

»Dann haben Sie deshalb so stark abgenommen?« Eine beklommene Stille legte sich zwischen sie. »Sehen Sie jetzt zu, dass Sie Thomas informieren. Und dann fahren Sie nach Hause. Sie brauchen das«, fuhr Werner Still fort und beendete das Gespräch.

Mads setzte sich wieder. Die Stille summte in seinen Ohren, als er Thomas Beckmanns Nummer heraussuchte.

»Mads?«

Er zuckte zusammen und drehte sich um. Per Teglgård lehnte am Türrahmen. Sein Gesicht war grau, und die Tränensäcke wirkten größer als sonst.

»Ja?«

»Was, zum Henker, machst du gerade?«

Mads' Hand mit dem Handy zitterte, und er sah aufs Display, das gerade wieder dunkel wurde.

»Ich habe Christian Juhl-Thomsen befragt«, antwortete er und legte das Handy auf den Tisch. »Er hat den Toten identifiziert, der in Ockholm gefunden wurde. Es ist sein Vater Bent Juhl-Thomsen.«

»Hatte ich nicht gesagt, dass du den Fall Thomas Beckmann überlassen sollst?«

»Es war doch am naheliegendsten, dass ich mich darum kümmere.«

»Am naheliegendsten? Bist du dir eigentlich im Klaren darüber, dass du alles untergräbst, was ich tue und sage?« Per Teglgård stieß sich vom Türrahmen ab. »Ich habe dich gebeten, die Daten, die ich über Bent Juhl-Thomsen gesammelt habe, an Thomas Beckmann weiterzugeben, und trotzdem mischst du dich ein.«

»Aber wenn wir den Fall übernehmen müssen ...«, begann Mads.

»Wir müssen gar nichts übernehmen!«, schimpfte Per. »Das ist ein Fall für die deutsche Polizei!« Er trat einen Schritt auf Mads zu und baute sich mit seinen hundertzweiundneunzig Zentimetern vor ihm auf. »Von jetzt an lässt du den Fall liegen und kümmerst dich ausschließlich um den Mord in Bylderup.« Die Ader an seinem Hals pulsierte unter der Haut, dann taumelte er einen Schritt zur Seite und stützte sich am Schreibtisch ab.

»Alles in Ordnung?« Mads stand auf und reichte ihm die Hand, aber der Dezernatsleiter schlug sie weg.

»Es ist nichts. Nur dieses beschissene Magengeschwür.« Per atmete tief durch, blieb vornübergebeugt stehen und presste sich die Hand auf den Bauch. Der Schweiß stand ihm auf der Stirn.

»Kann ich irgendetwas für dich tun?«

»Sieh, verdammt noch mal, zu, dass du den Bylderup-Mord löst!«, zischte Per und richtete sich auf. Dann drehte er sich um und verließ das Büro.

Mit einem Seufzen ließ Mads sich zurück auf seinen Stuhl fallen. Vom Flur hörte er, wie Per gegen den Rolltisch am Kaffeeautomaten stieß. Kurz darauf fiel die Bürotür seines

Chefs ins Schloss. Mads beugte sich vor und griff nach seinem Handy, als Sarah Jonsens Name auf dem Display aufleuchtete.

»Hier ist Mads. Gibt es Neuigkeiten?«

»Ich habe etwas, von dem ich glaube, dass du es sehr interessant finden wirst. Ich habe Helmut Vogel angerufen, nachdem ich mir das Foto genauer angesehen habe, das du mir vorhin gegeben hast.«

»Ja?«

»Der Text auf dem Papier stammt aus der Bibel«, sagte Sarah. »Genauer gesagt, aus dem 1. Buch Mose, Kapitel 3. Das war es auch, was mich auf die Spur gebracht hat.«

»Auf welche Spur?« Mads stand auf und ließ seinen Blick über die Hausdächer von Haderslev schweifen. Am Himmel waren die ersten Sterne zu erkennen.

»In der Bibel auf dem Altar in Bylderup fehlt eine halbe Seite aus dem 1. Buch Mose, Kapitel 3, nämlich der Teil mit den Versen 1 bis 19! Ich habe Helmut Vogel gebeten, uns das Beweisstück zuzuschicken, damit ich sichergehen kann, aber er kann das nicht rausgeben.« Sie schwieg, und Mads hörte die Geräusche der Maschinen hinter ihr. »Wenn du mich fragst, gibt es keinen Zweifel«, fuhr sie fort. »Die Seite in Ockholm stammt aus der Bibel vom Altar in Bylderup.«

*

Mit einem Ruck riss Mads die Tür von Per Teglgårds Büro auf, aber es war niemand da. Das Licht der Straßenlaternen fiel durch die Fenster auf den Schreibtisch. Ein paar leere Blister von Schmerzmitteln und Säureblockern lagen neben der Tastatur. Er drehte sich um und zog sein Handy aus der Hosentasche. Dann schloss er Pers Tür hinter sich und ging zurück zu seinem Büro. Er wählte Thomas Beckmanns Nummer, klemmte sich das Handy zwischen Schulter und Ohr und steckte die Dokumente in seine Tasche.

»Thomas Beckmann«, meldete sich eine etwas zu mechanische Stimme. »Sie rufen außerhalb der Bürozeiten an.«

Er brach den Anruf ab und wählte stattdessen Teglgårds Nummer. Dann nahm er seine Tasche, schaltete das Licht aus und ging nach draußen auf den Flur.

Gerade, als er das Dezernat verlassen hatte, meldete sich am anderen Ende eine weibliche Stimme. »Kriminalwache. Womit kann ich Ihnen dienen?«

»Ich wollte eigentlich Per Teglgård sprechen«, sagte Mads, während er die Treppenstufen nach unten ging.

»Es tut mir leid, aber er hat das Telefon umgestellt«, entgegnete die Frau. »Kann ich Sie vielleicht mit jemand anderem verbinden?«

»Nein, schon gut«, meinte Mads und trat auf die Straße. Ein Windstoß rollte eine leere Dose scheppernd an die Wand. »Ich werde ihn morgen schon erreichen.«

15. März

Flensburg

»Habe ich nicht gesagt, dass du diesen Fall nicht bearbeiten sollst?«, dröhnte Per Teglgårds Stimme durch den Wagen. Mads biss die Zähne zusammen, als könnte er so die Wut des Dezernatsleiters auf Abstand halten.

»Ich habe doch schon gesagt, dass ich gestern Abend versucht habe, dich zu erreichen. Aber du warst schon weg«, erwiderte Mads. »Sarah Jonsen hat Beweise gefunden, dass die Fälle zusammenhängen.«

»Danke, ich habe schon mit ihr gesprochen«, meinte Per. »Vermutungen sind nicht dasselbe wie Beweise.«

»Darüber bin ich mir im Klaren. Aber wir müssen handeln, wenn wir nicht wertvolle Zeit verlieren wollen. Zum einen wurde in Ockholm ein Viehtreiber gefunden, zum anderen gibt es ein Beweisstück, das auf den Fall in der Kirche von Bylderup hindeutet. Das dürfen wir nicht ignorieren, erst recht nicht, wenn wir auf der Stelle treten. Und auch wenn Jonsen sich irren sollte, ist es schon sehr auffällig, dass es sich um dieselbe Bibelstelle handelt.«

Ein leises Stöhnen kam vom Dezernatsleiter. »Hast du inzwischen mit Thomas Beckmann gesprochen?«

»Nein«, antwortete Mads. Vor ihm erhob sich die weiße Fassade des Flensburger Polizeireviers, die einen deutlichen

Kontrast zum grauen Wasser der Förde bildete. »Er ist gestern nicht ans Telefon gegangen.«

»Und was hast du jetzt vor?«

»Ich bin nach Flensburg gefahren.« Mads blinkte und fuhr auf den Parkplatz. »Wir müssen die Ermittlungen in den beiden Fällen koordinieren.« Er beendete das Gespräch, noch bevor der Dezernatsleiter irgendwelche Einwände vorbringen konnte, und stieg aus dem Wagen. Die milde Meeresluft beruhigte ihn etwas, und er atmete tief durch, bevor er die Straße überquerte und das Revier betrat.

»Werner Still?« Sein Blick fiel auf den Rechtsmediziner, der im Eingangsbereich stand und sich gerade mit einem Kamm durch die Haare fuhr.

»Lindstrøm?« Werner Still lächelte überrascht, steckte den Kamm in die Hosentasche und reichte Mads die Hand. »Ich wusste gar nicht, dass Sie auch kommen.«

»Es gibt Neuigkeiten in den Fällen Ockholm und Bylderup«, erklärte Mads.

»Aha.« Still zog eine Augenbraue hoch. »Haben Sie Thomas schon gesagt, dass der Tote aus Ockholm identifiziert ist?«

»Nein. Er ist nicht ans Telefon gegangen, als ich ihn angerufen habe«, sagte Mads und folgte Werner Still, der die Tür zur Kriminalpolizei öffnete.

»Das ist typisch für Thomas. Wenn er freihat, ignoriert er sein Handy.« Werner Still blieb vor Thomas Beckmanns Büro stehen, klopfte an und öffnete die Tür. »So, da wären wir.«

»Wir?« Thomas Beckmann stand auf. Er funkelte Mads an, und seine Augenbrauen zogen sich verärgert zusammen.

»Ja, Lindstrøm ist auch hier«, antwortete Werner Still und betrat das Büro.

»Lindstrøm?« Thomas Beckmanns Blick verfinsterte sich noch mehr. Mürrisch reichte er ihm die Hand. »Sie sind nach Deutschland gekommen?«

»Ja, ich habe Sie gestern nicht mehr erreicht«, sagte Mads. »Und ich dachte, ich schaue lieber direkt bei Ihnen vorbei.«

»Sollten die Fälle wirklich zusammenhängen, ist es sicher das Beste, unser Wissen zu koordinieren«, bemerkte Werner Still und zog seine Jacke aus.

»Ich glaube an keinen Zusammenhang«, antwortete Thomas Beckmann. »Sollte es sich um einen Serienmörder handeln, hätten wir den Modus Operandi und eine Signatur erkannt, doch davon kann hier nicht die Rede sein.«

»Da hast du natürlich recht«, sagte Still und griff nach der Thermoskanne, die auf dem Tisch stand. Ein Zischen war zu hören, als er sie öffnete. »Kaffee?« Er sah fragend zu Mads, während er Thomas Beckmann und sich selbst eingoss.

Mads zögerte einen Moment. »Lieber ein Glas Wasser«, sagte er dann und setzte sich neben Still. Mit dem Blick verfolgte er Thomas Beckmann, der durch die Tür verschwand. »Es gibt mehr als nur diese Bibelseite«, sagte er dann und sah zu Werner Still. Er trommelte mit den Fingern auf die Armlehne, bevor er seine Tasche öffnete und Charlotte Weidemanns Obduktionsbericht herauszog, den Berit Langer ihm endlich geschickt hatte.

»An was denken Sie?«, fragte Still und sah zur Tür, als Thomas Weidemann mit einem Krug Wasser zurückkam.

»Auch Charlotte Weidemann ist in den Rücken gestochen worden.«

15. März

Flensburg

»Sie sagen also, die Tote in Bylderup hatte einen ähnlichen Einstich oberhalb des zwölften Thorakalwirbels?«, fragte Thomas Beckmann, griff nach Charlotte Weidemanns Obduktionsbericht, der vor ihm auf dem Tisch lag, und blätterte darin. Seine Brauen zogen sich zu einem schwarzen Strich zusammen, als er das Bild der abgehackten Hände sah. »Warum haben Sie das nicht schon bei der Obduktion gesagt?«

»Ich war zu dem Zeitpunkt nicht im Besitz dieses Obduktionsberichts«, antwortete Mads.

»Wie kann das denn sein? Es stand doch wohl nie außer Frage, dass es sich dabei um einen Mordfall handelt?«

»Bei der Übergabe des Falls ist ein Fehler passiert«, antwortete Mads ausweichend und trank einen Schluck Wasser. »Gewisse Umstände haben dazu geführt, dass ich den Obduktionsbericht erst heute früh erhalten habe.«

»Aha«, sagte Thomas Beckmann mit einem Nicken und blätterte weiter. Sein Blick glitt über die Dokumentation der Fundstücke und die Beschreibung der paarweisen Brandwunden an Torso und Hals sowie der abgetrennten Hände. »Todesursache?«, fragte er schließlich und hob den Blick.

»Vermutlich ist sie mit dem Viehtreiber getötet worden«, sagte Mads. »Berit Langer hat Herzversagen infolge von Stromstößen als Todesursache angegeben. Aus dem Bericht geht auch hervor, dass die Armstümpfe stark geblutet haben, durch das Abbinden ist sie aber nicht verblutet.« Er öffnete seine Tasche, nahm Sarah Jonsens Bericht heraus und blätterte darin, bis er auf das Foto von Charlotte Weidemanns Körper stieß, der schlaff über der Altarschranke hing.

»Eine ziemlich unübliche Mordart«, bemerkte Thomas Beckmann und betrachtete die Szenerie. »Aber auch wenn es gewisse Ähnlichkeiten zum Fall in Ockholm gibt, ist die Grundlage für einen Zusammenhang zwischen den Fällen doch recht dünn.«

»Das würde ich nicht sagen«, warf Werner Still ein und sah noch einmal auf Charlotte Weidemanns Leichnam. »Das Ganze kommt mir fast wie ein Ritual vor.«

»Ja«, stimmte Mads ihm zu. »Der Gedanke ist uns bei dieser Inszenierung auch gekommen.«

»Der Mord in Ockholm hat aber nichts Rituelles«, entgegnete Thomas Beckmann und lehnte sich zurück. »Der Mord an Juhl-Thomsen hat etwas ganz Persönliches – fast wie eine Bestrafung.«

»Genau das meine ich«, sagte Werner Still. »Es wirkt auf den ersten Blick wie ein Ritualmord«, er tippte auf das Foto von Charlotte Weidemann, »es könnte aber auch ganz anders sein. Dieser Mord kann ebenfalls als Strafe gedeutet werden. Der Täter demütigt sie vor ihrem Gott.«

Für einen Moment hingen Stills Worte zwischen ihnen in der Luft, dann nickte Thomas Beckmann kaum merkbar.

»Und dann haben wir noch diese Seite hier«, sagte Mads und zog einen Ausdruck vom Foto der blutigen Buchseite hervor, die in Ockholm gefunden worden war. »Sarah Jonsen hat herausgefunden, woher sie stammt.«

»Ja?« Thomas Beckmann sah Werner Still mit scharfem Blick an.

»Die Seite stammt aus der Bibel«, fuhr Mads fort, ohne auf das Geplänkel der beiden einzugehen. »Genauer gesagt, der Bibel vom Altar der Kirche in Bylderup.«

»Wie sicher sind Sie sich in dem Punkt?«, wollte Thomas Beckmann wissen. Er beugte sich vor, als Werner Still nach Karl Uwe Kleibners Obduktionsbericht griff. Einige Sekunden lang fixierte er den erfahrenen Rechtsmediziner, dann richtete er seine Aufmerksamkeit wieder auf Mads.

»Sehr sicher«, erwiderte Mads und legte den Ausdruck des Fotos beiseite. »Sarah Jonsen ist gerade mit der Bibel, die wir in der Kirche von Bylderup gefunden haben, unterwegs zu Helmut Vogel, da er ihr das Ockholmer Beweismaterial nicht aushändigen durfte.«

»Aha.« Thomas Beckmann goss sich Kaffee ein. »Was wir aber noch nicht wissen, ist, wie der Mord an Karl Uwe Kleibner ins Bild passt. Abgesehen von dem Foto von Bent Juhl-Thomsen, gibt es keine weitere Verbindung.«

»Vielleicht gibt es die trotzdem«, meinte Werner Still und sah sie über den Rand seiner Brille hinweg an. »Bei der Obduktion von Karl Uwe Kleibner ist mir eine Perforation der Rückenmuskulatur aufgefallen, aber wegen des Zustands der Leiche habe ich dieser Beobachtung keine größere Bedeutung beigemessen. Dasselbe gilt für die kleinen Brüche der Wirbelsäule, die auf dem CT-Bild zu sehen sind.«

»Was könnte das bedeuten?«, fragte Thomas Beckmann.

»Es ist nicht sonderlich gut zu erkennen.« Werner Still zeigte auf ein Schwarz-Weiß-Foto der Rückenwirbel. »Das hier könnte aber durchaus auch die Folge einer Stichverletzung sein.«

»Gibt es noch andere Übereinstimmungen?«, wollte Mads wissen.

»Schwer zu sagen«, antwortete der Rechtsmediziner. »Wir können rein faktisch nicht ausschließen, dass auch er Stromstöße bekommen hat. An einigen Stellen des Torsos war die Verwesung weiter fortgeschritten als am restlichen Körper. Vielleicht waren an diesen Stellen Läsionen.«

»Wir müssen uns an das halten, was wir wissen«, erklärte Thomas Beckmann und griff nach der Fallakte. »Ich bin noch einmal Karl Uwe Kleibners Verschwinden durchgegangen. Telefondaten, Mails, Kalender, Videoüberwachung, Zeugenaussagen und so weiter. Alles deutet darauf hin, dass Kleibner aus eigenem Antrieb verschwunden ist, was den Verdacht gegen den engsten Familienkreis natürlich erhärtet.«

»Dann denken Sie noch immer, dass seine Frau dahintersteckt?«, fragte Mads.

»Karl Uwe Kleibners Anteile an MediK liefen nur auf ihn«, antwortete Thomas Beckmann und reichte Mads die Fallakte. »Sie können gerne selber reinschauen, es deutet aber nichts auf eine Verbindung von Karl Uwe Kleibner oder seiner Frau zu Bent Juhl-Thomsen oder Charlotte Weidemann hin.«

Mads sah von der Akte auf. »Edith Kleibner ist die Alleinerbin von MediK, sollte ihrem Mann etwas zustoßen?«

»Genau«, antwortete Thomas Beckmann. »Allein dieser Punkt sowie die Tatsache, dass sie sein Verschwinden erst am nächsten Morgen gemeldet hat, verstärken den Verdacht gegen sie.«

»Und sie hat noch immer kein Alibi für die Nacht vom 28. auf den 29. November?«

»Nein«, kam es von Thomas Beckmann.

»Was sagen die Söhne?«

»Im Prinzip stützen sie ihre Aussage, dass ihr Vater häufiger spätabends gearbeitet hat oder unterwegs war.«

»Im Prinzip?« Mads beugte sich etwas vor.

»Aus den Gesprächen, die wir nach dem Auffinden von Karl Uwe Kleibner geführt haben, geht hervor, dass er kein spontaner Mensch war und sich jeden Termin in seinem Kalender vermerkt hat. Manchmal soll er allerdings vergessen haben, seine Frau über diese Termine zu informieren.«

»Und wie sieht der Kalender aus?«

»Für Samstag, den 28. November, ist nichts notiert«, antwortete Thomas Beckmann.

»Falls Edith Kleibner doch nicht hinter dem Mord steckt, könnte es sich bei dem Täter um eine Person handeln, die er selbst reingelassen hat. Also genau wie bei Bent Juhl-Thomsen«, sagte Mads und tippte mit dem Kugelschreiber auf die Fallakte von Karl Uwe Kleibner. »Könnte das Blut, das ihr auf dem Hofplatz gefunden habt, vielleicht Blut vom Opfer kaschiert haben?«

»Das klingt ein bisschen weit hergeholt, finde ich«, antwortete Thomas Beckmann.

»Mag sein«, erwiderte Mads mit einem Nicken. »Wisst ihr, was für ein Tier das war?«

»Ja, es war Ziegenblut«, antwortete Thomas Beckmann.

Für den Bruchteil einer Sekunde erstarrte Mads, dann griff er zu Sarah Jonsens Fundortbericht und blätterte bis zu den letzten Seiten. Sein Blick fiel auf das grauweiße, struppige Fell und die teilweise freigelegten Knochen, die aus dem halb verrotteten Tannengrün und den welken Blumen hervorragten. Er schob den Bericht zu Thomas und Werner Still und tippte mit dem Finger auf das Foto. »Dieser Kadaver lag etwa anderthalb Monate vor dem Mord an Charlotte Weidemann auf ihrer Treppe.«

»In diesem Zustand?«, fragte Werner Still und betrachtete das halb verweste Tier.

»Nein«, antwortete Mads. »Michael Weidemann hat es auf dem Komposthaufen des Friedhofs entsorgt.«

15. März

Flensburg

»Nach den Angaben des Labors handelt es sich um eine ziemlich seltene Rasse«, berichtete Thomas Beckmann. Er öffnete einen Ordner und nahm ein Dokument heraus. »Wir haben kurz untersucht, ob in der Nähe Tiere gehalten werden, und als dies bestätigt wurde, sind wir dem nicht weiter nachgegangen.«

»Gibt es in der Kriminaltechnik noch Proben?«, fragte Mads.

»Ja«, erwiderte Thomas Beckmann.

»Dann wäre es möglich, sie mit dem Kadaver aus Bylderup zu vergleichen, oder?«

»Natürlich«, antwortete Thomas Beckmann und holte sein Handy heraus. Er stand auf und trat ans Fenster. Als der Anruf am anderen Ende entgegengenommen wurde, ging er hinaus auf den Flur.

»Ich habe das Gefühl, dass da noch mehr ist.« Mads griff nach der Plastikhülle mit dem Vernehmungsprotokoll von Christian Juhl-Thomsen und überflog sie kurz.

»An was denken Sie?«, fragte Werner Still.

»An das hier.« Mads legte das Protokoll auf den Tisch und zeigte auf eine der letzten Zeilen. »Auch Bent Juhl-Thomsen hat vor dem Mord eine Tierleiche bekommen.«

»Wie das Zicklein?«, fragte Werner Still und zog die Brauen zusammen.

»Ich bin mir nicht sicher. Christian Juhl-Thomsen hat erzählt, sein Vater habe von einem Tierfötus gesprochen, aber er hat es nicht selber gesehen und ist nicht weiter darauf eingegangen.«

»Ein Tierfötus?« Thomas Beckmann schloss die Tür und setzte sich zu ihnen an den Tisch.

»Ja«, sagte Mads. »Christian Juhl-Thomsen hat erzählt, dass sein Vater im vergangenen Dezember ein Päckchen mit einem Tierfötus bekommen hat und dass es nicht das erste Mal war.«

»Hat er es der Polizei gemeldet?«, erkundigte sich Thomas Beckmann.

Mads schüttelte den Kopf. »Bent Juhl-Thomsen wollte das nicht, obwohl sein Sohn ihm dazu geraten hat.«

»Was wissen wir über ihn?«

»Ein pensionierter Offizier. Ein Ehrenmann mit manchmal etwas veralteten Vorstellungen, auf den ersten Blick scheint er aber keine Feinde gehabt zu haben«, meinte Mads und zuckte leicht mit den Schultern.

»Ich dachte eher an den Sohn«, sagte Thomas Beckmann.

Mads nickte. »Wie sein Vater ist er beim Militär. Einzelkind. Zum Tatzeitpunkt war er allerdings in Oslo.«

»Zum vermuteten Tatzeitpunkt«, korrigierte ihn Thomas Beckmann. »Wir müssen die Unsicherheit, was den Todeszeitpunkt angeht, in unseren Ermittlungen berücksichtigen. Einem Mord liegt meistens ein sehr persönliches Motiv zugrunde, vielleicht sollten wir noch mal mit dem Sohn reden.«

»Wir dürfen nicht vergessen, dass wir DNA von einer Frau

gefunden haben, bei der es sich möglicherweise um die Täterin handelt«, wandte Werner Still ein.

»Möglicherweise, ja«, erwiderte Thomas Beckmann. »Wir müssen uns derzeit aber alle Möglichkeiten offenhalten.«

16. März

Haderslev

Mads schloss die Tür des Vernehmungsraums hinter sich und setzte sich neben Thomas Beckmann an den Tisch. Gegenüber saß Christian Juhl-Thomsen mit seinem Anwalt. Sein beim letzten Gespräch so aufrechter Körper war in sich zusammengesunken. Der Schlafmangel hatte tiefe Falten in seine Haut gegraben, wodurch er älter aussah, als er eigentlich war.

Mads setzte sich und griff nach dem Aufnahmegerät: »Dienstag, 16. März. Vernehmung von: Christian Juhl-Thomsen. Anwesend: Strafverteidiger Lennart Nansen, Polizeioberkommissar Thomas Beckmann, Kriminalpolizei Kiel, und Kommissar Mads Lindstrøm.« Er musterte Juhl-Thomsen. Eine Andeutung von Bartstoppeln färbte Kinn und Wangen hell und bildete einen Kontrast zu den dunklen Augenringen.

»Gibt es Neuigkeiten?«, fragte Christian Juhl-Thomsen. Er legte die Hände übereinander und rieb mit dem Daumen der einen über den Handrücken der anderen Hand, während er die beiden Kommissare und die Unterlagen betrachtete, die vor ihnen lagen.

»Leider nein«, antwortete Mads und sah rasch zu Thomas Beckmann hinüber, ehe er den Blick wieder auf Juhl-Thomsen und den Anwalt richtete. »Wäre es möglich, diese Vernehmung aus Rücksicht auf meinen Kollegen auf Deutsch zu führen?«

»Ja, selbstverständlich«, antwortete Christian Juhl-Thomsen auf Deutsch. »Das ist kein Problem.«

»Wir müssen mehr über Ihren Vater erfahren«, erklärte Mads.

»Was wollen Sie wissen?«

»Bis jetzt fehlt uns noch jegliches Motiv«, sagte Mads. »Als wir zuletzt miteinander gesprochen haben, erwähnten Sie, dass es Ihnen nicht leichtgefallen ist, Ihrem Namen gerecht zu werden. Können Sie das vielleicht ein bisschen vertiefen, damit wir einen besseren Eindruck bekommen, wer Ihr Vater war?«

Christian Juhl-Thomsen hielt mitten in der Bewegung inne und strich sich mit der Hand über das Kinn. Seine Stirn legte sich in Falten. »Es war in mehrfacher Hinsicht nicht leicht, den Erwartungen gerecht zu werden, die mit dem Namen Juhl-Thomsen verknüpft sind.« Er schwieg. Ein trauriger Ausdruck zog über sein Gesicht, als er die Hände vor sich faltete. »Es wurde erwartet, dass ich zum Militär gehe und die Geschichte unserer Familie weiterführe. Ich hatte nie die Möglichkeit, das zu tun, was ich wirklich wollte.«

»Heißt das, Sie hätten ein anderes Leben gewählt, wenn es nicht diese Erwartungen gegeben hätte?«, fragte Mads.

»Diese Frage habe ich mir nicht einmal gestellt«, erwiderte Christian Juhl-Thomsen. »Wenn es die Möglichkeit nicht gibt, ist es besser, auch keinen Gedanken darauf zu verschwenden.«

»Das verstehe ich«, sagte Mads und tippte mit dem Kugelschreiber leicht auf seine Unterlagen. »Wie würden Sie Ihren Vater beschreiben?«

»Schwer zu sagen.« Christian Juhl-Thomsen ließ seufzend die Schultern sinken. »Er war entschlossen. In vielerlei Hinsicht selbstaufopfernd, in anderen Bereichen das komplette

Gegenteil. Es kam sehr darauf an, welche Seite von ihm man betrachtete.«

»Können Sie das etwas genauer erklären?«

»Mein Vater hätte für Dänemark sein Leben gegeben, wenn es darauf angekommen wäre. Zugleich war er in anderen Bereichen nicht in der Lage, seine eigenen Wünsche oder Bedürfnisse zurückzustellen.«

»Wie hat sich das geäußert?«

Christian Juhl-Thomsen atmete schwer aus. »Mein Vater hat seine Familie geliebt, das Erbe seines Namens stand aber immer an erster Stelle. Ich habe schon in jungen Jahren verstanden, dass gewisse Erwartungen an mich gestellt wurden. Der Name war Privileg und Verpflichtung zugleich.«

»Soll das heißen, dass Ihr Vater sich für etwas Besseres gehalten hat als die anderen?«

»Das würde ich so nicht sagen«, antwortete Juhl-Thomsen. »Er war demütig, was seinen Titel als Oberst und seine Herkunft anging. Für ihn war es eine Bestimmung, seinem Land zu dienen, er sah darin eher ein Geschenk als ein Opfer.« Wieder sah er traurig aus, dann legte er den Kopf in den Nacken und sah an die Decke. »Ich denke, ich war in vielen Punkten eine Enttäuschung für ihn«, fuhr er nach einer kurzen Pause fort und ließ den Kopf wieder sinken. »Ich habe es geschafft, ein bisschen in seiner Achtung zu steigen, aber unser Name stirbt mit mir aus und damit auch die Tradition, die so wichtig für ihn war.«

»Ist das der Grund für Ihre etwas komplizierte Beziehung, über die Sie beim letzten Mal gesprochen haben?«, fragte Mads.

»Ja«, sagte Christian Juhl-Thomsen und nickte. »Es gab Dinge, über die wir uns nicht einig waren, und ich muss zugeben, dass ich ihn immer wieder für seine verbockte Haltung gehasst habe. Die wichtigste Entscheidung in meinem Leben hat er nie verstanden oder akzeptiert.«

»Entscheidung?«

»Die Wahl meines Partners«, präzisierte Juhl-Thomsen. »Es hat lange gedauert, bis ich zu mir selbst gestanden und mich von dem Druck befreit habe, den er im Namen unserer Familie ausgeübt hat. Für ihn war die einzig richtige Ehe die zwischen Mann und Frau.«

»Kam es zu Konfrontationen?«

»Ja, das kam vor«, antwortete Juhl-Thomsen. »Manchmal ist es einfach schwer zu verstehen, wenn der eigene Vater nicht akzeptieren will, was einen glücklich macht.«

»Das kann ich gut nachvollziehen«, sagte Mads und notierte sich die Aussage. »Gab es Streit zwischen Ihrem Vater und Ihrem Partner?«

»Nein«, antwortete Juhl-Thomsen und schüttelte den Kopf. »Andreas ist meinem Vater nie begegnet. Er hat akzeptiert, dass mein Vater unsere Liebe nicht versteht. Natürlich war das schade, anders ging es aber nicht.«

»Dann hat es Ihrem Vater nicht gefallen, dass Sie homosexuell sind?«, fragte Mads.

»Das können Sie laut sagen«, antwortete Juhl-Thomsen mit bedauernder Miene.

Mads machte sich eine Notiz. »Wie stand es um die Finanzen?«

»Welche Finanzen?«, fragte Juhl-Thomsen.

»Aus den Informationen, die wir im Rahmen der Ermittlungen eingeholt haben, geht hervor, dass Ihr Vater recht wohlhabend war. Halten Sie es für möglich, dass dort ein Motiv zu finden ist?«

»Das könnte sein. Deshalb habe ich ja gleich an Raubmord gedacht, aber Sie haben das ja entkräftet.«

»Es deutet noch immer nichts auf einen Raubmord hin«, erklärte Mads und legte den Kugelschreiber weg. »Der Fundort, der in diesem Fall ja auch der Tatort ist, erweckt nicht den Anschein einer Bereicherungstat.« Er sah Christian Juhl-Thomsen ein paar Sekunden an. Trauer und Trotz lagen direkt unter der professionellen Fassade. »Allerdings sind wir der Auffassung, dass die Tat sehr ... persönlich wirkt.«

»Persönlich?«

»Ja.« Mads nickte. Er griff nach dem Kugelschreiber und notierte sich seine Beobachtung, dass Juhl-Thomsens Gesicht plötzlich ängstlich gewirkt hatte. »Ihr Vater ist Opfer einer Gewalttat geworden, mit einer sehr persönlichen Handschrift.«

»Wie meinen Sie das?«

»Er wurde unter anderem mit dem Brandeisen gebrandmarkt, das er in seinem Haus hatte«, antwortete Mads und sah kurz zu Thomas Beckmann, ehe er ein Foto des Folterwerkzeugs aus der Hülle nahm. »Wie Sie sicher wissen, ist das Eisen am Ende wie die Initialen JT geformt, was ja vermutlich für Juhl-Thomsen steht.«

Christian Juhl-Thomsen schluckte und starrte ein paar Sekunden vor sich hin. Dann begann er zu blinzeln und schluckte noch einmal.

»Der Täter hat Ihren Vater an verschiedenen Stellen auf der Brust gebrandmarkt«, sagte Mads. »Aber das ist bei Weitem nicht alles. Haben Sie eine Idee, wer so wütend auf Ihren Vater gewesen sein könnte, dass er ihn mit den eigenen Initialen gekennzeichnet hat?«

Christian Juhl-Thomsens Augen begannen zu glänzen, und er ballte die Hände so fest zu Fäusten, dass die Knöchel weiß wurden. »Nein«, antwortete er schließlich und schwieg ein paar Sekunden. Seine Augen fixierten die Sichthülle, die vor Mads lag. Dann hob er langsam den Blick. »Und es ist sehr gut, dass ich das nicht weiß. In diesem Punkt bin ich meinem Vater nämlich recht ähnlich.«

»Wissen Sie, ob in letzter Zeit irgendjemand bei Ihrem Vater zu Besuch war?«

»Nicht, dass ich wüsste«, antwortete Christian Juhl-Thomsen. »Vor ein paar Jahren war einmal eine Frau bei mir und bestand darauf, mit ihm in Kontakt zu kommen.«

»Aus welchem Grund hat sie den Kontakt zu ihm gesucht?«

»Sie behauptete, im Besitz irgendwelcher Beweise zu sein, dass er ein außereheliches Kind hatte, aber ich habe ihre Behauptung zurückgewiesen.«

»Und Sie sind sich ganz sicher, dass das nicht sein kann?«, fragte Mads und warf einen Seitenblick auf Thomas Beckmann.

»Ja«, sagte Juhl-Thomsen. »Untreue lag meinem Vater vollkommen fern. Dazu wäre er nie in der Lage gewesen.«

»Erinnern Sie sich daran, wer diese Frau war?«

»Leider nein«, antwortete Christian Juhl-Thomsen und zuckte mit den Schultern. »Ich weiß nicht einmal, ob sie mir damals ihren Namen genannt hat.«

16. März

Toftlund

»Willst du wirklich nichts essen?«, fragte Lisa. Sie legte das Geschirrtuch auf den Tisch und betrachtete Mads. Er hatte die Haut von der Hähnchenbrust gelöst, die auf dem Teller neben den grünen Bohnen lag, die er unbedingt gewollt, aber auch nicht angerührt hatte.

»Was?« Mads hob kurz den Blick. »Tut mir leid, aber ich habe doch keinen Hunger«, sagte er und schob den Teller ein Stück von sich weg.

»Du musst irgendwas essen«, wandte Lisa ein und nahm ihm gegenüber Platz. Das Licht der Lampe fiel kegelförmig auf den Esstisch, wo überall Zettel mit handschriftlichen Notizen und diverse Sichthüllen mit Unterlagen verstreut waren.

»Ich muss das hier erst abschließen«, antwortete Mads und tippte mit dem Kugelschreiber auf seinen Block, ohne den Blick vom Bildschirm des Laptops zu nehmen.

»Kann das nicht bis morgen warten? Du arbeitest jetzt schon daran, seit du wieder zurück bist.«

»Und?«

»Du musst auch mal loslassen, sonst kannst du irgendwann nicht mehr«, sagte Lisa und lehnte sich zurück.

»Ich muss dieser einen Sache noch nachgehen«, erklärte Mads und zog eine Klarsichthülle unter dem Geschirrtuch hervor. Rasch blätterte er die Unterlagen durch, ehe er sie weglegte und sich erneut auf den Laptop konzentrierte.

»Das hast du schon vor ein paar Stunden gesagt. Wäre es nicht mal an der Zeit, Feierabend zu machen?«

Mads wischte mit der Hand über die Papiere, sodass der Kugelschreiber zu Boden ging. Dann klappte er den Laptop wütend zu. »Ich kann nicht Feierabend machen, wenn da draußen ein Mörder frei herumrennt«, antwortete er und zeigte aus dem Fenster.

»Es nützt aber auch nichts, wenn du dich dabei aufreibst«, wandte Lisa ein.

»Ich reibe mich nicht auf«, konterte Mads und betonte jedes Wort. Dann schloss er die Augen. Der Puls hämmerte in seinen Schläfen, und das fortwährende Mahlen seiner Gedanken war so infernalisch laut, dass ihm schwindelig wurde. Er stand auf und atmete tief durch. Im gleichen Moment begann sein Handy auf dem Tisch zu vibrieren.

»Lass es klingeln«, bat Lisa und griff wieder nach dem Geschirrtuch, doch Mads nahm den Anruf entgegen und drehte sich von ihr weg.

»Lindstrøm.« Er sah durch die Glasscheibe in den Wintergarten. Wegen der weißen Wände und der sauberen Scheiben wirkte die Dunkelheit dahinter noch massiver.

»Thomas Beckmann«, kam es durch den Hörer.

»Ich habe gerade an Sie gedacht«, sagte Mads auf Deutsch. Er beobachtete Lisa in der Spiegelung des Fensters und sah eine unausgesprochene Trauer in jeder ihrer Bewegungen. Sie legte das Geschirrtuch auf den Küchentisch und drehte das Wasser auf. »Ich habe Christian Juhl-Thomsens Partner, Andreas Krarup, unter die Lupe genommen. Er könnte für uns interessant sein. Er war früher in Afghanistan stationiert, vermutlich hat er eine Nahkampfausbildung gemacht. Er kennt sich also auch mit Messern aus. Hingegen deutet nichts darauf hin, dass Bent Juhl-Thomsen außereheliche Kinder hat, weshalb ich mehr und mehr davon überzeugt bin, dass diese Geschichte mit der Frau uns nicht weiterbringt.«

»Da bin ich mir nicht so sicher«, antwortete Thomas Beckmann. »Ich bin gerade von unserem Dezernat für Wirtschaftskriminalität angerufen worden. Es ist ihnen gelungen, Zugang zu dem Fonds zu bekommen, in den Karl Uwe Kleibner regelmäßig Geld eingezahlt hat. In Wahrheit handelt es sich dabei gar nicht um einen Fonds, wie es in den Bilanzen von MediK angegeben wird, sondern um ein dänisches Privatkonto. Des Weiteren ist es unseren Leuten gelungen, ein paar Mails wiederherzustellen, die Kleibner an seinem PC gelöscht hatte. Interessant ist, dass der Name auch dort auftaucht.«

»Ja?« Mads zog die Stirn in Falten. Aus der Küche hörte er das Klirren von Porzellan und presste einen Finger auf das freie Ohr, um Thomas Beckmann besser hören zu können.

»Das Konto gehört einer Frau mit dem Namen Rikke Mie Holst«, fuhr Thomas Beckmann fort. »Als es eröffnet wurde, hat sie in Sønderborg gewohnt.«

Für einen Moment drehte sich alles vor Mads' Augen. Er umklammerte das Handy und presste es fest an sein Ohr, um auch ja kein Wort zu verpassen. Dann drehte er sich zum Esstisch und ließ den Blick über die Unterlagen schweifen. »Das ist Michael Weidemanns Geliebte«, antwortete er.

16. März

Toftlund

Mads lief zu seinem Wagen, stieg ein und zog die Tür zu. Sekunden später setzte er zurück und fuhr so schnell aus der Einfahrt, dass der Kies aufspritzte. Auf der Straße wanderte sein Blick in den Rückspiegel. Lisa stand am Wohnzimmerfenster und sah ihm nach. »Geh endlich ans Telefon«, flüsterte er und gab Gas. Der Freiton hallte laut durch den Wagen, während das Adrenalin so heftig durch seine Adern pulsierte, dass ihm fast übel wurde.

»Teglgård.«

»Endlich!« Mads beschleunigte weiter. »Wir haben sie.«

»Sie?«

»Der IT-Abteilung in Deutschland ist es gelungen, ein paar gelöschte E-Mails von Karl Uwe Kleibners Computer wiederherzustellen. Er ist bedroht worden.«

»Erzähl!«

»Wie es aussieht, hat Karl Uwe Kleibner vor etwas mehr als zwei Jahren eine Mail erhalten, in der eine Person ihm angedroht hat, die Methoden preiszugeben, mit denen Ricreazone entwickelt wurde, wenn er nicht monatlich zweitausendfünfhundert Euro auf ein Konto in der Schweiz zahlt.«

»Ist an diesen Drohungen denn etwas dran?«, fragte Per Teglgård.

»Für Karl Uwe Kleibner anscheinend schon, denn er hat ab dem folgenden Monat das Geld überwiesen. In den Bilanzen wurde es als ›Fondsausgabe‹ vermerkt.« Mads blinkte, warf einen Blick über die Schulter und fuhr auf die Gegenfahrbahn, um ein paar Autos zu überholen.

Ein leises Rauschen kam durch den Lautsprecher, dann war ein Klicken zu hören, gefolgt von einem tiefen Einatmen. »Wissen wir, wem das Konto in der Schweiz gehört?«, fragte Per und atmete schwer aus.

»Das ist ja das Interessante«, antwortete Mads. »Thomas Beckmann wurde heute früh vom Dezernat für Wirtschaftskriminalität angerufen, die in seinem Auftrag noch einmal die Bücher von MediK geprüft haben. Dabei hat sich herausgestellt, dass das Konto zu keinem Fonds gehört, auch wenn es so angegeben wurde.«

»Dann haben die also die Bilanzen manipuliert?«, fragte Per.

»So sah es aus, bis die IT-Abteilung diesen Drohbrief gefunden hat«, antwortete Mads.

»Aber was hat das mit uns zu tun?«

»Sehr viel. Die Besitzerin des Kontos heißt Rikke Mie Holst, und es ist nicht das erste Mal, dass dieser Name bei unseren Ermittlungen auftaucht.«

»Rikke Holst? Habe ich diesen Namen nicht schon mal gehört?«

»Allerdings.« Während Mads auf die Autobahnauffahrt fuhr, beschleunigte er immer weiter und schaltete dann in den nächsthöheren Gang. »Rikke Mie Holst ist die Frau, mit der Michael Weidemann eine Affäre hat. Wir haben ihr noch keine Verbindung zum Mord in Ockholm nachweisen können, aber am Tatort sind Blutspuren einer Frau gefunden worden.

Außerdem ist Christian Juhl-Thomsen von einer Frau aufgesucht worden, die behauptet hat, ein uneheliches Kind von Bent Juhl-Thomsen zu sein.«

»Was wissen wir noch über sie?«

»Nicht viel«, antwortete Mads. »Sie ist zweiundvierzig Jahre alt und arbeitet seit sieben Jahren als Bioanalytikerin in Sundsmark. Alleinstehend, Mutter einer achtjährigen Tochter und, wie du weißt, die Geliebte von Michael Weidemann.«

»Hast du sie schon vernommen?«

»Nein. Ich habe sie neulich besucht und befragt, weil sie eine Freundin von Charlotte Weidemann ist. Später hat sie zugegeben, ein Verhältnis mit Michael Weidemann zu haben, und damit sein Alibi bestätigt.«

»Verflucht«, zischte Teglgård. »Wir müssen sie festnehmen. Ich frage mal Mathias Larsen, ob er zur Verstärkung kommen kann.«

»Vergiss es«, antwortete Mads und setzte den Blinker. Die Reifen quietschten, als er durch den Kreisverkehr an der Alssundbrücke fuhr und anschließend erneut beschleunigte. »Ich bin gleich da.«

»Und was ist mit Thomas Beckmann?«

»Der ist auch schon unterwegs. Behalt mal dein Handy im Blick.«

16. März

Sundsmark

»Sind Sie bereit?« Mads ließ die Hand auf dem Pistolengriff liegen, während er zu Thomas Beckmann sah, der beinahe mit der Umgebung verschmolz. Die Kälte des Metalls wanderte durch seinen Arm und schien das Pulsieren in seinen Blutadern zu verstärken. Er drehte den Kopf und sah zu dem gelben Reihenhaus hinüber. Aus dem Küchenfenster fiel ein schwacher Lichtschein auf die Platten und verlieh den Handtüchern, die unter dem Vordach des Geräteschuppens hingen, etwas Gespenstisches.

»Wissen wir, ob sie allein im Haus ist?«, fragte Thomas Beckmann und kam näher. Die raue Oberfläche der Schuppenwand kratzte über seine Jacke, und ein Schauer lief Mads über den Rücken.

»Nein«, antwortete er und umklammerte die Pistole noch fester. Sein Finger schob sich zum Abzug, und er atmete einmal tief durch, als Rikke Holst hinter dem Fenster zum Vorschein kam. Dann warf er einen kurzen Blick auf seine Uhr. Rikke Holst öffnete den Kühlschrank, nahm eine Milchpackung heraus und führte sie an den Mund.

»Was ist mit der Tochter?«

»Wir müssen davon ausgehen, dass sie sich ebenfalls im Haus befindet«, antwortete Mads und beobachtete, wie Rikke

Holst sich durch die halblangen Haare fuhr und dann das Küchenlicht ausmachte. Das T-Shirt wirkte an ihren schmalen Schultern viel zu groß. Langsam ließ Mads die Waffe zurück ins Holster gleiten. »Bringen wir es hinter uns.«

Das Knirschen des Kieses unter seinen Schuhen war viel zu laut. Er drückte die Klingel und trat einen Schritt zurück, als das Licht im Flur eingeschaltet wurde. Ein Schatten zeichnete sich hinter dem Milchglas der Tür ab. Gleich darauf wurde die Tür einen Spaltbreit geöffnet, und Rikke Holst sah nach draußen.

»Rikke Holst?« Mads sah noch einmal auf seine Uhr. »Es ist 22.06 Uhr, und wir nehmen Sie wegen des Verdachts fest, Karl Uwe Kleibner und Charlotte Weidemann umgebracht zu haben. In diesem Zusammenhang möchte ich Sie auch darüber informieren, dass Sie nicht verpflichtet sind, sich der Polizei gegenüber zu äußern.«

»Was?« Verwirrung und Unglaube sprachen aus Rikke Holsts Gesicht, während sie ein paar Schritte nach hinten taumelte. Die Tür ging auf und gab den Blick auf ihre nackten Beine unter dem langen T-Shirt frei. Sie legte die Arme um sich.

»Haben Sie einen Anwalt, den wir kontaktieren sollen, oder möchten Sie, dass wir Ihnen einen Verteidiger stellen?«, fragte Mads und betrat den Flur. Der Boden war aufgeräumt und sauber. Die Schuhe standen ordentlich an der Wand, und die Erdkrümel waren verschwunden.

»Ich soll Charlotte umgebracht haben? Sie sind doch verrückt!« Sie wich noch ein paar Schritte zurück, bis sie mit dem Rücken an die Wand stieß. Ihr Blick flackerte zwischen Thomas Beckmann und Mads hin und her, während ihre Finger sich in die Haut der Oberarme bohrten.

»Ich muss Sie bitten, mit aufs Revier zu kommen«, sagte Mads und holte die Handschellen hervor. Sein Blick ging zum Wohnzimmer, wo gedämpftes Lachen aus dem Fernseher zu hören war. »Ist Ihre Tochter zu Hause?«

»Camilla?« Rikke Holst schüttelte den Kopf. Tränen stiegen in ihre Augen. »Nein.« Sie ließ die Arme sinken und wischte sich mit der Hand über die Wangen. Mit erstickter Stimme stammelte sie: »Camilla ist bei meiner Mutter.«

17. März

Haderslev

»Sie sitzt im Vernehmungsraum«, sagte Mads und musterte Thomas Beckmann, der seine Jacke über die Lehne von Laugesens Stuhl legte. Der gepflegte Bart war eine Spur länger als sonst, und auch in seinem Blick war Müdigkeit zu sehen, obwohl er gut aufgelegt war.

»Ist die Anwältin schon gekommen?«

»Ja.« Mads nickte in Richtung eines Autos, das unten vor dem Polizeigebäude parkte.

»Was sagt sie zu unserem Verdacht?«, fragte Thomas Beckmann. Er griff nach den Dokumenten und überflog sie kurz.

»Sie versteht das alles nicht«, entgegnete Mads.

Thomas Beckmann faltete die Papiere zusammen und legte sie auf den Tisch, bevor er sich setzte. »Ich gehe davon aus, dass Sie die Vernehmung leiten. Rikke Holst ist ja Dänin. Wie viel Zeit bekommt sie mit ihrer Anwältin?«

»Etwas mehr als eine halbe Stunde«, sagte Mads. »Gibt es irgendwelche Punkte, die ich aus Ihrer Sicht besonders betonen sollte?«

»Ich vertraue darauf, dass Sie Ihren Job können«, antwortete Thomas Beckmann mit einem Nicken.

*

Mads schloss die Tür des Vernehmungsraums und sah zu Rikke Holst. Unruhe stand in ihrem flackernden Blick, und der harsche Geruch der Angst hing in der stickigen Luft. Er setzte sich und zog dann den Stuhl nach vorn über den Linoleumboden. Rikke Holst zuckte zusammen, als hätte die Nacht im Gewahrsam ihren Körper in Alarmbereitschaft versetzt.

»Mittwoch, der 17. März«, sagte Mads in Richtung des Aufnahmegeräts. »Vernehmung von Rikke Mie Holst. Anwesend: Strafverteidigerin Stine Brink-Andersen, Polizeioberkommissar Thomas Beckmann von der Kriminalpolizei in Kiel und Kommissar Mads Lindstrøm. Die Vernehmung wird aus Rücksicht auf den deutschen Part der Ermittlungen auf Deutsch stattfinden. Ich gehe davon aus, dass das in Ordnung ist?«

»Das kommt überhaupt nicht infrage«, erklärte die Anwältin. Ihr langer blonder Pferdeschwanz lag auf der einen Schulter, rutschte aber herunter, als sie den Blick auf ihre Mandantin richtete. »Rikke Holst ist Dänin und sollte auf Dänisch vernommen werden. Um die allenfalls notwendige Übersetzung ins Deutsche müssen Sie sich dann hinterher kümmern. Meine Mandantin ist nicht dafür verantwortlich, dass ein deutscher Kommissar die Vernehmung versteht.«

»Einverstanden, dann auf Dänisch«, sagte Mads und notierte sich etwas auf seinem Block, während Thomas Beckmann mit einem kaum merkbaren Nicken zu verstehen gab, dass er die spitze Antwort der Anwältin verstanden hatte. »Wir haben zuletzt am 10. März miteinander telefoniert. Da haben Sie mir erzählt, dass sie eine Beziehung mit Michael Weidemann haben oder hatten«, fuhr Mads fort und sah von seinen Papieren auf. »Können Sie näher darauf eingehen?«

»Näher darauf eingehen?« Rikke Holst zog die Stirn in Falten und sah zu ihrer Anwältin. »Es ist genau so, wie ich es Ihnen gesagt habe. Michael und ich kennen uns schon seit vielen Jahren. Wir wollten nicht, dass es zu dieser Affäre kam, aber es ist einfach passiert. Viel mehr gibt es dazu nicht zu sagen.«

»Und Sie hatten keine Skrupel, auch wenn Sie wussten, dass Michael verheiratet war?«

»Doch, natürlich hatte ich die«, antwortete Rikke Holst und schlug die Augen nieder. »Charlotte war meine Freundin.«

»Das hat Sie aber trotzdem nicht davon abgehalten?«

»Ich weiß, dass es falsch war. Anfangs habe ich auch versucht, mich von meinen Gefühlen zu distanzieren. Ich wollte das alles nicht«, antwortete Rikke Holst und atmete schwer aus. Ihr mutloser Blick ruhte auf dem Tisch zwischen ihnen. »Erst haben wir uns ja zurückgehalten, auch wenn ich keinen Zweifel hatte, dass wir beide diese Anziehung gespürt haben. Michael brauchte jemanden, mit dem er über das reden konnte, was bei ihm zu Hause passierte, und ich war froh, dass er sich an mich gewandt hatte.«

»Dann war Ihre Beziehung also nicht körperlicher Art?«

»Zunächst nicht«, antwortete sie und verzog den Mund. »Es hat sich nicht falsch angefühlt, miteinander zu reden. Michael Gedanken kreisten sehr um die Frage, was im Fall von Charlottes Tod passieren würde, und auch meine Seele hat ein paar Narben. Es war ganz einfach, mit ihm darüber zu reden, diesen Teil meines Lebens kannte er ja schon.«

»Von welchem Teil Ihres Lebens reden wir da?«, fragte Mads und tippte mit dem Kugelschreiber auf den Block.

»Ich hatte früher mal eine Beziehung, die mich immer wieder in Schwierigkeiten gebracht hat.«

»Aber irgendwann war Ihre Affäre mit Michael Weidemann nicht mehr platonisch, oder?«

»Tatsächlich hat es eine ganze Weile gedauert, bis wir diesen Schritt gewagt haben«, sagte Rikke Holst.

»Waren Sie jemals eifersüchtig auf Charlotte Weidemann?«

»Nein.« Rikke Holst schüttelte den Kopf. »Ich glaube, niemand hat sie um das beneidet, was sie durchgemacht hat.«

»Ich dachte weniger an das, was sie durchgemacht hat, als an das, was sie hatte«, sagte Mads.

»Wenn Sie glauben, dass ich etwas mit dem Mord an ihr zu tun habe, irren Sie sich. Michael hat sie geliebt, und das habe ich respektiert, auch wenn ich Michaels Gesellschaft natürlich genossen habe. Das Verhältnis zwischen den beiden war wegen Charlottes Krankheit sehr kompliziert geworden, und bei mir konnte Michael durchatmen.«

»Aha«, sagte Mads mit einem Nicken und blätterte in seinen Unterlagen. »Bei unseren Ermittlungen ist Ihr Name übrigens auch in Deutschland aufgetaucht.«

»In Deutschland?« Rikke Holst schüttelte den Kopf und sah fragend zu ihrer Anwältin, die sich etwas auf ihrem Block notierte. »Wie soll ich das verstehen?«

»Wo waren Sie in der Nacht vom 28. auf den 29. November zwischen zwanzig und zwei Uhr?«, fragte Mads und beugte sich zu ihr vor.

»Das weiß ich nicht«, antwortete Rikke Holst. Ihr Blick war trotzig, und sie verschränkte die Arme vor der Brust. »Wissen Sie etwa noch, was Sie an einem bestimmten Tag vor etwa einem halben Jahr gemacht haben?«

»Das ist für den Fall irrelevant«, entgegnete Mads. »Die Frage ist, was Sie gemacht haben.«

»Das weiß ich nicht mehr. Wenn ich meinen Kalender hier hätte, könnte ich es Ihnen vielleicht sagen, aber so habe ich wirklich keine Ahnung.«

»Vielleicht kann ich Ihnen weiterhelfen.« Mads schob einen Zettel über den Tisch. »In Anbetracht Ihrer Telefondaten müssten Sie in Schleswig gewesen sein.« Er beobachtete ihren Blick, der über den Zettel huschte. »Diese Daten stammen von einem deutschen Netzbetreiber, und sie stimmen mit der Lücke überein, die zu dieser Zeit in den dänischen Daten auftaucht«, fuhr er fort, als sie wieder zu ihm aufsah. »Was haben Sie in Schleswig gemacht?«

»Das Einzige, was mir da einfällt, ist ein Konzert, das ich im letzten Jahr in Schleswig besucht habe«, antwortete Rikke Holst. Das Trotzige in ihrer Stimme war verschwunden. Die Lippen zitterten etwas, als wäre ihr erst jetzt aufgegangen, dass die Polizei offenbar ihre Bewegungen rekonstruiert hatte. Sie rieb sich mit den Fingerspitzen die Schläfen. »Ich weiß wirklich nicht, ob das der 28. November war. Aber ich war sonst nicht in Schleswig.«

»Aha«, sagte Mads und drückte die Spitze des Kugelschreibers auf das Papier. »Waren Sie allein da?«

»Ja.« Rikke Holst nickte. »Eigentlich wollte Michael mitkommen, aber er konnte dann doch nicht.«

»Ich rate Ihnen davon ab, mehr zu sagen, als von Ihnen verlangt wird«, warf Brink-Andersen ein und sah kurz zu ihrer Mandantin.

»Und warum konnte er nicht?«, fragte Mads, ohne sich aus der Ruhe bringen zu lassen.

»Das weiß ich nicht mehr«, antwortete Rikke Holst und warf einen Blick auf ihre Anwältin, als wünschte sie sich, dass ihre Antwort akzeptiert wurde. Ihre Hände zitterten, als sie sie in den Schoß legte und knetete. »Warum ist das wichtig?«

»Am 28. November ist Karl Uwe Kleibner aus seinem Haus verschwunden«, antwortete Mads und schob ein Foto des Unternehmers zu ihr hinüber. »Sein Leichnam ist später im Thorsberger Moor aufgetaucht. Wir haben Beweise, die Sie mit diesem Mord in Verbindung bringen.«

»Beweise?« Sie riss die Augen auf. Ihre Stimme war ein paar Töne höher, dann überschlug sie sich, und Rikke Holst musste schlucken. »Wie können Sie Beweise für etwas haben, was ich nicht getan habe?«

»Wir haben auf Karl Uwe Kleibners PC eine E-Mail gefunden, die von einem Computer stammt, der Ihnen gehört«, sagte Mads, ohne den Blick von ihr zu nehmen.

»Nein.« Sie schüttelte heftig den Kopf. Dann legte sie sich die Hände an die Wangen, während sie langsam blass wurde. Erst danach tauchten rote, hektische Flecken an ihrem Hals auf. »Da muss ein Fehler passiert sein. Ich verstehe das nicht.« Sie schwieg und lehnte sich zurück, sodass das Licht der Deckenlampe direkt in ihre Augen fiel. Schließlich blinzelte sie ein paarmal, atmete tief durch und ließ den Kopf wieder sinken. »Sie müssen mir glauben, wenn ich Ihnen sage, dass ich keine Ahnung habe, wovon Sie da reden.«

»Dann leugnen Sie, diese E-Mail zu kennen?«

»Ja«, antwortete Rikke Holst und sah zu ihrer Anwältin. »Ich kenne ihn dem Namen nach, mehr aber auch nicht.«

»Dem Namen nach?«, fragte Mads und notierte sich diese Aussage auf seinem Block.

»Ja«, sagte Rikke Holst. »Ich weiß, dass er den Pharmabetrieb MediK besitzt, aber mehr auch nicht.«

»Aha.« Mads warf einen Blick zu Thomas Beckmann, der

nach einem Kugelschreiber griff. Während er den Stift zwischen seinen Fingern kreisen ließ, beobachtete er Rikke Holsts Bewegungen.

»Ich muss Sie bitten, etwas konkretere Beweise für Ihre Behauptungen vorzubringen«, sagte die Anwältin, als Rikke Holst weiter schwieg. »Dass meine Mandantin den Namen des Mannes kennt, beweist noch lange nicht, dass sie ihn getötet hat.«

»Nein, natürlich nicht«, erwiderte Mads und richtete seine Aufmerksamkeit auf die Anwältin. Die sandfarbene Seidenbluse fiel weich über ihre Schultern, und die Perlmuttknöpfe bildeten eine perfekte Linie. Er riss den Blick von ihr los, nahm ein Blatt aus der Klarsichthülle und reichte es ihr. »Diese Mail ist auf Karl Uwe Kleibners Arbeitscomputer gefunden worden. Sie ist älteren Datums, deshalb aber nicht weniger interessant.«

»Aber, ich habe nie …« Rikke Holst schwieg, als Stine Brink-Andersen einen Finger hob.

»Meine Mandantin hat erklärt, dass sie diesem Karl Uwe Kleibner nie eine E-Mail geschickt hat«, sagte Brink-Andersen und legte das Blatt aus der Hand. »Eine E-Mail trägt keine Unterschrift. Sie müssen also schon beweisen, dass sie von einer IP-Adresse kommt, die mit meiner Mandantin in Verbindung gebracht werden kann. Sonst kann ich diesen Beweis nicht akzeptieren.«

»Es handelt sich um eine Drohmail«, erklärte Mads und hielt ihren Blick fest, während er ein weiteres Dokument über den Tisch schob. »Und wie aus diesem Ausdruck hervorgeht, steht die IP-Adresse mit Rikke Holst in Verbindung. Des Weiteren haben meine deutschen Kollegen ein Konto in der Schweiz gefunden, das auf den Namen Rikke Holst läuft.«

»Nein!« Rikke Holst schnappte nach Luft. In ihren weit aufgerissenen Augen stand pure Verzweiflung, während der letzte Rest Farbe aus ihrem Gesicht entwich. »Ich weiß nicht, woher diese Mail kommt, aber Sie müssen mir glauben. Ich habe nichts mit diesem Mord zu tun.«

17. März

Haderslev

Mads bohrte die Gabel durch eine angetrocknete Gurkenscheibe und erwog einen Moment, sie zu essen, dann schob er die halb volle Plastikschale mit Salat von sich und leerte die Wasserflasche. Draußen hing die Frühjahrssonne über den Hausdächern. Er stand auf, atmete noch einmal tief durch und schloss das Fenster.

»Bereit für die Fortsetzung?«, fragte Thomas Beckmann, knüllte sein Sandwichpapier zusammen und warf es in den Mülleimer.

»Ja«, sagte Mads und schlug die leere Wasserflasche leicht in die andere Handfläche. »Legen wir los.«

»Hallo, Mads. Gut, dass ich dich noch erreiche«, sagte Sarah und steckte den Kopf herein. Sie nickte Thomas Beckmann zu, schloss die Tür hinter sich und reichte Mads ein Blatt Papier. Lange Zahlenkolonnen mündeten in einer fett markierten Schlussfolgerung. »Ich habe einen Match für das Blut gefunden, das Helmut Vogel auf der halben Bibelseite in Ockholm gefunden hat. Es besteht kein Zweifel. Das Blut stammt von Charlotte Weidemann und leider nicht von einer potenziellen Täterin«, fuhr sie mit bedauerndem Gesichtsausdruck fort.

»Mist«, murmelte Mads, nahm das Papier, warf einen Blick darauf und gab es an Thomas Beckmann weiter.

»Das schließt nicht aus, dass Rikke Holst die Täterin ist«, meinte Beckmann und hob den Blick. »Es gibt Verbindungen zwischen ihr, Karl Uwe Kleibner und natürlich Charlotte Weidemann. Und auch wenn das DNA-Profil keinen direkten Beweis für eine Beteiligung am Mord an Bent Juhl-Thomsen liefert, spricht noch immer einiges dafür, dass sie unsere Täterin ist.«

»Das stimmt«, sagte Mads. »Wir müssen sie uns noch einmal zur Brust nehmen.«

Thomas Beckmann stand auf und öffnete die Tür zum Flur.

»Ich komme gleich«, sagte Mads zu ihm und schob dabei die Hand in die Hosentasche. Das kalte Metall des deformierten Projektils streifte seine Fingerspitzen. Er nahm es in die Hand, wartete, bis Beckmann den Raum verlassen hatte, und wandte sich an Sarah.

»Ja?«

»Ich dachte, vielleicht ... Meinst du, dass du mir einen Gefallen tun könntest?«, fragte er und sah in Richtung Flur, ehe er die Hand aus der Tasche zog und ihr die Kugel hinhielt.

»Ist das ein neues Beweisstück?«

»Nein. Das ist etwas Privates. Ich muss wissen, ob das Geschoss aus einer Waffe abgefeuert wurde, die wir kennen.«

»Was sagt Teglgård dazu?«, fragte Sarah und strich sich die Locken aus dem Gesicht.

»Er weiß nichts davon und soll es auch nicht erfahren«, antwortete Mads.

»Okay, ich werde sehen, was ich tun kann«, erwiderte Sarah und warf ihm ein verschwörerisches Lächeln zu, als er das Projektil in ihre ausgestreckte Hand fallen ließ. »Du hörst von mir.«

»Danke.«

Die roten Locken, die über ihren Rücken tanzten, glänzten wie Gold, als sie den Raum verließ. Er riss sich von ihrem Anblick los, als der PC ein Geräusch von sich gab, und checkte kurz die eingegangene Mail.

*

»Mittwoch, 17. März«, diktierte Mads und schob ein Blatt Papier zu Thomas Beckmann hinüber. »Wiederaufnahme der Vernehmung von Rikke Mie Holst. Anwesend: Strafverteidigerin Stine Brink-Andersen, Polizeioberkommissar Thomas Beckmann von der Kriminalpolizei Kiel sowie Kommissar Mads Lindstrøm.« Er lehnte sich zurück und musterte Rikke Holst. Der Schlafmangel war ihrem blassen Gesicht deutlich anzusehen, und ihr Blick war leer. Sie strich mit der Hand über ihre Wange und schob sich eine Strähne ihrer halblangen Haare hinter das Ohr. »Ich würde gerne etwas genauer auf den Mord an Charlotte Weidemann eingehen«, sagte Mads. Er befeuchtete die Finger mit der Zungenspitze und blätterte durch seine Unterlagen. Nach kurzem Zögern schob er Rikke Holst das Foto über den Tisch, das die blutige Bibel vom Altar in Bylderup zeigte. »Stand Charlotte Weidemann Ihrer Liebe zu Michael Weidemann im Weg? War das wahre Problem, dass Michael seine Frau nicht verlassen wollte, weil er ihr ewige Treue geschworen hatte?«

»Nein! Nein, verdammt noch mal! So war das nicht!« Rikke Holsts Körper zitterte. Sie verlor den Kampf gegen die Tränen und senkte den Kopf.

»Wie war es dann?«, fragte Mads mit lauter Stimme.

Rikke Holst verbarg ihr Gesicht in den Händen. Durch ihre Finger fielen Tropfen auf den Tisch. Sie schüttelte ganz leicht den Kopf, und ein erstickter Laut drang aus ihrer Kehle.

»Antworten Sie mir! Wie war es dann? Hat Michael Sie gebeten, das zu tun, oder war es Ihre eigene Idee?« Die Fragen hagelten auf sie ein, und sie zog unwillkürlich die Schultern hoch, als fürchtete sie, Mads würde sie schlagen. »Haben Sie es genossen, sie zu foltern?« Er tippte mit dem Zeigefinger auf das blutige Bild. »Antworten Sie mir! Es ist doch nichts Ungewöhnliches für Sie, anderen das Leben zu nehmen!« Er starrte Rikke Holst an und tippte wieder und wieder mit dem Finger aufs Bild.

»Beweise!«, forderte die Anwältin Brink-Andersen.

»Ich werde Ihnen Ihre Beweise liefern«, sagte Mads und kniff die Augen zusammen. »Dieses Dokument, das ich gerade von Johan Ilesøe bekommen habe, belegt, dass Ihre Mandantin einen Großteil der Tiere getötet hat, die als Versuchstiere im Forschungsinstitut Sundsmark genutzt wurden.«

»Indizien!«, antwortete Brink-Andersen verbissen. »Dass meine Mandantin Versuchstiere tötet, beweist doch nicht, dass sie einen Menschen getötet hat.«

»Einen Menschen? Der Name Ihrer Mandantin taucht in zwei Mordfällen auf. Zwei Mordfälle, die nachweislich miteinander in Verbindung stehen. In beiden Fällen sind Blut oder Gewebereste einer Ziegenrasse gefunden worden, die zuletzt im Institut in Sundsmark gehalten wurde. Und nur da!«, donnerte Mads und legte einen weiteren Ausdruck auf den Tisch. In der Tabelle erschienen Rikke Holsts Initialen in der Spalte, die die Tötung der Versuchstiere dokumentierte.

»Das ist doch absurd«, wandte die Anwältin ein. »Dieses Dokument hier ist fünf Jahre alt.«

»Nichtsdestotrotz stehen die Tiere aus diesem Dokument mit den Morden in Verbindung«, fuhr Mads fort und legte ihr das Foto von dem Ziegenkadaver hin. »Dieses Tier wurde auf der Treppe von Charlotte Weidemanns Haus gefunden.« Er richtete seinen Blick auf Rikke Holst. Sie zitterte am ganzen Körper und hatte die Arme um sich geschlungen.

»Eine DNA-Analyse hat ergeben, dass Blut von diesem Tier auch an einem Tatort in Deutschland gefunden wurde. Genauer gesagt, auf dem Hofplatz von Karl Uwe Kleibner«, fuhr Mads fort und warf den Laborbericht auf den Tisch. »Und noch ein weiterer Mord steht damit in Verbindung.«

»Noch einer?« Stine Brink-Andersens perfekt gezupfte Augenbrauen wanderten nach oben.

»An einem Tatort in Ockholm ist eine halbe Bibelseite gefunden worden«, erwiderte Mads und tippte noch einmal auf das Foto der blutigen Bibel. »Bent Juhl-Thomsen ist infolge einer Hirnblutung gestorben, nachdem man ihm den Schädel eingeschlagen hat. Vorher ist aber auch er gefoltert worden.« Mads richtete sich abrupt auf und nahm die Dokumente wieder an sich. »Hat Sie das angemacht? Haben Sie den Schmerz dieser Menschen genossen? Der Obduktionsbericht von Charlotte Weidemann lässt keinen Zweifel daran, dass sie noch Stunden gelebt hat, nachdem ihr die Hände abgetrennt worden waren. Und auch Bent Juhl-Thomsen war am Leben, als man ihn gebrandmarkt hat.«

Rikke Holst erstarrte, als Mads ein weiteres Dokument auf den Tisch warf. Ihr Gesicht war aschgrau, und sie presste sich die Hand auf den Mund, als sie auf das vergrößerte Zeitungsfoto von Bent Juhl-Thomsen starrte.

»Ich weiß, wer das ist.« Sie blinzelte ein paarmal. Ihre Stimme zitterte, und sie schluckte, dann hob sie langsam den Kopf und sah Mads in die Augen.

17. März

Haderslev

»Sind Sie sich sicher?« Mads stand auf und richtete den Blick fest auf Rikke Holst, die zitternd vor ihm saß.

»Ja, ich habe das Foto schon mal gesehen«, antwortete Rikke Holst. »Es lag zwischen den Papieren.« Sie befeuchtete ihre Lippen und knibbelte mit den Fingern an einem brüchigen Nagel. Sonst war in der angespannten Stimmung im Vernehmungsraum nichts zu hören. »Juhl-Thomsen.« Das Knibbeln verstummte. Rikke Holst ließ die Hände sinken und sah von Mads zu Thomas Beckmann. »Ich weiß nicht, wo ich anfangen soll. Er war geradezu besessen davon.«

»Wer?«, fragte Mads.

»Mein damaliger Lebensgefährte«, antwortete Rikke Holst. »Jesper Schou.«

»Jesper Schou?« Mads warf einen Blick zu Thomas Beckmann und blätterte hastig in den Dokumenten. »Erzählen Sie.«

»Wir waren ein paar Jahre zusammen.«

»Verheiratet?«, fragte Mads und sah von den Papieren auf.

»Nein, wir haben zusammen in einer Wohnung in Sønderborg gelebt«, antwortete Rikke Holst.

»Und Ihre Tochter?«, fragte Mads und tippte mit dem Kugelschreiber auf das Dokument. »Ist die von ihm?«

»Nein.« Rikke Holst schüttelte den Kopf. »Camilla ist nicht Jespers Tochter. Sie war zwei Jahre alt, als ich bei ihm eingezogen bin. Anfangs ging alles gut.«

»Anfangs?«, hakte Mads nach.

»Jesper hat seine Doktorarbeit in der Abteilung in Sundsmark geschrieben, in der ich als Bioanalytikerin gearbeitet habe. Er war bei allen beliebt. Wenn ein Versuch länger dauerte oder wenn jemand krank war, ist er immer eingesprungen. Ich habe mich Hals über Kopf in ihn verliebt. Er wollte so viel, konnte so viel, hatte Visionen und war unfassbar engagiert.« Sie zögerte, senkte den Blick und starrte einen Moment auf das Foto der blutigen Bibel. »Ich weiß nicht, wann genau er begonnen hat, sich zu verändern.«

»Inwiefern hat er sich verändert?«

»Er wurde immer cholerischer. Egoistisch. Hat behauptet, die Welt würde ihn und sein Potenzial nicht verstehen«, antwortete Rikke Holst mit einem Schulterzucken. »Alle wären gegen ihn. Auch ich. Ich erinnere mich an einen Tag, an dem er wirklich durchgedreht ist. Als wäre er voller Sprengstoff, der schon bei der kleinsten Vibration losging.«

»Was ist an diesem Tag passiert?«

»Es war ein paar Monate nachdem wir sein Elternhaus ausgeräumt hatten. Dabei hatten wir einen Umschlag gefunden«, sagte sie und nickte in Richtung des Fotos von Bent Juhl-Thomsen. »Dieses Bild lag bei seiner Geburtsurkunde. Ein Zeitungsausschnitt, nicht sonderlich groß, aber laminiert.«

»Sie meinen also, Bent Juhl-Thomsen könnte Jesper Schous Vater gewesen sein?«, fragte Mads.

»Keine Ahnung«, antwortete Rikke Holst. »Jesper hat ziemlich viel Zeit darauf verwendet, im Internet nach ihm zu recherchieren, er ist aber nur auf einen Mann in seinem eigenen Alter gestoßen.« Sie schwieg und fing wieder an, mit den Fingern am Nagel herumzuknibbeln. »Er war besessen von dem Gedanken, dass er nicht der war, für den er sich immer gehalten hatte.«

»Wissen Sie, ob Jesper Schou den Mann aufgesucht hat?«, fragte Mads.

»Das hat er nicht«, antwortete Rikke Holst. »Er hat sich nicht getraut. Stattdessen hat er mich gebeten, das zu tun.«

»Dann haben Sie also Christian Juhl-Thomsen besucht?«, fragte Mads mit einem kurzen Blick zu Thomas Beckmann.

»Ja, er hat aber ausgeschlossen, dass sein Vater weitere Kinder haben könnte«, erwiderte Rikke Holst. »Ich habe ihn um die Adresse seines Vaters gebeten, er hat sie mir aber nicht gegeben.«

»Wie hat Jesper Schou darauf reagiert?«

Rikke Holst verzog den Mund. »Nicht sonderlich gut. Das Ganze hat irgendetwas in ihm losgetreten. Eine Art Hass. Ich glaube, er fühlte sich betrogen. Hinters Licht geführt, oder wie man das nennen soll. Er hat Dinge durch die Gegend geworfen und gebrüllt, dass er auch nicht schlechter ist als dieser Juhl-Thomsen und dass er ihnen schon noch zeigen werde, was für ein Anrecht er auf den Namen habe.«

»Hat er denn herausgefunden, ob er ein Juhl-Thomsen war?«

»Das glaube ich nicht«, antwortete Rikke Holst. »Er war deshalb aber nicht weniger von dem Gedanken besessen, dass seine Familie sich nicht zu ihm bekennen wollte. Manchmal ist er tagelang weggefahren, ohne zu sagen, wohin, und wenn er zurückkam, war er voller Wut.«

»Was ist danach passiert?«

»Es wurde alles nur noch komplizierter«, antwortete Rikke Holst. »Seine Gemütsschwankungen eskalierten. Er war fest davon überzeugt, dass alle gegen ihn sind, nur bei sich selbst hat er nie die Schuld gesucht.« Sie atmete tief durch und seufzte. »Manchmal war er noch der Jesper, in den ich mich verliebt hatte. Lustig und hilfsbereit.« Ein trauriges Lächeln huschte über ihre Lippen, und ihr Blick ging in die Ferne. »Meistens hat der Hass die Oberhand gewonnen. Dann hat er sich in jemanden verwandelt, den ich einfach nicht kannte. Ich habe den wirklichen Jesper vermisst. Und Camilla ging es ebenso. Er war aber nicht bereit, sich helfen zu lassen, dabei habe ich mehrmals mit ihm darüber gesprochen. Er meinte nur, nicht er, sondern die Welt sei verrückt. Er hat Kredite aufgenommen, die wir uns nicht leisten konnten, und hat davon gefaselt, dass seine Forschung die Behandlungsmethoden der Menschheit revolutionieren würde. In Wirklichkeit hat er aber nur die Versuchsergebnisse seiner Doktorarbeit manipuliert. Als das rauskam, hat MediK den Vertrag mit ihm gelöst.«

»Dann stand er also gar nicht hinter der Entwicklung der Medikamente von MediK?«, hakte Mads nach.

»Jesper?« Rikke Holst lachte gekünstelt. »Nein. Das hat auch das Oberlandesgericht festgestellt, aber da war das Rennen für uns längst gelaufen, wofür er natürlich auch den anderen die Schuld gab. Die Wahrheit ist, dass ich es irgendwann nicht mehr ausgehalten habe. Ich konnte mit dem Größenwahn, der immer wieder in ihm aufloderte, einfach nicht umgehen. Er hat in dieser Zeit nichts anderes getan, als hasserfüllte Leserbriefe zu schreiben, um der Welt mitzuteilen, wie alle ihn und seine Ideen missbraucht hätten.«

»Und dann sind Sie gegangen?«

»Ja«, sagte Rikke Holst. »Ich habe ihn verlassen. An einem Wochenende, an dem er weg war, habe ich Camillas und meine Sachen in eine Sporttasche gepackt und bin verschwunden, ohne ihm zu sagen, wohin oder wann ich zurückkomme.«

»Was ist dann passiert?«, fragte Mads, nachdem sie eine kurze Pause gemacht hatte.

»Ich hatte gehofft, dass es vorbei war, aber so war es nicht«, antwortete Rikke Holst resigniert. »Ich habe noch lange meinen Teil der Miete bezahlt, bis Jesper dann irgendwann nach Klingbjerg gezogen ist. Ich wollte einfach keine weiteren Kämpfe mit ihm. Das hätte ich nicht ausgehalten. Es könnte sogar sein, dass der Rechner, mit dem er ins Internet geht, auf meinen Namen läuft.«

»Haben Sie damals den Vertrag mit dem Netzbetreiber abgeschlossen?«, fragte Mads und sah zu Thomas Beckmann.

»Ich glaube schon, ganz sicher bin ich mir aber nicht«, antwortete Rikke Holst. »Das Geld wurde jedenfalls von unserem gemeinsamen Konto abgebucht.«

»Dann halten Sie es für möglich, dass er diese E-Mail geschrieben hat?«

»Möglich ist es«, antwortete Rikke Holst. »Jespers Finanzen waren ziemlich in Schieflage, nachdem er versucht hatte, sich in MediK einzukaufen und sich das Patent zu sichern. Wenn er erst einmal eine Idee hat, gibt er nicht so schnell auf. Auch wenn es Jahre her ist, dass ich ihn verlassen habe, wartet er noch heute manchmal vor Camillas Schule. Ich habe mehrmals erwogen, eine Unterlassungsklage gegen ihn einzureichen, aber ich traue mich nicht.«

»Warum nicht?«, fragte Mads und zog die Stirn in Falten.

Rikke Holst presste schweigend die Lippen zusammen. Sie

senkte den Blick und wischte eine Träne weg. »Er beobachtet mich«, sagte sie schließlich. »Überwacht mich. In seinen Augen bin ich eine Hure. Er hat gesagt, dass er sich alles, was man ihm genommen hat, zurückholen wird.« Wieder wischte sie sich über die Wange. Ihre Lippen zitterten, und schließlich sagte sie schluchzend: »Und ich habe ihm Camilla und die Idee von einer Familie genommen. Erst recht, seitdem Michael in meinem Leben aufgetaucht ist.«

»Und die Tiere?«

»Ich wusste, dass ich sein Angebot nicht hätte annehmen dürfen«, antwortete Rikke Holst und schlug den Blick nieder.

»Was für ein Angebot?«

»Ich hatte gerade erst eine Fehlgeburt gehabt, als die Versuche eingestellt wurden«, sagte sie und nickte in Richtung des Dokuments. »Ich war ziemlich down. Der Gedanke, jetzt auch noch diese Ziegen umbringen zu müssen, war einfach zu viel für mich. Jesper hat deshalb angeboten, sich darum zu kümmern.«

»Die Initialen in der Tabelle sind aber Ihre, oder?«, fragte Mads.

»Ich weiß. Ich hätte es tun müssen, ich konnte das einfach nicht«, antwortete Rikke Holst. »Jesper hat es für mich getan. Er muss mit meinen Initialen unterschrieben haben, um meine Schwäche zu vertuschen.«

17. März

Klingbjerg

Mads riss die Autotür auf und setzte sich eilig auf den Fahrersitz. Mit einem schnellen Blick zu Thomas Beckmann, der auf dem Beifahrersitz saß, schnallte er sich an, startete den Motor und trat das Gaspedal durch. Die Reifen hinterließen eine Wolke aus verbranntem Gummi, während der Wagen vom Parkplatz des Reviers raste. Aus dem Augenwinkel sah er, wie Thomas Beckmann sich am Griff über der Tür festhielt, als er an der Ampel nach links abbog und gleichzeitig Per Teglgårds Nummer wählte.

»Jetzt geh schon dran!«, zischte er durch die Zähne und betätigte den Schaltknüppel. Häuser und Hecken rasten in einem Wirrwarr aus Farben vorbei, während sich die Tachonadel der Hundert näherte, obwohl sie noch in der Stadt waren.

»Teglgård.«

»Endlich!« Mads riss das Lenkrad nach rechts. Der Wagen begann zu schleudern, und er ging etwas vom Gas, bis er schließlich in südlicher Richtung auf die Autobahn fuhr. »Ich bin auf dem Weg nach Klingbjerg. Wir brauchen Verstärkung durch die Einsatztruppe. Bei dem dringend Tatverdächtigen handelt es sich um Jesper Schou. Achtundvierzig Jahre alt. Psychisch instabil. Thomas Beckmann und ich sind unterwegs, aber wir brauchen, wie gesagt, Verstärkung.«

»Jesper Schou?«

»Rikke Holst ist nicht die Täterin«, erklärte Mads und nahm das Lenkrad etwas fester in die Hand. »Wir haben Beweise, die eine Verbindung von Jesper Schou zu allen Morden nahelegen, außerdem hatte er Zugang zu den Versuchstieren.«

»Psychisch instabil? Hat er eine Diagnose?«

»Ohne Zweifel, aber wir wissen nicht, welche«, antwortete Mads und zog am übrigen Verkehr vorbei. »Geh mal vom Schlimmsten aus und lass sein Telefon orten, damit wir wissen, ob er zu Hause ist.« Er beendete das Gespräch. Die Tachometernadel zeigte über hundertachtzig Stundenkilometer, und die Umgebung raste in einem Inferno aus Lichtern vorbei. Er ging etwas vom Gas, als sie auf die Brücke über den Alssund fuhren und der Wind seitlich auf das Auto traf. Unter ihnen wippten die Boote unruhig auf und ab. Er drehte den Kopf und sah kurz zu Thomas Beckmann, der den Blick starr nach vorn gerichtet hatte. Die Beleuchtung der Brücke warf Schatten auf sein unnahbares Gesicht. Mads richtete die Aufmerksamkeit wieder auf die Straße, als das Telefon klingelte.

»Lindstrøm hier«, meldete sich Mads, sah über die Schulter nach hinten und setzte noch einmal zum Überholen an, bevor die Straße sich auf eine Fahrspur verengte.

»Mathias Larsen«, kam es durch den Lautsprecher. »Teglgård hat gesagt, du brauchst uns in Klingbjerg? Wir sind in dreißig Minuten da. Wartet ab und observiert den Ort, solltet ihr vor uns da sein.«

»Verstanden. Wissen wir, ob er zu Hause ist?«

»Signale von einem auf ihn registrierten Handy werden vom Sendemast in der Nähe seines Hauses aufgefangen, aber das ist ja keine Garantie«, antwortete Larsen.

»Nein, das weiß ich«, sagte Mads und beendete den Anruf mit einem Tippen auf den Touchscreen.

»Wer kommt denn als Verstärkung?«, fragte Thomas Beckmann.

»Mathias Larsen und seine Leute von der Einsatztruppe sind die Besten. Sie kommen so schnell wie möglich.«

»Und wann sind wir da?«, fragte Thomas Beckmann.

»In weniger als zehn Minuten«, erwiderte Mads und atmete schwer aus. Seine Augen konzentrierten sich auf die Straße. Das Fernlicht wurde vom Straßenschild nach Nordborg reflektiert. Er warf einen Blick in den Rückspiegel, schaltete und fuhr nach links, um gleich darauf erneut zu beschleunigen. Gelbe Lichter schimmerten wie Katzenaugen durch die Dunkelheit und markierten die vereinzelten Häuser und Siedlungen. Aus dem Augenwinkel sah er, wie Thomas Beckmann den Griff losließ und sich auf die umgebende Landschaft konzentrierte. Sein Blick streifte das Navi, das den Weg nach Klingbjerg anzeigte. Kleine, kurvenreiche Straßen führten sie zu ihrem Bestimmungsort, und als sie endlich die Stichstraße erreichten, an deren Ende das Haus lag, schaltete Mads die Scheinwerfer aus. »Da wären wir.«

»So weit, so gut«, sagte Thomas Beckmann und richtete sich in seinem Sitz auf. »Wie lange noch?«

»Höchstens zwanzig Minuten«, antwortete Mads und fuhr an die Hecke neben der Straße. Die weiche Erde stieß an den Kotflügel, als er langsam weiterrollte, den Blick fest auf das weiße Haus gerichtet. Ein schwacher Lichtschein fiel durch die Jalousien, und aus dem Schornstein stieg Qualm, der im Mondlicht verwirbelte und gleich darauf vom Wind weggerissen wurde.

»Sollen wir uns ein bisschen umsehen?«, schlug Thomas

Beckmann vor und legte die Hand auf den Türgriff. Kühle Nachtluft drang ins Innere des Autos, als er mit einem Blick zu Mads die Tür öffnete.

»Ich glaube, wir sollten lieber warten«, antwortete Mads. »Wenn er uns sieht, verlieren wir das Überraschungsmoment.«

»Und was, wenn er uns bereits gesehen hat?« Thomas Beckmann öffnete die Tür noch etwas weiter. Irgendwo im Dunkeln erklang das Heulen eine Eule, und ein Schauer lief Mads über den Rücken.

»Wir machen es so, wie ich es mit Mathias Larsen besprochen habe«, sagte Mads entschieden, wandte sich ab und betrachtete Thomas Beckmanns scharfes Profil, das sich auf dem Seitenfenster hinter seinem eigenen Körper abzeichnete. Eine Weile hielt Mads die Luft an und atmete dann langsam durch die Nase aus. »Na gut, aber wir halten uns auf Abstand.«

*

Ein Windhauch wirbelte durch Mads' Haare, als er ausstieg. Er sah nach oben. Dünne Wolken trieben über den dunklen Himmel und verdeckten den Mond. Weit entfernt blitzten Autoscheinwerfer auf. Das musste die Straße zwischen Guderup und Nordborg sein. Mads' Blick wanderte zu Thomas Beckmann, der sich an der Hecke entlang nach vorn schlich. Einen Augenblick zögerte er und sah über den Weg zurück, als hoffte er, dass Mathias Larsen mit der Einsatztruppe auftauchte, aber da war niemand.

»Lindstrøm?«

Mads betrachtete die Silhouette seines deutschen Kollegen, die fast mit der Umgebung verschwamm. »Ja?« Er drückte sich in die Hecke und schlich sich weiter vorwärts. Der Tau drang durch seine Schuhe, und er fluchte innerlich, dass er sich von Thomas Beckmann zum Aussteigen hatte überreden lassen.

»Wir könnten uns von hinten nähern«, sagte Thomas Beckmann und deutete mit dem Kopf zu einem Gebüsch, das sich ein Stück vor ihnen befand. »Das Grundstück reicht bis zu den Feldern.«

»Versuchen Sie mal rauszufinden, wo im Haus er sich aufhält«, sagte Mads und sah auf seine Uhr. Der leuchtende Sekundenzeiger rückte nur langsam vorwärts, als wollte er die Zeit aufhalten, bis die Verstärkung kam. Er schob den Jackenärmel wieder nach unten und schlüpfte zwischen zwei schlanke Bäume. In diesem Moment glitten die Wolken auseinander, und er erkannte weiter vorn Beckmanns zusammengekauerte Gestalt. Mit einem kurzen Blick zum Himmel lief er geduckt an den Büschen entlang zu seinem deutschen Kollegen, der sich hinter einem Anbau versteckte.

»Da«, sagte Thomas Beckmann und zeigte zum Haus.

Mads beugte sich vor. Durch das Gebüsch erahnte er eine Gestalt, die an einem Fenster vorbeiging. Im bläulichen Licht des Fernsehers war der Umriss einer Person zu sehen, bei der es sich aller Voraussicht nach um Jesper Schou handelte. »Denken Sie, er ist allein?«

»Ich habe sonst niemanden gesehen, aber das schließt nicht aus, dass noch andere im Haus sind«, antwortete Thomas Beckmann. »Wir müssen vorsichtig sein. Wenn er psychisch instabil ist, kann er total unvorhersehbar reagieren.«

Mads nickte nachdenklich. Dann nahm er am Rand seines Blickfelds einige Autos wahr, die sich näherten. Die Scheinwerfer waren ausgeschaltet, nur das Brummen der Motoren verriet ihre Anwesenheit. »Mathias Larsen und sein Team sind hier«, sagte er und nickte in Richtung der Autos, die ein Stück vom Haus entfernt hielten, während er Thomas Beckmann leicht am Arm berührte.

*

»Wir sind bereit«, sagte Mathias Larsen und nahm die Umgebung des kleinen Hauses in Augenschein. »Wir haben auf allen Seiten des Hauses Position bezogen. An der Adresse ist sonst niemand gemeldet, aber wir sollten trotzdem vorsichtig sein. Habt ihr noch irgendwelche Neuigkeiten?« Er sah von Mads zu Thomas Beckmann, der gerade die schusssichere Weste überzog, die ihm gereicht wurde. Dann hielt Mathias Larsen die Hand ans Ohr, drückte auf den kleinen Sender und hörte zu.

»Nein«, antwortete Mads, als Mathias die Hand wieder sinken ließ. »Wir haben nur eine Person im Haus ausmachen können. Es kann sich dabei um den Verdächtigen handeln, eine sichere Identifikation haben wir aber nicht.«

»Gut«, sagte Mathias und reichte Mads ein kleines Mikrofon. »Wir hören alles mit, was da drinnen vor sich geht. Auf der Rückseite des Hauses sind Scharfschützen postiert. Du sagst Bescheid, wenn du Hilfe brauchst.«

»Danke.« Mads legte die Finger um den kalten Pistolengriff.

»Passt auf euch auf«, sagte Mathias und schlug Mads leicht auf die Schulter. »Und vergesst nicht, wir sind nur eine Sekunde entfernt.«

Mads sah Mathias Larsen nach, der im Schatten eines heruntergekommenen Carports verschwand, dann richtete er seine Aufmerksamkeit auf das Haus. Hinter sich hörte er Thomas Beckmann. Der Kies knirschte leise unter seinen

Schuhen, als er zu Mads aufschloss. Er hatte ebenfalls die Hände um den Griff seiner Dienstwaffe gelegt und den Blick auf die Haustür gerichtet.

»Polizei!« Mit einem harten Tritt holte Mads die Tür aus den Angeln und ging gleich darauf hinter der Mauer in Deckung. Das Herz schlug ihm bis zum Hals, und er kniff die Augen zusammen, als er wieder in den schmalen Flur sah. Einen Augenblick lang verharrte sein Blick auf den umgekippten Gummistiefeln. Sie hatten auch schon bei ihrem letzten Besuch dort gelegen.

»Jesper Schou!« Mads' Ruf hallte durch den leeren Raum. Die Geräusche des Fernsehers verschmolzen mit dem Rauschen in seinen Ohren, während er schnell den Raum sicherte. Mit einem Nicken ließ er Thomas Beckmann passieren, ehe er die Tür zum Wohnzimmer ganz aufstieß. Mit der Pistole zielte er in den Raum, während er alles um sich herum aufmerksam aufnahm. Die Wäsche hing wie beim letzten Mal über einer Stuhllehne am braunen Esstisch. Schwerer Zigarettenrauch hing in der Luft. Auf dem Couchtisch drängten sich unzählige Bierdosen neben einem schmutzigen Teller und einem überfüllten Aschenbecher.

»Jesper Schou!«, rief Mads wieder. Das Blut pulsierte in seinen Ohren, als er mit raschen Schritten den Raum betrat. Er griff nach dem Kabel des Fernsehers und riss es aus der Steckdose. »Hören Sie, Schou, es ist vorbei!« Er lauschte konzentriert, während sein Zeigefinger sich auf den Abzug zubewegte. »Das Haus ist umstellt. Wir wissen, was Sie getan haben.« Das letzte Wort wurde von plötzlichem Lärm übertönt.

»Da!«, flüsterte Beckmann und nickte zur Treppe in einer Ecke des Wohnzimmers.

In wenigen Schritten war Mads da. Ein schwacher Geruch nach Chemikalien stieg aus dem Keller auf, und er hielt die Luft an. Den Rücken an die Wand gedrückt, ging er die erste Stufe nach unten. Das Adrenalin schoss durch seine Adern. Er nahm den Finger kurz vom Abzug und signalisierte Thomas Beckmann, ihm zu folgen.

Am Fuß der Treppe hielten sie vor einer verschlossenen Tür. Mads zögerte nicht lang und trat sie auf. Vor ihnen in der Mitte des Kellers hing Jesper Schou an einem in die Decke geschraubten Haken. Die Haut seines Gesichts war rotviolett angelaufen, die Augen traten weit hervor, und die Beine zuckten krampfhaft.

»Verdammt!«, rief Mads, warf die Pistole weg, stürzte nach vorn und hob Jesper Schous Körper an. »Mathias!«, rief er. Im nächsten Moment hörte er, wie Mathias Larsens Team ins Haus stürmte, während er selbst mit aller Macht versuchte, Schou nach oben zu stemmen, damit er wieder Luft bekam. Beckmann zückte sein Messer und legte die Klinge an das Seil. Die ersten Fasern gaben nach, und kurz darauf glitt der bewusstlose Schou in Mads' Arme. Sofort legte Mads ihn auf den Boden, löste den Strick und drückte die Fingerspitzen an Schous Hals. Einen Moment zweifelte er noch, dann spürte er den Puls. Die rotviolette Farbe wurde etwas blasser, dann schnappte Jesper Schou nach Luft. Er riss die blutunterlaufenen Augen auf und starrte Mads an. Die Sekunden verstrichen wie in Zeitlupe, doch trotzdem bemerkte Mads Jesper Schous Hand, die sich über den Boden zu der Pistole tastete, viel zu spät. Der Schlag traf ihn an der Schläfe. Ihm wurde schwarz vor Augen, dann nahm er aus dem Augenwinkel ein Glitzern wahr, während etwas Warmes über seinen Hals rann.

»Seid ihr unverletzt?« Mathias Larsens Ruf hallte durch den Treppenschacht nach unten, während Mads langsam nach hinten kippte. Leere Drahtkäfige und Glaskolben gingen zu Boden und zerbrachen, als er mit den Armen Halt suchte. Wie in einem Nebel nahm er wahr, dass Jesper Schou sich auf ihn warf. Der Gestank von Tabak und Alkohol schlug ihm entgegen, als sie beide an die hintere Wand stießen. Mads riss die Augen auf und sah für den Bruchteil einer Sekunde, wie seine eigene Pistole auf ihn gerichtet wurde. Mathias Larsens schwere Stiefel donnerten weit entfernt über die Treppe nach unten, doch Mads sah nur die Mündung der Waffe. Alles in ihm war erstarrt, und die Zeit erschien ihm unendlich, bis Thomas Beckmann Jesper Schou zur Seite riss und auf den nackten Beton drückte.

17. März

Klingbjerg

Mads ließ sich auf die Treppe vor Jesper Schous Haus fallen und sah dem Blaulicht des Rettungswagens hinterher, der in Richtung Sønderborg verschwand. Er nahm das Handy aus der Tasche, starrte einen Moment aufs Display mit den unzähligen Nachrichten von Lisa und suchte dann Teglgårds Nummer heraus.

»Ich bin's«, sagte er, als sein Chef sich meldete. »Wir haben ihn.« Er lehnte sich zurück. Die Kälte der Mauer drang durch seine Jacke, aber er hatte nicht die Kraft, sich zu bewegen.

»Habt ihr ihn festgenommen?«

»Nenn es, wie du willst.« Mads sah zu Mathias Larsen hinüber, der mit einem Verbandskasten auf ihn zukam. »Er ist auf dem Weg ins Sønderborger Krankenhaus.«

»Aber er ist am Leben?«, fragte Per Teglgård.

»Ja.« Mads legte den Kopf zurück und sah in den Himmel. Die dünnen Wolken waren abgezogen, und vor dem dunklen Hintergrund leuchteten die Sterne. »Es war knapp, aber ja, er ist am Leben.«

»Und ihr? Alles in Ordnung?«

»Glaube schon«, antwortete Mads. »Ich brauche Sarah Jonsen. Es gibt aber keine Zweifel, dass Jesper Schou diese Morde begangen hat.«

»Beweise?«, fragte Teglgård.

»Sogar mehrere«, antwortete Mads. »Die Kellerwände sind gepflastert mit Fotos der drei Opfer – sowohl vor als auch nach den Morden.«

»Auch das Foto aus Darklife, diesem Internetforum?«

»Ja«, antwortete Mads. »Da unten hängen auch Fotos von Charlotte Weidemanns abgehackten Händen. Der Keller ist ein einziges Heimlabor.« Er ließ den Kopf wieder sinken, als Mathias vor ihm stand. »Ich muss jetzt«, sagte er und warf einen Blick auf das Blut an seiner Hand. »Sag Sarah, dass es eilt – und schick auch einen Tierarzt hier raus. Es sieht so aus, als hätte er seine eigenen Versuchstiere gezüchtet.« Er holte tief Luft, als der Dezernatsleiter auflegte.

»Du hast da eine ganz schöne Schramme«, sagte Mathias und kniete sich vor Mads hin.

Ein kraftloses und doch irgendwie sarkastisches Lachen kam über Mads Lippen, als er die Hand in das Licht hielt, das vom Flur nach draußen fiel, und zusah, wie das Blut durch seine Finger sickerte. »Ist nicht so schlimm«, antwortete er und ließ die Hand auf den Oberschenkel fallen. »Ich komm schon klar.«

»Ich dachte eher an deinen Kopf«, meinte Mathias. »Sicher, dass du nicht doch in die Notaufnahme willst?«

»Mein Kopf?«, fragte Mads und zog die Brauen zusammen.

»Du hast einen heftigen Schlag abbekommen«, erklärte Mathias. »Wenn ich du wäre, würde ich damit zum Arzt gehen.«

17. März

Sønderborg

Per Teglgård öffnete die Tür des Einzelzimmers im Sønderborger Krankenhaus und trat ein. Die Lampe am Bett war zur Seite gedreht, sodass der Lichtschein die Wand dahinter traf und Mads' Gesicht nur schwach beleuchtete. »Du bist wach«, sagte er und zog einen Stuhl zum Bett.

»Was anderes ist ja wohl kaum möglich«, sagte Mads. »Bei dem ganzen Adrenalin, das ich im Körper hatte. Da ist sicher noch ein Rest übrig.« Er warf seinem Chef ein müdes Lächeln zu. »Haben Jonsen und ihr Team die Beweise gesichert?«

»Das haben sie«, antwortete Per. »Echt verrückt. Der Anbau ist voller Tiere. Einige davon waren kaum noch am Leben.«

»Er muss die Versuche durchgeführt haben, die man ihm in Sundsmark verwehrt hat«, sagte Mads.

»Es deutet alles darauf hin, ja«, entgegnete Per mit einem Nicken. »Einige Tiere mussten gleich eingeschläfert werden. Jonsen hat Proben genommen, und wenn ich den Tierarzt richtig verstanden habe, handelt es sich wahrscheinlich um dieselbe Rasse wie bei dem Kadaver, den ihr gefunden habt. Einige der Tiere waren sichtlich missgebildet.«

»Inzucht?«

»Möglich. Sarah Jonsen hat Listen gefunden, die sein sogenanntes Zucht- und Forschungsprogramm dokumentieren. Sie hat auch das Messer entdeckt, das er vermutlich bei den drei Morden benutzt hat.«

»Ist es zur DNA-Analyse geschickt worden?«

»Ja, natürlich«, antwortete Per. »Auch die Axt, die im Anbau gefunden wurde. Jonsen meint, die Breite der Klinge würde zu den Spuren in der Altarschranke in Bylderup passen.« Er verstummte und sah auf die weiße Bettdecke. Die Stille füllte den Raum zwischen ihnen, und nur die leisen Geräusche vom Flur zeugten von dem Leben außerhalb des Zimmers. »Ich habe mir übrigens erlaubt, deine Schwester anzurufen«, fuhr Per fort. »Sie ist auf dem Weg hierher.«

»Verdammt«, sagte Mads und schüttelte mit einer angestrengten Miene den Kopf. Seine Finger gingen zur Wunde an der Stirn, die mit vier Stichen genäht worden war. »Das wäre wirklich nicht nötig gewesen. Ist doch nur eine kleine Schramme.«

»Du hast in der letzten Zeit unter gewaltigem Druck gestanden«, meinte Per. »Thomas Beckmann hat mir gesagt, dass du es warst, der Jesper Schou das Leben gerettet hat?«

»Das ist nicht die ganze Wahrheit«, sagte Mads. »Hätte Beckmann nicht das Seil durchgeschnitten und Jesper Schou dann später übermannt, hätten die Dinge eine andere Wendung genommen.« Er presste die Lippen zusammen. Dann drehte er den Kopf und sah durch das große Fenster nach draußen in die Nacht.

»Du bist zu hart zu dir selbst.«

»Zu hart?« Mads lag einen Augenblick schweigend da, dann sah er wieder zu Per Teglgård. »Ich hätte das schon erkennen müssen, als wir das erste Mal bei ihm waren. Thomas Beckmann hat um Informationen über ihn gebeten, aber ich habe nicht tiefer in seiner Vergangenheit gegraben. Hätte ich das getan, wäre mir die Verbindung zu Rikke Holst vielleicht aufgefallen. Und dann hätte ich auch gemerkt, dass er kein Kind hat. Hätte ich meine Arbeit anständig gemacht, hätten da sicher einige Alarmglocken geläutet. Vielleicht hätte ich dann auch erkannt, dass sein Alibi, die gemeinsame Zeit mit seiner Tochter, eine krankhafte Verzerrung der Wirklichkeit war.«

»Wir haben ihn«, antwortete Per Teglgård, stand auf und rieb sich mit den Händen über das Gesicht. Die dunklen Augenränder waren deutlich zu erkennen, und die Haut auf seinen eingefallenen Wangen war aschgrau. »Wir sollten uns darauf konzentrieren.« Er sah Mads ein paar Sekunden lang still an, ehe er ihm die Hand auf den Arm legte. »Du sollst wissen, dass Thomas Beckmann deinen Einsatz gelobt hat.« Er ließ die Hand ein paar Sekunden liegen, dann tätschelte er Mads' Schulter. Das Licht, das durch die halb geöffnete Tür fiel, umgab seinen langen Körper wie ein Heiligenschein, offenbarte aber auch seine schlechte Haltung. »Ruh dich jetzt ein bisschen aus, bevor Lisa kommt.« Er drehte Mads den Rücken zu und hob die Hand zum Gruß, blieb dann aber doch noch einmal stehen. »Sarah Jonsen hat mich übrigens gebeten, dir den hier zu geben«, sagte er und reichte Mads einen Umschlag. »Ich hoffe, ich sehe dich morgen im Büro? Aber wenn du ein paar Tage frei brauchst, ist das auch in Ordnung.«

»Nein, ich komme auf jeden Fall«, antwortete Mads. Er sah den Dezernatsleiter durch die Tür verschwinden und öffnete den Brief von Sarah. Einen Augenblick lang starrte er auf die Worte, dann faltete er das Papier zusammen und schob es zurück in den Umschlag. *Ich habe einen Match für das Projektil. Der Mord in Birkelev 1998.*

Willst du wissen, wie es im Grenzland weitergeht?

Leseprobe aus

NIEMAND RETTET DICH

27. August 1998

Birkelev

Ein Zucken ging durch Hans Peter Jessens Körper. Sein Kopf pochte, und die Umgebung kam ihm so neblig vor, als befände er sich in einer Parallelwelt. Muffiger Geschmack mischte sich mit dem Geruch von Holz, rohem Beton und Schmieröl. Der Druck auf seinen Mundwinkeln war unangenehm, und er versuchte zu schlucken, bevor er die staubige Luft erneut tief in seine Lungen zog. Er drehte den Kopf und schnitt eine Grimasse. Langsam wurde ihm klar, wo er sich befand. Sein halbnackter Körper hing in einem 45-Grad-Winkel über den Brennholzscheiten, die er selbst vor ein paar Tagen in den Schuppen geworfen hatte. Er stellte die Füße auf den Boden. Seine Schultern schmerzten, und er biss fest auf den Knebel in seinem Mund, während er sich aufzurichten versuchte.

Durch den Nebel tauchten Fragmente von Bildern vor seinem inneren Auge auf. Unscharf und verwaschen. Wie eine ferne Erinnerung, die nicht zum Vorschein kommen wollte. Wieder und wieder versuchte er, sich ins Gedächtnis zu rufen, was geschehen war, doch vergeblich. Er rang nach Atem, als seine Füße auf dem Boden wegrutschten und er erneut auf den Brennholzhaufen fiel. Der trockene Lappen in seinem Mund schmeckte metallisch nach Blut.

Mühsam drehte er sich um, bis ihn ein scharfer Schmerz durchfuhr und er einen Schrei ausstieß, der jedoch vom Knebel erstickt wurde. Seine Muskeln verkrampften sich, und sein Gesicht sank auf das Holz, während er fieberhaft zu atmen versuchte. Sterne blitzten vor den Augen auf, und für einen Moment wusste er nicht, ob das die Schmerzen waren oder Staubkörner, die im Morgenlicht tanzten, das durch die schmutzigen Scheiben in den Schuppen fiel. Ein paar Sekunden ließ er den Kopf auf dem Holz liegen und konzentrierte sich auf die Schmerzen. Mit den Augen suchte er die Umgebung ab. Das diffuse Morgenlicht fiel auf die kurze Werkbank und den Hauklotz mit der Spaltaxt. Sein Blick wanderte weiter, doch der hintere Teil des Schuppens lag noch im Dunkeln, sodass er nichts erkennen konnte.

Er nahm all seine Kraft zusammen, hob noch einmal den Kopf und versuchte, sich nach hinten zu drücken, aber der Schmerz an den Handgelenken hielt ihn davon ab. Sein Blick flackerte zwischen dem Seil und der Umgebung hin und her, ehe er die Hände mit aller Kraft zu sich riss. Die groben Fasern schnitten sich in seine Haut, und das Knirschen des rostigen Metallrings in der Wand machte ihm seine Lage vollends bewusst. Für den Bruchteil einer Sekunde überkam ihn Panik, dann kochte die Wut in ihm hoch. Das Adrenalin pulsierte durch die Adern, während er mit einem erstickten Brüllen erneut an dem Seil riss. Blut sickerte in die Fasern, aber er zerrte unbeeindruckt weiter, wobei sich der kunstvolle Knoten an dem alten Eisenring nur immer weiter festzog.

Keuchend sackte er in sich zusammen. In der vornübergebeugten Stellung brannte der Lendenbereich, und er spürte, wie mit jedem Atemzug ein schneidender Schmerz vom Kiefer bis hinauf in den Kopf zog und ihm den Blick verschleierte.

Noch einmal versuchte er, sich zu befreien, aber vergebens. Die scharfen Kanten der Holzscheite scheuerten seine Haut bis aufs Blut auf. Mit einem Mal blitzten kurze Erinnerungsbilder aus den Minuten vor dem Kampf durch den Kopf. Die frische Morgenluft. Die dicke Schicht aus Fichtennadeln, die seine Schritte zwischen den Bäumen gedämpft hatte, und das plötzliche Auffliegen der Vögel. Er hatte eine Sekunde innegehalten. In Gedanken sah er den Schatten, der hinter ihn getreten war, und spürte den Schmerz und das Knacken seines Kiefers, bevor alles schwarz geworden war.

Er atmete tief durch. Die Fragmente, die langsam ein Bild ergaben, ließen das Blut in seinen Ohren pochen. Da hörte er ein leises Geräusch hinter sich. Fieberhaft blickte er nach rechts und links, doch sein ganzer Körper erstarrte, als ein Riemen auf sein Gesäß klatschte und ein Inferno aus Schmerzen auslöste. Er rang nach Atem, und die Beine gaben unter ihm nach. Die Füße rutschten nach hinten, und die rauen Kanten der Holzscheite bohrten sich in seine Schenkel und seinen Bauch. Vergeblich versuchte er, Halt zu finden, aber die Hose, die an seinen Füßen hing, hinderte ihn daran, die Beine zu bewegen. Die Gestalt hinter ihm hob erneut ihren Arm, dann schnellte der Riemen wieder auf ihn zu. Ihm wurde schwarz vor Augen, als der Schlag ihn traf. Alles begann sich zu drehen, und wie in Zeitlupe hörte er seinen eigenen, erstickten Schrei durch den Kopf hallen.

»Du. Verdienst. Es. Nicht. Zu. Leben.« Jedes Wort wurde mit einem Schlag auf seinen Rücken und sein Gesäß begleitet. Die Haut platzte auf, Blut quoll aus den Wunden und sickerte an seinen blassen Schenkeln nach unten.

Er versuchte etwas zu sagen, doch der Knebel erstickte jedes Wort.

»Halt den Mund!«

Wieder und wieder klatschte der Riemen auf seine Haut, und er verstummte, sodass für einen Moment nur der keuchende Atem hinter ihm zu hören war. Dann wurden seine Beine plötzlich so weit auseinandergetreten, wie die Hose es zuließ. Er versuchte noch einmal, zu schreien, doch die Laute blieben in seiner Kehle stecken, während sein Anus mit einer solchen Kraft penetriert wurde, dass der Schmerz wie ein elektrischer Stromstoß durch seinen Körper schoss. Urin und Blut rannen über die Beine in seine Hose, während er die Hände krampfhaft zu Fäusten ballte, um nicht das Bewusstsein zu verlieren.

»Was soll das denn?«, zischte die Stimme hinter ihm. »Machst du dir jetzt auch noch in die Hose?«

Die Finsternis hüllte Hans Peter Jessen vollends ein, als der raue Holzkeil ein zweites Mal tief in seinen Anus gerammt wurde und mit seinen Splittern die Haut aufriss. Gleich darauf verlor er vollends die Kontrolle über seinen Körper. Die Beine trugen ihn nicht mehr, und sein Gewicht wurde nur noch vom Seil gehalten, mit dem seine Hände an den Metallring gefesselt waren.

»Wie jämmerlich!«, zischte es hinter ihm.

Dann traf ihn ein Faustschlag an der linken Seite. Das trockene Knacken der gebrochenen Rippe hallte seltsam laut durch die Dunkelheit, die ihn umgab, und ließ ihn erneut nach Luft schnappen.

»Ein kleines, fettes Arschloch bist du. Sonst nichts. Verstanden?«

Der heisere, erregte Atem hinter ihm drang wie ein Zischen an sein Ohr. Er versuchte zu schlucken, aber sein Hals schnürte sich zu. Die Angst hämmerte durch seine

Adern, und beim Gestank seiner eigenen Exkremente wurde ihm übel.

Mit aller Macht riss er die Augen auf und drehte den Kopf gerade noch rechtzeitig, um die Reflexion des Morgenlichts auf der blanken Messerklinge zu sehen. Wie in einem Film liefen die Szenen, die er selbst erschaffen hatte, über seine Netzhaut, dann bohrte die Klinge sich in seinen Rücken. Der Schrei, der durch seinen Kopf hallte, fühlte sich nicht wie sein eigener an. Dann verstummte das allumfassende Gefühl der Macht, das normalerweise einer Penetration folgt, die berauschende Demütigung kam nicht, und am Ende war da nur noch der Schmerz, der nicht sein eigener sein sollte. Er versuchte den Mund zu öffnen, aber der Knebel schnitt sich dadurch nur noch tiefer in seine Mundwinkel. Ein gurgelnder Laut begleitete seine Atemzüge, als er ein letzten Mal vergeblich zu schreien versuchte. Hellrotes Blut sickerte in den Knebel, dann wurde das Messer erneut in seinen Körper gerammt, sein Gesicht sackte auf das Brennholz, und alles wurde schwarz.

2. Juli

Haderslev

»So.« Per Teglgård legte den Ausdruck des Gerichtsurteils zur Seite und ließ seinen Blick über die Anwesenden schweifen. »Sechzehn Jahre. Mehr konnten wir kaum verlangen.«

Er griff nach der Wasserflasche, die vor ihm auf dem Tisch stand. Einen Moment lang betrachtete er die Kondenstropfen, die an der kalten Flasche herabliefen, dann schraubte er den Deckel ab, legte die Flasche an die Lippen und sah nach draußen auf den Hof. Schwüle Hitze drang durch das offene Fenster des Personalraums, und von draußen waren die Geräusche der Stadt zu hören.

»Der Bylderup-Fall ist ein Beispiel für die perfekte Zusammenarbeit mit der deutschen Polizei«, fuhr er fort und wischte sich mit dem Handrücken diskret den Mund ab, bevor er Mads Lindstrøm, der ganz hinten an der Wand lehnte, anerkennend zunickte. »In unserer Gegend müssen wir uns immer vor Augen halten, dass ein Fall sich auch über die Grenze hinweg erstrecken kann.«

Mads entfuhr ein leises Schnauben. Er kratzte sich an der Schläfe und sah zu Sarah Jonsen hinüber, die vor ihm am Tisch saß. Sie hatte ihre langen roten Locken in einem lockeren Knoten zusammengefasst, aus dem sich eine Strähne gelöst hatte. Schweiß glänzte in ihrem Nacken, und ein Rest

Sonnenbrand war auf ihrer hellen Sommersprossenhaut zu erahnen, als sie ihre Bluse zurechtzupfte, ohne den Blick von Teglgård zu nehmen.

»Wenn ihr sonst nichts mehr habt, sollten wir für heute Schluss machen«, fuhr Teglgård fort und schob seine Papiere zusammen. »Danke für euren Einsatz. Das war wirklich verdammt gute Arbeit.«

Mads stieß sich von der Wand ab, blieb aber stehen. Vor ihm stand Sarah Jonsen auf. Ihre Wangen waren von der Wärme gerötet, und sie warf ihm ein Lächeln zu, während sie nach ihrer Tasche griff. »Und du? Kommst du mit ins Buchs?«

»Bin ein bisschen knapp mit der Zeit«, antwortete Mads und ließ den Blick durch den Raum wandern. Dann drehte er seine Wasserflasche auf und trank sie leer. Das dünne Plastik knackte, als er sie auf den Tisch stellte.

»Ach, komm schon.« Sarah legte den Kopf etwas zur Seite. »Sechzehn Jahre. Das müssen wir doch feiern.«

Mads atmete mit einem leichten Seufzen aus. Unten vor dem Fenster gaben einige Autofahrer Gas, dann war das Quietschen von Reifen zu hören. Während sich das Motorengeräusch entfernte, stieg der Geruch von Abgas und Gummi mit der flirrenden Hitze zu ihnen herauf.

»Heute nicht«, antwortete Mads und warf ihr ein bedauerndes Lächeln zu.

»Sicher?« Sie fixierte ihn eine Weile mit den Augen, dann schob sie den Stuhl nach hinten und schulterte ihre Tasche.

»Ich muss mir noch was angucken.« Er sah auf seine Uhr. Die Besprechung hatte schon länger gedauert als erwartet.

»Kann das nicht warten?«

Er schüttelte den Kopf. »Leider nein.«

»Aber nächstes Mal kommst du mit, oder?«, fragte Sarah und ging zur Tür.

»Ja.«

Sarah lachte. »Du weißt schon, dass das nicht sonderlich überzeugend klingt?«

»Jetzt hör aber auf.« Mads folgte ihr zur Tür. Vom Flur waren fröhliche Stimmen zu hören, und er sah ihr nach, als sie sich zu den anderen gesellte, die das Dezernat verließen. »Sarah?« Er hob die Hand, zögerte dann aber.

»Ja?« Sie drehte sich noch einmal um und sah ihn an. In ihrem Rücken fiel die Glastür der Abteilung hinter ihren Kollegen ins Schloss und ließ eine plötzliche Stille aufkommen.

»Vielleicht kann ich später vorbeikommen?« Er steckte die Hand in die Tasche und lehnte sich an den Türrahmen.

»Na klar, bis dann.« Sie strahlte ihn an und verschwand mit einem Winken durch die Tür.

Er blieb stehen, bis das Geräusch ihrer schnellen Schritte hinter der sich schließenden Glastür verstummt war.

»Gratuliere, Mads!« Dezernatsleiter Per Teglgård klopfte ihm auf die Schulter. »Der Fall hat viel Aufmerksamkeit geweckt. Die Medien loben uns für unsere großartige Arbeit. Nach dem Fährmannfall kommt uns das natürlich sehr entgegen.«

»Ich dachte, du hättest was gegen Verstrickungen über die Grenze hinweg«, antwortete Mads und trat einen Schritt nach hinten.

»Ich weiß, dass ich dich gebeten habe, dich aus den deutschen Fällen rauszuhalten, aber können wir das jetzt mal gut sein lassen?«, fragte Teglgård. »Wir sind am Ziel, und nur das zählt.«

»Da magst du recht haben«, antwortete Mads und ging zu seinem Büro. Die schwüle Wärme schien sich auf dem schmalen Flur des Dezernats zu konzentrieren.

»Ich dachte, du würdest mit ins Buchs kommen«, sagte Teglgård hinter ihm. »Ich gebe eine Runde aus.«

»Danke, aber ich muss mir erst noch etwas ansehen«, antwortete Mads und legte die Hand auf die Türklinke des Büros, das er sich mit Torben Laugesen teilte.

»Na, dann vielleicht bis später.«

Mads blieb stehen und blickte seinem Chef hinterher, der seine leichte Sommerjacke vom Haken nahm und über den Arm legte. Als er durch die Glastür nach draußen ging, gelangte ein wenig kühlere Zugluft in den Flur und strich angenehm über Mads' Haut. Er atmete tief durch und öffnete die Bürotür.

»Was? Du bist noch hier?« Torben Laugesen hob den Kopf und starrte Mads an. »Bist du nicht mit den anderen feiern gegangen?«

»Ich muss mir noch was angucken.« Während Mads sich setzte, warf er einen Blick auf den Karton, der auf Laugesens Schreibtisch stand. Ein paar Mappen, einige lose Dokumente und ein altes Foto von ein paar Kindern ragte oben heraus. Mads schaltete den PC ein und sah aus dem Augenwinkel, wie Laugesen einige Ordner aus dem Regal nahm und sie beiläufig durchblätterte, ehe er sie in einen durchsichtigen Müllbeutel stopfte. »Dann kriegst du jetzt einen Schattenplatz, oder?«

»Was?« Torben Laugesen hielt in der Bewegung inne und sah ihn missbilligend an.

»Ich meine das Büro«, sagte Mads. »Aalunds Büro liegt immer im Schatten.«

»Ja, und?« Laugesen ließ den Müllbeutel fallen, der in sich zusammenfiel. Dann nahm er den Pappkarton und klemmte ihn sich unter den Arm. Ein paar Sekunden lang starrte er Mads an, dann riss er das Schild mit ihren beiden Namen von der Tür. »Das kann dir doch wohl egal sein.«

»Ja, natürlich«, antwortete Mads und zuckte mit den Schultern. »Ich wusste nur nicht, dass du sein Büro haben wolltest.«

»Du musst ja nicht alles wissen«, sagte Torben, warf das Namensschild in den Mülleimer und verließ das Büro.

Mads schloss die Augen. Draußen auf dem Flur waren Laugesens Schritte zu hören, bis weiter hinten auf dem Flur eine Tür geöffnet und wieder geschlossen wurde und sich Stille über das Dezernat legte. Mads entließ die Luft aus den Lungen, ehe er aufstand und das Fenster weit öffnete. Ein paar kleine Wolken trieben über den klaren, blauen Nachmittagshimmel, und ein Hauch von Kühle schwappte ins Büro. Mads ließ sich auf seinen Bürostuhl fallen und sah hinüber auf die von schwarzbraunen Kaffeeflecken übersäte Schreibtischplatte seines Kollegen. Seufzend beugte er sich vor und öffnete eine Schublade. Sein Blick ruhte kurz auf der kleinen weißen Schachtel, ehe er wie auf Autopilot ein paar Nahrungsergänzungspillen aus dem Blister drückte und schluckte. Dann stand er auf und griff nach seiner Sporttasche.

2. Juli

Vonsbæk

Mads sah nach oben, während die Tür des Polizeireviers hinter ihm ins Schloss fiel. Der Himmel war inzwischen etwas dunkler geworden und verlieh dem späten Sommerabend etwas Versöhnliches. Er fuhr sich durch die feuchten Haare, als er über den Platz ging, die Autotür öffnete, die Tasche auf den Beifahrersitz warf und sich hinter das Steuer setzte. Einen Moment lang blieb sein Blick an dem weißen Umschlag unter der Sonnenbrille auf der Mittelkonsole hängen. Dann ließ er den Motor an.

*

Mads bremste und sah kurz in den Seitenspiegel, bevor er blinkte und nach links abbog. Hinter einer niedrigen Steinmauer erhob sich die gedrungene Kirche von Vonsbæk. Er warf schnell einen Blick aufs Navi und fuhr dann durch ein kleines Waldstück. Wenig später öffnete sich der Blick auf den Haderslev Fjord, wo sich der letzte Rest des Abendrots im ruhigen Wasser spiegelte.

Er riss sich von dem Anblick los. Hinter der nächsten Kurve erschien das kleine Haus mit den weiß getünchten Mauern, die unter den dunklen Kronen der Kastanien förmlich leuchteten. Zarte Stockrosen rahmten die Fenster ein, durch die gedämpftes Licht nach draußen fiel. Als er auf die Einfahrt abbog, knirschte der Kies unter den Reifen und ergänzte die idyllische Szenerie mit der passenden Geräuschkulisse. Einen Augenblick blieb er still im Wagen sitzen, dann schnallte er sich ab und stieg aus. Vom Fjord kam eine kühle Brise, die nach Salzwasser und Wald roch. Er legte den Kopf in den Nacken und ließ sich von der Stille einhüllen. Dann sah er zum Haus hinüber. Auf der Treppe räkelte sich eine Katze, die beim Klang seiner Schritte durch die angelehnte Tür nach drinnen verschwand.

»Hallo.«

Ein Frau war vor die Tür getreten. In ihren Augen lag ein Lächeln, als sie nach draußen auf die Treppe trat und ihn fragend ansah.

»Mads Lindstrøm«, antwortete Mads und zog seinen Ausweis aus der Tasche. »Ist Sarah zu Hause?«

»Ah, ein Kollege.« Die Frau warf einen Blick auf die Katze, die um ihre Beine herumstrich. »Ja, sie ist im Bad. Komm mit rein.« Sie öffnete die Tür und trat zur Seite, während die Katze über die Mauer in Richtung Bäume verschwand. »Setz dich einfach ins Wohnzimmer.«

»Danke.«

Er sah sich um. Bunte Gemälde schmückten die sandfarbenen Wände, und ein ganzer Wald von Grünpflanzen wucherte auf den Fensterbrettern. Es roch nach Holzboden, Seife und Lavendel. Er sah durch die Sprossenfenster zum Fjord hinaus, der die ruhige Stimmung vollendete, die über dem Haus lag.

»Mads?«

Er drehte sich. Sarah war in der Türöffnung zum Vorschein gekommen. Sie trocknete sich mit einem Handtuch die Haare ab und trat auf ihn zu.

»Wo warst du denn?«

»Die Zeit ist mal wieder viel zu schnell vergangen«, sagte Mads. »Ich bin tatsächlich noch am Buchs vorbeigefahren, aber ihr wart schon weg, also habe ich mir gedacht, dass ich dich vielleicht hier antreffe.«

»Ja?« Sie zog die Brauen zusammen. Ein verwunderter Ausdruck huschte über ihr Gesicht, als wartete sie auf eine Fortsetzung, die nicht kam. Sie legte das Handtuch weg und warf einen Blick in Richtung Küche. »Kann ich dir was anbieten?«

»Nein danke, alles gut«, antwortete Mads und trat vom Fenster weg. »Deshalb bin ich nicht hergekommen.«

Sie musterte ihn einen Moment und deutete dann mit der Hand auf die Sitzgruppe. »Warum dann?«

»Wegen dem hier«, antwortete Mads und nahm den weißen Umschlag aus der Tasche. »Das Projektil, das du für mich analysiert hast.«

»Ah«, sagte Sarah mit einem Nicken, während Mads sich setzte. »Das hatte ich ganz vergessen. Gib mir einen Augenblick, ich bin gleich zurück.« Sie verschwand in der Küche.

Mads sah ihr einen Moment nach, ehe er den Umschlag zusammendrückte und wieder durchs Fenster zum Fjord sah, über dem es immer dunkler wurde.

»Ich habe mich nur von Line verabschiedet«, sagte Sarah, als sie zurückkam. Sie sah ihn fragend an und stellte zwei kalte Bierdosen auf den Tisch. Ihre Wangen waren leicht gerötet, als sie sich die Locken hinter die Ohren schob und ihm gegenüber Platz nahm. »Nachtschicht.« Sie nickte mit dem Kopf in Richtung Haustür. »Manchmal geben wir uns wirklich nur die Klinke in die Hand.« Sie zuckte mit den Schultern, lehnte sich zurück und lächelte ihn an.

»Wie lange seid ihr schon zusammen?«, fragte Mads und betrachtete kurz die Bierdosen, ehe er seine Aufmerksamkeit wieder auf sie richtete.

»Sieben Jahre«, antwortete Sarah, drehte an ihrem Ring und zog die Beine unter sich. »Die Zeit vergeht schnell. Bist du dir sicher, dass du kein Bier willst?«

»Danke, mir geht es gut«, sagte Mads und legte den Umschlag auf den Tisch. »Was weißt du eigentlich über den Birkelev-Fall?«

»Nicht viel«, antwortete Sarah. Sie beugte sich vor und griff nach einer der Bierdosen. Das Zischen beim Öffnen füllte für einen Moment die Stille zwischen ihnen. Sie trank einen Schluck und lehnte sich wieder zurück. »Der Fall ist so alt, dass er noch nicht digitalisiert wurde«, fuhr sie fort und stellte die Dose ab. »Die schon gelösten Fälle haben bei der Digitalisierung keine so hohe Priorität wie die offenen.« Sie sah ihn an. Die roten Locken, die über ihre Schultern fielen, wirkten durch die Feuchtigkeit viel dunkler. »Nur die Asservatenlisten liegen in digitaler Form vor.«

»Stimmt.« Mads nickte. »Ich hatte nur gehofft, dass du etwas darüber weißt.«

»Leider nein«, antwortete Sarah und trank noch einen Schluck. »Warum fragst du?«

»Mein Vater hatte die Unterlagen zu dem Fall zu Hause«, antwortete Mads.

»Zu Hause?« Sarah zog die Augenbrauen zusammen. »Verstößt das nicht gegen die Vorschriften?«

Mads zuckte mit den Achseln. »Er war Dezernatsleiter. Ich glaube, er hat in dem Fall ermittelt, als er starb.«

»Dann hatte er das Projektil also auch bei sich zu Hause liegen?«

»Nein, nur die Fallakte«, präzisierte Mads.

»Und woher stammt das Projektil?«

»Das ist eine lange Geschichte.« Mads schob ein Kissen zur Seite, das zwischen ihm und der Armlehne klemmte.

»Kein Problem, ich habe die ganze Nacht Zeit, und du hast meine Neugier geweckt.« Sie griff nach einer Decke und legte sie über ihre nackten Beine, ehe sie den Blick wieder auf ihn richtete. »Aber sollte sich das Projektil nicht in der Asservatenkammer befinden?«

»Das Projektil, das du für mich analysiert hast, hat nie zum Beweismaterial gehört.«

»Das verstehe ich nicht.« Sie zog die Brauen zusammen, und ihre grünen Augen bekamen einen wachsamen Ausdruck. »Die Ballistik hat es aber doch dem Birkelev-Fall zugeordnet?«

»Ich habe das Ding in der Wand meines Wintergartens gefunden«, antwortete Mads. Er drehte den Kopf und sah wieder aus dem Fenster. Mittlerweile war es so dunkel, dass der Fjord nur noch als hellere Nuance zu erahnen war. »Mein Vater hat Selbstmord begangen«, fuhr er fort, als sie nichts sagte. »Oder sagen wir besser: Das ist die Schlussfolgerung der Rechtsmedizin.«

»Aber du bist dir nicht sicher?«

»Nein.« Mads schüttelte den Kopf. Die Unruhe rumorte in seinem Körper wie ein Raubtier, das im Dunkeln auf der Lauer lag und nur auf einen unaufmerksamen Augenblick seiner Beute wartete. »Mein Vater war nicht der Typ, der Selbstmord begeht. Es muss einen Grund dafür geben, dass mein Vater sich den Fall noch einmal angesehen hat.«

Dank

Vor einem Jahr schrieb ich die ersten Sätze, die schließlich zum Thriller *Niemand sieht dich* führen sollten. Es war kein einfacher Weg. Dieses Buch und sein Vorgänger haben nicht nur in Mads', sondern auch in meiner Seele tiefe Spuren hinterlassen. Die vielen Stunden der Recherche haben mir reichlich Stoff zum Nachdenken geliefert. Die Toten sind allgegenwärtig, sie greifen nach uns, und wir wissen nicht, ob es uns gelingen wird, in dem Wirrwarr von Händen die der Lebenden zu finden, die uns helfen wollen, und nicht die der Toten.

Die zahlreichen Stunden, die ich mit Mads verbracht habe, waren keineswegs einsame Stunden, obwohl ich am besten schreibe, wenn ich allein bin. Viele Menschen haben mir ihre Hilfe angeboten, und ich bin zutiefst dankbar für das Wissen, das sie mit mir geteilt haben, und für die Unterstützung, die ich von Fachleuten wie auch von Familie und Freunden bekommen habe. Sollte ich sie alle erwähnen, wie sie es eigentlich verdient hätten, würde diese Danksagung sich in die Länge ziehen. Niemand von ihnen ist vergessen, auch wenn ich hier und jetzt nur einige wenige Namen nennen werde.

Mein erster Dank geht an den Professor für Rechtsmedizin Hans Petter Hougen und die Ärztin Kjersti Fosheim, die mir bei rechtsmedizinischen Fragen eine unschätzbare Hilfe waren. Außerdem will ich Pastorin Marianne Lekven Agerholm danken, die mir bei kirchlichen Fragen zur Seite stand. Martin Christiansen, IT-Mitarbeiter der Polizei, hat mich in die Möglichkeiten und Grenzen des Darknets eingeweiht, und Ermittlungsleiter Niels Raasted stand mir bei Fragen zum Ablauf interner Ermittlungen und polizeilicher Disziplinarverfahren zur Seite. Pharmazeutin Katrine Ask Asmussen hat mir Einblicke in die Formalitäten bei Forschungsversuchen gegeben, Lis und Charlotte Jessen, beide Angehörige der dänischen Minderheit in Deutschland, haben mir bei meinen Fragen zu Deutschland geholfen. Sollte sich trotzdem noch ein Fehler in meinen Text geschlichen haben, bin ich allein dafür verantwortlich.

Ein ganz besonderer Dank geht an meinen Lektor Jacob Hedegaard Pedersen. Ohne ihn wäre das Buch nie zu dem geworden, was es ist.

Last, but not least, danke ich euch allen, die ihr dieses Buch gelesen habt. Erst ihr verleiht den vielen Stunden, die ich im Büro verbracht habe, einen Sinn. Ohne euch wäre meine Autorenschaft nichts wert.

Karen Inge Nielsen